有爱的青春陪伴者

图书在版编目（CIP）数据

我是星火，我可燎原 / 恬剑灵著. -- 南京 : 江苏凤凰文艺出版社, 2025. 1. -- ISBN 978-7-5594-9158-9

Ⅰ. I247.5

中国国家版本馆CIP数据核字第20243FK569号

我是星火，我可燎原

恬剑灵 著

责任编辑	王昕宁
特约编辑	廖 妍
出版发行	江苏凤凰文艺出版社
	南京市中央路165号，邮编：210009
网　　址	http://www.jswenyi.com
印　　刷	天津睿和印艺科技有限公司
开　　本	880mm×1230mm 1/32
印　　张	10
字　　数	317千字
版　　次	2025年1月第1版
印　　次	2025年1月第1次印刷
书　　号	ISBN 978-7-5594-9158-9
定　　价	45.80元

江苏凤凰文艺版图书凡印刷、装订错误，可向出版社调换，联系电话025-83280257

目录

第一章 / 001

你弟弟他，真的死了吗？

她也曾期待那具被烧得面目全非的遗体不是他。然而，真的有那千万分之一的可能性吗？

第二章 / 009

烈火下的信仰，亡者归来的悲鸣

他坚守着他的信仰，烈火而亡，浴火重生，却被人污蔑诋毁。若他泉下有知，亡魂归来，也只会发出凄厉的悲鸣，愤懑自己的初心被人如此践踏。

第三章 / 067

谁的功勋章，谁的英雄冢

可怜英雄冢，埋忠骨葬英魂，道尽灼灼报国心。却道不尽人心叵测，洗不尽死后污名！谁的功勋章，谁的英雄冢，诉说着谁的悲凉，拷问着谁的良知。

目录

第四章 / 142
幸存与死亡，废墟深渊的心魔
他的发小牺牲在消防岗位，他的战友牺牲在消防岗位，未来的他是否也会如此，他不得而知。可他知晓，这条路是他选的，他要忠于自己的理想与信念，要勇于跨越山川与河流，攀登山峰与峡谷，延续他们的精神，赓续红色血脉。

第五章 / 207
"无声"的救援，冰山一角的真相
江铎可以救人，但不可以触犯法律！这是原则，是底线！
谢谢他当年对江铎的付出，谢谢他被攻讦时承受压力不改初心，谢谢他对她的不离不弃。
谢谢她生命中出现的那个人，是他。

第六章 / 268
我是星火，我可燎原
那些被岁月和灰烬掩埋的真相被揭晓，对消防的初心与热爱，对消防行业的坚守与执着，伴随着《星火》的上映，经久不衰。
星星之火可以燎原。
我是星火，我以我的方式燎原，守护万家灯火。

后记 / 311

第一章 ★
你弟弟他，真的死了吗？

/ 她也曾期待那具被烧得面目全非的遗体不是他。然而，
真的有那千万分之一的可能性吗？/

1

又是一年清明祭。

今日的天很蓝，阳光很耀眼，微风吹动着常青树的枝叶，却依旧还是刮疼了江姒的肌肤。

"江锌烈士之墓"六个字，更是刺痛了她的双眼。

墓碑上，江锌那张穿着火焰蓝正装的遗照依旧闪动着熠熠光辉，年轻的面庞上绽放着开怀的大笑，黑眸璀璨，有着那个年纪对生命的心之所向。

在那张遗照的上方，是一颗鲜红闪耀的五角红星。曾经的战友，细心为那枚星辰重新上色描红，精心为那六个灼烫人心的字点缀光彩。

江姒一身火焰蓝的制服，挽着母亲的手臂，父亲则揽着母亲的肩头。曾经的一家四口，以这样的方式再次相见。

她看着照片上那张熟悉的笑脸，心头发紧，眼角微微发热，禁不住回想起前几日邮箱里收到的一个音频文件。

"江姒，还记得三年前的那个下午吗？那场死了二十一人的峥州'3·25'游乐园鬼屋特大火灾案，世人都说你弟弟是救火英雄，可我知道他不是！他是冒认了功勋的罪人！你可以祈祷我快点死去，但真相不会被掩埋！江姒，我会查出你弟弟假死的真相！他有罪！我会在世人的面前审判他，将他钉上历史的耻辱柱！"

经过特殊处理的声音，以最大的残忍，一刀剜开她用了三年才逐渐愈合的伤口。

她那与她同一日前后脚出生的弟弟，她那因救人而牺牲的消防员弟弟江锌，在死后，被一个藏在角落里的人三两句便泼上了脏水，冠上了污名。假死？冒认功勋？审判？可笑啊可笑！

自从他加入消防队伍，参与救援八百二十五次，救出人员一百八十九人，数次荣立二等功、三等功，更是年仅二十二岁便成为灭火战斗班班长，成了一号车一号消防员。

一号车一号消防员，这意味着什么？

意味着任何救援现场他都必须拼杀在前。

意味着他是一线救援的骨干力量，是在救援现场更接近死神的救援力量，是需要承担更大责任的中坚力量。

入职之初，人民的生命和财产安全便排在了他自身的生命之前。

这是他的承诺。而他，也是这般做了，用自己的生命来践行着他的初心，最终牺牲在了熊熊烈火中。

现在，作为家人的他们好不容易才走出他死亡的阴影，却有人以这般的方式来撕裂他们的伤疤。

偏偏，她追查那封邮件和音频，一无所获。

她怕，怕那个躲在角落里的硕鼠会做出更出格的举动，从躲在网络后的键盘侠化身为自以为是的清道夫，伤害她的家人，更伤害已逝的弟弟。

祭扫的墓碑前，摆满了新鲜的盆栽。

来自峥州宇川消防救援站的"火焰蓝"们，个个神色肃穆，在这方寸之地，寄上哀思。

现任灭火战斗班班长杨大伟眼含热泪，诵读着他们对江锌的心声。

"锌子，你已离开我们三年了。时间总是那么无情，匆匆又匆匆。三年里，我们的队伍有人被调走，有人因疾不得不退出，也有人融入成为新鲜血液。今天，我们所有人相聚在这儿。你说的，我们是个大家庭，一家人就该齐齐整整的。我们按你说的，做到了。

"我们至今还记得你每次出任务说得最多的一句话——全打起精神来，一个都不能少！是的，我们一个都不能少，也不会少。即便离开了，也会牢牢烙印在彼此的心尖，磨灭不去。

"锌子，你有一对好父母、一位好姐姐，有一群爱你的好战友，也有一群被你救过心怀感恩的人，还有一群一直记着你的社会热心人士，我们都会好好照顾叔叔、阿姨。还记得你曾经参与资助的鳏寡孤独项目吗？我们一直接力资助着，社会各界的爱心人士也参与了进来。你的职责，我们来替你肩负。属于你我的国家和故土，我们来替你坚守。你化作了春泥滋养着这片土地，我们便都是你，身体里涌动着红色的血液，迎着朝阳一路前行……"

直到最后一个字落地，一米八的大高个终究还是没忍住用胳膊抹了把眼泪。

江姒安抚着落泪的父母，在一片寂静中，面色沉痛地为江锌送上一枝白菊。

"阿锌，我们都来看你了。"她眸光灼灼，望着墓碑上那张充满年轻朝气的照片，倏尔一笑，"我们小时候的约定，我一直都在践行着。当好消防人，做好消防事，护好受难人。在峥州消防救援支队指挥中心的这三年，我每天都企图从无数的报警电话中找出当年那个谎报警情的人，你放心，她那道声音我已经刻入了骨髓。只要她再打来，我必定能够一下辨别出。这是我的执念，也是爸妈的执念，是你的战友兄弟以及社会上那些关心你的人的共同执念。期待下一次为你扫墓时，我们心底的这个执念已经彻底解开。"

"火焰蓝"们，面上俱是不舍与悲恸。即便是因故不在宇川消防站的战友们，也依然在这特别的日子里赶了来。好兄弟，一家人，齐齐整整。

在这春日的清明季节里，众人相继送上一枝白菊，一道道身影走过墓碑，化出一道道寂寥的哀思。

这座公墓，埋葬着一代又一代的忠骨，鼓舞并警醒着后来者，什么是中国人中国魂，什么是红色血脉的延续。

祭扫完毕后，江父、江母又在大家的簇拥下聊了会儿天，尽量让自己的心情保持轻松与平和。

临近中午，众人告别，江姒陪着父母离开，冷不防遇见了从另一个方向而来的周从戎。

男人也穿着一身火焰蓝制服，紧绷着一张俊脸，长腿迈开的步伐并不大，似在思索着什么。他来时的这个方向，正是今日仁皇消防特勤站的指战员们为牺牲的战友祭扫的地儿。

江姒和周从戎同是119接警员。不同于江姒才进消防行业三年，周从戎在消防行业待了足有八年。

就江姒目前所知，周从戎此前担任仁皇消防特勤站的指导员。似乎是犯了什么错,今年初被上头发落到支队指挥中心从事接处警工作。论资排辈,他称得上是前辈。可偏偏,他作为刚成为消防接警员的"新人",竟给她打起了下手。

"叔叔、阿姨,方便我借一下姒姒聊聊吗?工作上的事,还挺急的。"周从戎主动打招呼。

"小周啊。"江母的声音还有些哽咽。他们两口子去江姒单位的时候是见过她同事的,所以也一下子和他熟络起来,"那你们聊。"

江父道:"姒姒,你和小周聊,我们自己开车走,你甭送了。你把工作时间合理安排好,劳动强度太大,女孩子总是熬夜吃不消的。你那黑眼圈找找眼贴啊、面膜啊多敷敷。"

接处警岗不同于别的岗位,联通着警情,所以除了日常的坐班,夜里需要留人值班。江姒每周会轮到几次值通宵夜班。熬的时候容易犯困,尤其是凌晨两三点最容易瞌睡。一个通宵熬下来,还会伴随有头痛后遗症。

目送着父母远去,江姒却被周从戎重新带回了弟弟的墓碑前。

那儿,在热闹的祭扫过后,如今只剩下一片宁静。

逝去的人,长眠于此,活着的人却依旧还得努力活下去,为小家,为大家,奋斗不息。

墓碑前已被一枝枝白菊堆满,仿佛是她家的阿锌,被白菊们紧紧簇拥于怀。

周从戎折了一枝杨柳放到墓碑前,深深鞠躬,默哀。

等到再抬首时,他望着墓碑上那张洋溢着恣意青春的遗照,突地开口,语气凝重:"你弟弟他,真的死了吗?"

2

"轰——"的一声,江姒只觉得大脑一阵轰鸣,似要炸裂她的耳膜。

"你这话什么意思?"她几乎用尽了所有的力气,才憋住心底的火气。

她弟弟死了吗?这不是明知故问吗?没有死,难道还能死而复生不成?抑或,他在怀疑什么?怀疑她弟弟没死,假死?

但凡是个有共情能力的人,都该知道这种带着质疑的问话会伤害到遗属。

等等!

假死?

江姒冷不防想起了邮箱里那个被处理过声音的音频文件。

那个躲在阴暗角落里的硕鼠，那个口口声声说她弟弟假死冒认功勋的没道德小人！

这一瞬，她突然将这只硕鼠与眼前的周从戎联系到了一起。再次瞧着他那张英俊的脸时，只觉得格外刺眼。

"是你？"江姒的语气冷冽，"那个音频是你发来的？"

虽然不知道她说的是什么，但很明显她是误会了什么。周从戎忙解释道："我没有别的意思，只不过昨晚值夜的时候接到一通莫名其妙的电话，说你弟弟没有死。"

这还是他将话往委婉了说。

实际上，对方当时说得极其难听。

对方的声音明显是变声器处理过的，原本他也只当恶作剧。后来他又不太放心，拜托了警局的发小去追踪一下电话来源，发现对方的手机是盗来的，失主在昨天下午刚报过案。至于那个拨打了119的匿名来电人，自然也就没了下文。

与此同时，他的手机收到了一张彩信照片。

照片上，是一个正在选购智能晾衣架的男人。他穿着休闲，外头套了件羽绒服，露出了大半张脸。在那张照片中，男人的不远处，可以隐约瞧见"第五届中国（峥州）智能家居展览会"横幅字样。哪怕拍摄时那横幅上的年份并没有被照到，也可轻易地查到这一届展览会的展出时间正是今年的一月份。

他连夜找了相熟的专业人士分析，照片没有PS痕迹，照片里男人的那张脸，确实是与江铎的证件照上的照片对得上号。

一个早在三年前便牺牲了的人，突然出现在了今年一月份的智能家居展览会现场。这自然是不可能的。

排除了照片PS的可能性，那么这个男人的身份便值得推敲了。

无论他是谁，都与那通匿名来电有关。

原本他是想等上班后和江姒聊聊的，还犹豫着该如何打开这样沉重的话题。如今在墓地碰到了，在江铎的墓碑前，有些话竟容易说出口得多。

"照片上的人确定是我家阿铎？"

江姒瞧着周从戎手机上的照片，难以置信地盯着那张与江铎极度相似的脸，恨不得放大其中的每一个细节。

"目前我只能确定照片是真的，至于照片上的人，我想你应该会有自己的判断。"

江姒拿着手机的手有些发颤，眸光落在照片中男人的脸上，带着眷恋与不舍。

她竭力稳定着心神，做出属于自己的分析："当年从火灾废墟中找到阿锌的遗体时，他烧得面目全非，脸部已经无法辨别。然而那场大火，参与救援的消防指战员除了他全部在列。我们从他当时的着装和身体特征、随身物品来判断了他的身份。"

三年前的峥州"3·25"游乐园鬼屋特大火灾案，总共死了二十一人，十五名游客、五名鬼屋工作人员，以及一名消防员。

而那名消防员，则是江锌。

当时正好是周末，又恰逢游乐园周年庆半价活动，游乐园游客众多。游玩鬼屋时，排了很长的队伍。

入场时，则进行了分流。大部分是按照旅行团的人员规模进场的，还有一部分则是按照一定的人数规模进场的。

在起火时，进入鬼屋的人一方面被里头恐怖的环境吓住，另一方面也是在惊恐之下因为里头的重重机关迷失了逃生道路，不能第一时间逃出。等到火势愈演愈烈，逃生无门，只能无望地等待救援。

江锌等人赶到现场时，鬼屋已经浓烟滚滚。外围出了好几支水枪压制大火，入口处也是浓烟遍布，里头的情形谁也不清楚，贸然进去救人恐会遭遇更大损失。

看过园区管理员拿来的鬼屋地图之后，江锌向现场指挥员请示内攻侦察。

穿戴好防护设备，他毅然踏入了滚滚浓烟。然而谁也没料到，在他进去后没多久，一场爆燃，直接让他的生命定格在了那一刻。

随后的内攻组继续入内，根据江锌生前传达出的准确火情，陆陆续续从火场中带出了二十八人，可惜其中二十一人被救出时已经没有了生命体征。

那二十一具遗体中，穿着灭火战斗服的江锌一下子就能被辨认出。

那统一制式的战斗服残破不堪，多是烧焦的痕迹，防护头盔已经龟裂。他的脸部惨不忍睹，已然面目全非，那灼烧的肌肤甚至还满是焦煳的气息。只不过奇怪的是，他的空气呼吸器不翼而飞，事后多番寻找却在鬼屋外围的五十米外被发现。

当时进场的消防员只有他一人出事，且他的体貌特征都相符，还贴身戴着平安符。彼时平安符的红线已经被烧断，半张平安符残留在他的内衫上。也是直到整理他遗体为他换装时，那已经褪色烧残的半张平安符才从他身上掉落。那是爸妈在他当上消防员那一年特意去庙里给他求的。

这么多的相符特征，足以证明他便是江锌。

毫无疑问，他牺牲了。

"所以在各方面都足以证明牺牲的人是江锌的情况下，当时并没有对他的遗体进行尸检工作。"周从戎自顾自总结了一句，听不出情绪。

江姒点头："我并不觉得在当时那样的情况下有做尸检的必要。死因明确，身份无疑，没必要再增加法医的工作量。"

实际上，这也是一般遗属们都会选择的做法。

然而现在，一张匿名发来的照片，一个与江锌长得极为相似的人，让当年江锌的死笼上了一抹疑云。

江锌他，是生是死？

当年从火场里被带出的遗体，是否真的是他？

"现在的我，其实是有些迷茫的。我明知道不可能有这样的万一，可还是有些遗憾当年没有做个 DNA 鉴定。我明知道这张照片里的人不可能是我家阿锌，可又期盼着是他。"江姒的指腹一点点抚触着照片里那人的眉眼，带着浓浓的不舍。然而，她到底还是一狠心，将手机还了回去。

周从戎接过自己的手机，随手放入裤兜："你已经做出了判断？"

她苦笑"从理性而言，幕后有人布局这一切。这张照片只不过是故布疑阵，想要对我家阿锌泼污水。然而，从情感上而言，我们当时瞧见的阿锌面部被烧焦，确实是有万分之一不是他的可能性。我做不了这个判断。"

"如果你真的做不了这个判断，就不会直接将手机还我，而是会发一份存在自己手机上。"周从戎一语点破，"不管做这些的那人是不是恶作剧，我都会继续跟进的。走吧，送你回去。"

正午的阳光似要驱散世间的一切罪恶与阴霾。

一个穿着花衬衫的老人抱着一束马蹄莲拾级而上，鼻梁上架着的一副颇为时尚的墨镜遮掩了他大半的面容。他似有所感，遥遥望了一眼沿着另一条道顺级而下的江姒和周从戎，紧绷的唇角微微往下压了压。

一路走过，他面色肃穆，最终站定在江锌的墓碑前。那一束马蹄莲被白菊们包裹，竟格外显眼。

"我一直在等你。"老人启唇，语声微凉，墨镜下的眸子紧盯着遗照上那个扬着大大笑容的年轻人。

第二章 ★
烈火下的信仰，亡者归来的悲鸣

/他坚守着他的信仰，烈火而亡，浴火重生，却被人污蔑诋毁。若他泉下有知，亡魂归来，也只会发出凄厉的悲鸣，愤懑自己的初心被人如此践踏。/

1

时间过去一周，那个恶作剧似乎已经终止，没有后续。

姑且，当它是一场恶作剧吧。

这期间江姒也将自己邮箱收到的音频文件共享给了周从戎，也反复收听了周从戎接到的那通匿名来电的录音。两者虽然都是经过变声器处理过的，但还是有极大的差别，可以确定是出自于两个不同的人。

也就是说，给她发匿名邮件的人与打119"恶作剧"的人，应该是不同的人。

然而无论是音频文件还是匿名来电，两者发生的时间点太过于相近，且都是针对已逝三年的江铎的辱骂之词，如此罕见的情况，不排除这两个人是同伙的可能性。

当然，鉴于这年头花钱雇人报警、雇人录音的情况屡见不鲜，事情的走向也便多了许多可能。

峥州消防救援支队指挥中心。

凌晨一点零五分。

窗外雨声不止，狂风嘶吼，伴随着一道闪电，室内划过一道吓人的白光。"轰隆"的雷声劈头砸下，闪电的光影划过，正巧击中了建筑楼边的一棵老槐树。

江姒给自己泡了一杯速溶咖啡提神，端着杯子回到接警席。

"楼下什么动静？"耳尖地听到传来的喧闹声，她问了一句。

"门口那老槐树被劈断了，值班的同事正清理呢。"旁边接警席的周从戎回道，又低咒了一声，"这鬼天气！今晚可别突发什么重大警情。"

两人今晚值的是夜班,需要通宵。

干他们这一行的,其实最怕电闪雷鸣、狂风暴雨、飞雪风霜等天气。恶劣的天气及环境,意味着随时可能发生意外灾害。

就好比这会儿,意外直接发生在了他们单位门口。

槐树粗壮的枝干直接被劈落,砸落的位置正好是出行通道。好在现场没有造成人员伤亡。值班人员正进行紧急清理,现场一片忙乱之象,间或伴随着几声牢骚。

突兀的电话铃声恰在此时响起,是江姒桌上的座机响了。

她心头一凛,飞快戴上耳机的同时扫了周钦衍一眼,暗暗祈祷他那乌鸦嘴千万别那么灵。

经历过千万次的锤炼,她接起电话时已经迅速进入工作状态:"您好,峥州119。"

电波另一头,是女人惊恐的声音:"着火了!这儿撞车了,爆炸了,赶紧来救人啊!"

江姒心下一紧,立马追问:"女士,是哪里着火了?您那边目前是什么状况呢?"

"是……这儿是街上。是一辆货车将一辆大巴车撞到了路边,还有一辆轿车侧翻爆炸了,司机没逃出来可能人已经没了。电线杆也着火了!你们赶紧来救人。大巴车上还有满满一车人被卡在路边商铺出不来。不知道那辆车会不会也爆炸……"

"女士,您那边的具体位置是?"

"仁皇区,好像是……桂园路。对!桂园路这边!旁边还有个景天商场。"

江姒快速填写救援出动命令单,脑中迅速呈现出事的地理位置,根据执勤力量分布及设备情况,将其发送给仁皇特勤站。

"我们的消防人员很快就会赶到现场。女士,您是否受伤?您先找个安全的地方等候。"江姒安抚着她的情绪,又详细询问了现场情况。

江姒这边电话刚挂断,周从戎那边的报警电话也响了,从他的回应中,她可以判断出是同一个报警案。

一般而言,像这类严重的案件,现场会有不同的报案人陆陆续续打进来报警电话。作为接警员,他们可以从不同的报案人中提取出不同的相关线索,跟进事故进展。

接下去的时间内，江妣和周从戎陆陆续续接了好几通电话，都是跟桂园路的交通事故有关。

从这些电话中，他们也迅速总结出了这场火情的具体情况。

桂园路段，因大雨影响，一辆重型货车轮胎打滑，与一辆长途客运大巴相撞，直接将大巴车碾压到了路边的商铺，商铺的墙被撞塌，大巴上被困的车内人员伤亡情况不明。另一头，迎面的一辆小轿车为躲避失控的这辆重型货车发生侧翻，车辆漏油当场爆炸，火势影响到了路边的电线杆，冲天的火焰烧断了电线，造成部分地区供电异常。

江妣忙将此事上报值班指挥长——她的师父贾冰。

"小江，目前现场什么情况？"密集的火警电话短暂地停歇，贾冰忙跟进现场的具体情况。

江妣回道："我结合了几个现场报警人的说辞，初步判断大巴车上应该有三十人左右，大巴被货车撞向商铺后车头变形，目前没有一人从车上逃生。小轿车车主在爆炸发生前未能逃出，可能已经遇难。货车司机想跑，被热心群众给控制了。因为另一侧的小轿车发生爆炸，再加上下雨，路人不敢救人。目前那条路段已经堵了好些车辆。"

贾冰立刻道："联系交警那边。"

"已经展开应急联动机制，110和120也正赶赴现场。因恶劣天气影响，全城好些地段难行，赶过去还需要一点时间。仁皇特勤站的指战员们正在路上，预计还需六分钟才能赶到。现场的火情还在持续，有些混乱。唯一值得欣慰的是雨势稍稍阻碍了火势进一步蔓延。"

此刻，指挥中心大厅的显示屏上，显示的除了日历和天气情况，便是桂园路的这场重大交通事故。

"安排增援，再派一个中队力量过去。"贾冰紧盯着监控显示屏，做出指挥，"附近有没有执勤经过的消防救援车辆？"

江妣看着屏幕上的小点："没有。我这边再安排宇川消防站过去增援。"

仁皇消防特勤站距离事故发生地最近，且是峥州消防的中坚力量，足以应对这类大型交通事故引发的险情。可如今出现突发状况，江妣忙调度宇川消防站过去增援。

重大事故涉及大量人员伤亡时，需由多位领导一起决策。目前虽然伤亡情况不太明朗，但按照掌握的情况来看，伤情恐怕不容乐观。

这个凌晨的夜，注定让人心悸。

领导们也陆续赶到单位，进行紧急碰头会议。

这次事件由二级指挥长肖振远作为总指挥。他第一时间进行了任务分配，并和赶赴现场的指挥员进行通话，与同样参与任务的公安部门、交警部门、医疗部门进行应急联动，协作救援。

江姒正在和宇川消防站的通信员联络，冷不防身旁传来一道声音。

"目前案发地附近无执勤经过的消防车辆，宇川消防站离案发地有一定距离，再加上天气因素及现场的堵车，赶过去的时效无法保证。目前最有可能第一时间到达现场救援的是仁皇特勤站的指战员们。救援车辆距离案发地仅有三分钟车程，却被堵在澜沧桥路段。需要立刻为仁皇特勤站的救援车做紧急交通指挥。"

耳畔，周从戎沉稳的嗓音响起。

江姒一回头，撞进他深邃的眸子。

"还愣着干什么？"周从戎压低了声音催促道，"还不快研究电子地图找出适合仁皇特勤站消防车辆的最佳行车路线，用无线电联络已经出动的救援车辆！"

他蹙紧了眉头，右手握拳往她的桌面上轻敲了两下。

这一瞬，江姒足足看了他三秒。

明明他才是刚当接警员的那个"新人"，明明他才是被师父贾冰安排到她手下让她帮着磨炼的那个"新人"，明明他才是该听她指挥的那个"新人"。可他此刻的气场，无端让她成了他的"小弟"。

此刻情况紧急，江姒不敢懈怠，迅速调出电子地图的同时，脑子里也在飞快运转。

倏地，她盯住了某一处。

那是峥州大学仁皇校区的位置所在，距离仁皇消防特勤站出动的救援车辆目前所处的位置不过百米，恰位于消防救援车辆的右前方。仁皇校区占地面积极大，有东、南、西、北四个校门。若是能借道峥州大学仁皇校区，便能避过拥堵的澜沧桥路段，从南大门入，北大门出，向左直接行驶到达桂园路的案发现场。南、北的校门对于此刻的消防车而言，恰形成了一道天然的抢险救援的生命通道。

想至此，她立刻联络此次出警的仁皇站的站长兼指挥员许涛。

一路惊心动魄地飞驰,仁皇站的指战员们终于赶到现场,在许涛的指挥下进行救援工作。

现场传来影像资料,大屏幕上,传来一幕幕揪心的画面。

几分钟后,宇川消防站的指战员们也到达现场,投入联合救援行动。警车和救护车也驰援而来,各色车灯在细雨中汇聚成了一片闪亮璀璨的灯海。

一夜惊魂,救援工作让所有人的大脑都绷成了一根弦。此次交通事故造成了五人当场死亡,另有二十六人受伤被送往医院。

直到指挥中心结束调度工作,坐镇指挥的领导们离开,办公区内重新恢复了安静与平和,江姒才下意识摸出自己的手机。

十几通未接来电。

来自沈一冉。

沈一冉是江姒的大学同学,仁皇消防特勤站的通讯报道员。平时出现场时,便负责现场的拍摄工作和前后方的联系工作。此次桂园路段的重大交通事故,她也随警出行。

江姒给她回拨过去。

电话一接通,江姒还没开口,便听到对方急切的声音:"姒姒,我在这次交通事故现场发现了你弟的身份证!"

江姒耳中"嗡嗡"作响,只觉得一切似乎不真实起来。

死去三年的江锌,他的身份证为什么会突然出现在三年后的交通事故现场?

随着岁月的流逝,这三年来,江锌的名字渐渐消失在大众眼前。当初被媒体铺天盖地报道的救火英雄,也只是活在了少数人的记忆中。

可最近,一个侮辱性极强的音频文件,一个"恶作剧"的119来电,将江锌之死再次血淋淋地剜开在江姒面前。

如今,竟还出现了江锌那张遗失多年的身份证。

江姒紧握着手机,一时之间失了言语。

会是,那躲在角落里的硕鼠做的吗?

2

一夜的忙乱恢复安宁,新的一日雨过天晴,是个艳阳天。

"戎哥，转角生煎！"武大川前来交班，依旧背着他那藏蓝色的休闲包进门，还不忘特意给周从戎带了早餐，"醋和辣椒酱都给你搁了满满两勺。"

周从戎也不客气，接了过来："谢了。"可他没有立刻动筷，而是将其暂时搁在了桌子底下的帆布袋里。

单位有规定，尽量在食堂用餐，不能将餐食带到值班室。

"我说你们两个，跟你们说多少回了，醋和辣椒酱这种东西吃多了对身体不好。知不知道什么叫养生？"

尽管盒盖没打开，罗芳一进门，还是闻到了一股子酸辣味，开启了训人模式。

她是接处警岗位的老人了，三十三岁，峥州本地人，现场应变能力和各项体能都不错，当年是以体能测试、面试排名第一的成绩招进来的，是单位里的香饽饽。她的丈夫是冲在一线的消防战斗员，孩子还未出生那一年便牺牲在了岗位上。拒绝了一些亲朋好友劝她堕胎再找个人嫁了的想法，罗芳执意生下爱人的孩子，如今她独自带着五岁的儿子生活。也正是因为她的情况特殊，她得到领导特批下班后可以回家住宿。

这个岗位人员流动性大，一方面是压力大，另一方面是家庭方面的原因。像罗芳这样一坚持就坚持这么多年的，让人敬佩。

身为单亲妈妈的罗芳干练飒爽，因着常年的接警员工作，患上了颈椎病和腰肌劳损。她平日里总会以姐姐的身份叮嘱大家注意劳逸结合、合理饮食，热衷于给人做媒，尤其是偏爱推销她表弟。

江姒就这么入了罗芳的眼，成为她推销她表弟时的第一人。

不胜其扰之下，江姒和周从戎达成了协议，让其充当了她的挡箭牌男友。

没错，在单位，江姒和周从戎是众人眼里的一对。只不过罗芳却认定他俩是假的，平日里没少试探。

江姒和沈一冉打完电话，看见的便是罗芳给她带的爱心早餐。

"姒姒，给你带的养生粥。我弟今早做的呢。"值得提一句的是，罗芳她表弟与她家住同一栋楼，也就是楼上楼下的位置，平日里走动极为方便。

罗芳笑着，殷勤地打开保温盒。瞬间，香味四溢，香菇、笋丁、咸肉等混合的食材，在香葱的点缀下格外养眼。

武大川霎时就乐了："姐，你这还没死心呢？咱们单位一枝花可早就被戎哥给摘走了。劝你趁早歇了做媒的歪心思。"

被点名的江姒仿佛局外人，护紧了自己的早餐。

怎么着都不能跟自己的胃过不去，是吧？

不过，收下归收下，她也没有动早餐。

罗芳不甘地回怼："你个呆子懂什么！我驰骋情场那么多年，会分不清真摘假摘？"

"唔理真假，横掂肥水唔流外人田懂唔？本嚟就僧多粥少了，你还一个劲帮着你嗰个表弟拐带走。我系第一个唔同意（不管真假，肥水不流外人田懂吗？本来就僧多粥少了，你还一个劲帮着你那表弟将人拐带走。我是第一个不同意）。"武大川故意操起一口广普和她干嘴仗。

他是广州人，因求学来了峥州，随后留在峥州发展。他对广普和港普都得心应手，但怕影响接警工作不敢多说。不过还真别说，他入职后还真碰到过有人操着一口粤语报火警，江姒几人束手无策，电话转接到他这边，他竟格外有成就感。

只不过这会儿，他一口广普撑到了罗芳脸上，霎时惹来了反弹。

"你反了天了是吧？懂不懂得尊师重道？"罗芳好歹是带他入行的师父，开始板起脸来训斥。

"不就大七岁吗？瞧把你嘚瑟的。"武大川浑不在意地嘀咕了一句。这话霎时便捅了马蜂窝，惹得罗芳追着他喊打。

两人一言不合就动手。

江姒和周从戎对视一眼，默契地同时摇了摇头。

"行了，你俩别贫了，可怜可怜我这黑眼圈，赶紧接收一下工作吧。"江姒做可怜状。

他们接处警岗目前共有六名接警员，两班倒，白班和夜班皆是两人一组。期间组员会适时进行调整，但每次交班，需得做好交接工作。

罗芳和武大川忙收起玩闹，四人开了个简短的交接碰头会，重点说了一下夜班时的重要警情和注意事项。

办理好交接班手续，江姒和周从戎收拾东西走人，不忘提走各自的早餐。

一个通宵熬下来，还真是有些受不住，得赶紧回去补眠。

接处警人员会被安排住集体宿舍。江姒当年是看到支队招聘信息后风风火火报名，事后才知她是补缺，属于编外人员，所以她的住宿不强制，但每次回家还是需要打个报告，必须随时待命。至于周从戎，似乎是因为临时将他从消防救援站调岗过来，对他的岗位要求有些特殊，给了他一些特殊便利，执勤结束后多了些自由。

"姒姒，我弟说你还没通过他微信。这都是第三回了，他现在挫败得都快要得抑郁了。拿人手短，吃人嘴软，你那发财的小手手能不能稍稍松一松给他个机会？"

罗芳见两人离开，忙追出来几步，一双眼亮晶晶的，格外期待地望着江姒。

江姒手上还提着她给的爱心早餐呢，拿人手短。再被她那小鹿般的双眸一望，江姒几乎是心软地立刻便掏出了手机。

没错，都当妈的人了，偏偏有一双让人无法拒绝的眸子。江姒严重怀疑她是跟她那儿子学的。

江姒解锁手机，将它交到了罗芳手上。

罗芳接过，虔诚地将它合拢在掌心，非常具有仪式感地拜了拜。这才点开微信一通操作。

江姒好笑地看着罗芳的这些举动："芳姐，你至于吗？"

说来也奇怪，她都没见过罗芳的表弟，对方仅仅从罗芳的朋友圈那里瞧见过她和罗芳的合照，就这么对她起了兴趣。

用罗芳的话来说，不算一见钟情，但也算是念念不忘。

于是，便有了连番加好友的举动。

如今被赶鸭子上架加了好友，江姒也只得硬着头皮了，大不了到时候尬聊。

收回手机的时候，江姒瞧见罗芳特意朝她眨了眨眼。

毕竟是"男女朋友"，江姒在罗芳的注目礼之下直接搭了周从戎的车回去。

路上，她解决完了自己的早餐，又非常贴心地给周从戎投喂生煎。

两人动作默契，仿佛真的是一对相处日久的情侣。

不过很快，江姒的上下眼皮就禁不住打起了架。一夜通宵，她熬不住了。

"送你回你公寓还是你爸妈那边？"周从戎问道。

"我爸妈那边。"江姒话出口，又下意识补了一句，"停小区门口就好了，感谢戎哥搭载之恩！"

"别恩不恩的，这点儿小事不至于。"周从戎调侃道，"什么时候将欠我的这月的车资补齐？"

江姒昏昏欲睡，顺口道："多少？"

"滴滴师傅的一半价总该有吧？"

她掏出手机，闭着眼极为麻利地指纹解锁，随后将手机丢给他："戎哥你自己转吧，微信支付密码432555。"然后头一歪，竟靠着车窗直接睡了过去。

万万没想到竟是这样的神仙操作，周从戎愣了好一会儿。

她还真是一点儿都不防着他啊！

等红灯的当儿，他伸臂够了个后座的抱枕，枕在了她的脸庞下。

车载广播内，舒缓的音乐流淌，整个车厢多了几分舒适安宁的气息。

"今天凌晨一点左右，我市仁皇区桂园路段发生大型车祸，一辆货车与一辆长途客运大巴相撞，另有小轿车因躲避货车而侧翻引发车辆爆炸及电线杆起火。五人当场死亡，二十六人受伤被送往医院救治。一人因重伤在就医途中身亡。截至目前，共有六人死于此次车祸。"

突然插播的新闻，让周从戎蹙了蹙眉。

这场车祸，到底还是造成了重大的影响。

"一位匿名人士投稿我电台，称此次交通事故并非意外，而是与三年前死于峥州'3·25'游乐园鬼屋特大火灾案的一名消防员有关。该匿名人士言辞激烈并提供该名消防员仍旧在世的相关佐证，声称该名消防员三年前假死赚取眼泪和烈士名声，名利双收，希望内部彻查。我台已将相关资料递交警方和消防部门，请……"

周从戎关掉广播，心绪复杂地望了一眼副驾上仍旧闭眼沉睡的女人。

这场交通事故，竟然将已故的江锌牵扯了进来。

那个匿名人士，会是打来"恶作剧"电话，以及往江姒邮箱里发送音频文件的那个人吗？是一个人，两个人，或者，一群人？

蓦地，手机铃声响起。他怕吵醒江姒，看都没看来电显示，几乎是秒接。

戴上蓝牙耳机，他开口："喂。"

"戎哥，我有新发现！"

电波另一头的人，语气中难掩兴奋。

周从戎挑眉："真被你查出点儿什么眉目来了？你小子厉害啊。"

纪研博谦虚："也不算什么，这都耽搁了好些天。"

纪研博是个"技术咖"，以前负责消防通讯保障的。在家里长辈的念叨下改了行，机缘巧合成了江山影业的制片人，这些年做出了两部极具知名度的影视作品。

言归正传，他说道："你给我的电话录音我反复确认过了，匿名来电人词汇方面的咬字、发音、语速、停顿、长短音，跟三年前峥州'3·25'游乐园鬼屋特大火灾案中的报警人之一——邹薇极像。随后我又找了家权威机构鉴定，二者存在99.52%的相似度。"

"邹薇"这个名字，让周从戎一怔，他下意识望向还闭着眼睡着的江姒。

这个女人，是江姒三年来一直执着寻找的人。

"你怎么会突然想到与这个邹薇进行声音比对？"周从戎蹙眉。

纪研博给出他的解释："匿名来电人提到了那个火灾案，还辱骂了牺牲在那场大火中的消防员。我想对方肯定与这个案子有直接或间接的联系。恰巧我手头还保留着当年你让我帮忙分析的这个邹薇的音频文件，就做了比对。没想到竟然有了意外之喜。"

"晚上我请客，你带上那份鉴定资料。"

"得嘞！我这些日子正跟编剧磨本子，一直猫在本市呢。到时候你发餐厅定位。"

"别想着什么高档地儿了，老地方，七点。"

"行。"

挂断通话，周从戎依旧凝神目视前方路况，只不过把着方向盘的手，却稍稍加大了几分力道。

三年前的峥州"3·25"游乐园鬼屋特大火灾案，邹薇是当时的报警人之一。

火灾发生后，现场发现火情的人会陆陆续续地拨打火警电话以及其他急救电话。

当时第一个拨打火警电话的人，与接线员沟通了火灾发生地以及现场的大致情况。再之后，接连有其他人拨打火警电话，报的是同一个警情。

报警人的说辞大同小异。在消防救援人员还未赶到现场的情况下，接警员可以从他们打来的电话中，实时跟进火情的最新情况。

然而这个邹薇的来电，给了当时的接警员一个错误的讯息。

她自称是游乐园的工作人员邹薇，游乐园南门被拥挤的人群堵住，消防车恐怕开不进去，只有北门可以进。她会在北门接应消防车。

无论是救火还是救人，都是争分夺秒的事情。哪怕是一分钟一秒钟都极可能是一条条生命的流逝以及人民财产的损失。

接警员在得到这位热心群众的警示之后，第一时间向赶赴游乐园鬼屋进行救援的宇川消防站传递了相应的信息。

然而消防车改道，好不容易到达游乐园时，北门那道限高的铁门，却无情地阻挡了消防车辆的进入。至于邹薇，也不见踪影。

最终有消防人员背着沉重的装备先行徒步入了游乐园，其余人员则又随着消防车从东门入场，直奔起火的鬼屋。

这一耽误，足足延迟了二十分钟，鬼屋的火势越发严峻。

支队召开的战评会对此次救援行动进行了复盘，一番连环解套之后，疑点指向了这一通来自邹薇的电话。火调线索直指此次鬼屋火灾是由纵火引起。警方也介入调查。一系列线索指向了这个邹薇。可偏偏，查无此人。她拨打119的电话用的是一次性SIM卡，用完即扔，游乐园也并没有她的工作记录。这个人就这么人间蒸发了。

唯一留下的线索，便是她的声音。她打119时为了达到逼真的效果，声音并没有经过特殊处理。

就周从戎所知，江姒自从入职消防接警员这一岗位，每天接听大大小小的报警电话无数，每一次，都会将来电人的声音与那道邹薇的声音进行比对。她坚持了三年执着了三年，然而一无所获。

这一次，这通打到了他接警席的匿名辱骂来电，竟然，来自那个三年前的邹薇。

不，邹薇应该也不是她的真名。

时隔三年她再次现身，就仅仅只是为了逞口舌之快？为什么，偏偏是三年？

3

白发人送黑发人，江姒父母的生活一度陷入痛苦的深渊。

两人是同一所中学的教师，儿子身死的噩耗日复一日、月复一月、年复一年地侵蚀着他们。身边亲朋好友的安慰、女儿贴心的照顾、领导同事的关切、学生们纯洁的笑脸、社区人员的关怀、一封封网友寄给江铎的信件、一件件爱心人士送来的礼物，让他们逐渐走出伤痛。

江姒直到晚饭的点儿才睡饱醒来。闻着香味，她出了房门。

抽油烟机的声响在厨房轰鸣，可那油烟味还是弥漫开来。

"妈,这老式抽油烟机怎么还没换啊?上次不是说坏了吗?"她趴在半开式厨房门边,探头往里瞧着。

江母正忙着翻炒莴笋,闻言当即埋汰起来:"还不是你爸,说这钱省下来还能多给孩子们资助个千儿八百的,就自己动手修了修继续用着了。"

听着那似乎随时都能报废的老式抽油烟机发出的巨大轰鸣,江姒有些哭笑不得:"您可不能惯着爸。他是省出来钱了,可受苦的还是常年跟油烟打交道的您。气管方面的毛病,可马虎不得。"

江母还没来得及开口,斜刺里江父的声音就传了过来。

"你这孩子,就你知道心疼你妈,我难道不知道心疼自个儿老婆?我这不是手头有些紧吗?正好碰到个学生家长做手术,学校里帮着众筹,我多资助一点儿是一点儿。等下个月项目奖金发下来,我第一时间就改善咱家这厨房环境。"

说起钱,江姒不得不叹息。

她是不愿意当米虫的,可耐不住当年的她在读书压根没收入。然而房价又是一天一涨。老两口心里那个急啊,就将大半辈子的积蓄都拿出来,又跟亲戚朋友借了点儿钱,给她全款买了套红墅湾小区的房子,甚至还大包大揽了装修。

家里还得养车,每月各种杂七杂八的费用一堆,还得资助一些贫困学生以及红十字捐款之类。在物价飞速上涨的峥州,老两口手头还真是没能存住什么钱了。

偏偏江姒每月将大半工资转给他俩,他俩收是收了,却是帮她存着当嫁妆。就连她每月给他们买的一些营养品,他们转手就给送人了。

老两口是人民教师,虽然平日里注重养生,却不怎么爱食补,反倒热衷于锻炼。日子过得平平淡淡,却也温馨至极。

在钱这方面,江姒也只敢跟她妈提,可不敢听她爸讲的那一堆大道理。是以,她故意当着她爸的面翻出家里茶几上的家电宣传单,打过去电话,转账付款,跟人家约定上门送货及安装时间。

江父看得一愣一愣的,好半天,虎着一张脸嗔怪道:"你钱多是吧?钱多就给自己多买点儿护肤品,瞧你那熬夜的黑眼圈一直都没消下去。平日里是不是也该好好打扮打扮谈男朋友了?这衣服、鞋子、首饰、包包,哪样不需要花钱,你……"

"停停停！爸您就别操心我了，我还能不顾着自个儿？"江姒忙双手交叉阻止，又做了个讨饶手势，随后走近两步，将自己的脸往他跟前一杵，"来，您往这儿瞅，黑眼圈吗？不不不，不存在的，这分明就是眼袋。一般人想要拥有都没这能力呢！"

恰在此时，江母端着两盘菜走出厨房："得了，你俩都消停些。自个儿拿碗盛饭去。"

一餐饭，其乐融融。饭后，老两口喊上对门的吴叔，一起下楼遛弯去了。

江姒则负责刷碗收拾桌子，打理好一切之后，还不放心地在客厅和父母卧室里检查了一番他们最近的用药情况和家里的营养品蔬果剩余情况。

出了父母的卧室，她的目光落在走廊尽头那扇闭合的门上。

一步步，她徐徐走近。

仿佛近乡情怯般，她的手竟有些颤抖地握上门把手。顿了好几秒，她才下定决心般拧动。

卧室门被打开，那铺天盖地的窒息感直逼嗓子眼，目光落在床头柜那张一家四口咧着嘴大笑的合影上，才总算舒缓了情绪。

原本那个位置，放着江锌的遗照。每看一次，便让人痛心一番。她便做主将那照片藏了起来，洗了张一家人出去郊游的合影。

室内的布置依旧是江锌休假归队那天的样子，"豆腐块"的旁边，平整地放着两本消防安全方面的书籍。桌子上和飘窗边，则是堆满了礼物和信件。那些东西来自被江锌救助过、资助过，并送来虔诚谢意的人们，也来自那些听说过他英雄事迹之后给他写信送小卡片的孩子，还来自素未谋面的社会热心人士。

她的眼角微微有些发酸，手掌下意识一一拂过那些跟江锌有关的记忆。

打开角落里的瓦楞纸板箱，入眼便是成堆的书。好几摞都是总队院校招生考试的资料，还有复习笔记以及记录日常的日记本。

这还是江锌出事之后他们去宇川消防站收拾他的遗物带回家来的。他在队里的日子，除了日常的带训新人以及战备执勤，便是抽出时间啃书，希望能进入中国消防救援学院继续深造。

终究，他还是不得不带着这个遗憾离开了。

江姒打开那本复习笔记，便看到了密密麻麻的注解。他的字迹向来是刚劲有力的，且做的笔记内容总能让人一目了然，整体页面也很清爽。一页又一页，皆是他挥洒汗水的证明。然而其中一页，他的笔记开始凌乱起来，甚至还全是涂改痕迹。江姒蹙眉，刚要细细查看，门铃声恰在此时响起。

她搁下笔记，将房间内的一切回归原样，这才出门，关门，将有关江锌的一切隔绝在这扇卧室门内。

"你这是催魂呢？我家门铃可受不住你摧残。"打开大门，在瞧见是对门的吴拾时，江姒忍不住抱怨。

吴拾这会儿见着她比见着人民币还亲切，他跨步上前就是一个抱大腿的标准动作："姒姐！十万火急！小弟急需你救命！"

半个小时后。

头顶弯月高挂，夜色笼罩着峥州这座古老的城市。

"姒姐，待会儿你只管在前台那儿坐着，电话铃声一响，你接起，挂上个职业微笑佯装接听就成。台词方面就说句'您好，立新科技'，特简单！"

车子刚在大厦门口停稳，开车的男人就火急火燎地下车，绕到另一头殷勤地为副驾驶的女人开车门。

他喋喋不休："今儿个这事还真是够烦人的！赶夜场拍个上班的戏份。三百块找了个美院的女学生，结果这都开拍了人家才说赶不过来了，这不耽误事儿吗？现在的年轻人就是没有一点儿担当，不能演都不知道提前知会一声！我正准备厚着脸皮去跟哥们借下女友临时救急，可巧，江叔找我爸下楼遛弯的时候说你回家了！嘿！姒姐你就是我的救星啊！"

别看吴拾说话时老气横秋的，可他长得白净瘦弱，今年也不过才二十出头。他家里出了变故之后耽搁了学业，后来自考了个大专院校，学习之余开始到处闯荡。这不，混迹了几个经纪公司，平日里帮着剧组找些群演和临时演员。

一路坐电梯上了十二楼，吴拾将工作证朝着门口的工作人员晃了晃。

很快，两人就被放行。

江姒的通宵后遗症开始犯了，即便今天白天已经睡饱了，可冷不丁被他拉来当壮丁救急，跑几步就有些头重脚轻。

"别跑，我有点晕。"她忙示意他先松开她。

吴拾见她神色有些不对劲，忙慢下步子。他看了眼自己腕上那块地摊货："应该赶得及。今儿个纪制片人也会到现场，他要求严着呢，估计这会儿正和导演在监视器前挑一堆毛病让演员重拍呢。咱不急，咱不急。"

然而下一秒，他就重重拍了下自个儿的脑门："你这戏份是副导在那边拍，双线并行的。不行，咱们还是得赶紧过去。"

等到江姒被他急吼吼地塞到一个女人手里，又被那女人塞了一件职业套装，之后完成简单的挽发和化妆工作坐到镜头前，竟只花了七分钟。

"姒姐，别紧张，记住我跟你说的台词，等电话铃声一响，佯装接听就行！"吴拾伸长脖子朝她那边提醒。

江姒神色恹恹，只朝他摆了摆手。

她这个状态，让副导演蹙了蹙眉。

他刚要训几句，便看到刚刚还一脸疲惫的女人迅速挺直了脊背，在电脑前忙碌起来。

他霎时满意地点了点头，"Action"出口，一切就绪，江姒手边的座机突兀地响起。

一听到座机铃声，江姒打字的动作一顿，几乎是秒接，本能地进入工作状态。

"喂，您好，峥州119。"

见电话那端没有声音，她不得不重复了一遍："您好，这里是119指挥中心，请讲。"

现场，死一般的寂静。

等到一声"卡"传来，江姒才反应过来自己犯了严重的低级错误。

"不好意思，职业病。"她脸色有些发烫，忙不迭致歉。

4

职业病使然，一听到座机响，江姒的本能反应就是自报家门。

"不好意思林导，不好意思各位，我的'锅'我的'锅'，临时找我姐来救场，她还没熟悉台词。"吴拾忙抬起右手五指并拢抵在额前，朝着一行人左左右右地行几个不太标准的礼，随后朝着江姒挤眉弄眼，"姐，台词是'您好，立新科技'，甭再忘了呀！"

副导演对于前台这种小角色的更换不太上心，所以听他这么一说才知道江姒是被临时找来的。

不过瞧江姒的气质，倒是挺符合的。

"再来一条！"他没多追究，见差不多了重新开拍。

这一次，江姒完美地演绎好了一个花瓶。不需要演技，只需要微笑、说话、聆听。

齐活了。

"行了，这条过。"副导演发了话，总算是完事儿了。吴拾还在忙着装孙子，江姒则换好了衣服潇洒走人。

电梯上行，里头出来一人。

男人身高极具压迫性，穿着一件黑色的限量版秋家设计师联名T恤，头上骚包地打了发胶，随性中又不动声色地展现着自己的魅力。

他走出电梯时随意地朝她看了一眼，继续打电话抱怨着："……新项目整天和编剧磨本子，正拍摄的项目我还得时不时盯一盯。我都忘了今儿个和人家导演约好了看一下拍摄进度。刚助理又提醒了我一遍才冷不丁想起。哎戎哥，你可不能将我拉黑啊。我这就给你把电子版资料发过去！说好了好兄弟一生一起走，你可不能对我动了手……"

江姒与他错身而过步入电梯，按下一楼键，耳畔还能听到他喜感的声音，带着一丝雅痞味儿。

只不过电梯闭合的那一刹那，她却见到那男人语声一顿，隔着五六米远的距离倏地转身朝她望来。随后，那张俊脸闪过一丝错愕，嘴唇张了张似要开口说些什么，却是被闭合的电梯门挡在外面。

吴拾拉好关系处好人脉之后，转眼一瞧便不见了江姒。等到他追出去时，她已经在大厦外等车了。

"姒姐，你先别急着走啊！我这钱还没转给你呢！"

江姒笑道："得了，我又不是图你那三百块才过来的。"

"那可不成，一码归一码。更何况我还有事拜托姒姐你呢。"吴拾不由分说地往她手上塞了几张红票子，随即又格外郑重道，"姒姐，我打算进消防队，你有门路不？"

不料他有这打算，江姒问道："想当执勤车驾驶员？"

"我又没考B2，况且我对开消防车也没啥兴趣。要当也是当个冲锋陷阵的战斗员啊！"

江姒上下打量着他，对上他那副细皮嫩肉："你确定？"

虽说他日子过得糙，可是典型的白皮子，身体骨架也不怎么壮实，没有半分硬汉的样子。

被她的眼神打击到了，吴拾努力"挽尊"："你别瞧我长得瘦，我平常可都是有锻炼的！身体结实着呢！"

"还有你的学历……"她欲言又止，故作一副为难样。

简单的几个字直戳吴拾的心窝子，他悬起了心："学历要求多高？"

"峥州这边要求是高中及以上。"

对于吴拾而言，还真怕学历的门槛直接将他拍死在沙滩上。此刻听到这话，他如蒙大赦，立马舒展了紧绷的脸，"嘿嘿"笑道："那我妥妥的了！我就说嘛，努力的人运气总不会太差。我当初想不开去考了个大专，是不是多此一举了？"

"想什么呢！"江姒作势往他脑门敲去，"如果你以后想提干，学历还得再往上提提考个专升本。知识永远都不嫌多，学历永远都不嫌高。"

吴拾抬起手臂躲闪了下，不忘真心吹捧："姒姐说得对极了！"

江姒收了和他的玩闹，蓦地正色道："怎么突然想干消防了？"

在社会上混过了好几年的男人突然就腼腆起来了，不好意思地挠了挠后脑勺。这一刻，他身上才有了那么点儿少年的影子："我想找回七八岁时的那份初心了。"

那时的他，就想着长大后要当一名消防员，要救火，要救人，要做个大英雄。

"姒姐，你当时又是怎么想的？119接警员，说到底性质就是话务员，每天没少操心，三不五时地熬夜。这真的是你的职业目标吗？还是……为了锌哥？"

江姒往他脑门上盖了个帽儿："只准你有初心，不准我也为了我的初心努力奋斗下？"

"你的初心？我记得你的初心是当一名英姿飒爽的女舰长呀。"

她白了他一眼："女舰长是我的第二份初心。"

"那姒姐你的初心还真够多的。"他小声吐槽。

江姒全当没听见，正色道："你如果真想干这一行，我去替你打听下情况。今年峥州还没公开向社会招聘专职消防人员，我估摸着标准还和往年一样。但我建议你直接报考国家综合性消防救援队伍的消防员招录，时间大概在七月底，届时你在网上报名就行。不过就你这体魄，想要在体能测试里脱颖而出，难。"

"不带这么打击人的啊！"

"你打算当消防员,是不是瞒着吴叔?"

两家住对门,可谓知根知底。当年如果不是吴叔、陈姨车祸,一个手臂截肢、一个离世,吴拾也不会放弃高考四处打工。好在他自个儿上进,两年后家里稍稍好转,他打工之余拼命复习,最终考上了一所大专院校。而吴叔在失去了左臂后也逐渐走出阴影,父子俩相依为命,日子也过得安康平静。

"我爸担心我毕业后会成天不务正业,我这才想着重新捡起我那份初心来着。在我被选上之前,你可千万别说漏嘴呀。"

"行。"

用打车软件叫的车停在两人跟前,吴拾先一步替她打开车门:"本来该我送她姐你回去休息的,可我那车是借的剧组的,刚又被剧务开走了。"

"行了别废话,该干吗干吗去。"江姒忙打发他,还不忘叮嘱,"晚上早些回家,别让吴叔担心。"

一路上,司机师傅极为健谈,侃大山侃得飞起。

江姒极喜欢和他们聊天,有助于从这些热络的聊天中了解人生百态。

手机振动,她打开微信,是周从戎给她发的一张照片。

图片被点开,当"鉴定"的字样呈现在她眼前,当那个盖了公信力的印章印入眼帘时,她又好奇地从头至尾一字不漏地查看起来。

随后,她的神色一点点变得凝重。

那张美丽的脸,也随之紧绷。

她几乎是毫不犹豫地给周从戎拨了个电话过去。

对方接得很快:"瞧见了?"

"那道声音,那个人,真的是邹薇吗?"江姒的声音有些发颤,整个人神经紧绷,"她时隔三年后真的再次出现了?"

江姒想问的是,那个曾谎报警情延误了救援时机间接害死了江铮的女人,竟然真的如此无耻,在江铮牺牲三年后打来辱骂他的电话吗?竟还说江铮假死赚取眼泪博取声誉!她怎么能?她怎么敢!何其无耻!

"你先别激动。目前可以肯定的是,打到我接警席的那通匿名辱骂电话鉴定后初步确定与三年前的邹薇是同一人。但发到你邮箱的辱骂音频,并不一致,应该是出自不同的人。"

江姒的手一抖,手机竟有些拿捏不稳。

邹薇!三年前谎报警情也就罢了,如今……她怎么能如此毫无人性信口雌黄地诋毁一名为了救人而付出了生命的救火英雄呢！她这种人，真的有良心这种东西吗？

"我要告她！我要将她这只硕鼠从黑暗中抓出来！我要让她为她说过的话付出代价！我弟弟不能死后还被她如此污蔑泼上污水！"

江姒的声音发狠，带着屠戮一切的恨意。

司机师傅从内后视镜中瞧见江姒的神情，有些关切道："小姑娘是受了什么人欺负了吧？要不我改个道将你送警局吧。你去报个案，先让警察将那人逮住再说。"

听到"报案"，江姒那紧绷的线却是倏地崩裂开来。

这个隐藏在黑暗中的邹薇，三年来一直音信全无，警方也早就给出"查无此人"的结果。如今再去报警，也不过是无用功。

她身子一软，竟有种无尽的悲哀感袭上心头。

那些三年来盘桓在她家人心头的伤痛，那些三年来逐渐愈合又重新被血淋淋剜开的伤口，当真，有弥合的那一日吗？

电波另一头，周从戎显然是听到了她这边的动静，沉稳的声音传来："你现在在出租车上？去趟警局也好，但这事儿可能不好立案。即便立案了，这个邹薇压根没留下任何能追踪到她的痕迹，不好查。"

江姒也明白这一点，可她双眸灼灼，有着属于她的坚定："不去试一试怎么知道不能呢？邹薇是我心里的执念。如今她自己主动露面了，且一露面便如此诋毁我家阿锌。我，必须得拼尽全力抓住她。"

挂断电话，江姒对司机道："师傅，您送我去警局吧。"

5

此次桂园路发生的重大交通事故案造成了六人死亡，二十余人受伤。在峥州引起轰动，主流媒体也争相报道。上层高度重视，下令彻查此案。

江姒才刚到单位，便被罗芳拉着进行了二人小型茶话会。

"和我弟聊得怎么样了？"

若不是罗芳问，江姒都差点忘了她还加了人家微信。

"没聊啊。"江姒极其自然地回道。

瞬间，罗芳便摇头晃脑起来："不该啊，这小子好不容易才加上你微信，竟没兴奋地骚扰你？难道是乐坏了，正琢磨着该怎么跟你来个完美的开场白让你印象深刻？不不不，这都奔三的人了，平日里工作挺雷厉风行的，不至于在感情上这么畏首畏尾吧？"

江姒由着她在这边给她表弟打轰炸电话，自己则跑去找昨夜通宵的同事交接工作。

虽然他们工作时间是两班倒，但每周总有那么几天六名接警员会全体到场。一来便于领导布置工作及头脑风暴，二来便于上头考察及负责接待事宜以及各单位联动，三来便于增进同事情谊，四来是便于应对紧急突发状况。

今儿个唯独缺一个周从戎。

"戎哥被借调参与桂园路交通事故案的火调工作了。"武大川替她解了疑，双眼放光满是崇拜，"不愧是久经火场的老将啊，是领导亲自找老大给特批的。戎哥到咱们这当个接警员完全是屈才了。"

虽然大家都不清楚周从戎为何会从仁皇特勤站的指导员变成一个指挥中心的接警员，但他们都明白，他的功勋章并非凭空得来的。

贾冰走进来时恰巧听到他的话，笑道："怎么着，你这是嫌弃自个儿只能窝在这儿守着部电话电脑？"

"哪能呢！老大你怎么总喜欢埋汰我？"武大川忙"嘿嘿"笑着表明自己的爱岗敬业，顺道将罗芳卖了，"倒是芳姐，每天工作之余还心心念念着当媒人，老大你可得好好管管她。"

"人家罗芳好歹是带你入行的师父，你这一天到晚打小报告，尊师重道的礼节呢？"

作为指挥长，四十多岁的贾冰是出了名的平易近人，和大家打成一片。只不过工作时严肃起来，却是不近人情。

他合掌拍了三声，示意他们几人聚在一处。

"我就说三个事儿，你们认真听一下。"

江姒他们五人忙习惯性地掏出了小本本，等候他的下文。

"第一个事儿，桂园路的交通事故案影响重大，消防和警方已经展开合作，目前正在调查事故原因。媒体已经多次试图接触咱们的宣传部门了解情况。但有些东西还未查明。作为官方，只能给出事实性的结论，不能胡乱做下个人主观判断。媒体也许会通过拨打119诱导你们回应，你们一律回一句请等待官方通报。态度要认真有礼，尽量不能让人家觉得咱们慢怠了他们。若人家追问不休，以担心有警情拨打不进来为由挂断。"

一般本地发生点什么重大的事件，当地媒体总会闻风而动。随着网络的发达，一些来自全国各地的主流媒体以及自媒体机构也会跟进。这种时候往往就会各显神通，见从对接的部门拿不到实质性新闻，便会想些奇招。往他们指挥中心拨打电话询问进行套话便是奇招之一。

江姒熟练地在本子上记下这一点。

"第二个事儿，仍旧和这个案子有关。这两天消防和公安的省领导会来视察跟进，重点是视察参与此次救援的仁皇消防特勤站和宇川消防站，也会来指挥中心问些情况。具体行程未定，你们值班时都警醒着点儿。"

"是！"五人声音嘹亮。

"第三个事儿，"说到这儿，贾冰声音一顿，环顾了一圈，视线落在江姒身上，"案发时堵车，江姒靠着精准的地形分析对消防车辆进行引路，为救援行动节约了宝贵的时间，也在一定程度上避免了更进一步的形势恶化。上头决定对此予以表彰。"

周围，掌声起，是同事们给予的认可与鼓励。

江姒诧异地抬眸，难以置信。

从事这一行业至今，她曾多次被表彰过，就好比一年前下雪的冬夜，她靠着她和报警人侃大山，成功激起了对方的求生欲，让对方放弃将活蹦乱跳的自己埋葬在冰雪中的愚蠢念头。事后又不放心地联系报警人所在辖区的派出所，希望他们上门确认对方状况，知晓对方果真无事才彻底放心。

可这一次，她自觉并没有做出什么有力的贡献，这都是身为一名消防接警员该做的。随即她又想到了周从戎。

江姒张了张唇，有心想说她当时是经了周从戎的提点才能迅速规划好救援路线，却被贾冰打断。

"毕竟这案子造成的人员伤亡较重，目前调查结果还未出来。即便江姒有功，咱们内部知晓就好，尽量低调。"

掌声散去，罗芳却还是忍不住朝着江姒挤眉弄眼，为她高兴。

要说的话交代完了，贾冰离开，自去忙了。

江姒未曾犹豫，直接便追了出去，与他一道入了他的办公室。

这是一个标准老干部风的办公室，贾冰一进门便去拿他办公桌上的保温杯，连着喝了好几口枸杞茶，随即便打算去接水。

江姒眼疾手快地将杯子从他手中接了过来："师父你坐，我来。"

说话间，她已经麻溜儿地往杯子里灌了水，拧上杯盖重新放回了桌上。

"往日里可没见你这么殷勤，这是有什么不好开口的事儿要对我说？"贾冰睨着她，一眼洞穿她的心思。

见瞒不过他，江姒琢磨了一下用词："师父，当时是我和戎哥一起值的班，他曾对我指点才让我迅速做出应对。"

"你是觉得，这份表彰，也有他的一份？"

江姒迅速点头。

闻言，贾冰竟是爽朗大笑："他可不稀罕这点儿表彰。"

江姒蹙紧了眉头："为什么？"

他示意她坐下，自己也往那椅子上大大咧咧一坐。

"从戎曾在仁皇消防特勤站当过指导员，曾在一线火场冲杀奋不顾身地挽救人民的生命和财产，这点你们应该都知道了。"

"是的。"江姒应道。至今，她都一直在疑惑他究竟是犯了什么错才会被分配到这儿，从一线救援岗位退居接处警岗位。

贾冰显然是与周从戎有着私交，字里行间都是对他的赞赏："他曾经拿到的那些功勋章都是用自己的血汗换来的，是真真正正地跟死亡零距离才换回的那些荣耀。离开仁皇特勤站调到我们支队指挥中心，他还没调整过来。在他的潜意识中，总觉得自己做的那些事儿微不足道，这些在很大程度上靠脑力劳动获得的表彰不值得领受。他更希望自己的功勋是用他的血与泪换回来的，总觉得这才是真真正正的实至名归。

"你看，从今年初到指挥中心至今，他表现平平，没做出什么特别起眼的实绩。你们做这一行，是特意去背过地图，练过方言，熟悉过辖区的交通道路、水源、消防站点装备情况的。可他呢？八年的一线工作，他早就将这些刻入骨髓。若真要说，从战斗员到指挥员，一路走来，他比你们中任何一人都要了解这些，更了解你们所不了解的。"

听着贾冰口中描绘的周从戎，江姒忍不住动容。

这让她不禁想起了弟弟江铎。

同样都是一线消防出身，从加入消防队伍的那一刻，便将自己的生命交托给了国家，将人民的生命和财产安全放在了首位。

对于江铎而言，那些付出的血与泪，才值得骄傲。他曾不止一次地与她探讨过人生价值的问题，他觉得，他的根在消防。哪怕日后为此豁出命去，也是值得的。他加入消防的意义,他的个人价值和社会价值,他从小到大的理想与抱负,都蕴含在了他所从事的职业中。而最终,他也如他所言,扎根在消防,将他的生命,他人生中最后的一丝养分都灌溉到了他所处的这片红色土壤。

这会儿,江妣竟前所未有地好奇起来。

"师父,戎哥当初为什么会到这儿来做接警员?"

"其实也不是什么秘密,但我不方便说。你如果真想知道,可以去问他本人。从戎这人吧,性子有些拧,有些事儿不屑于解释。但他既然来了指挥中心,你就先好好带着他。他在救援这方面是内行,可在接处警这方面,还是得多学多练。"

"好。"话说到这份儿上了,江妣站起身,"那我就先去工作了。"

临出门前,贾冰怕她钻牛角尖,语重心长地开解:"你也不用有心理负担。在电子地图上瞧出端倪的是你,全程为救援车辆引路的是你,你的表彰实至名归。不过——"

他这么冷不防一顿,江妣忙回身,恭恭敬敬地等候他的转折。

贾冰故意板着脸,唇角紧抿:"虽然没规定不准你们内部消化,但你俩谈恋爱低调点儿。"

"轰!"

江妣只觉得面庞一阵发烫,急急地想要解释,却被贾冰无情地挥手赶人。

大意了。

她只想着让芳姐打消给她做媒的念头,将自己和周从戎草草凑成了对。这事本来只是他们单位接处警岗的小团体知晓罢了,没承想竟还传了出去。

她现在和周从戎解绑还来得及吗?

头秃!

本着互通有无的合作精神,江妣在午休时给周从戎打了个慰问电话,委婉地提了一下两人的"恋情"在领导那里曝光一事。

只不过周从戎给她的反馈却差点惊掉她的下巴。

"这事怪我。那天我和贾哥一道去食堂吃饭,话赶话便将这事告诉他了。"

贾哥?

她只知道两人私交甚好,没想到私底下这两个差了十七八岁的人竟还称兄道弟起来了。

他正经说起来还得喊她一声"师父",可他喊她师父"贾哥"。

这辈分还真是够乱的。

"戎哥,我这小心脏不太好,您下次能不能别这么吓我了?"江姒颇有点儿哀怨。

电波另一头,男人状似为难:"这可打不了包票。一般而言那些个机密的事儿我这嘴严实得很,就算是严刑拷打也休想从我这里露出半个字。可对于这种不是秘密的秘密,我心理防线会很低。"

"那烦请将它打上一级机密的标签。"

"可咱们办公室那片儿罗芳他们不是都知道了?还有必要再保密?"

"有必要!"江姒格外认真严肃,"我不想被某位领导请去喝茶。"

周从戎最终还是没忍住笑出声来:"行了,我有数了。一个假恋爱被你整成这样,你这累不累啊?"

6

从事一线救援工作多年,周从戎具有丰富的火调经验,以往也常被借调过去。此次交通事故造成的人员伤亡惨重,上级极为重视,他奉命借调前往参与火调工作,与警方展开合作。

结束和江姒的通话,周从戎才将吃剩下的盒饭简单收拾了一下,扔进了垃圾桶。

"哟,嫂子查岗结束啦?"

陈潜见他打完电话,这才又重新走了过来,还顺道给他递了一瓶水。

他是支队火调技术处的火灾调查员。此次交通事故案人员伤亡惨重,火调工作由支队这边接手。但好巧不巧,支队火调方面的业务骨干有的去外省培训了,有的则被调到了其他案子里分身乏术。如今分配到这个案子上的人仅有陈潜和沈小芮两人。再加上这个案子比较棘手,上头一直紧盯着,领导便去借调了周从戎。

陈潜和周从戎早年打过交道,算是老相识了,说话便荤素不忌了些。

周从戎也不反驳,接过水猛灌了几口,给了陈潜一个意味深长的眼神:"我好歹有个人查岗,你呢?"

后者也不恼,而是朝着身后的人招招手:"老婆,来,跟戎哥正式介绍下自己。"

他的身后正站着个穿着制服的女生,是今年刚从大队辅助执法岗位调到支队火调技术处的。今天上午三人一起合作时,周从戎便发现这女生在这方面颇有天分。

听得陈潜这话,周从戎当场瞠目结舌。

自己不过一句玩笑,可人家竟然还深藏不露早就结了婚。

"你小子这速度堪比窜天猴啊。这事也没听别人提起啊,你捂这么严实,搞隐婚?"

见周从戎还真的信了,陈潜瞬间"哈哈"大笑,他身旁那个和他勾肩搭背的小姑娘也是满脸笑意,一把拍开了陈潜的手臂。

"哥你这人经不起逗啊。"沈小芮笑着解释道,"他和我打配合用这一招治过好多人了,没想到你竟然也中招了。"

"我戎哥是真性情!对兄弟信任着呢,这才被我诓住了。"

知晓是被这两人联合起来耍了,周从戎反手就是往陈潜脑袋上盖了个大帽儿:"一天到晚油腔滑调算计人呢?"

后者龇牙咧嘴,连连告饶。

周从戎见时间差不多了,收起了玩闹:"继续跟废墟奋斗吧,看看下午能有什么收获。"

提及正事,几人都严肃起来。

事故发生至今,现场早就经过了多轮勘验。警方是第一时间介入调查的,除了被碾压向商铺后严重变形的大巴车,还有一辆重型货车和一辆轿车。重型货车受损轻微,轿车当场爆炸,已是一副残骸。以防堵塞交通,这两辆车都已经被拉到了其他地方。

目前警方与消防互通的消息是,六名事故死亡人员中,大巴车驾驶人属于车辆撞击直接致死,四名大巴车上乘客及小轿车驾驶人皆属于生前交通事故外伤及车辆起火烧伤而亡。其余死里逃生的乘客还在住院接受治疗。

货车只是撞击受损,小轿车的火因在前一日已经查明。今日的火调工作,重点勘验的便是大巴车。

警戒线内,便是那辆车身还陷在商铺卷帘门的大巴车。上午做过勘验,目前那边还堆放着一些火调工具。

重新换上防护靴,戴上防护头盔和防护手套,三人简单地进行了分工。

火调的工作烦琐，火因往往隐藏在微末的线索中。根据走访事故当事人以及目击者，再结合现场残留的线索，这辆大巴车是被车轮打滑的重型货车碾压到了路边的商铺。初步鉴定大火系大巴车油箱因碰撞破损致柴油泄漏所致，好在当夜下着雨，未有明显的高温火源，给了消防救援人员抢救被困生命的时机。只不过，最终柴油被引燃继而引发大火，将车厢内还未来得及逃离的乘客的生命永远地留在了火场中。

现场已经拍照留存，上午已经将现场残留的炭化物用编织袋装好，清洗筛选，艰难地寻找了一番熔珠，以便借此判断形成于火前还是火后，辅助鉴定火因。通过初步判断，找寻到的应属于继发性短路熔珠。具体如何，样本还需带回实验室进行进一步的检测。

然而，根据这一线索，便可以初步判断大巴车起火并非是因为发动机舱内电线电器因碰撞损坏致使短路产生火花进而引燃泄漏的柴油。

而这，也给此次火调增加了难度。

如今，他们需要做的便是查找出真正的火因，是意外还是人为，给这一次的火调案做一个定性。

"说起来，这大巴车上的监控视频呢？"利用监控，是火调的又一辅助方式。只不过周从戎也是今天才刚被调过来，上午只顾着现场废墟的调查工作，一时之间没顾得上其他的。

"警方去跟大巴车所属的南安集团联系了，我们领导也亲自去了，人家推说当时车上的监控出现问题没有运转。"提起这个，陈潜就来气，"这么不配合，指不定当时车上真的发生了什么了不得的大事。见对他们集团不利，就故意隐匿了视频。"

这种事情，算不得什么稀罕事。乘客生命和集团利益搁在一块儿，总有人会为了一些利益罔顾事实铤而走险。

"行了，这些交给警方，总有让他们吐出真相的时候。"周从戎踏步走上大巴车残骸，继续开始了从废墟中找寻真相的旅程。

因着当时消防灭火及时，大巴车烧毁得不算充分，车身框架尚算完整。

一行三人也不磨蹭，投入工作中。

也不知过了多久，沈小芮突然开口："我一直想问来着，你们没觉得空气中的味道有些不对劲吗？"

经历过火灾的现场，各种味道混杂，格外难闻，也格外考验火调人员的专业性和耐受性。

陈潜摘下口罩:"就你这狗鼻子最灵。不过这味道,是柴油燃烧之后的残留气味吧。"

鼻尖充斥着这股子焦糊味,周从戎紧蹙着眉头并不说话,只是紧绷着的俊脸却显示着他正在思索。

他一步步在一片废墟的大巴车内走动,眼眸四处扫视,总觉得有什么被忽略了。倏地,他定住身形,视线聚焦在焦黑处,蹲下身扒开那一堆杂物。

伴随着这一堆杂物被扒拉开,他鼻尖一动,视线微沉。

"这味道……"沈小芮嗅觉灵敏,凑过来使劲嗅了嗅,"对,就是这味道!"

陈潜也深吸了一口气,又以手从下往上扇风的形式企图将那气味灌入鼻中,只不过到底还是不如沈小芮的嗅觉。

"这味道怎么了?"他问道。

沈小芮摇头:"我只能闻得出这味道和柴油剧烈燃烧后的味道有差别,可我判断不出来是什么。"

周从戎用火调工具撬着车底盘那道铁皮:"是易燃液体残留的气味。这种液体对人体有一定毒性,如果遇到火源,会顷刻间燃烧。"

"会是什么?"

几人仔细琢磨起来。

"这气味……"周从戎将撬下来的铁皮放到鼻下,"如果我猜得没错,极可能是香蕉水,主要化学成分是醋酸正戊酯。需要送检。"

若检测出来确实是香蕉水无误,那么就意味着大巴车上存在易燃易爆物品。而这起大巴车起火事件,就不仅仅只是意外那么简单了。

或许,还与乘客偷带易燃易爆物品上车有关,抑或,更要严重得多。

瞧该大巴车所属集团企业面对此事的态度,这可能性似乎还真的极大。

拍照,封袋,留存证据,准备送检。

三人一系列动作熟练,显然是配合默契。

恰在此时,周从戎裤兜内的手机铃声响起。他摘下手套,看了一眼来电显示,竟是江姒。

他挑了挑眉。突然之间给他电话打这么勤,该不会又是要对他耳提面命假恋爱一事吧?

陈潜悄咪咪地凑过来:"哟,嫂子又来查岗了呀。距离刚刚那通电话才多久啊,也不嫌腻歪得慌。"

"滚边儿去。"周从戎将他的脑袋推开,接了起来。

电波另一头的江姒语气急促:"戎哥,我给你推了一个视频链接,你赶紧打开看看。"

听得她这风风火火的一句话,周从戎才意识到她刚刚给他发了消息,只不过一直在忙他压根没注意到。

"行。"

从电话接通到结束,两人的通话时长也不过才五六秒。

陈潜看得一愣一愣的。

这就结束了?也不你侬我侬一下?

周从戎站在大巴车废墟外点开了江姒发来的链接。

这是一名死里逃生的乘客接受本地媒体记者采访的视频。

画面中,乘客神色激动,满是劫后余生的感慨与震惊。

"当时消防赶过来救我们了,那被堵住的车门一通,我们就一个个往外逃。我因为大巴车和那货车相撞,腿脚受了伤,逃出去不利索,所以是最后获救的一批。正是因为这个,我才瞧见了那吓死人的一幕啊!你们不知道啊,那消防小哥将我那受伤的脚从变形的拉杆里解救出来,扶着我的胳膊往车外逃。我心有余悸啊,回头一看就冷不丁瞧见车里一个男人突然浑身冒火,就这么烧了起来。我这辈子第一次瞧见这种火烧活人的惊悚事儿啊!当时还以为是大巴漏油着的火,后来我听同我一起被送往医院的乘客说,车子被撞后,那着火的男人带上车的那装着液体的罐子碎裂,恰巧将那男人倒湿了一身。结果这男人手臂被撞折了,还一直往口袋里摸什么东西。后来才知道,人家摸的是打火机啊!这男人是想要和我们这一车子人同归于尽啊!"

说到此处,受访人声调早已不知不觉拔高,真情实感地控诉:"有什么事儿想不开要这么乱来啊!不仅害了他自个儿,还害了他人。车上还有这么多人,这可都是一条条人命啊!如果不是有位热心乘客不顾自身安危折回去及时用灭火器扑灭了他身上的火焰,后果不堪设想啊!可尽管如此,车子最终还是沦为了火海,当时那浓烟啊,那轰隆声啊,那个场面啊!我这一辈子都很难忘掉了!"

不知什么时候,陈潜、沈小芮已经挤过脑袋一块儿看这采访视频了。

等到看完，三人都是一默。

这个采访视频，进一步印证了周从戎等人发现的线索。现场存在易燃易爆物品，而这易燃易爆物品，极有可能便是该名引火自残的男乘客自行携带上车的桶装液体。即便该男乘客身上的火被热心乘客用灭火器扑灭，残留的火花也足以引燃那泄漏的柴油。大火的爆发，车上最终没被顺利救出的乘客，一切似乎都有了答案。

而这，也暴露出一个问题。车站安检工作存在重大疏漏。

怕就怕这压根就不是全部的真相，其中还有他们不知道的隐情，才会导致南安集团对监控视频一事进行推诿。

几人垂眸沉思间，一直没有任何操作的手机开始自动播放下一段短视频。

是个女人的声音，谈论的也是关于桂园路的这场重大交通事故。

"当时我就在那大巴车上，真是九死一生啊！我只来得及看两眼那热心乘客，总觉得他有点儿眼熟，越回想越觉得他像极了三年前一个牺牲的消防员。怪我这不长记性的脑子，居然忘了他的名字。三年前我在路边目送他的遗体归来，还与许多人一起自发前去殡仪馆为他送行。你们说这世上是不是真的有英魂啊？哪怕死去了，他还依旧守在我们身边，依旧为救火在努力？"

视频里的声音回荡在耳畔，一字一句，敲在周从戎滚烫的胸腔。他一点点握手成拳，咬紧了牙关。

江铎再次被牵扯了进来。

这与他早前在车上听到的电台广播联系到了一处。

只不过，一个是感恩，含着劫后余生的谢意。另一个则是匿名举报，含着满腔的恨意。

7

红墅湾小区。

不得不说江父、江母早年做出的决断是极为睿智的，这房子地段不错，虽说只买了八十多平方米，但附近有大型商场、超市、地铁，极为便利，距离江姒的单位大约二十分钟车程。

今晚江姒和同事交接班离开单位时，夜色早已黑沉。峥州市霓虹璀璨，她打了辆车回家，手里还提着在小区外店铺里打包的麻辣香锅和烤串。

出电梯站定在家门口，她还没来得及按密码，门便被从里头打开了。

"你可算是回来了。你说说咱俩都有多久没见了，好不容易上你家一趟还被你放鸽子，我真的会'谢'。"沈一冉风风火火地跑过来开门，嘴里还在碎碎念。说话间，她眼尖地瞧见了江姒手上挂着的袋子，麻溜儿地接了过来，笑得格外满足，"还知道买点儿垃圾食品来犒劳我，不错，那我就不客气地笑纳了。"

两人都从事消防这一行，不同于江姒能够打报告住家里，沈一冉平日里却是需要住单位宿舍的。虽说轮休，可忙起来是真的昏天暗地。像别的闺密一样隔三岔五约个饭的机会实在是不多。这不，两人都有大半个月没见到面了。

沈一冉以前拥有一头漂亮的棕色大波浪，因着工作需要，她硬生生将头发给拉直成了及肩黑短发，平日里扎个马尾，时刻注意着仪容仪表。

江姒进屋换鞋，脱下外套将包一挂，好笑道："瞧你出息的。"

打开打包盒，沈一冉状似随意地问道："你今儿个怎么没有专车接送？咱们戎哥这个专车司机下岗了？"

还真是火眼金睛，专在落地窗前杵着盯楼下动静呢？

江姒失笑："他这几天工作时间方面和我不同步，被借调去参加火调工作了。就是桂园路那个交通事故案。"

一开始她是为了在罗芳面前增强两人是情侣关系的可信度，这才和他打商量付个车资，让她搭个车。沈一冉是知晓两人情况的，可没少打趣。

不过提起这个，江姒朝沈一冉摊开手："说好给我带的身份证呢？"

提及正事，沈一冉也正经了起来，她从包里翻出一张略有些毁损的证件："这类火灾现场的物件，原本是要交给警方那边寻找失主的，不过这是你弟的身份证，就先从我们站长那边走了个流程，再转到了派出所。我今儿个刚按照你吩咐给你领回来，还热乎着呢。"

江姒原本在沈一冉告知她的当天便打算去将身份证拿回来的，只不过需要走流程不得不等待。如今身份证在手，她一瞬不瞬地打量，心情也跟着多了几分沉重。

这确实是属于江锌的。

江锌牺牲时，身份证件自然是没在身上的，当时他们给他办理死亡登记时，也没找到他的身份证。江姒原以为是一家人收拾遗物时不慎将其遗失了。没想到，他的身份证竟出现在了这一次桂园路的交通事故案现场。

两个女人挤在沙发上，江姒的手指摩挲着身份证上的头像，喃喃道："怎么就凭空跑到那儿去了呢？"

沈一冉只觉得手上的烤串也不香了。她狠狠咬了一口牛肉，没滋没味地嚼着："身份证是在客运大巴上发现的。如果能找到当时大巴上的监控视频，兴许就能找到将身份证带上车的那人了。不过这南安集团推说监控视频出现问题没有运转，也不知道这里头是不是存在什么暗箱操作的勾当。"

江姒目光沉静："监控视频出问题的可能性极小，一般而言，他们不愿意配合交出视频，或多或少会有一些特殊的原因。他们可能觉得事情牵涉到了自己身上，想明哲保身隐瞒什么。作为大企业，总会有各种顾忌。"

"都出人命了，如今不是交不交出监控视频的事儿了。即便他们想要捂住什么，恐怕社会舆论也由不得他们捂住。"沈一冉愤愤道，"车上安装监控，本就是为了便于管控。如今说没就没了，影响后续调查，这其中又得增加各种工作量。"

两人皆心事重重，江姒将身份证拿去卧室收好，出来时已经换了一身家居服，一头短发披肩，飒爽利落。

她往半开放式厨房走："吃不吃泡面？"

沈一冉忙阻止："你不是还买了麻辣香锅吗？"

"那是给你的。我最近上火，忌口，只能吃清淡的。"

"但也不能吃泡面啊，比你给我带的垃圾食品还不营养。"

十分钟后，当江姒的泡面出炉，沈一冉瞬间化身柠檬精。

空气中香味氤氲。线条流畅的八英寸蓝色火影面碗中，面条上头卧了一个温泉蛋，周边点缀着火腿年糕和拉丝芝士，还撒了海苔碎。摆盘精致讲究，令人极有食欲。

"给我也来一碗！"她豪迈道。

江姒直接将手头的这碗端到餐桌，推到了她那头，自己则转身入了厨房，又端了一碗出来，显见的是早有准备。

两个女人边吃边交流着这阵子身边发生的工作上和生活上的事儿，当谈到罗芳不厌其烦将她表弟的微信推给她时，江姒的手机蓦地响了。

人真是经不住被念叨。

还真是说什么来什么。

罗芳那位据说对她念念不忘的表弟，竟然在加好友数日之后第一次主动找她聊天。

只不过聊天的开场白,却是一个短视频。

她疑惑地点开。

画面中,女人一身修身的 OL（Office Lady,职业女性）套装,发丝挽起,正在忙碌时电话铃声响起。她迅速接听,简短的一句自报家门的话,咬字清晰,画面感十足。

熟悉的一幕,瞬间令江姒回忆起了那一日帮吴拾的忙去演个前台花瓶的事儿。

对方发过来的视频是用手机拍摄的监控器中的画面,上头还有拍摄场次等信息。画面虽然不是高清,却也完整还原了她那日的拍摄表现。

沈一冉凑了过来,与她头歪头靠在一起,看完之后激动点评："姒姒你老实交代,是不是终于忍受不了自己的美貌被埋没,打算偷偷出道了?这莫不是你的荧幕处女作?瞒我这么紧,你亏不亏心哟!"

"是吴拾那小子被人放了鸽子,让我顶上。最后还硬塞了我三百出场费。"江姒乐得和沈一冉胡扯,"这三百出场费的一半已经给你打包了麻辣香锅和烤串。我妥妥的不亏心。"

沈一冉当即笑得眉眼弯弯："够义气!"

"不过话说回来,吴拾还在干群头的活呢?他的学业能跟上?"

"自从家里出了变故后他就成熟了很多。好在他脑子活泛,成绩也算是低空飞过了。今年毕业季,他学业比较轻松。对了,他还想干消防来着。"

"真是难以置信,当初那个跑个一千米就喘得去医务室的二傻子,如今竟然想干消防这一行了。果然啊,社会教会人成长。"沈一冉感慨。

江姒深以为然："是啊。这世上,哪有真正轻松的成长?若是意志不坚定些,恐怕在他高三那年遇到坎时,他就彻底垮了。好在,他是个乐观向上又敢奋斗敢拼的。"

当心思重新回到微信上时,江姒顺手回了一句:您好,您怎么会有这个视频?

另一头的人回复得极快,一下子"唰唰唰"三条。

第一条:其实那天我也去了拍摄现场,可惜与你擦身而过。

第二条:正式自我介绍一下,我是纪研博,二十八岁,本地人,目前担任江山影业制片人。

第三条:江小姐,赏脸约个饭吗?

沈一冉凑过来瞧，当即乐了："这人的自我介绍挺心机的，特意提了年龄呢。怎么，生怕你觉得他是油腻大叔？"

江妠也没瞒着："这人是芳姐她表弟。"

一听是罗芳的表弟，沈一冉秒懂："应该是个精英人士，起码熟人作保，还是靠得住的。妠妠，你没少吃芳姐带过来的爱心餐，这吃人嘴软，我觉得你还真得答应他的约饭。"

这一晚，沈一冉借宿在了江妠这边，第二天一早往嘴里塞了块火腿三明治便风风火火地出门上班了。

江妠倒是因着两班倒的缘故，今儿个正好有一个休闲的白日时光。

她难得睡到了八点十五分才起床，洗漱、热早餐、用餐，竟只用了十五分钟。

八点三十分，伴随着一声轻响，手机APP传来提醒：江同学，您预订的课程将于今天9:00在陶冶轩开课，请务必准时上课哦。

接警员这份工作需要有强大的心理素质，这几年下来，她可谓殚精竭虑，头发没少掉。除了一些日常的培训，她又给自己报了一门古琴课程，主要还是想通过练琴来训练自己凝神静气、处变不惊的心态。还有一个深层的原因，则是那把江锌亲手为她斫的琴。

陶冶轩位于小区附近购物商场的三楼，出了小区穿过马路走几步就到了。

江妠化了个淡妆之后，背上自己的琴囊出了门。

"小江啊，今儿个没去上班？"

等红灯去对面的时候，恰碰上送孙子上幼儿园的住同栋楼的邻居陈阿姨。对方六十岁左右，精神矍铄，每日里还会和她的老姐妹们跳广场舞。

"姨，我今天是晚上的班。"江妠掏了掏兜，摸出一颗预防低血糖的巧克力塞到"小土豆"手上，得到小娃一声甜甜的"谢谢"。她摸了摸他的脑袋，"真乖。"

"女娃子都喜欢睡美容觉保养，你这样成日里两班倒的，会吃不消的。"

"没事的姨，我习惯啦。咱们这工作性质特殊，得二十四小时有人值守在电话前的。"江妠浑不在意地笑笑，"姨，您怎么这个时间点送'小土豆'过去呀？我记得您之前说过八点半必须入园的。"

"这孩子夜里尿床了，大早上被他妈说了一通闹了顿脾气就起得晚了些。"

陈阿姨说得随意，岂料原本还被她牵着手的"小土豆"突然小嘴一嶡，使了性子挣脱开了他奶奶的手,不管不顾地奔向了马路对面。

"小土豆"这一举动,简直是吓坏了陈阿姨和江妣。两人下意识就去追,却被一辆冲过来的电瓶车耽误了几秒。

一切都在电光石火间。

江妣只觉得心都提到嗓子眼了,在她力不能及时,她的眼前却突然闪现一个身影,眼疾手快地将"小土豆"一捞,险险避过一辆黑色轿车。

"小土豆"经了吓,一脸懵懂,一动不动地待在原地。

好在人行道上绿灯了,江妣和陈阿姨顺利冲到了他身边。

与此同时,那见义勇为的男人戴上运动衫兜帽,做好事不留名地沿着马路边慢跑起来。

陈阿姨正上上下下查看着"小土豆",一转身就不见了好心人的身影。

江妣却是怔怔的。她的脑海中一直回想着刚刚瞧见的那男人的那张脸。运动衫兜帽的遮掩下,那张脸,何其眼熟!瘦削熟悉的脸型、高挺的鼻梁、因长期作战训练而略微晒黑的肤色,以及那做好事不留名的风格……是她家阿锌!

她的心跳速度陡然加快,有什么在疯狂地叫嚣着,呼之欲出。一瞬的怔愣之后,她飞快抬步跟了过去。

也是直到此时,她才深刻痛恨起自己的体能。之前还有每日晨跑的习惯,可是随着工作强度加大,以及她又给自己制定了其他的学习任务,晨跑的习惯被她自然而然地搁下了。

如今,她背着颇有点儿阻碍她发挥的琴囊,望着那个消失在街角的背影,最终气喘吁吁地在他消失的地方止住了步子。茫然四顾,再难见到那个奔跑的男人身影。

她的阿锌……

世上,当真有如此相像的人吗?

她不信什么死而复生,可她似乎真的见到了她家阿锌。

原本昨夜那张属于江锌的身份证拿到手上时,她怕父母伤情,压根没敢跟家里报备。可今日竟让她撞见了如此像极了江锌的人……

这,真的只是巧合吗?

江妣的脸色紧绷,眸光深邃。在湛蓝的天空下,明明周身沐浴着阳光,可她的身子竟一点点发寒。

8

周从戎这一次的借调时间说长倒也不算长,等到他重新回到接警席,是在五天后。只不过桂园路的交通事故案真相,却迟迟没有被相关部门披露出来。

江姒这天上班总算是见到他的人了,却见他愁眉不展,难免好奇:"戎哥,瞧你这一副心事重重的样子,是火调不顺利,还是女朋友被人拐跑了?"

见她居然有心思开玩笑,周从戎好笑道:"你是想说你经受不住旁人的糖衣炮弹,红杏出墙了?"

没想到小丑竟是我自己!

江姒掩面,怎么就忘了这一茬呢!这破嘴,一不留神竟给自己扣下了这么一口"大锅"。她当即郑重表明态度:"哪能呢!我忠贞不屈着呢!"就差赌咒发誓了。

他眼神示意自己的茶杯。

这大爷做派……

江姒当即有冲动跟他掰扯一番什么叫尊师重道,然而话到了嘴边,身体已经非常诚实地先一步做出了选择,手抄起了他那杯子就往饮水机那头给他灌水去了。

周从戎接过杯子喝了几口,这才开口和她继续谈这个案子:"小轿车和肇事货车的情况都确认无误,大巴车的火因也基本查实了,相关物证实验室那边也已经出具了鉴定报告。加上南安集团的监控视频……"

江姒立马接口:"他们不是推说监控出问题没有运转吗?最后招架不住警方的压力终于舍得松口了?"她的脸上有丝急切,小心翼翼地掩藏着那丝起伏的心绪。

"这中间确实是费了点儿周折。"周从戎简单解释道,"他们峥州这边的负责人在大巴车出事后第一时间查看了监控,怕对南安集团有影响,将监控视频给瞒下了,先向总部汇报了过去。这期间政府、公安、消防、舆论联合施压,这才说修复了故障的设备找回了监控视频原件。南安集团总部派了个调查团到峥州,昨天登门拜访了公安和消防部门,履行企业义务提供了那日大巴车上的监控视频。"

"这阵仗,够大的啊。"江姒闻言,唏嘘不已,但也算欣慰,"也算是好事了。现在网上闹哄哄的，也可以尽早出火调结果。说起来，南安集团一开始说视频出问题了，这里头是不是真有猫腻啊？他们藏匿起了视频，表明当时大巴车上发生的事情对南安集团不利，是不是他们违规操作了？"

他给了她一个激赏的眼神："你分析得不错。南安集团这么犹犹豫豫不愿意公开监控，问题在于他们内部人员违规操作，他们怕牵一发动全身，影响到集团利益。"

此事，南安集团责无旁贷。

客运站点的安检工作并未存在问题，问题存在于大巴车离开车站后。而诱发问题的人，则是大巴车上的司机。

长途客运大巴车应当在起讫地客运站点和中途停靠地客运站点上下旅客。可仍旧有个别在规定的配客站点外上客或者沿途揽客，无正当理由改变途经路线。其实这早已是司空见惯的了，偏偏这一次，这样的营运乱象给了这位携带易燃物上车自残的乘客可趁之机。未经安检，在非站点上车，在车祸时企图引燃易燃物，导致了重大伤亡。

在非站点揽客，这里头的利益链，自有相关部门介入调查。引发的严重后果，也需要责任人买单。

此事放在消防和公安来看，更得引起重大警觉。这样的状况能出现一例，就极有可能会出现第二例。若不扼杀这样的情况，下一次非站点上车无需安检的乘客携带的即便不是易燃易爆物品，也可能是管制刀具等违禁品，无论是车辆火情还是旅客生命财产安全，都冒不起丝毫风险。

听到这儿，江姒脸色微沉。真相，竟是这般……

也是直到此时，她才开口询问藏在心底许久的疑惑："你看过了监控，那你有没有见到车上有……"

她喉头有些发堵，接下去的话，竟有些问不出口。

那张遗留在现场的属于江铎的身份证，那个疑似江铎的男人，都让她执着地想要一个答案。

明白她所想，周从戎却并未立刻作答。他的眸色微沉，似在组织着语言："你是因为你弟才进的这一行吧？"

江姒有些诧异地望向他，不解他的话题怎会跳跃至此。

男人神色肃穆，侧脸线条紧绷。

她故作轻快地回道："这你可就错了。我对消防有初恋情结，或者说，我们全家对消防都有初恋情结,所以我和我弟都会从事这一行。"

"被消防员救过?"

她点头:"是啊。小时候我和我弟因为贪玩被困在阳台,原本只是想闹出点儿动静让大人们发现来救我们,可不知怎的就被我们折腾得起了火。我们两个死里逃生的代价,是一个消防员哥哥的死亡。所以从那时候起,我们就发誓长大后干消防。素昧平生的人让我们体会了这个世界上更多的美好,我们也理应回报他,回报这个善意的世界。"

那是对生死的敬畏,对生命的感恩。

身处这一行,周从戎轻轻松松就能够共情。也正是如此,接下来的话他才更难说出口。

"姒姒,大巴车上那个见义勇为用灭火器扑灭自残者身上火焰的热心乘客……"他嘴唇嗫嚅,终是道出了这么一句。而这,也正是他之前在她口中"心事重重"的缘由。

平日里大家都这么喊江姒,她一直觉得挺正常。可如今,听着周从戎以如此郑重其事的语气唤着她,江姒莫名有种不安的感觉。

"这人……怎么了?"

"我反复看了好几遍监控,视频画面有些模糊,但那人的脸和你弟江锌确实极为相似。"生怕自己的话成为再次挑破她结痂伤口的利器,周从戎又补充道,"从大巴车的监控视频看,现场出现的那张江锌的身份证是此人在用灭火器时不慎掉落的。又有幸存者证实出现了疑似江锌的人……消防部门和公安部门都高度重视,公安那边的技术科正在核实,相信会有一个明确的结论。警方也已经根据线索去找这名和江锌相像的乘客了。"

若非坐在椅子上,江姒险些便要无力地跌倒。

她早就做好了准备。

有期盼,有忐忑,更多的是无措。

无论是哪种结论,她都觉得自己可能无法承受。

可当真的被证实那张遗落在现场的身份证竟真的是来自疑似江锌的人,她更多的,是觉得心底发寒。

江姒再次想到了那天在红墅湾小区门口的马路上瞧见的那道身影。

那张和她家阿锌一模一样的脸……

她极力告诫自己不过是相似而已。

这世上脸型相像之人又不是没有，纯属巧合罢了。可她隐约有种预感，那个人，并非仅仅只是与她家阿锌相像。熟悉的神态举止，熟悉的眉眼侧脸，熟悉的奔跑背影……她当时险些不能呼吸。

如今，周从戎的话再次证实了有这么一个人的存在。

"其实前几天，我见到了一个和阿锌长得极像的人。"她垂眸，声音微涩。

晚上下班，江姒照例搭周从戎的顺风车回去。岂料中途却接到她妈的电话，语气凝重地让她赶紧回家一趟，说她爸摔了，就被急匆匆挂断。她再打过去，却打不通了。打她爸的手机，也是如此。

她心神不宁，一遍遍地拨打。

"你先别急，我陪你回去一趟。"原本是送她回红墅湾小区，周从戎又改了道，熟门熟路地开车往她父母的住处驶去。

老旧的小区没有安装电梯。两人一路上了五楼，江姒死活找不着钥匙，着急得不行。周从戎在旁瞧见她魂不守舍的样子，按了下门铃。

没想到不过几秒，门竟然开了。开门的，正是着急忙慌将江姒喊回家的江母。

江姒愣了一下，下一瞬飞快道："妈，我爸怎么样了？还能走动吗？你们怎么都不接电话啊，不知道我很急吗？咱们赶紧带爸去医院瞧瞧，可千万别……"

话说到一半，她这才察觉到她妈脸色的不对劲。

"妈，你怎……"

"姒姒，你告诉妈，你弟他……是不是可能还活着？"江母面色沉重，眼中流露出期盼与焦急，那是身为母亲明知不可能而生出的一丝希冀与渴望。

江姒的身子一僵，脸上那急切的表情也随之僵硬。那未出口的焦急关切的话，就这么隐匿在喉中。

失态也仅仅只是一瞬，她收拾好心绪，强打精神道："妈，阿锌已经走了。您怎么会突然产生这样的想法呢？我们先不聊这个了，爸的情况怎么样了？我先进去瞧瞧他……"

"你爸就是听了你弟的消息才不小心摔了的。"

江母的声音微涩。

与此同时，客厅内，传来了江父沉重肃穆的声音："姒姒，你过来。"

江姒和周从戎对视一眼,后者颔首,给了她一个鼓励的眼神。

她先一步走了进去。

周从戎也在江母的邀请下紧随其后。

"小周也来了啊。"瞧见周从戎,坐在沙发上的江父招呼了一声。

江父当了几十年的教师,前些年被提拔成了副校长。他向来是斯文儒雅的,教学管理也极有自己的主张。平日里,他总是谆谆育人给人稳重睿智之感,在学术领域和人有分歧时,也有失了沉稳的时候,甚至会和人争论得脸红耳赤。

此刻,江姒仔细观察着她爸的神色,见他依旧还是温和如常,稍稍松了口气。

"江叔,这摔了可大可小,我和姒姒先送您去医院检查一下吧。"周从戎走近,拦住江父还未来得及放下的裤腿,伸手轻轻按压了一下。

江父瞬间吃痛出声,却还是摆了摆手:"不急,已经做过紧急处理了。既然小周你也在这儿,那也帮着分析一下吧。"

接着,江父当着江姒和周从戎的面播放了两段录音。

——"当时我就在那大巴车上,真是九死一生啊!我只来得及看两眼那热心乘客,总觉得他有点儿眼熟,越回想越觉得他像极了三年前一个牺牲的消防员。怪我这不长记性的脑子,居然忘了他的名字。三年前我在路边目送他的遗体归来,还与许多人一起自发前去殡仪馆为他送行。你们说这世上是不是真的有英魂啊?哪怕死去了,他还依旧守在我们身边,依旧为救火在努力?"

——"一位匿名人士投稿我电台,称此次交通事故并非意外,而是与三年前死于峥州'3·25'游乐园鬼屋特大火灾案的一名消防员有关。该匿名人士言辞激烈并提供该名消防员仍旧在世的相关佐证,声称该名消防员三年前假死赚取眼泪和烈士名声,名利双收,希望内部彻查。我台已将相关资料递交警方和消防部门,请……"

两段音频,周从戎并不陌生。

一段来源于桂园路车祸幸存者的短视频采访,另一段来源于电台新闻。

只不过他当初看到听到时,是前者在后,后者在前。

可如今,被颠倒了顺序之后,前者,竟无形之中印证了后者。明明是英魂长存的感天动地的事迹,却间接地印证了第二则音频中"该名消防员仍旧在世",引发人无限遐想,也引导着人进一步揣测他是否假死赚取眼泪和烈士名声。

那位"匿名人士"仿佛早知会出现这样的局面,提前埋下了一颗雷。只是不知对方究竟意欲何为。

毁了江铮的声名,连他死后都不让他安生,甚至还想要江铮的父母亲人永远沉浸在悲痛中。什么仇什么怨?

"爸,这种新闻您怎么能信呢?阿铮已经死了,他死了啊!不管这些新闻是褒扬他还是诋毁他,都不可能改变阿铮死了的事实。有人想要让阿铮死后都不安生,还给他安上莫须有的罪名,想要让我们永远都走不出失去阿铮的囚笼。越是如此,我们就越是不能认输,不能相信啊!"江姒的情绪有些激动。

江父却是摇头,语声沙哑却思路清晰地将这一切捋了一遍:"先将有人给阿铮泼脏水的事儿搁置一边。我们单单就阿铮有没有可能活着来进行分析。当年,我们确实是见到了一具尸首。可当时他被从火场里抬出来时面部焦黑已经辨不出了,我们又没有进行尸检,也没有进行DNA比对,确实是存在阿铮还活着的可能性。"

江姒站在原处,犹如对峙一般与坐在沙发上的江父四目相对。

不得不说,她和她爸不愧是父女,竟都想到了一块儿去。

当初的她,何尝不是一下子就想到了这一点呢?

唯一不同的是,她比她爸妈更理智,更知道那所谓的可能性不过是自欺欺人的假象。也更加知道,幕后有一个推手,想要让他们家阿铮以这样的方式再次出现在公众视野中。

"爸、妈,阿铮确实是没了。"江姒的手微微发抖,"你们难道忘了他遗体上贴身戴着的平安符吗?"

只此一句,让身后强装镇定给周从戎泡了茶水的江母一下子就拿捏不稳杯子。

清冽的玻璃碎裂声,突兀响起。

江姒回头去看,很快就惊呼一声:"妈!"

江母穿着拖鞋的脚背上,已经被滚水烫得红了一片。

五分钟后,江父和江母齐齐坐在沙发上,两人一个伤了腿,一个伤了脚,都做了简单的上药包扎处理,颇有点儿落难夫妻的感觉。

两人皆沉默着,似沉浸在当初亲眼看见儿子遗体的悲恸中。

最终,江母朝着卧室的方向拔高了声音:"姒姒,妈不知道那新闻是真

· 048 ·

是假。可那个和阿锌长得一样的人又是怎么回事？那是有人亲眼瞧见了啊！发生了火情，你们消防部门应该也派人去调查了，现场难道就没有监控吗？难道就没有拍到那人吗？那人当真不是你弟吗？"

江姒在两人的卧室里收拾着东西，闻言动作一顿。她想到了那张身份证，想到了那大巴车上的监控视频。可她不能说，起码这个时候，她不能说。

希望有多大，当破灭时，承受的打击就有多大。如今仅仅只是听到一个似是而非的新闻，两人就双双受了伤，若是未来再听到点其他的消息，她难以想象。

即便是说，也要等他们不再执着于那人就是阿锌之后。

她故作淡定道："你们两个就别瞎想了，那人只是脸型有点儿像罢了。当时那样的情况，人的本能是逃命求生，有人将那人错认成了阿锌，说明那人记着我们家阿锌的好呢。我们家阿锌的牺牲是值得的。至于有些人给阿锌泼脏水，说他假死赚取名声的鬼话，你们就当那些人有疯病。迟早有一天我会揪出背后的始作俑者的。"

周从戎接口道："叔叔、阿姨，这个交通事故案我参与了调查，所以比较了解。此次事故以意外为开端，中间掺杂了人为因素，但与江锌绝无半分关系。其实是当时车上有个热心乘客扑灭了一个自残者身上的火，被人错认成了江锌，闹出了误会。江锌的牺牲绝不是为了给有心之人泼脏水，让他死后还不安宁。这事消防和公安部门都已经在查。那名热心的乘客应该很快就能查到了，届时有机会你们二老也可以去瞧瞧他究竟和江锌有几分像。"

江父、江母对视一眼，两人交握的手不由得发紧。

这时，江姒拎着一个旅行包走了出来。以防需要住院，包里简单收拾了几件衣服和生活用品。

她走到玄关，抄起入户柜上她爸的车钥匙，随后又折回来，板着一张俏丽的脸凶巴巴道："你们两个全部给我去医院做检查，别不把自己的身体当回事儿！现在、立刻、马上！"转过脸又拜托周从戎，"戎哥，你帮我扶着那倔老头。"

江父见女儿发了脾气，又见自家老婆也伤了，也便没再坚持不去医院："小周，麻烦你了。我们家这情况，让你笑话了。"

"江叔您客气了，都是一家人，不说两家话。"

这话，让江父、江母齐齐愣了。一家人？

"叔叔、阿姨，正式自我介绍一下。我是姒姒的男朋友。"周从戎却是长臂一伸将江姒揽住，坚毅阳刚的俊脸上扬起一抹宠溺又无奈的神色，"姒姒非得瞒着我俩的关系，搞得我多见不得人似的。"

"小周，你……"

突如其来丢下这么一颗重磅炸弹，别说是江父、江母了，连江姒这个当事人，都有些蒙圈。被他亲昵地揽着肩膀，她险些就维持不住表情。

周从戎顺势接过她手中的旅行包，随后松开她，搀扶起明显还处于呆愣状态的江父："我们先去医院看伤，其他的以后再说。"

江姒在他的眼神示意下，也回过神来，扶起江母："对对对，先去医院，去医院。"只不过很显然，她不及周从戎淡定，能脸不红心不跳地在她父母面前将他们的假情侣关系说得煞有介事。

9

两人将江父、江母送到医院，江母的烫伤没什么大碍，只不过江父的腿伤却有些问题，放射科拍了个片，相熟的急诊医生查看后，就给打了石膏安排了住院。

好在有空的床位，要不然还真是麻烦了。

江父当即不干了："老刘，不带你这样的啊。我不过就是摔了一跤，你把我的腿弄成这样，我还怎么去给学生上课啊？"

"你如果不想要你这腿了，可以现在就拆了试试。"刘主任也不惯着他，撂下威胁的狠话。

江母拍了下江父的胳膊："你就好好待着吧，学校那头我去给你请假。"

"你的脚也伤了，倒是你，该给自己请个假。甭管我。"

"这可不成，下周有个年级测验，学生的功课耽误不得。"

眼见两人这么掰扯下去没完没了，江姒不得不提醒道："可以给他们上网课。"

江父当即一拍自己大腿："我怎么忘了这一茬，果然人上了年纪就容易糊涂。"

这两人一个打了石膏不能轻易动弹，另一个则伤了脚一瘸一拐，江姒还真是不放心。可耐不住她妈一个劲催她回去休息，得知她和周从戎还没吃晚饭之后又严肃要求她请他下馆子。

在医院停车场,她还收到了她爸发来的两条微信。

爸爸:给你一晚上时间想好措辞,明早过来时我和你妈会对你仔细盘问。

爸爸:坦白从宽抗拒从严!好好交代一切!

她爸对她的排班表还真是了如指掌,知晓她明天是夜班。

只不过……

好不容易让他们不再执着于那些虚虚实实的新闻报道,可她一不小心陷入了旋涡中心,想想就头秃。

"戎哥,你怎么就嘴瓢把咱俩那事儿跟我爸妈说了?而且还说得……"煞有介事。

周从戎的车子还在她爸妈的小区停着,江姒难得在他面前当一回司机师傅,先载着他去附近的餐厅解决温饱问题。

红灯时,江姒还是没忍住嘟囔出声。

副驾驶座的男人沉稳如常,嗓音低醇:"在当时那样的情况下,只有适时地丢出另一个重磅炸弹,才能转移叔叔、阿姨的注意力。"

江姒细细思索。彼时父母的情绪激动,心心念念着那个与自家阿锌相似的男人。确实如周从戎所言,转移他们的注意力才是最好的方式。只不过,她的恋爱问题就这么被抛了出来。

明明两人的关系仅止于在单位时应付罗芳,可蓦地被放到了台面上。这段本就是她拉着他帮忙才产生的虚假关系,之前一不小心被单位领导,也就是她师父贾冰知晓,如今又冷不丁在她爸妈面前走了过场。谎言一旦涉及面太广,总有被反噬的那一天,届时该怎么收场?

在单位里麻烦他配合她也就罢了,总不能在私人时间还要麻烦他吧?

她正踟蹰间,听得周从戎的提醒:"绿灯了。"

她这才惊觉后面已经有车主在按喇叭催促了,忙不迭继续往前开。

纵使再犹豫,该说的还是得说。

"戎哥,你……"

"放心,叔叔、阿姨那头,有任何需要我帮忙的,我这个'男友'都会竭力配合,将咱俩的约定进行到底。"

他却似知晓她的顾虑,替她兜了底。

江姒还待说些什么,手机铃声乍然响起。听这声音,是微信来电。

这是她爸的车子,她平常用这辆车的次数屈指可数,还真没准备蓝牙耳机。

"戎哥,你帮我划拉一下手机屏幕,按个外放。"

"就不怕我听到些不该听到的话?"他揶揄道,在她的包里翻出手机。

"能有什么不该听到的话?"江姒豪迈道,"放心吧,就凭咱俩这关系,即便是对面的人跟我说让我换男友,我都绝对不避讳你。"

事实证明,换男友的事儿是子虚乌有,只不过这企图上位的男人,却有一个。

"江小姐,已经下班到家了吗?来聊个五毛钱的天?"

男人的声音雅痞轻佻,却又不会让人反感。若是放在寻常,江姒铁定顺着他的话和他扯皮下去,可这会儿她的车上还有个周从戎,她竟难得有些局促。

周从戎挑了挑眉,似在指责她的"出轨"行径。

江姒偷觑到他那表情,当即便想飞快将语音挂了掩耳盗铃。然而手机还牢牢掌控在副驾的某人手中。

来电人不是旁人,正是罗芳给她介绍的她那位表弟纪研博。

那天他给她发来了她帮吴拾去录制个花瓶前台的小视频,两人顺势聊了几句。罗芳给她捎带了几次他做的爱心早餐,她吃人嘴软,眼见他约饭,只能硬着头皮赴约回请。没想到这位江山影业的纪制片长相竟出奇地长在了她的审美点上,且他格外随性,能侃大山。关键是他也是消防出身,以前当过通讯保障员,和她算是同行。她觉得他这个人挺有意思的,便也一直与他保持着友好交流。

"五毛钱哪儿够得上您高大上的身份啊,我决定出个一百。但目前手头拮据,等改天攒够了再来找您聊。"旁边还有个周从戎杵着,江姒只觉得头皮发麻,企图匆匆结束通话。

另一头的纪研博却是豪迈道:"哪能让女士出钱呢,你稍等两秒,这就给你付聊资。"

什么情况?

江姒一头雾水,倒是一旁的周从戎提醒道:"他给你发了个红包。嗯……一百。"

看来是替她点开收了红包。

江姒正要小声谴责他的逾矩行为,岂料纪研博却是先她一步开了口:

· 052 ·

"戎、戎哥？"

对方的声音略有迟疑。

周从戎倒是从容应了："嗯，是我。"

纪研博似想到了什么，吹了一声口哨，激动道："怪我这脑子，竟忘了你现在在指挥中心工作。你和江小姐是同事吧？"

"严格来说，我和她是交往关系。所以你对她不必那么见外，喊声'嫂子'就行。"

周从戎这话，直接便令通话另一头的纪研博噎了噎，连带着正开车的江姒都险些一脚油门撞上了前面那辆本田的车屁股。

好在急急刹车，惊险避过。

江姒转过脸去正要纠正，却听得周从戎朝她摊了摊掌心的手机。

"他挂了。"

云淡风轻的几个字，显然没有在意他刚刚究竟丢下了怎样的一颗炸弹，破坏了她极有可能修成正果的暧昧对象。

"你我的关系今天刚在叔叔、阿姨那边过了明路，指不定明儿个他们还得上纲上线对你进行盘问。演戏需要全套，我只是为了避免意外情况发生。但如果你对他有意，我可以回个电话过去跟他解释一下。"

不得不说，周从戎还真是够了解她爸妈的。

她明天还得接受二老的刑讯逼供呢。

江姒瞬间蔫蔫的："别了别了，就这么误会着吧。反正我和他……"

等等！

当初她是为了避免罗芳给她安排相亲才找上的周从戎，可如今罗芳给她介绍的纪研博还挺对她胃口的。结果这才聊了几天啊，就让人家造成了误会。

偷偷瞥了一眼一脸正气凛然的周从戎，她总觉得有哪里不对劲。

只不过今晚发生的事情够多了，她脑子有些不够用了。肚子适时地发出一声空啼，她最终选择放弃用脑。请客吃饭还人情，头等大事！

"戎哥，咱们吃这家吧？"车子最终停在她爸妈小区外头的一家餐馆前。

网上舆论甚嚣尘上，峥州消防和峥州公安联合对桂园路的重大交通事故案的调查结果进行了公示。

公示的前因后果与江姒之前所知的基本吻合。除了解释了车辆碰撞原因、起火原因及现场伤亡情况，又指出了涉案人员的处理情况。其中，肇事重型货车司机吴某不仅涉及操作失误撞上客运大巴车，还涉及了超载问题。客运大巴车司机及所在的南安集团还涉及了长短途载客乱象。携带易燃液体上车自杀的乘客李某则成为客运大巴车遭遇事故后起火的又一元凶，当场死亡。为躲避前方事故而在车辆侧翻爆炸中身亡的小型客车司机沈某与客运大巴车上伤亡的乘客成为此次事故的最大受害者。

受害者家属联合起来替自己维权，政府出面进行慰问与调解。网络上，又是一番腥风血雨。

然而在这一片吵闹声中，另一个声音突然冒了出来。

一则名为《他的战地——他的英魂所归处》的帖子在各大平台火了起来，屡上热搜。

帖子的主角，是此次长途客运大巴车上奋不顾身用灭火器扑灭自残者李某身上火焰的热心乘客。

也不知是谁泄露了当时客运大巴上的监控视频，与那名貌似江铎的热心乘客有关的视频被四处转载。而他，也在口口相传中被塑造成了第二个"江铎"。暌违三年的救火英雄的名字再次出现在人们的视野中，引发了一股怀念潮。网上，铺天盖地都是祭奠英雄愿英雄亡魂长存的信息。只不过，在这股声浪壮大之际，另一股声浪又迅速崛起。

《是英魂归来的烈士，还是吃人血馒头的恶魔？》的帖子，飘红在各大门户网站。帖子直指消防烈士江铎假死赚取功勋与荣誉，蒙骗世人，吃尽人血馒头。

这样的发声，竟与之前某些电台匿名投稿里的内容不谋而合。

其实对于这类流言蜚语很好解决。由官方出面遏止并拘留辱骂得最凶的一些人抓典型，再找出流言中涉及的人物——此次事故中的热心乘客，解释他的身份，一切也便迎刃而解。

原本警方便因着此人貌肖江铎而高度重视，且网上又有人对烈士泼脏水，网警也投入力量整顿网络环境。只不过令人没想到的是，警方投入了大量人力进行侦查，却压根没查到这人的踪迹。他仿佛从天而降，又神秘失踪。

一个捕风捉影、无事生非的抹黑烈士的帖子，竟因着这位神秘乘客的失踪而添上了越发神秘的色彩。

帖子可以封，网络ID可以禁，可那些已经植根在网民心中的念头，因着这名查不到踪迹的乘客而无法彻底根除。

而这抹乌云，犹如不定时炸弹，笼罩在江姒及家人的心头，似随时要将他们炸得粉碎。

办公室里，贾冰一脸严肃地结束通话，搁下话筒。对面坐着的江姒已经迫不及待地站起来询问道："师父，怎么样？警方那边怎么说？"

贾冰沉重道："警方数据库通过人像相似度匹配到的共有十三人，但相似度最高的那人也仅是80%而已，这些人调查之后都不符合。"

江姒重新跌回了椅子里："找不到那个人吗？"

"那人就如同泥牛入海，查不到踪迹。"

她不甘心："当时他买票坐长途大巴，总有购票记录吧？这辆客运大巴是从胥州到峥州的，那他极有可能是胥州人，他……"

"胥州警方配合峥州警方进行了调查和户籍查访，并没有找到此人。至于他当时买的那张实名认证的票，是借用的他人身份证。被借用的那人倒是联系上了，说是对方给了他两百借他的证件买票。但那人戴着口罩，他也懒得去记对方的长相。"

线索，就这么断了……

江姒咬紧了下唇，以防自己失控。

这个人，手上不仅有她家阿锌的身份证，长相还与她家阿锌相似。且他的一些做法，间接地向人证实了他是个黑户，让人将他往她家阿锌身上联想。

"小江，你有没有想过一种可能性，他真的是江锌。"贾冰脸色颇为凝重。江锌的身份证出现在事故现场，且还是从这人身上掉落，他甚至怀疑是此人故意为之。

江姒顺着贾冰的话想了想。

如果他真的是她家阿锌……

她闭了闭眼。

她家阿锌已经牺牲，上天怎么可能收回它的残忍呢？那些美好的希冀，早就与尸骨都被焚烧殆尽的阿锌绝缘了。

"师父，不可能的。"江姒睁开眼，语气绝对，"他绝对不会是阿锌。阿锌那么有责任心的一个人，怎么可能会让爸妈和我背负这些失去他的痛苦，又承受网络上的漫骂？如果真的是他，哪怕是万劫不复，他也会出现在我们面前与我们相认恢复身份,而不是销声匿迹玩起了神秘失踪。"

贾冰继续道:"也许确实是出现了奇迹,他并没有死,只不过失忆了,不知道你们是他的亲人呢?"

"现实生活并非电视剧,这世上哪有那么多的失忆?师父,你是想说当年那具被烧得面目全非的尸体是有人冒名顶替?或者说,有个和我家阿锌身高体型相似的人穿着我家阿锌的防护服死在了大火中,而我家阿锌侥幸活下来之后失踪了?"

"江锌的遗体并未做尸检,所以不排除这个可能性。"

"不,不可能的。"

"你怎么就能确定不可能?"

"也许,这就是血缘的力量吧。我坚信我看见的,而不是被虚无缥缈的可能性左右。"

一番话谈下来,贾冰循循善诱,一点点试探,又步步紧逼不容她退却。终究还是因着她的回答而逐渐放下心来。

他站起身走到她身边,轻拍了拍她的肩头以示鼓励:"小江,记住你在这个办公室里跟我说的话,不要轻易被动摇。那个形似江锌的人,我总有种感觉,他还会再出现。我希望你能保持初心,不要因为他的脸而麻痹大意。"

"我会的。"江姒重重点头。

那人,真的还会再出现吗?

等到江姒离开贾冰办公室回到接警席,便瞧见了对她挤眉弄眼的罗芳。

"看手机。"她提醒她,"我那表弟说是要和你约饭,给你打了好几通电话呢。"

江姒解锁手机,果真瞧见了好几通纪研博打来的微信语音电话提醒。

自从那次在车上和他通话时被周从戎爆出了他俩之间的关系,纪研博一直都没联系她。冷不丁见他找她,她还有些不知该如何回应。

正犹豫间,她便瞧见了对话框中"对方正在输入中"的字样。

随后,便是他接连发来的好几条信息。

纪研博:今晚约个五毛钱的饭吧。

纪研博:你请。

纪研博:补偿我受伤的心灵。

纪研博:跟你打个商量呗,喊你嫂子显得你多老似的,要不咱让戎哥喊你声弟妹怎么样？

纪研博：别装没看见啊，我的火眼金睛能穿透屏幕。

还真是光明正大挖人墙脚啊。

江姒的脑门上顶了一串省略号，竟有点儿哭笑不得。

虽说她和周从戎的事儿是假的，可他这理不直气也壮的语气是怎么回事儿？

她正要回一排表情包过去数落数落他这种挖人墙脚的不光彩行径，冷不防觉得身上有一团阴云笼罩。怪异的感觉令她略显僵硬地转了转脑袋。随后，她瞧见了正站在她身后盯着她手机屏幕的周从戎！

"戎、戎哥！"江姒几乎是立即手忙脚乱地锁屏了手机，待反应过来，才懊恼自己心虚个什么劲儿。

也不知道他究竟瞧没瞧见，她忙扯了个话题："戎哥，你找我有事吗？"

周从戎神色自若，一脸的有正事才找她的模样。

"针对网上污蔑江锌的流言，宇川消防站的官方号打算发表一篇帖子回应。想问问你们家属的意见。"

虽说那些抹黑江锌的帖子和账号已经被封，但还有不明真相的人跟风四处传播。江锌牺牲前是宇川消防救援站的一员，针对网上的恶意流言，宇川消防最有发言权。由宇川消防进行回击，也最具说服力。只不过前期领导指示静默，避免给那些黑帖增加流量。如今总算是能够发声了，赶忙来询问江锌遗属这边的意见。

江姒疑惑："我没收到通知啊，他们怎么联系你了？"

她按亮手机反复查看，并没有未接来电。

"宇川站的刘指导已经和江叔沟通过了，江叔特意打电话过来让我转告你一声。"

"啥？"江姒面色有些扭曲。

这简直就是离了个大谱！她爸有事不主动联系她这个女儿，反倒特意打电话给周从戎让他转告她？这是什么逻辑？

她一瞬不瞬地瞧着周从戎那张处变不惊的脸，冷不防一个答案闪入脑海。

自从上次她和周从戎的关系从单位发展到家里之后，她爸俨然将他当成了准女婿！而且她爸住院这几天周从戎也没少帮衬着……

可不嘛！她爸什么掏心窝子的话都紧着他先说了！

10

这一天，依旧如往常的每一日会有陆陆续续的电话打进来。电话铃声倒是不密集，也没什么特大警情，处理下来倒也得心应手。

他们六名接警员今天难得齐聚，都有着各自的工作安排。一般白天时六人都在岗，就意味着有一组人当晚得再熬一个通宵值班。

今晚轮到的，恰是罗芳和武大川这一组。

"你这个发音有问题啊，岗前培训怎么达标的？"此刻，另一头的罗芳正逮着武大川学方言反复听以前接警的方言录音。

武大川倒是颇为自得："考前突击我可是一把好手。"

"训你呢你还得意上了？"

"姐，虽然我方言的发音还是有点儿问题，但能和报警人通话无阻啊。咱不能那么严苛啊，毕竟峥州的方言认真说起来每一个区域都有区别，你总不能让我学十几种大同小异的方言还对每个报警人对号入座吧？我和对方都听得懂就行了呗。"

做他们这一行的，上岗前都有严格的培训和达标要求，标准的普通话是必须的，可熟悉方言也是少不了的一环。

武大川吐槽："姐，我严重怀疑你以师父之名挟私报复。"

罗芳直接抄起一本地图册卷了起来往他脑袋上招呼："好好听录音！别扯有的没的！"

戴着耳机，武大川委屈得想要欺师灭祖。

"姐你仲系去逮着你心肝椗儿子去训吧，饶我一条狗命（姐你还是逮着你宝贝儿子去训吧，饶我一条狗命）。"一言不合就飙广普。

罗芳又往他脑门上敲了一下："废话真多！"

江姒不免替武大川的脑袋疼了一下。其实武大川作为一个在峥州学习生活了七八年的新峥州人，他学会的方言已经完全够用了，应对用方言报警的报警人绰绰有余。只不过芳姐这人素来认真，责任心又强，总怕某些特定的方言词汇会让他在处理警情时出现理解偏差。既然当了这个师父，总得承担起这份责任。

江姒倒是格外能理解罗芳的这份良苦用心。作为本地人，江姒其实对某些区域的方言也会出现理解失误的情况，当初也曾被师父贾冰狠狠抓过语言这一块。会喜欢和出租车师傅聊天，会喜欢听天南海北的人碎碎念，也是从那时候养成的习惯。听他们侃侃而谈，听他们的发音用语，听他们感慨人生，了解百态，对她的工作极有裨益。

临近下班，一个报警电话却打破了这一天的宁静。

一辆危化品运输车辆在230国道广安路口轮胎突然着火，进而蔓延。危化品爆炸泄漏非同小可，应在灭火的同时立即进行应对处理。

电话是周从戎接的，他迅速调度距离火情最近的宇川消防站救援人员过去，又联系了交警大队。案件处理得极快，交警大队民辅警对过往车辆实施了逐级分流管控，确保消防指战员们在顺利到场后实施救援。最终，罐体泄漏源第一时间被稀释、降温、降压，保证了安全。

此次是由宇川站的刘指导作为指挥员带队，事后周从戎从他那里得到了反馈。

"怎么样？"江姒几人见他放下电话，忙追问。

"有惊无险，解决了。"

松了一口气的同时，江姒却盯着系统里他当时下的救援出动命令单，开始以师父的名义和他一起复盘了。

虽说她这个师父不如芳姐带徒弟那么尽心，但也不能任由自己的徒弟犹如脱缰的野马一样自行其是。届时有哪里被揪出错来，她不仅脸面无光，还得替他担着。

"戎哥，不是我说你。这报警时间、报警人、地点、案情类型你都填写得没错，可你还是不够细致，这填写的案情内容还是有点儿疏漏。"

周从戎倒是虚心受教："你说。"

见他没有逆反心理，江姒这才继续道："你应该问清楚司机那车上的究竟是什么化学品以防万一。虽然这一次调度出动的泡沫消防车和抢险救援车都发挥了作用，但难保下一次不会因为一些重要信息的疏漏而出现重大失误，导致不可挽回的损失。还有，若是指战员们因为你遗漏的讯息穿错防护服，不足以抵抗化学污染怎么办？"

她其实是将话往轻了说了。

何种危化品泄漏代表着该采取何种程度的应对策略。他竟连这么重要的一点都没有跟身为报警人的司机确认，可以说是犯了一个格外低级且致命的错误。

她说完，觉得自己在理极了。

岂料周从戎只是沉默着看了她好几眼，令她下意识反省，莫非自己说错了什么。在她反复思索自己刚刚那话是否有问题时，才听到周从戎开了口："你的话在理。"

嗯，然后呢？

江姒等着他的下文。

"我去个洗手间。"

啥啥啥？

尿遁了？

连说一句"抱歉，以后一定改正"的话都不肯？

江姒目送着他离开办公室，那灼热的眸光似乎要将他的背影灼烧出一个洞来。这年头，带徒弟果然是不好带啊，尤其是这种有资历、够个性的徒弟。

岂料她心里头还没发完牢骚呢，突然被罗芳轻轻捅了捅胳膊。

罗芳凑近她，压低了嗓门轻声道："姒姒，你错了。"

嗯？

她错了？

江姒不明所以："芳姐你说什么？"

"当时接到报警电话时，戎哥就第一时间询问了对方运输的什么化学品，另一头的司机说不出个所以然，戎哥还特意跟对方强调了运输的化学品类别涉及救援等级和安全防护等级，让他务必不能出错。不过对方应该是慌乱之下没弄清楚，戎哥才会在填写时没有细化。"虽然罗芳一直都觉得周从戎是江姒给自己找来挡桃花的假男友，一直盼着江姒官宣将这假男友"分"了，可她对于周从戎这位昔日的仁皇消防救援站的指导员的能力是叹服的。所以即便年龄比周从戎大，她还是喜欢随着众人一起喊他一声"戎哥"。

话说到这儿，江姒才知晓自己是误会周从戎了。人家压根不是忘记问司机了，而是她当时在忙着手头的事情没有听清他接听的这一通电话，根据他填写的内容做出了不慎重的判断。

周从戎没当面指出来，已经算是给足她面子了。

她可真是……丢脸。

怀揣着这样的心思，江姒有点儿羞于和周从戎说话。下班后只敢悄咪咪在微信上告知他晚上有事不搭他的顺风车了，转头就和正好轮休的沈一冉约了晚饭。

"什么？你当着这么多人的面数落我戎哥？姒姒，我这可就要批评你了。咱戎哥能错吗？他以前好歹是我领导，这种低级错误他怎么可能会犯！你这脑子哟，就不能长点心吗？平白让戎哥在他那小本本上记你一笔。"

两人吃的是海鲜自助，沈一冉嘴里的龙虾啃到一半就不香了，唾沫星子不要钱似的往外冒。

周从戎曾是仁皇消防特勤站的指导员，沈一冉作为仁皇站的一员，没少与他接触。在她的印象中，这位周指导员的字典里就不可能有"错"这个字眼。

江姒自知理亏，神色微赧，可她还是有点儿不认同："话不能这么说。如果他不犯错，他怎么可能会被贬到我们指挥中心？"

提起这个，沈一冉狠狠咀嚼了下虾肉："这事儿我旁敲侧击地打听过，也不知道是不是纪律问题大家都讳莫如深。不过我觉得这事儿咱们站估摸着最清楚的也就站长了。"

"其实我师父知道原委，只是他不方便说，让我自己去问。但我觉得吧，可别一不小心问到了人家的伤心处。"江姒撕下一个螃蟹腿，极有技巧地吸出蟹肉，"算了，不聊他了。今天我爸接到了宇川站打给他的电话，要写个帖子给阿锌辟谣。希望帖子一发，那些躲在暗处的键盘侠可以停止对我家阿锌的污蔑和诋毁。也不知道宇川站的通讯报道员文笔怎么样，在我这里，论写这类文章，还是属你写出来的东西最让我触动。"

通讯稿并不可能无中生有，每次跟抢险救援相关的稿件，沈一冉都是随警出动深入第一线采集素材，稍有不慎便会面临生命危险。在实地蹲守过，参与过，加之她有一套自己的写稿思维逻辑，江姒总能从她的通讯稿中读出她独有的特色。而她的稿子在尊重事实的前提下融入独有特色，更能触动人心。

沈一冉安慰道："放心吧，其实我们几个站都对彼此发表的通讯稿研究过，对方的写稿特色都门儿清。宇川站的通讯报道员我熟，没问题的。"

"那我就放心了。"

"希望这事儿赶紧消停吧，我真怕江叔、邵姨又被气出个好歹来。说起来，叔的腿怎么样了？"

"没什么大碍，我爸已经出院了。"江姒说起这个就无奈，"这老头倔

· 061 ·

得很，自己还偷偷拆了石膏打算跑学校去监督学生学习，好在被我妈死活给拦下来了。"

"还是我邵姨威武！就该好好治治我江叔！总这么不爱惜自个儿身体，瞧给他惯的！"

沈一冉正说得起劲，冷不丁瞧见江姒躲躲闪闪，似将脑袋埋得越发低了些。她好奇地问："你怎么了？"

江姒苦着一张脸指了指沈一冉斜后方的某个位置："我看到戎哥了。"刚得罪了他，她这会儿只想躲着他。

不过，周从戎对面的那人，她怎么越看越像是……被她爽约了的纪研博？

还有那个埋头写写画画了一阵就可怜兮兮地盯着面前的冰激凌流口水的小娃，不是罗芳的儿子果果又是谁？

江姒觉得，自己真是以小人之心度君子之腹了。

亏她先前还怀疑纪研博真的想要明目张胆地撬周从戎的墙脚了。

这年头谁撬人墙脚还会约见对方，且还带着个五岁的小外甥？

不不不，不至于。

只不过为什么，她总觉得两个大男人带着个娃的画面竟异常诡异呢？

此刻，被江姒从上到下、仔仔细细打量了不下十次的周从戎那一桌，气氛却是有点儿剑拔弩张。

"听说你不打算喊江姒嫂子，反倒希望我喊她弟妹？"

这质问的话还真是一点儿都不含蓄，纪研博被打了个措手不及。他是万万没料到江姒竟然将他插科打诨的玩笑话都跟周从戎说了。

他抱着一丝希冀，觍着脸问道："戎哥，你觉得……我这个提议可以吗？"

回应他的，是周从戎的皮笑肉不笑："你让果果告诉你，可不可以。"

眼馋冰激凌许久却总被纪研博压榨着画画的果果当即义正词严："当然不可以！表舅你是不是傻啊，怎么能连称呼都搞错呢！"

"你小子皮痒了是吧！还没画完就在那边叨叨逼叨，冰激凌没收了。"被自个儿小外甥闹了个脸红，纪研博撂下狠话，飞快地夺过了果果的冰激凌杯用勺子舀了好几口。见他都快哭出来了，忙又给他一颗甜枣，"舅舅再去给你拿点儿甜品。"

他站起身迈开大长腿直接遁了。

然而，在甜品区用夹子取完小蛋糕，他下意识伸手探入兜内掏手机打算瞧瞧时间，却倏地发现裤兜内竟有一张凭空出现的字条。

字条上的印刷字体，令他的脸色瞬间沉了下去。

他抬眸环顾四周。店内熙攘，自助取餐食走动的人不在少数，无人可疑，又似无一不可疑。

今日的自助晚餐，为了躲周从戎，江姒吃得并不尽兴。饭后，她就匆匆和沈一冉告别回家了。

月色甚好，老小区里大爷、大妈们正在跳广场舞，热闹不已。时不时地，还有社区巡逻的民警经过。

她正往自家那栋楼走，恰巧撞见了对门的吴叔在楼下遛弯。

"姒姒，你回来啦？"

虽然在车祸中失去了一条手臂，但相比前两年的精神萎靡，如今吴叔的精神状态已经调整过来，整个人也能看到光了。

死去的人已经不在，活着的人，更要彼此相依。

不得不说，他们两家做了几十年的邻居，有些命运竟出奇地相似。

"吴叔，今天周六了，吴拾他没回家吗？"

"这小子这阵子忙得很，也不知道在捣鼓什么，越临近毕业人就越是没影了。"

江姒想到了吴拾报考消防员的事儿，生怕自己说漏嘴，忙道："他肯定为了答辩忙着呢，还得跑剧组，也难怪不见人了。"

"不提这小子了。姒姒你赶紧回家去吧。你那工作时不时熬夜通宵肯定累坏了，赶紧回去休息吧。"

"那吴叔我就先回了。您散完步也早些回去。"

两人作别，她继续往前走，到了自家单元楼下。老式的楼房并没有电梯，江姒原本只是漫不经心地踩着台阶，不经意地抬眸，目光定在了走在她前头的那人的身上。

这是一个身形修长的男人，穿着针织毛衣和牛仔裤，迈着步子，不疾不徐地走着楼梯。仿佛每迈下一步，都有着他独有的印痕。只不过那背影，她总觉得有几分莫名的眼熟。

当到达五楼，对方拿出钥匙打开了对门吴拾家的房门时，江姒明显愣了一下。

她可以很肯定，那人不是吴拾。而吴叔也还在楼下。

吴拾家人口简单，父子俩相依为命，亲戚朋友也不至于在大晚上他们不在家时不请自入。

心头一凛，江妣并不急着上楼回自己家，而是先躲在了四楼转角，在声控灯灭掉后将自己藏进了阴影中。

她有些不太确定地给吴拾发去信息：你家好像进贼了！

江妣：你在家吗？

她还待再继续说说那个"贼"，便收到了回复。

吴拾：是个二十多岁的男生吗？

吴拾：我觉得吧……可能也许大概，妣姐你瞧见的是我家租客。

租客？

江妣疑惑：你们将房子租出去了？那你们现在住哪儿？我刚在楼下见到吴叔时也没听他提起要搬家呀。

吴拾直接一个电话拨了过来。

声控灯亮起，驱散了楼梯内的暗色。

她接起，听到了吴拾大大咧咧的声音。

"妣姐你放心，就只是租出去一个房间，没搬家。我可还要继续跟妣姐你当邻居的。"

"那你怎么……"

"我一直住校也不常回家，房间空着也是浪费，所以和我爸商量了下，挂了个招租启事将我那房间租出去了。"

江妣听了之后心安不少，继续往楼上走："你这人想一出是一出啊。哎，不对啊，那你之前住校的时候怎么没想着将房间租出去？"

掏出钥匙的手顿了一下，她想到了不合常理之处。

电波另一头的吴拾尴尬地摸了摸自己的后脑勺："还真是什么都瞒不过妣姐啊。其实是我担心一旦进了消防队就不能兼职，家里少了份收入，所以想出了这么一招，能多赚一点儿是一点儿，要不然谁愿意家里头进个陌生人啊！如果对方是个坏坏，借着租房子的名义将我家搬空就得不偿失了。不过我考察过这人了，二十一岁，是胥州电影学院的学生。他参加了他们学院在峥州这边的一个拍摄项目才跑出来租房的。"

还是个学生,那这个租客应该没什么问题。

江姒拧动门把手,换了个话题:"你就那么自信今年一定能被招进消防队伍?这就提前准备起来了?"

"机会总是留给有准备的人的。姒姐你不是总笑我这细皮嫩肉的吗?我跟你说哦,我最近给自己加深了训练强度,都晒黑了不少呢,还练出了腹肌!"

不知是不是自己的错觉,江姒竟觉得后背有些异样的灼热感。

她回首去看,只见对面吴拾家的门紧闭,没有任何异常。

收回视线,她朝屋内唤了声"爸妈",关门换鞋进屋。

"姒姐?姒姐?"见她久久没回他,吴拾连着唤了几声。

江姒忙应道:"你训练时悠着点儿,量力而行,注意防护措施。每次给自己计时计量,这个很关键。"

"放心吧,姒姐。你给我特意找来的训练员,他给我制定的训练方案管用着呢!"

"什么训练员?"江姒不明所以,她不记得自己给他找了训练员啊。

手机一声轻响,来了一则微博的推送消息。

江姒顺手点开,瞧着上头的文字信息晃了晃神,也就没有再关注吴拾说的话。

 # 烈火下的信仰,亡者归来的悲鸣 #

微博实时热搜第一的话题映入眼帘。

而排在话题首位的,是来自"宇川消防"发送的一条长微博。

这是一条有关江铮的微博内容。

字里行间,"江铮"这个名字成为一个有血有肉的人,是他们熟悉的阿铮,是他们至死都将难以忘怀的阿铮。

他坚守着他的信仰,烈火而亡,浴火重生,却被人污蔑诋毁。若他泉下有知,亡魂归来,也只会发出凄厉的悲鸣,愤懑自己的初心被人如此践踏。

"宇川消防"借着文字呼吁大众不信谣、不传谣,不要让无私牺牲的英雄背负莫须有的骂名,魂无所依;不要让英雄家属在失去了至亲的同时,还被不明真相的人士寒了心,一遍遍撕扯伤疤。

065

江姒的指腹拂过"烈火下的信仰,亡者归来的悲鸣"的字样,眼眶有些发热。

电话不知何时已经被自己挂断,她走向正在客厅看电视的父母,将手机屏幕撑到他们眼前。

电视屏幕上的小品正传递着欢声笑语,而他们,久久沉默着。

良久后,三人相拥到一处,将这些天来的苦楚与悲痛借着电视的嘈杂声尽情宣泄。彼此的怀抱仿佛坚固的城池堡垒,将所有的伤害杜绝在外。

客厅墙上"一等功臣之家"的牌匾,字体苍劲有力,那是责任与奉献的传承。文字缄默,却能亘古流传,将一家人的心紧紧相拥。

这天临睡前,江姒在自己的微博郑重其事地敲下了一行文字。

#烈火下的信仰,亡者归来的悲鸣#:请善待世间所有为美好付出生命之人,莫让这世间充斥亡者悲鸣。

第三章 ★
谁的功勋章,谁的英雄冢

/ 可怜英雄冢,埋忠骨葬英魂,道尽灼灼报国心。却道不尽人心叵测,洗不尽死后污名!
谁的功勋章,谁的英雄冢,诉说着谁的悲凉,拷问着谁的良知? /

1

自从上次的乌龙事件之后,也不知周从戎是不是心里头硌硬了,第二天轮到夜班时请了假,这一请就是好几天。这些天值班表就出现了变动,江姒暂时和罗芳成为一组。

虽说他们接处警岗的排班表会不定期进行一些调整,两人一组的彼此也会出现变动。但偏巧发生在那个时间点,就由不得江姒不多想了。

今天是个阴雨天,外头黑沉沉的。这会儿才不过下午三点多,就仿佛夜幕降临了。

江姒利用碎片化时间默画了一下峥州市的地形图,以及新增的路线和新设置的消防设施,只不过默画着默画着,上下眼皮就忍不住开始打架了。

冷不丁地,她的脑袋磕到了桌面上,吃痛出声。

"不是才刚喝了咖啡提神吗?怎么这么不小心。"罗芳听到动静望过来,关切道,"额头可别磕破皮了。赶紧的照个镜子瞧瞧。"

江姒失笑:"哪有那么娇弱啊。"

"没事就好,去洗把脸提提神。别一天到晚坐在椅子上,适当地站起身伸展一下四肢做做运动,可别像我一样被颈椎病和腰肌劳损给折腾得每每发作就悔不当初。"

被这两个病症折磨,罗芳没少吃苦头,数落他们时就总爱拿自己开涮当典型。

她成天叮嘱他们劳逸结合,甚至还下载了各类休闲养生和锻炼的视频,趁着休息间隙给他们做示范。除此之外,她还特意跑到单位食堂给阿姨们传授养生之道。自此之后,食堂每日里的菜谱都有点儿个性化定制那味儿了,好评率倍增。

江姒最怕被她善意地念叨,忙不迭遵命跑去洗手间洗了把脸,重新回办公室时又做了一套罗芳自创的健身操。

"芳姐,你这么热爱生活的人,当初怎么就没逃脱颈椎病和腰肌劳损的命运?"

罗芳边给自己做眼保健操边无奈道:"早年我刚入行时,那会儿哪像现在这样设备完善啊?这岗位人员流动性大,有些又只是合同工,小年轻们承受不住压力,干个几个月走人的比比皆是。当时人手也是严重不足,一堆事情要忙。很多事情我不能立刻上手,又没个师父带,只知道死磕却没用对地方。这一不留神就养成了久坐却不爱动的毛病。你姐夫就常爱念叨我不注意自个儿身体。"罗芳一想到亡故的丈夫,声调也低沉了下去,"如今想要再听他念叨也没有机会了。"

江姒心里也颇不是滋味。

她和罗芳的命运何其相似,她们都失去了生命中最重要的人,且这最重要的人都是在消防救援中牺牲。

"芳姐,你还有果果呢!果果这个话痨,平常应该没少替他爸爸念叨你吧?"

提起儿子,罗芳脸上刹那露出一抹温柔的笑意:"是啊,那小嘴成天嘚吧嘚,也不知道他脑子里怎么会有那么多稀奇古怪的想法,表达欲惊人。你说我要不要将他往相声演员的方向培养一下?"

江姒虽然还没有结婚生子,可不影响她与罗芳一起展开联想。

两个女人一台戏,聊了会儿后又投入了各自的工作。

办公室内,重新恢复安静。

直到一通急促的来电,打破了这份静谧。

江姒在铃声响起第一声后飞快接起:"您好,峥州119。"

电波另一头,传来女人恐惧不安的声音:"我被困在车里出不去了,水,车里都是水!快、快来救救我!"

江姒心神一凛,立马询问:"是车子冲入河里吗?女士您现在在哪里?"

"我在桃源路!我跟着导航开的车,开上了一条泥巴小路。快来救救我!我不想死啊!"女人开始哭喊,声嘶力竭。

"女士，请您提供下您的具体位置。"

"我都说过了我在桃源路桃源路桃源路！我不知道具体在哪儿！这个导航是错的，我压根不知道自己开到了哪里！"

"那您附近有什么标志性建筑吗？有桥吗？"

江姒飞快地敲击键盘。

"我什么都看不到，不，不对，好像能够看到一个很高的烟囱，旁边是一栋破破烂烂的建筑。"

烟囱？

江姒的脑中飞快将桃源路、泥巴小路、烟囱、破烂建筑结合，调动自己的大脑活地图，锁定了两个目标位置。

她填写完毕救援出动命令单，发送给关谷消防救援站。

"女士，您听我说，您现在需要做的是立刻从车里出去。目前车门已经打不开了是吗？"江姒的声音绷紧，若是车子冲入河中，逃生最宝贵的时间就是入水初期。可对方用在了拨打119上，相当于放弃了入水初期逃生的机会。那么她唯一能做的，就是把握住最后的两次逃生机会。

"我自己能出去我还用得着打电话给你吗？"惊恐交加，女人的声音尖锐起来，"别再问我了，快派人来救我！你们不是有无所不能的消防员吗？快来救我啊！你跟我说这些废话的时间都够他们一个来回了！"

江姒说的这些，自然不是什么废话。

准确把握警情才能让她做出正确的预判。

"女士，我们的消防指战员已经在赶过去的路上了，但还需要一点儿时间。您这边的情况不能再拖了。您听我说，您手边有安全锤吗？或者拆下座椅的头枕用力敲打车窗，破窗逃生。"

"敲碎玻璃，那我这辆车的维修费又得增加了，我挣钱容易吗？这些钱在你眼里是不是都是大风刮来的？"

都这种生死攸关的时刻了，对方竟然还想着那点儿维修费。江姒有种敲破她脑袋瞧瞧她大脑构造的冲动。

电光石火间，江姒脑中迅速闪过一个想法。她严肃道："女士，您所处的车辆是否在持续下沉？"

"我不知道！我只知道我的车子进水了，我好几万的鞋子毁了！"

江姒心念一动，顺着她的话问道："女士，您的衣服肯定也不便宜，不知道它是否也被浸湿了？"

"谢天谢地，它好端端的！"谈及自己花费巨额打造出来的穿搭，女人的声音似乎还心有余悸。

"您今天穿的是长裙吗？"

"裤子！长裤！"女人有些不耐烦，"你到底是干什么的？我是来报警的，不是来听你问我问题的！"

听到这话，江姒的心头大石稍稍一落。

按照正常的车辆落水的时间线来推算，这个时间报警人的裤子早就会被水浸湿。可随着时间的推移，她只有鞋子湿透，且还有心思担心车辆维修问题以及自己的财务支出，情况应该不至于太糟。极大可能是车辆落水后前轮直接卡在了浅滩。这种情况下，车辆短期内不会继续下沉，报警人暂时不会有生命危险。

今天天色阴沉又下着雨，天气恶劣，报警人情绪激动、担惊受怕，对于自己身处的环境难免造成错误的判断。

"女士，您的车子是否有天窗？若您担心维修费用，您可以在不破坏车窗的前提下，尝试着从天窗逃生。"江姒提出指导性建议。

"对啊，我怎么没想到。"电波另一头传来女人赞同的声音，不过很快，对方又否决了，"外面下着雨呢，我跑车顶去，不是淋湿了吗？我身上的行头可就全毁了！一不小心直接被风刮进水里怎么办？你这是存心想要我死是吧？"

"女士，您别激动。若水暂时没有持续侵入车厢，您可以先在车厢内等待救援。"

"别跟我废话这么多，告诉我我还需要等多久！"

…………

十五分钟后，江姒得到了关谷消防救援站副站长赵山岳反馈过来的消息。报警女子的车辆冲入路边一个蓄满了水的土坑，才闹了这么一出乌龙。如今女子已被顺利救出。

江姒做完记录，长长地松了口气。然而这口气还没出多久，电话铃声再次响起。

是罗芳席位的座机响了。

等到电话挂断，罗芳已经气愤得不成样了："又一个冒充消防人员诈骗的！"

江姒忙问道："什么情况？"

"打来电话的是个做门窗定制生意的老板。他说有人自称是消防员找他定制了几扇铁门，随后又甩给他一个防火卷帘门厂家的微信联系方式，说是铁门和卷帘门一起采购，让他找这个厂家谈价先行垫付，再将这些东西一起送到宇川消防站进行结算。"

这年头利用群众对消防员的信任来进行诈骗的事情还真出现过不少。

消防诈骗其实用到的手段总结起来无非也就那么几种，变换的花样却是五花八门。宣传诈骗时早就强调过了，可还是难免有人掉入不法分子的坑。

"这老板特意打电话过来让我帮忙查询一下宇川站那边是不是真的有这么一个消防员，是不是真的有这样的采购需求。看来他的警惕意识还是挺强的。"说到这儿，罗芳的脸色才好转了些。

对方没有造成财产损失就好。

江姒也不免唏嘘："冒充消防员搞培训、搞讲座、搞推销、搞工程招标、搞采购、搞检查罚款，这些个骗子怎么那么能呢！将这些手段用在正道上，还怕不能升职加薪走上人生巅峰？"

江姒是在下班时才和周从戎打个照面的。

这还是那天她批了他之后，两人第一次共处。那句一直想要出口的道歉，这么拖着拖着，江姒也就越发说不出口了。

倒是罗芳看不下去了，和她悄悄咬耳朵："你俩这是什么情况啊？还没和好呢？那我可就让我表弟趁虚而入了啊。反正你俩的情侣关系也是假的。再这么生分下去，也不需要我拆穿，你们自己就先兜不住了。"

江姒竟深以为然，话冒到了嗓子眼，就想开口向罗芳承认她和周从戎假情侣的关系了："芳姐，其实我……"

"姒姒，我们聊聊。"

斜刺里，周从戎的声音传来。

他身姿挺拔，穿着挺括的蓝色制服，迈着大长腿不疾不徐地走近，面色无波。

江姒几乎是下意识就结巴了一下："聊、聊什么？"心里头有鬼，她竟没来由心虚了一下。

他将深邃的眼神落在她脸上，言简意赅道："工作交接。"

哦，对，他们交班时确实是要将一些重点事项交代清楚的。

不过，他摆出这么一副严肃的样子是几个意思？

还未待她开口，江姒便被周从戎直接拉到了外头的接待室。门一关，隔绝了罗芳好奇探听的"顺风耳"。倏地，他又将自己的手机递向了她。

不至于吧？交接重点需要她在他手机上列个一二三出来？

江姒连忙讪笑道："戎哥，做笔记这种事，我个人觉得还是不假手于旁人得好。"

周从戎给了她一个意味深长的眼神，叹息道："你看看这个视频。"

敢情是让她看手机上的视频？早说嘛！至于这么神神秘秘的吗？

江姒接过，点开那个视频。

严格来说，这是一个用手机拍摄的监控视频的录像版本，且监控地点，竟是宇川消防救援站门口。

画面上的时间显示的是上周五早上六点多。

她正纳闷他的用意，视频中突然出现的一个男人，却是刹那间震惊了她的眸。

这人穿着宽松的卫衣和七分裤，脚踩着一双跑鞋，就这么随意而自然地经过宇川站门口。他猝不及防地停了下来，转首望向宇川站的方向，竟还向岗亭执勤的一名消防员敬了个礼。待做完这些，他才继续慢跑着离开。

这个男人……

江姒握着手机的手发紧。

因着是手机截取拍摄了监控视频的一段，所以像素并不算特别高。可这丝毫不影响她看清楚这个男人的脸。

这人，与她家阿铎何其相似！

她双眼酸涩，指腹触摸着屏幕上那张脸，嘴唇嗫嚅了好久，最终哽咽道："阿铎，他是阿铎，他真的是阿铎！"

她当初在瞧见周从戎手机上那张匿名人士发来的江铎的照片时没有丝毫动摇，在瞧见长途大巴车上与江铎相似的那名见义勇为的乘客时依旧没有动摇，在瞧见救了闯红灯横穿马路的"小土豆"之后潇洒离去的晨练男时仍旧没有动摇。然而这一次，她骗不了自己了。

高明的照片合成技巧，也许可以骗过最资深的鉴定专家令其深信不疑，却不能令她相信。

大巴车内的监控视频以及那张江铎的身份证，让这疑似江铎的人太过匪夷所思，也让她对此产生怀疑。

突然出现在她面前救了人又迅速消失的他，让她越发怀疑那人的出现是别有所图。

可如今，她动摇了。

他跑步的姿态，他停留在宇川消防救援站前的神情，他朝岗亭内执勤的消防员敬礼的姿势，都与她家阿铎如出一辙。这个人，长着一张与阿铎一模一样的脸，神态举止都与阿铎一般无二。静态的图片也许可以作假，可这些动态的视频，做不得假。且这一次，还有岗亭执勤的消防员作为目击证人。

对，她要去找到这个人。

他是谁来着？阿铎队里的人，她基本都认识，今年给阿铎他们扫墓时她还见过。

"戎哥，你把这视频发我手机，我这就去打听一下情况。"江姒迫不及待就要去宇川消防站那边。

只不过这脚步还没迈出去，就被周从戎给揪了回来。

男人有力的大掌一把箍住她的手臂："瞧你这火急火燎的。这监控视频我都用手机拍了回来，你觉得我会没有调查过这事儿？"

江姒也不急着走了，她急切道："究竟是怎么回事？是我家阿铎，对不对？他没死，对不对？脸可以是巧合，难道连那些神态、动作都是巧合吗？而且他还特意去了宇川站！那里是他曾经就职训练的地方，是他肩负此生信仰为之奋斗的地方，他特意经过那儿，还和他曾经并肩作战的战友打了招呼。他是阿铎，他绝对是阿铎！可他既然没死，为什么不回家呢？为什么不归队呢？为什么他……"

她兀自念叨着，可转瞬又否决了："不，他不可能是阿铎。阿铎如果真的还活着，他不会任由我们这么痛苦却不现身。仅仅是这一点，这个人就绝对不可能是阿铎。"

"你先平静下来。"周从戎俊脸微微一凝，双手搭在她肩头安抚她的情绪，"芳姐看到还以为我欺负你了呢。赶紧将你心神不宁的表情收收。"

江姒顺着他的话抬眼一瞧，果然见罗芳正透过透明玻璃门盯着他们这边，脸上满是探究的神色。

她不得不努力收敛起激动的情绪。

见江姒总算平静下来，周从戎才松开她继续道："我已经问过了，陈安是目前为止唯一与这人近距离正面接触的目击者。他说那人那天晨跑到达他们宇川站前停了下来，目光有些复杂地望着，那表情，有点儿像是怀念，又有点儿像是好奇。随后就对他敬了个礼离开了。两人当时对视了好几秒，他觉得那人对他是全然陌生的，似乎压根没有认出他是谁。他乍然看到一个活生生的'江铎'太激动，一时之间出了神，等到追过去后已经不见了对方的踪影。"

陈安，就是当时岗亭执勤的那名消防人员，在宇川站也算是待了好几年的老人了。

若那人真的是江铎，不可能认不出这位曾经的战友。

听到这儿，江姒竟不知自己是失望还是松了一口气。

"为什么他们将这事儿告诉了你，却没有告诉我这个当事人家属？"事情过去好几天了，为什么她没有听到一点儿风声，反倒是周从戎掌握了具体的信息？

"这事儿是宇川站的刘指导打电话过来告知我的。"周从戎解释道，"我当初在仁皇消防特勤站时没少和宇川站走动打交道，和他算是老相识了。他知道我来了指挥中心还成了你徒弟，没少当面嘲笑我。"

话题转到这儿有点儿"歪楼"，他轻咳了一声："总之，之前桂园路交通事故案中发现的疑似江铎的人，已经让你们家属情绪崩溃，险些被'网曝'。如今这疑似江铎的人再次出现，他怕直接告诉你你会承受不住，所以电话打到我手机上想先让我给你打个预防针。"

结果，他就这么越过她进行了调查。

江姒不知是该感谢他帮忙调查，还是该痛斥他瞒了她这么多天。

她望着他，好半晌没有言语。

周从戎接着道："这事情警方那边不好立案。虽然之前因着调查桂园路的交通事故案而跨市寻找过那名疑似江铎的乘客，但如今那案子已经结案，再调动警力也有诸多考量。这几天我就从刘指导那边借了几个人帮我一起找找线索。他们曾和江铎并肩作战，都铆足了劲儿帮忙。我们排演了那人慢跑时经过的路段，但沿途监控并没留下那人的踪迹。后来索性放弃常规思维用了点儿手段，最终确定那人应该是住在申平区一带。"

峥州市三县十区，即便确定了对方住在申平区，可真正查起来，还是相当于大海捞针。

但能查到这个地步，可想而知其中付出的巨大艰辛。

周从戎几人不声不响就将事情做了，等到有了一定结果才来告知她。说不感动是假的，可江姒还是有些绷不住。

"你应该告诉我的。事关我弟，事关我们一家，你们帮着忙前忙后，而我像个局外人一样……"

"谁说你不需要忙前忙后了？"周从戎打断她，"你没发现你比旁人更熟知申平区的情况吗？"

一听自己也能出力，江姒忙打起精神："对，我从小就住的地方，对那片儿特别熟。"

周从戎严肃地下达指令："现在需要交给你的任务，就是背着江叔、邵姨，开始拜托那些个喝早茶的、练太极的、跳广场舞的、喜欢八卦的大爷、大妈帮忙找人。"

有时候，大爷、大妈们的嗅觉，比警察还要敏锐。有些涉及黄赌毒的案件，多亏了大爷、大妈们举报才能人赃俱获。

这不，这一次能将那人定位在申平区，周从戎特意发动了一场寻人大赛。以那人现身的宇川消防救援站门口为圆心，半径一千米以内的大爷、大妈们积极参与，随后半径越扩越大，最终将人锁定在了申平区。

而且找大爷、大妈们帮忙还有一个好处。他们有些人虽然爱八卦，但大多数热心至极，并不会像网上的键盘侠那般肆意谩骂攻击人。

江姒知晓周从戎是怕她爸妈再次受到冲击才让她背着父母，不过她却知晓，与其将此事瞒着父母，不如让老两口也参与进来。

"我爸妈早就和我开诚布公，不希望有关于阿锌的事情被蒙在鼓里。我会将这事告诉他们。"蓦地，她想到了什么脱口而出，"所以你请假的这几天就是忙于调查这事儿，压根不是为了躲我？"

2

武大川背着他那藏蓝色休闲包来到办公区，边将背包往椅子上一扔边朝着罗芳挤眉弄眼："姐，戎哥和姒姒小两口关起门来谈恋爱呢？"

"办公场地，你严肃点儿！"罗芳板起脸来开训。

"我这不是好奇嘛。戎哥一请假就这么多天，一回来就和姒姒说悄悄话咬耳朵。"武大川一高兴起来就嘚瑟，"姐你就甭成天盼着小两口分手了，人家如胶似漆着呢。"

罗芳每次和他讨论这个就心累，已经懒得和这个呆子再强调江姒和周从戎真假男女朋友的关系问题。

"赶紧的，我跟你交接下，还得赶着回家陪我儿子吃饭呢。"

周从戎请假之后，他们的值班表出现变动，武大川时不时和另一组的前辈常哥一起值班。今儿个恰逢周从戎收假归来，武大川和他一组值夜。

见罗芳催促，他忙收了玩闹的心思。

两人对接完，罗芳又叮嘱了他一番，这才收拾东西准备走人。

还没走几步，她就见到他们办公室来了一位不速之客。

她诧异道："你怎么来了？"

来人正是纪研博。他穿着西装三件套，那额前的碎发还特意用发胶定了型，正儿八经的，商务范儿十足。

纪研博笑着让开半个身子，露出藏在他身后的果果："将你儿子给你送过来。"

外头还下着雨，显然是走进楼的那几步淋湿了身子，小家伙的短发还有点儿湿哒哒的。他瞧见她，刹那小脸一扬露出笑来，伸着手臂冲向她："麻麻（妈妈）！"

罗芳将他抱起来，在他脸上亲了一口："宝贝是特意和舅舅一起来接麻麻下班的吗？"说话间用袖子替他擦了擦额前的湿发。

果果将小脑袋埋在她肩头，兴奋至极："才不是呢，舅舅是来找未来舅妈的。麻麻，舅舅喜欢姒姒姨姨呢！"

得，某人醉翁之意不在酒，连个小娃都知道了。

罗芳嗔怪地瞪了自家表弟一眼："居然还利用起我家果果了，你当人表舅的能不能有点儿出息？"

纪研博苦哈哈着一张脸，显得格外无辜："你别听他瞎说。我敢追，也得戎哥先分手才行啊。我要敢当第三者，他分分钟就能把我干趴下。"

"喊！当初求着我安排你和姒姒相亲的是谁？那会儿你不是就知道她有对象？"

"姐，容我提醒你一下。当时是你信誓旦旦地跟我保证他俩只是假恋爱。而且你当时也没说她假恋爱对象是戎哥啊！好兄弟的墙脚，我这么大摇大摆地撬了，多亏心啊！"

"得，都是我的'锅'，我背。"罗芳白了他一眼，转移话题道，"我们单位什么时候这么宽松了？他们就这么将你俩给放进来了？"

说起这个，纪研博就忍不住戳了戳果果的脸："身为你家属还没有点儿特权？尤其是果果这张脸，是最好的通行证。"都是熟人了，登记一下也就进来了。

武大川早在瞧见果果来了时就双眼一亮，他在自己背包里掏啊掏，没掏出什么宝贝来，脑筋一转在罗芳的抽屉里摸了摸，掏出了一根小熊棒棒糖。

他屁颠颠奔过去，借花献佛地将棒棒糖塞果果手里，随后不要脸地开始撸果果。

"大川蜀黍（叔叔），不要乱捏人家的脸！会变丑的！"果果板起了小脸蛋，不高兴地噘起了嘴。

罗芳瞧见那棒棒糖，当即就有冲动往武大川脑门上招呼个"栗子"。

"果果都长蛀牙了。我特意藏办公室的糖你还给我翻出来，讨打是吧！"

武大川哪里想得到这一层啊！当即遮住自己的脸闪避："姐，打人不打脸啊！果果你可得替大川蜀黍抱打不平啊！"

果果抱紧了罗芳的脖子嘻嘻笑："没问题！我锁死麻麻啦！"

江姒和周从戎听到外头的欢闹声出来，瞧见的就是这样的一幕。

罗芳意识到丢丑了，当即刹住脚步，故作淡定地轻咳了一下："外头还下着雨，不好打车。姒姒，你和我们一起走吧，让研博捎你回去。"

纪研博也忙绅士道："为女士服务，乐意之至。"

果果从自己妈妈身上下来，抱住江姒的大腿："好耶！姒姒姨姨一起！"

罗芳还真怕这小子嘴上没把门，喊出"舅妈"的话来，好在他喊"姒姒姨姨"惯了，没有将纪研博的那点子小心思暴露。

江姒欣然应了，刚要抱起果果，却被纪研博接了过去："果果长胖了不少，可别累着你。我来吧。"

罗芳心照不宣地打量着两人的互动，只觉得异常和谐，心里的小算盘又忍不住打得噼里啪啦响。武大川偷偷拐了她一肘子："姐，有句话叫'劝人分手天打雷劈'，还有句话叫'肥水不流外人田'。咱办公室好不容易脱单了一对，你就别想着拆散了。"

这傻子又来了。

她懒得理他。

周从戎长身玉立，神态恣意。那双大长腿不知是不是故意，迈上前两步与江姒比肩而立。他与她的距离一下子就拉近，竟是一下子打破了刚刚江姒和纪研博登对和谐的一幕。此刻，他的眸光落在纪研博脸上，笑着招呼："你这个当人舅舅的最近带娃挺频繁啊？那剧本和编剧磨合好了？什么时候准备开拍？最近也没见你跑外地。"

明明只是挺寻常的问话，可纪研博没来由听出了几分警告的意味。他觉得，自己有点儿疑神疑鬼了。戎哥怎么可能对他这个好兄弟绵里藏针呢？不存在的！

纪研博掂了掂怀里的果果，心才觉得踏实了些："谈妥的平台方突然出现变故不能买单了，我这边还得继续对接新的合作方，只能暂时搁置项目。不过我目前对另一个选题更感兴趣，正在研究素材。戎哥，我想跟你细聊一下，是跟消防有关的……"

他眼角余光下意识地扫了一眼江姒，似有什么顾虑，欲言又止。

罗芳顺口接道："这个题材好，一听跟我们行业相关的，我就有点儿热血沸腾。这故事主要讲什么的？"

"哎呀，这是商业机密，谁知道你会不会给我泄露出去？走了走了，果果肚子都饿了。"纪研博却是一下子闭口不谈了，催促着走人，转身前还不忘向周从戎热情相邀，"戎哥，我记得你调岗后性质特殊，不用强制性住单位集体宿舍，时间方面多了些自由。明晚约个饭，我和你细聊这个选题。"

末了，他强调了一句："很重要，老地方，你可千万别爽约。"神色竟是格外郑重。

多年相交，周从戎第一时间觉得他有些不对劲。

"行，没问题。"

周从戎允诺，目送着几人离开。

待办公室内只剩下他和武大川时，周从戎听到身旁的人幽幽叹道："戎哥，你可得抵抗住对方的糖衣炮弹啊。人家这是借着约饭撬你墙脚呢！你和姒姒这一对如果被拆了，我还怎么暗戳戳嗑糖啊？"

是什么给了他错觉,觉得他和江姒发过糖?

周从戎觉得武大川的脑回路有点儿离奇。不过这并不妨碍他拍了拍武大川的肩头以示鼓励。

"回去工作吧。"

武大川因着这一动作受到了鼓舞,双眼放光。刚要再表表自己坚决拥护他们这一对的决心,便听到了突兀的电话铃声,他忙奔过去。

天色黑沉,雨没有停歇的趋势。

回去的路上,后座的果果打打闹闹问着十万个为什么,车子里闹腾不已。

罗芳住的地方还是当年她和丈夫攒钱买的婚房,这些年她一直和公婆住一块儿。老两口失去了儿子后痛不欲生,罗芳怕二老过不去那个坎儿,主动提出接他们一块儿住,平日里二老也能帮着照顾下果果。

"你晚上甭来我家蹭饭。待会儿送姒姒回家的路上载她去吃个饭,绅士点儿,别抠抠搜搜的。"罗芳抱着果果下车,暗地里却给纪研博使了个眼色,让他抓住机会。

"姐,你弟做人大方办事牢靠着呢!"平白担了一个"抠搜"的罪名,纪研博当场替自己叫屈完毕之后,升起车窗重新启动车子。

偌大的车厢没了罗芳和果果,竟一下子显得静谧起来。

江姒坐在副驾驶座上,努力找着话题:"我听说你和芳姐住楼上楼下,当时怎么会这么凑巧买那边呀?"

"我和表姐的关系打小就好。当时表姐夫过世,我还不是怕表姐做傻事吗?就托关系好不容易买了这边的房。"话锋一转,纪研博犹豫着开口,"嫂子,其实你和我姐……"

她听到了啥?

嫂、嫂子?

江姒险些没背过气去。

前不久还和她见过面相谈甚欢,又在微信上聊得火热,将暧昧进行到底的男人,竟一下子对她称起了"嫂子"?是这个世界太玄幻了,还是她跟不上他的大脑运转速度了?

芳姐还说他对她一见钟情,不经意间在她朋友圈瞧见她的照片就求着她牵桥搭线。这就是他的一见钟情?这开花好歹还有个花期吧,他这枯萎的速度未免也太神速了些。

"纪先生，你这么叫我不合适吧？"江姒打断他。

纪研博却坚持道："嫂子，你和戎哥是一对，这称呼再合适不过了。嫂子以后喊我'研博'就行。"

江姒是彻底摸不准他的套路了。

难道这是他以退为进的追求套路？

"你确定？"她再次确认道。

纪研博竟还委屈上了："兄弟妻不可戏！嫂子你放心，以后我会对你收起那份不该有的心思的。"语气还挺哀怨的。

"我和戎哥并不是……"

"我懂！我都懂！你俩属于办公室恋情，得低调！"他不由分说便替她想好了说辞。

江姒是彻底闹不懂了。

纪研博分明就是故意不让她将话说明白。

这年头男人对女人放弃"喜欢"，都这么干脆利落的吗？都这么自说自话、不按常理出牌的吗？

那他所谓的"一见钟情"非得让罗芳安排他们相亲见面，又是何意？

江姒不动声色地注视着正目视前方认真开车的男人。他在她生命中的出现太过刻意，何尝不是别有所图？

她与他剖析衷肠，试探道："不，你不懂。我早就想着和戎哥分手了。谁让我见异思迁喜欢上你了呢？你说我要不要找个时机和他提分手？这样也就不用你这么为难了。"

倏地，纪研博把着方向盘的双手一颤，车辆打滑失了方向，车轮与地面发出剧烈的摩擦声。

华灯点缀着峥州市的夜景。雨水打在车窗上，顺势而下，见证着刚刚那惊险的一幕。

等到将车停靠在路边，纪研博竟觉得手脚都不听使唤了。

"其、其实大可不必如此。"他心有余悸，别别扭扭地说了一句。

江姒体验了一把他惊魂的车技，暗暗松开自己揪紧包链的手。刚刚她差点以为他要载着自己去往不归路了！由此，她也越发坚信自己的判断。

她"深情"地凝视着他，再次下了一剂猛药："不不不，人生短短几十年，为爱就要疯狂一次。戎哥这人太呆板无趣些，哪及得上你拥有一个有趣的灵魂呢？我决定了，我这就打电话和他谈分手，咱俩现在就交往，明儿个就去民政局扯证。"

纪研博那张还勉强维持着的斯文脸几乎快要哭出来了："嫂子，我错了嫂子！你千万别给戎哥打电话！这手，不能分！"

"为什么？"她逼问。

"我、我是道德小标兵，坚决不拖后腿，绝对不成为他人感情的绊脚石！"他义正词严，就差赌咒发誓了。

江姒的脸色却是逐渐冷了下来，她不想再听他废话了："纪大制片人，说说吧，你假借'一见钟情'的名义接近我究竟有什么目的？"

车窗外雨声淅淅沥沥，纪研博却是被硬生生逼出了一身冷汗。

他没想到，江姒竟会如此敏锐。

只不过，真正的原因，他是无论如何都不可能宣之于口的。

车厢内一时之间显得格外静谧，唯有雨刷器的刮动声，似一声声警铃，催促着纪研博飞快做出完美的回答。

终于，在江姒的逼视下，纪研博孤注一掷地丢出一个理由："因为江锌！"

"什么？"

江姒难以置信。

他处心积虑接近她，竟是为了江锌？

纪研博目视着前方车灯照出的雨幕，手指下意识抠了一下方向盘。

"江锌的身份证，不该出现在桂园路那场车祸现场。因为它本应该在我手上！"

这个答案，完全是江姒没想到的。

那张他们当年死活找不到的身份证，那张遗留在车祸现场的身份证，那张从疑似江锌的人身上掉落的身份证，始终是个谜。

江姒张了张唇，艰难地出声："阿锌的身份证一直在你手上？"

"仁皇特勤站和宇川站有时会相互进行交流切磋，我们双方都挺熟的。后来我退出消防机缘巧合做了制片人，给手头的一部网剧物色演员，想让他客串剧里一个消防员的角色。对他而言，角色非常贴合。他也挺喜欢这个角色，想挑战一下自己，另一方面也能为消防做下宣传。因为他职业的特殊性，他不能自己做主，需要先回站里去打报告说明情况。而我这边也以江山影业制片人的名义联系了支队的政治委员和宣传处，希望能获得支持。可我没想到的是，江锌还没等到上头的批准就牺牲在了那场火灾中。他当时登记资料时还将身份证落在了我这里。我总觉得，我和他的约定还没有完成，我还欠他一个承诺。我总想着，冥冥之中我俩能够完成这个约定。"

车窗外雨丝不知何时变得越发绵密，雨声"哗哗"。

路边停靠着的这辆车，打着双闪，一下又一下，犹如车内的气氛，紧张又急促。

江姒想起来了。

那一阵子，阿锌的情绪不对劲。他向来是不愿意将这种负面情绪带回家的，每次回家也只拣那些在队里发生的轻松愉悦的事情和他们说。他们猜测他应该是在参与救援任务时遇到了力所不能及的事儿。毕竟每一次救援都不可能百分之百保证没有伤亡。他该是自责悔恨了。

后来阿锌的情绪逐渐有所好转，又有一日，他还打电话给她说他可能可以以消防员的身份亲身上阵参与一部网剧的拍摄。那时的他，整个人都是阳光的，笑声通过电波传过来，让她的整颗心都暖融融的。

原来，当时阿锌说的网剧，就是纪研博负责制片的。

"那后来这部网剧拍出来了吗？"江姒忍不住追问了一句。

"拍了，但完全不是我想要的效果了。"纪研博满是遗憾与无奈，"没了他，整部剧就仿佛失去了灵魂。江锌才是我最初想要的那个最符合角色的人。"

气氛一时之间陷入低谷。

江锌的离世，让他们陷入了共同低迷的情绪。

不过很快，纪研博就收拾好情绪，继续道："因为江锌，我在我姐的朋友圈刷到你时就对你极有好感。真正迫使我接近你的，是因为那张身份证的消失。"

"阿锌的身份证？"

"对。在江锌牺牲之后，我第一时间就想去祭奠他，并将身份证归还给你们，可被琐事绊住了。等到我去宇川消防站打算委托站长转交时，才得知你们已经按照相关国家规定给他销了户，并且将他的身份证办理了遗失。自此，我将江锌的身份证留了下来，全当留个念想。此前我一直将它妥善放在我的钱包里，两个月前出门用个餐却不慎遗落了钱包。等到找回时，里头什么都

·082·

没缺,唯独少了张属于江锌的身份证。"

江姒神色凝重:"这里头有问题。"

"是的,我当时也是这个想法。之后戎哥让我鉴定了一个侮辱江锌的匿名音频,桂园路事故中形似江锌的人的出现,以及我无意中得知事故现场出现了江锌的身份证,都让我觉得这事情不简单。那个人,应该就是偷走了江锌身份证的人!"

纪研博透露出的信息量巨大,令江姒震惊。

原来他就是周从戎找来帮忙鉴定出"侮辱江锌的匿名来电者与谎报警情的邹薇的声音存在极大的相似性"的帮手。

在他们都聚焦在那个形似江锌的人究竟是否是江锌"重生归来"时,纪研博却给了一条新的思路——对方曾经偷走了江锌的身份证。

那么,对方又是如何知晓江锌的身份证在纪研博身上的呢?

江姒一时之间无言,车厢内再次陷入沉默。

直到良久,她才低低出声:"开车吧。"

纪研博知晓,她是彻底信了他的说辞。

重新挂挡起步,他启动车子。

他的脑中,却不断徘徊着那天在海鲜自助餐厅时凭空出现在他裤兜内的字条。他根据字条上的信息指引见到了一个让他始料未及的人。而那个人,提出了一个让他根本无法拒绝的诱人条件。

哪怕飞蛾扑火,丧失道义,他也想要一搏。

3

这一夜,江姒失眠了。

梦里,一会儿是江锌初入消防时鲜活稚嫩的脸,一会儿是江锌训练后坚毅成熟的脸,一会儿是江锌牺牲时焦黑模糊的脸,一会儿是江锌救下"小土豆"后潇洒离去的脸,一会儿是江锌在宇川站门口与队友严肃敬礼的脸……

第二天醒来,江姒神色蔫蔫的。然而还没等她收拾整理好心情,就被她师父贾冰打来的一通电话给压垮了。

"江姒,你……哎,有麻烦了。"

人在家中坐,"锅"从天上来。

她被人投诉了。

投诉她的是昨天那位开车时跟着导航指引不慎坠入土坑报警求助的女士。对方投诉江姒不及时处理警情，非得和她东拉西扯延误救援时间，险些令她淹死在车中。

江姒对这位女士印象挺深的，对方在生死攸关之际还考虑车窗损毁维修费用和自己的衣服、鞋子，委实是令她想不记住都难。她又仔细回忆了一下当时的情景，自问在处理这个报警案时没有什么疏漏，也竭尽全力想让报案人以最快速度自救脱困。许是报案人对她的说话方式产生了误解吧。

接处警工作，对接警员的考验极大。报警人或者遇险人处于极度恐慌状态，接警员在根据报警人提供的线索安排调度救援的同时，也需要安抚对方的心态，避免对方在此期间因恐慌而做出错误的避险行为。

然而一些时候，接警员付出的努力是不被情绪激动的遇险人理解的。

因着这个投诉，江姒美其名曰被放了三天假。这期间，纪检监察部门介入调查，派人调取了当时的接警电话录音以及相关出警记录。想来当时被调度出警的关谷消防救援站也经历了一波问询。

既然暂时无事可做，江姒也没闲着，简单收拾了一下，去父母家住。

她爸的腿伤好转之后就将她赶回了红墅湾小区。当务之急，她需要跟她爸妈说明一下情况。既然一家人决定了共同面对有关江锌的事儿，那她便不该以爱他们为名瞒着他们。

她开始努力调整好心态。

经过周从戎和宇川站消防人员、众多热心人士的帮忙，目前已经将那形似江锌的人的生活区域缩小到了申平区一带。毕竟是从小生活的地方，江姒对这一片熟门熟路，她相信，如果按照周从戎提供的法子发动人去找，那个人兴许真的能够被挖出来。

中午，江姒和江母一起提着几袋水果饮料到小区广场和一众大爷、大妈会合唠嗑打听情况。下楼时遇到了两名巡逻的社区民警，江母热情地拿出两瓶饮料，在被婉拒之后，江母只得讪讪收回。

在民警走后，江母叹道："说来也是亏得有他们，三不五时地巡逻，咱们这老小区的治安也好了不少。不过平常也没见他们总是走动，最终这阵子还挺频繁的。"

"应该是人家见咱们这老破小都没有保安，替广大人民群众的生命财产考虑，多安排了执勤班次。"江姒掩下了眸底的情绪，假作什么都不知。

如果不是邻居们和社区大妈告知，她甚至都不知道自从江锌的流言蜚语在网上传出之后，网民们是有多疯狂，竟对他们家各种人肉搜索，往她爸妈家送花圈、送秽物、送血腥的动物尸体……

既然她爸妈要瞒着，她也不戳穿，只不过作为女儿，她也会暗地里为爸妈做点儿事。

江姒和江母提着水果饮料边走边聊，最终和江母的一帮子聊友会合。

大爷、大妈们都极为热情，将江姒围在中央。

"姒姒你就放心吧，我将那跟阿锌长得像的那人的照片都发给群里的老姐妹了，只要他出现，铁定能被咱们的火眼金睛给发现。"

"我也发给我那些个麻将搭子了。"

"我那侄子开公交车的，他和他那些司机朋友打过招呼了，保准给你留意着。"

"这附近的菜场，我们都替你盯梢着呢。只要他自己做饭，肯定要往那边跑。"

"这人自己有房的话，大爷还真管不着。但如果他是租房在这一片住的，大爷这群里可都是相熟的房东，保准给你揪出他来。"

…………

大爷、大妈们一个个领了任务，犹如打了鸡血般激动，集思广益纷纷贡献力量。

江姒忙吹"彩虹屁"："叔叔、阿姨你们就是咱们峥州市的'朝阳大妈'，任何蛛丝马迹都逃不过你们的法眼！"

江母附和道："可不嘛！上次隔壁小区那小偷，不就是你这些叔叔、阿姨提供线索齐心协力逮住的嘛！"

提起那次的丰功伟绩，大家一个个乐开了花。

蓦地，一道声音插了进来。

"邵老师！"

来人穿着休闲，运动鞋、双肩包，瞧着二十岁左右，充满年轻的朝气与活力。

他似乎是敏感体质，一张脸被太阳晒红，足有一米八的大高个竟显出几分腼腆。

江母瞧见来人，忙对江姒道："这是小姜，你吴叔他们家的房客。他呀，是个好孩子，知道你爸的腿受伤之后特意买了水果过来探望了好几次。"

她回头又跟那帮子老姐妹吆喝道："小姜是学表演的，二十一岁，胥州电影学院的高才生呢！他这次是到咱们峥州来拍戏的，未来不可限量，妥妥会成为大明星呢！"

"邵老师的嘴是开了光的。你带的学生一届比一届有出息。小姜啊，你可得承邵老师吉言了。"

姜淮元忙笑着应是。

江母他们那头聊得热络，姜淮元主动和江姒打着招呼："姐你好，我是姜淮元，暂时在吴叔家租住三四个月。以后还请多多关照。"

那笑，阳光明媚，让江姒一阵恍惚。

她下意识地扬起唇角，回以明媚微笑："你是学表演的？"

"我都是小打小闹的。这次是和学校的前辈老师们一起，在峥州进行拍摄。"

"在哪里拍戏呀？可以去探班吗？"

江姒随口一问，姜淮元却是略有迟疑。

见他为难，她刚要转移话题，便听他说道："拍摄的场地不固定。小成本网剧经费紧张，我只是演个小配角，只负责随传随到，其余的也没太关注。如果姐你想来探班，我去跟剧组里的老师们卖个好，应该是可以的。"

一听如此麻烦人家，江姒自然是不愿意给他添麻烦。

她笑了笑："好，有机会就去。"

"姐，邵老师说你是消防接警员。你平日里一定很忙吧？"姜淮元洋溢着热情，一提起这个就打开了话匣子，"其实我很佩服姐，虽然在幕后，不用去一线参与救援，可对整个救援行动起着至关重要的作用。真希望有朝一日我也能有机会踏入消防这一行啊。"

江姒不免想到为了报考消防最近正努力锻炼的吴拾，由衷地鼓励道："如果你真的喜欢这一行，可以报考试试。"

暖风吹拂，树荫下的凉亭内，众人聚在一起说说笑笑。

江母依旧和旁人聊着，气氛热络。

江姒被他们那边的谈话内容吸引，难免分神了几分，隐约地，她似乎听到姜淮元说了一句——

"不了,我不可以。"

三天的时间一晃而过,那个形似江锌的男人仿佛凭空消失,不曾在申平区出现过。

江姒却得到通知,对她的调查结束,她可以重新回到工作岗位。

投诉事件,虽然她没有犯原则错误,可还是需要写一份两千字保证书,力争下次用更妥当的话术安抚报警人,不再发生此类情况。

下午周从戎提着水果和礼盒上门的时候,江姒还在咬着笔头挖空心思写这份保证书。

自从他那天为了帮江姒转移话题而自爆和江姒是男女朋友之后,他上门的频率就高了起来。江母的脚烫伤早已行走如常,江父的腿伤却还没有复原,在家静养,通过钉钉给孩子们上网课。

"小周来了啊?"

江母去学校上课了,江父拄着根拐杖去给他开门。

还没等周从戎开口,江父就直接往江姒的房间一指:"你去姒姒房间坐会儿,我马上就到点儿给孩子们上课了。"随后也不等周从戎帮忙,自个儿又拄着拐去了书房,将门一关,隔绝了所有。

周从戎对于江父的敬业精神颇有点儿哭笑不得,倒是挺放心他和江姒独处一室啊。

放下礼品,他敲响了江姒的房门。

"戎哥,你怎么来了?"江姒一见到他,差点以为自己出现幻觉了,"你该不会是奉我师父之命来盯着我写保证书的吧?"

瞧她那脸色,还颇有点儿苦大仇深。

周从戎失笑:"收起你的防备心,我来探望一下江叔。"

一听这个,江姒立马就放心了,笑容也变得格外真诚起来:"那我去给你切点儿水果,你俩好好唠唠。对了,你帮忙查那假冒阿锌的人,我爸还说要好好感谢你帮忙呢。"

"别去打扰江叔了,他正在给学生上网课。"

江姒拿过手机按亮,退出直播 APP 瞧了眼时间,了然。这个时间点,她爸确实是要忙着他的教书育人大业了。

周从戎却是眼尖地瞧见了她的手机界面。

"你刚刚……在看直播？"竟然还有心思看直播？

"我写保证书卡壳了，打算用直播提提神。"江姒略有些心虚地解释道，"这个主播一直是带国产运动品牌的，无论是主播还是品牌都是国货之光，妥妥的爱国情怀。我每次刷的时候就忍不住想要剁手。"

周从戎点头："你确实是该买一双好的运动鞋了，省得下次再背着把古琴追人时又将人给追丢了。"

江姒无语。

他这是讽刺她吧？

"我怀疑你在一本正经地内涵我，抹黑我……"她的话，戛然而止。她发现周从戎竟不知何时迈动他那两条大长腿走向了自己，凑过脑袋，正好整以暇地查看她桌上写的保证书！

卧室的空间并不大，飘窗处是定制的书桌和装饰架。孤男寡女，他突然凑近，她甚至都能感受到他的呼吸。他的体魄，他的气息，他靠近的俊脸，无一不让她的心跳加速。

江姒的视线冷不丁扫向了房间中央的那张大床，瞬间，脸"唰"地红了。

好几秒后，她才稳定了不争气的心神，强行将粉红泡泡掐灭。随后，她伸出一根手指，企图悄咪咪地将那张保证书从他的眼皮底下抽走，却被他伸手按住。

"别告诉我这三个字是你写了几个小时的成果。"周从戎的嗓音磁性，望着她时含笑，带着几分慵懒与戏谑。

江姒赶忙否认三连："不至于！不可能！不是的！我也就刚掏出笔写个大标题而已，还没来得及仔细构思呢。"她自然是不会将她抵触写保证书的事儿宣之于口的。

说是保证书，和检讨书也没区别，只不过换了个名字好听些罢了。

从小到大，她从没有写过检讨，不知道该从哪方面下笔。

一想到要写两千字，江姒就觉得头秃。

周从戎也懒得拆穿她，开解道："你这次也算是无妄之灾。不过贾哥给你布置这个任务，也是为了你好。"

一听他喊她师父"贾哥"，江姒怎么听怎么觉得别扭。

她提醒道："他是你师公。"

周从戎没忍住，"扑哧"出声。那张坚硬的俊脸犹如雪后初霁，满是明媚。

"我师父向来是对我这个徒弟严格,我这几年已经被他虐习惯了。"江姒瞄了一眼他那张养眼的俊脸,小声吐槽。话锋一转,她又神色如常,"不过严师出高徒,有助于我成长。这么算的话,我也不亏。"

她说得洒脱,可还是难掩语气中的一丝委屈。

见她如此,周从戎越发柔和了神色:"觉得委屈了?监察部门调查过后肯定了你当时的处理方法没问题,可你师父还是要求你写保证书,你是不是觉得他不近人情?"

江姒立即瞪大眼:"瞎说什么大实话呢!"

她的长发拂过他的脸庞,竟有点儿痒意。

他几乎是下意识地将那一缕调皮的发丝拢到她耳后,与她推心置腹地道:"你师父对你严格也是为了你在未来更好地处置这一类危机事件。这一次,你准确地判断警情,察觉到对方的车并没有继续下沉的风险,可以说,你处置得当没有丝毫疏漏,根本不该被投诉,反倒值得我们内部人员好好学习。但下一次如果报警人的车真的落入了水里继续往下沉,报警人惊慌失措情绪一直稳定不下来,你又该怎么办?届时的报警人不会像这次一样有惊无险,对方面对的是随时被水淹没的死亡。那时,你该如何让她迅速冷静下来进行逃生?"

其实一般而言,车子落水,车上的人第一时间就是努力自己脱困逃生,压根就没有报警求助的时间。

周从戎的问法,也只是因为出现了水坑报警事件而做出的合理假设。

毕竟这世上,也会有像那位女士一样的人。他们不懂得该如何在车辆落水后第一时间逃生,只能将生的希望交托到他们所求助并信任的110或者119接警员手上。

119接警员,驻扎在消防生命线的最前沿。江姒既然站在了这个岗位,就该努力守好她的阵地,不容许出现丝毫纰漏。

周从戎的话深入浅出,却瞬间点醒了江姒。

如果说她之前写这份保证书时还觉得有点儿委屈,觉得不公平,现如今,她却是悟了。

她确实是错了。

她虽然准确地判断并处置了险情,可没有顺利安抚报警人并让报警人按照她的指示迅速逃生。无疑,在这样的情况下,若是车辆落水后持续性下沉,只知困守车中的报警人必死无疑。

举一反三,才能时刻为下一次的救援提供最好的指引。

"谢谢戎哥!我懂了!"

江姒真诚地道谢。

"既然懂了,那就开始写吧。"周从戎屈起指关节示意了一下桌上那份只有三个大字的保证书。

"现在?"她蹙眉。

"你说呢?"

"你在这儿看着我写?"江姒瞠目结舌,再次向他确认道。

"反正我没什么事,就盯着你点儿。省得你明天恢复上班后拿不出保证书挨你师父的骂。"

"他骂的是我,又不会牵连你。"

"你好歹也算是我名义上的师父,我这个做徒弟的觉得丢人。"

江姒:……扎心了。

"还有,贾哥知道你是我女友。如果他得知我明知女友消极写保证书还不督促,指不定要给我判个连坐。"

话题跳转得太快,江姒这才反应过来,她和周从戎的假情侣关系之前被周从戎一不小心捅到了她师父贾冰那儿。

她一咬牙:"好,我现在就写。那你……"

"我看这个打发时间。"周从戎长臂一伸,已经信手取过了她放在桌案上的笔记。这上头,记录着这几天申平区相熟的大爷、大妈们广撒网帮忙找人的成果。

经过周从戎的指点,江姒豁然开朗。这次再动笔,她一气呵成,两千字写下来竟只花了一个多小时。

几页纸上字迹工整,字里行间皆是她对此次投诉事件的深刻反思及展望未来。洋洋洒洒,当真是写尽了她的所有心得体会。

等她拿着这份保证书想要冲着周从戎炫耀成果时,竟发现他靠坐在她的床沿睡着了!

她万万没想到,有朝一日自己的床上竟会躺上一个男人。而自己被侵占了领地,竟不觉得排斥,反倒有种岁月静好之感。

周从戎的呼吸均匀清浅，闭着眼的他温和无害，就连下颌线原本清晰凌厉的线条都显得格外柔软。

其实他睡得极为规矩守礼，靠坐在床头，连穿着拖鞋的双脚都是搁在地板上的。正是这样的他，无端让江姒心头一软。

因着她被迫"休假"三天，他们五个人肯定进行了值班调整，加重了工作量。她轻手轻脚地走过去，想要为他盖上件毯子。也是直到此时，江姒才发现周从戎的眼睫毛竟然长而挺翘，让她心痒痒的，有种想要辣手摧睫毛的冲动。

然而，还未等她下手，他就已经敏锐地醒过来了。眼神清明，眸光锐利，哪有半分睡眼惺忪之感？敢情只是闭目养神而已啊。

刹那间，她手中的薄毯滑落床面。她不自在地干咳了两声，颇有点儿谄媚道："戎哥，我圆满完成任务啦。你要不要检查一下？"

"千万别。"周从戎从床上起身，反身将床上塌陷的位置铺平。逼仄的空间，两人过于贴近的距离，身高差也凸显出来。他笑着将搁在床头柜的笔记还给她，"你还真当我今天上门是为了监督你写两千字小作文的？"

"难道不是吗？"她只当他是故意借着探望她爸的名义对她行监督之实。

他轻叹，指了指物归原主的笔记本："我是为了这个来的。不过从你的笔记中可以看出，截至目前，对方依旧人间蒸发。"

提起这个，江姒就蔫了。

"我严重怀疑这人是个宅男。申平区衣食住行的每一个地方，大爷、大妈们都充当了我的眼线，愣是没揪出他来。藏得真够深的！"

"也许有什么是被我们忽略了。"周从戎倒是不急于一时，"他既然三番五次地主动现身，总有他的目的。雁过留痕，总能揪出他。"

狭窄的床沿过道，他越过她，擦肩而过："时间不早了，我去跟江叔说一声就告辞了。今天……"

"小周，你今晚留在叔叔家吃饭吧。"

卧室门被敲了一声之后迅速推开，仿佛那声敲门，也不过是出于礼貌。真正的目的是出其不意搞突袭。

江父突兀地将身子探入卧室，嘴上还在盛情邀请着。

周从戎和江姒齐齐一愣，脸色有些僵硬。

眼见他们两人挤在床边，江父面色一变，下意识地往中间的那张大床瞧去。

床单整洁,床上的被子也叠成了四四方方豆腐块。唯有一条薄毯,被随意地摊开在了床面。

江姒当即明白了她爸的胡思乱想,心说他将周从戎放进她卧室时怎么就没顾虑到这一层,这会儿倒是担忧上了?

江父瞬间调整表情,笑得和蔼可亲:"你妈打电话说晚上不回来吃饭了。姒姒你去给小周整几个小菜,今晚我要和他不醉不归。"

"江叔,您别忙活了,我今晚还得去值夜,不能喝酒。"周从戎劝道,"您还伤着,也不能喝。"

江姒白了她爸一眼:"您这腿还没好全,医生不是说让您忌口吗?"

被这两人这么一怼,江父悻悻收回了那点子心思。

"江叔,我还有点事就先回去了。"

"不留下吃晚饭了?"

"下次一定。等您不忌口了,我带上两瓶好酒来陪您喝。"

"好好好!一言为定!"江父爽朗大笑,"正好,小周你送姒姒回红墅湾小区那边去。明儿个她还得带着她那保证书恢复上岗呢,住那边上下班方便。"

江姒还没来得及拒绝呢,就见她爸仿佛对暗号似的朝她眨了眨眼。随后他拄着个拐杖忙东忙西,替她张罗好了包包和一堆吃的、用的。

他又不放心地对她耳提面命:"上班注意劳逸结合,别每次都顶着那两个黑眼圈回来看我和你妈。各种保养品用起来,多去做做SPA,学点儿养生。"

老生常谈,却可见一个老父亲的拳拳爱女之心。

江姒当真是哭笑不得,郑重地点头。

她又不放心地强调:"找人的事儿……"

"连警察都查不到那人,咱们也只能慢慢来,看运气吧。我们不是建了好几个群吗?各行各业的包打听都在里头呢,一有消息我就告诉你。"

临出门的时候,江姒和周从戎望了一眼走廊尽头那扇紧闭的卧室门。

他们都知道,那个房间存在的意义。

"放心吧,一切都会真相大白的。"周从戎的大掌安抚性地轻拍了下她肩头。过于亲昵的动作,险些令江姒弹跳起来。好在她牢记自己还得在她爸面前维持好他女友的人设。

等到两人离开,江父推开那扇门,对着空无一人的卧室轻声道:"阿锌,你姐给你找的这个未来姐夫你觉得怎么样?他一直为了找出那个假扮你的人尽心尽力,是个好孩子。"

如果可以,他当真希望那人就是阿锌。

可他知晓,这种奢望不过是自欺欺人罢了。

4

江姒恢复工作正值五一假期,普通上班族的劳动节假期,对于他们消防接处警岗位的人而言,却是需要轮值的。

江姒是在二号这天见到她师父,将保证书交到他手上的。

随后又贴心地给师父端茶倒水,等待着他的进一步指示。

贾冰喝了一口老干部水杯里的枸杞茶,戴上眼镜慢条斯理地翻阅着。等到看完,面上却是一直端着,狐疑地审视几眼自己的徒弟。

"那天电话里给你布置任务,听你声音挺有抵触情绪的。不过这保证书写得倒是挺有思想觉悟的。"

江姒站姿笔挺,傲娇地挺直了胸膛:"师父火眼金睛,一眼就瞧出徒弟的本性。"

被她这小模样一逗,贾冰玩笑道:"这两千字写这么顺,是不是有人暗中给你开小灶了?"

江姒当即装傻:"什么小灶?师父你埋汰谁呢!就你徒弟这思想觉悟,还需要有人给我开小灶?"

"周从戎。"贾冰直接丢出一个名字。

瞬间,江姒的脸色一僵,不过她很快就调整了神色,恢复如初。

她笑眯眯地诡辩:"戎哥他是我徒弟,哪有徒弟给师父开小灶的?"

见她一副打死不认的样子,贾冰继续道:"看来他这个男友做得不称职啊。以前当指导员时给队里的小年轻们训练是一套一套的,思想指导也有模有样。怎么轮到自个儿女友了,也没见他搭把手开解一下你,太不称职了!"

被师父指出两人之间的关系,江姒有心解释,话冲到了喉咙口又堵了回来。最终,她只得皱着一张脸苦巴巴地承认:"您老才是真正的火眼金睛。行吧,我说实话,你猜对了!是戎哥把我点醒了,我才会对这一次的投诉事件有这么深刻的思想觉悟。"

贾冰伸手指了指她,想笑不能笑,想骂又下不了重口。当真是对她颇为无奈。

末了，他叹了一声，谆谆嘱咐："别仗着在接处警方面比他有资历就真的以他师父自居了。很多地方你得向他多学着点儿。"

对于周从戎的能耐，江妮向来是佩服的。上次因着对他的救援出动命令单提出指正意见闹出一个乌龙，她至今还觉得对不住他呢。

"师父您放心，自从戎哥来了咱们指挥中心，我受益匪浅。我一直都敬着他呢！"

"敬着他？"贾冰失笑，"你们两个小年轻不是正谈恋爱吗？敬着他？搞这么生分？"

江妮叫苦不迭。

一个谎言，需要通过无数个谎言去圆。

结果这个捅出谎言的始作俑者，明明是周从戎，可偏偏一开始将谎言进行到底的人是她。她又无法去指责周从戎。

贾冰板起脸严肃道："不过你俩谈恋爱注意纪律，低调点儿！"

他俩有高调过吗？

啊，不对，他俩什么时候真的在谈恋爱了？

江妮张了张嘴欲言又止，终是自己种下的苦果自己吞。

"谢谢师父提点。"

"你去忙吧。这个五一假期更加不能懈怠，随时做好应对警情的准备。"

"是。"

回到接警席，江妮便接收到了罗芳投来的询问眼神。

"老大没为难你吧？"

今天是她们作为一组负责白天的值班任务。五一假期，大多数父母带着孩子四处游玩享受亲子时光，可罗芳不能带着果果出去玩。职责面前没有特殊性，既然入了这一行，就得承担起相应的责任。

江妮忙道："师父挑不出我那保证书的毛病，夸我思想觉悟高呢。不过……"她决定，她还是瞒下师父说她和周从戎的那些话，怪丢人的，"多亏了戎哥提点并开解我，要不然我还钻牛角尖跟自己怄气呢。"

"如果是我，我也怄气。有些报警人，咱们尽心尽力尽责地帮了对方都不讨好，转头就投诉。打工不易，也不知道哪年我这发量就跟老大持平了。"

"吃一堑，长一智，追根究底还是得提高咱们的业务能力和话术水平。"江姒特意仔仔细细打量了罗芳好几眼，"扑哧"出声，"芳姐你竟然也有了秃顶的担忧。"

"每次洗头掉那么大把，把我愁的。果果发现后还偷偷抹眼泪，说麻麻太辛苦他要乖乖的不能让麻麻操心他。"

"这贴心小棉袄太暖了！"

"你当着他面千万别夸他是小棉袄，他会跟你急。这孩子也不知哪里学来的，觉得小棉袄是形容女孩子的，他一个小男子汉才不当小棉袄。"

"果果也太逗了。"

说话间，江姒已经大致浏览了一遍这几天的报警案，看到其中标注的重点，又仔细研究起来。

有个案子她多花费心思看了好一阵。

一个男人醉酒后打119控诉自己被老婆家暴的案子。是昨晚的事情，当时的接警员是另一组的前辈常哥，他将相关情况转到了110那边，请110走访处理。

备注里写着110的处理结果。警方到报警人家中调解两口子矛盾，口头教育，初步解决纠纷。

会让江姒停留了这么长时间浏览的原因，并非案子本身，而是这个醉酒的报案人名字。

梁未果。

跟她一直以来在直播间关注的那位国产运动品牌代言人同名同姓，且留的地址也和主播在直播间时无意中透露的附近地标建筑物相近。

该不会真的是那位主播吧？

想到那位主播身高一米八体型健硕有力的样子，江姒立马摇摇头晃掉脑子里的猜想。如此强壮威武的他被老婆家暴？不存在的！

看完相关资料，江姒又习惯性地掏出了画本，用铅笔在上头勾画起来。

她先在上头画出一个个代表峥州市消防救援站的图标，随后以这些图标为圆心，开始绘制路线，附近的街道、建筑、设施、绿化带、快速通道……

这些都是她干消防的必修课了。

电子地图可以帮助她调度安排救援任务，可她的脑中，也需要时刻勾勒出一张活地图，随时掌握市政设施中变动的路线。

电话铃声恰在此时响起。

她心神一凛，搁下笔，飞快地接起："您好，峥州119。"

岂料打来电话的，竟是110指挥中心的人。

对方称有主播因为直播翻车，被直播间的黑粉逼得跳江，需要119联动支援。

跳桥地点是景沧大桥。

不敢耽搁，江姒填写出警命令单，调度了关谷消防救援站过去。

与此同时，罗芳那边的电话也响了，是观看直播的热心观众打来的119报警电话，称一直标榜爱国的国产运动品牌代言人梁未果主播在直播中嘴瓢被粉丝声讨，他被粉丝逼得跑到景沧大桥跳江自证清白。

也是因着这通119报警电话，江姒才确定了要跳江的人是梁未果。

她和罗芳对视一眼，下意识地掏出手机想进梁未果的直播间弄清究竟。

只不过转念她又登录了微博，果不其然，早有手快的剪刀手剪辑了部分他当时直播时的视频。

罗芳凑过来一起观看。

这一切的起因，是梁未果直播一场运动秀。在他准备跑步的运动用品中，竟混入了一只国外某牌子的运动手环。

他曾经在直播中说过他的运动产品只用国货，如今直播被打了脸。面对直播间网友的质疑，他企图澄清，只不过越描越黑，加深了网友的敌对情绪。人设翻车，他在线和网友们打起了嘴仗。他当时本就是在跑步直播，恰巧跑到了景沧大桥，就扬言跳江自证清白。

视频看下来，江姒和罗芳免不了唏嘘。

梁未果的直播翻车，还得归因于他标榜爱国人设又宣称只用国货。在眼尖的网友们提出怀疑时，他并没有及时巧妙地化解，反倒一步步加深矛盾，最终与网友互骂，上升到了以死来自证清白的地步。

爱国并不是强求人只用国货，相信很多网友也明白这一点。

只不过梁未果给他自己设定的是只用国货的爱国人设，这才在事实与他标榜的人设有出入时，出现了反弹，直播翻车。

江姒三不五时会刷梁未果的直播间，需要时就会下单买鞋买服装，冲的就是梁未果与国产运动品牌共同打造的爱国情怀。所以她也可以理解一部分网友发现自己被主播欺骗之后的疯狂。

事件上升到跳江的程度,却是超出了想象,也足可见网络舆论的威力。

游乐场内,人山人海,到处都是父母趁着五一假期和孩子一起游玩的家庭组合。

周从戎身处其中,只觉得格格不入。

他的脖子上骑坐着一只果果,他的身旁则是好整以暇的纪研博。

他也不知道自己明明是和纪研博小聚,怎么就被抓了壮丁陪他们甥舅二人亲子游了。

"戎哥,别绷着一张脸了。看果果多喜欢你啊,骑高高都只黏你呢。"

纪研博是站着说话不腰疼。他穿着西装笔挺,精英范儿十足,从容自在地摆弄着相机,时不时给他俩拍上一张。他又冲着果果道:"果果,你说周叔叔是不是特别帅气,骑坐在他脖子上是不是觉得比所有人都高了?"

果果正舔着个比他小脑袋还大的棉花糖,闻言小脑袋从棉花糖里探出来,吹起了"彩虹屁":"对!周叔叔威武!"

周从戎还能说什么?继续将这个免费劳动力进行到底呗。

好在终于走到了果果心心念念的碰碰车场地,小家伙跃跃欲试,下了地,连只吃了一半的棉花糖都不要了,拉着两人就要往里冲。

纪研博挑眉:"比比?"

周从戎迎战:"行。"

两个大男人雄心壮志,结果却被果果一句话给拍飞了两颗雄心。

"舅舅,我和周叔叔一组,我们坐一辆碰碰车,要来撞你的车车!"

"你这小子胳膊肘往外拐,还记得谁是你的亲舅吗?该黏谁心里有没有一点数?"

果果才懒得理会他的狮吼,亲亲热热地牵起周从戎的手,将亲舅舅甩在了后头。

两个挺拔俊朗的大男人,皆是身高腿长,又一起带了个娃,气氛有点儿和谐又有点儿古怪,频频惹来关注的视线。

最终,在经历了十分钟的排队等待之后,周从戎和果果挤坐在同一辆碰碰车里,与纪研博的碰碰车干仗。

坐在碰碰车里,周从戎浑然不觉那些异样的视线,对着对面那辆碰碰车上的男人道:"你表姐让你帮忙带果果,你却把我骗出来当壮丁,不厚道吧?"

纪研博反将一军："那请问戎哥，你还记得上次你答应我说见面商量选题的事儿吗？放我鸽子倒是放得理直气壮。"

被他这么一提醒，周从戎想起了那事儿。

纪研博上次带着果果来接罗芳时，提及有个关于消防的电影项目选题，打算和他约着第二天见面聊聊。

"那天临时有事被召回指挥中心，不是跟你告罪过了吗？"周从戎问道，"具体是怎样的消防选题？"

然而，纪研博只是神秘一笑："有个词叫'过时不候'。原本是想和你商量的，但时间不等人。目前项目已经过会，我这边也在接洽平台。项目内容属于保密级别了。"

周从戎下意识嗤了一声："瞧把你能的！行，保密就保密！"

周从戎旁边的果果兴奋劲儿十足，小脸笑得跟猴子屁股一样红："舅舅！我来啦！"小小的人儿对方向盘的把控还不熟练，他指挥着周从戎踩着油门，横冲直撞了好几回，这才驾驶着车朝纪研博的方向撞了过去。

碰撞声响，两车相撞，又彼此弹开。

"哈哈哈哈哈……"果果的笑声格外欢畅。

场地上空，回荡着游玩者们的欢声笑语，气氛格外热络。

倏地，纪研博抬眸望向碧蓝苍穹，郑重地开口："戎哥，相信我，我会尽我所能让这个项目顺利落地。届时免费请咱们峥州的所有消防人员去影院观看。"

这一刻的他，没有了平日里相处的吊儿郎当。阳光下，他面容坚定，眼神灼灼，光彩夺目。那副模样，似有什么盘旋心头的遗憾，终于冲破了晦暗牢笼，得以落地生根、璀璨生莲。

"好，那我就等着它上映的那一天。"

周从戎郑重地回应。

5

不得不说，小孩子的精力永远有着无限的爆发力。

你以为他玩了一两个项目之后可能就没精力了，转头他瞧见了其他有意思的项目，又可以满血复活，逮着人一起跟他玩。

周从戎和纪研博陪着果果玩了一上午，直到小家伙喊饿才去了游乐场内的一家餐厅尝了果果心心念念已久的烤肉。

然而才吃没多少,小家伙就开始犯困了,小脸蔫耷耷的,小脑袋迷迷糊糊一下子倒在了纪研博的怀里。

回去的路上,周从戎负责开车,纪研博则坐在后座照料着正在儿童座椅上睡得流口水的果果。

周从戎扫视了一眼内后视镜,打趣道:"你一个单身大老爷们开的车子,车上装备还挺齐全的啊。"不管是儿童座椅,还是车里的各类小孩子玩具,应有尽有。

"我姐又当爸又当妈地拉扯果果长大不容易,我当人表舅的当然要好好宠我这个宝贝大外甥了。"

纪研博用纸巾给果果擦着嘴角,神色温柔。蓦地想起什么,他说道"戎哥,我们走双华路那条道吧,那边有家果果爱吃的甜品店。这小子每次睡醒都会哭,正好拿吃的堵住他的小嘴。"

周从戎就是个峥州市的活地图,也不用导航,直接就在下一个路口拐上了另一条道。

然而,车子到了双华路那边时,发现前头堵成了一条长龙。

"有个挺有名的网红主播在景沧大桥吆喝着跳江,这都嚷嚷了大半天了也不见跳,却把我们害惨了。作孽哟,大桥那边封了半边车道的路,这不,过桥速度太慢,就一路堵到了这边。有些想要过河的司机恰巧听了交通广播,直接走了另一座大桥。像我们事先没听到广播的就惨了,进不得退不得,只能在这儿熬时间。"

找了人打听,才知道前头的大桥出了事。如今公安、消防的人都来了。交警维持着交通秩序,一部分警察和消防人员则苦口婆心地劝着那个要跳江的,另一部分人则转战大桥下开始部署水上救援行动。

周从戎有些不放心,直接打了江姒的手机号询问情况。他记得她今天轮值。

等到挂断电话,他也大致了解了情况。

"我过去看看。"他对车里的纪研博说道。

"我和你一起,看看能不能帮得上什么忙。"见周从戎的视线扫向熟睡的果果,纪研博又解释道,"我助理马上到,他会照看好果果的。"

不愧是领高薪的助理,不过短短几分钟就骑了个平衡车过来了。他听了

099

纪研博的叮嘱之后将平衡车往后备厢一塞,就坐到了驾驶座。与此同时,车子也爬了一小段距离。

周从戎见此,和纪研博一起沿着前方拥堵的车流跑向了景沧大桥的方向。

周围人声、车声、喇叭声,声声入耳,间或夹杂着咒骂声。

远远地,可以看到景沧大桥的一边通行道已经被拉上了警戒线禁止通行,由交警把守。另一边则由车辆依次通过,只不过速度堪比乌龟爬。

媒体也闻风而动,被交警拦在了警戒线之外。他们扛着长枪短炮,似乎随时都有可能冲破重围跑进去现场采访。

纪研博瞧在眼中,不免唏嘘:"这人都在大桥上这么久了也没动静,应该是虚张声势吧?"按照常理推算,扬言自杀的人迟迟没有动作,往往是死志不坚,有很大可能可以被劝服。只不过如今几个小时过去了,对方依旧僵持着,那么极有可能是另有隐情。

说话间,纪研博环顾四周,一双眼在人群中睃着。那个人说,为了向他展现合作的诚意,让他今天上午走双华路,邀请他观看一场为他准备的精彩演出。

周从戎未曾发现纪研博的异常,他身高腿长,常年的作训让他格外敏锐地扫视四周。他疾步越过乌龟爬的车辆,一双鹰隼般锐利的眸子却是投向那个在跨江大桥上随时都可能一跃而下的男人。

那人穿着一身运动衫和运动裤,整个身子都在护栏外,一只手抓着护栏,另一只手,竟然拿着一个自拍杆。

自拍杆上,还架着一部手机。

午后的气温升高,热浪灼灼。江边风大,江水隐隐有翻滚的趋势。

景沧大桥属于跨江大桥,成为申平区和关谷区的分界线。如今,大桥上的场景,却是有点儿剑拔弩张。

消防员和警察轮番上阵劝说,说得口干舌燥,仍旧不见梁未果松动。他反倒是一个劲瞧着手机上的直播,时不时和直播间内的网友互骂,情绪激动,似乎随时可能被网友们刺激得跳下桥去。

关谷消防站的副站长赵山岳作为此次执行任务的现场指挥员,再次苦口婆心道:"不过就是买个外国牌子的运动手环,真的不是什么大事。我家里用了很多国外品牌的货,难道我就不爱国了?我出去就要人人喊打了?真的没必要上纲上线牵扯到爱国上面。你呀,就是太较真了。你问问你直播间的网友,他们难道就只用国产的东西?"

梁未果瞧着约莫四十岁,身材高大,常年的锻炼下来,他的整张脸是蜜色肌肤,裸露在外的肌肤线条流畅。薄薄的一层速干面料下,紧绷的好身材也凸显出来。

他总算是将目光从手机屏幕上收回,对上赵山岳:"你不懂!我这人就是只爱用国货!他们非说我标榜爱国、标榜只用国货,只是做样子骗流量、骗代言、骗他们的钱!我在意的是用不用国货吗?我在意的是头上被人扣了屎盆子洗不清!"

"既然是受了冤枉委屈了,那更要将误会解开,跟他们说清楚啊。你别觉得我是什么'不经他人苦,莫劝他人善',实际上我比你还委屈呢。你问问我的队友,这里哪一个没被人误解过、没被人骂过?"

这次关谷站出动的是救援组,与灭火组负责火警略有区别,他们负责的是救援救助警。

在赵山岳的示意下,救援组内留在桥上规劝并试图接近梁未果劝说他的几个消防员依次讲起了自己在工作中被人误解、被人辱骂的惨事。

与此同时,赵山岳冲着无线电通信另一头的人压低了嗓门开骂:"指挥中心你们是死的吗?还没跟直播平台沟通好吗?每次好不容易劝得他松动了些,直播间一帮子人开骂,又让他坚定了跳江的心。赶紧的!将他直播间给关了!"

他的声音,回荡在与他对接的江姒耳麦中。

指挥中心的大屏幕上,显示的是此次救援的现场实况。

值班指挥长贾冰听到他的话,嘱咐江姒:"告诉他,警方在和直播平台沟通,目前我们这边没辙,让他尽最大的努力规劝。"

江姒忙将领导意见传达。

罗芳那边得到了个好消息,忙道:"终于联系上梁未果他老婆了!目前警方已经将她往景沧大桥那边带了。希望她能劝下她老公!"

此刻,梁未果的直播间,格外热闹。

网友们看热闹不嫌事大,语出惊人。

△大兄弟,我都等了老半天了,你到底跳不跳啊?

△楼上别催了,他这是假装跳江骗流量呢!

△人家以爱国的名义赚的黑心钱都还没花完呢,哪舍得跳江自杀哟?

△警察叔叔消防叔叔你们别忙活了,他绝对不会自杀的!

△国货之光?爱国达人?我呸!在磨蹭什么呢!

……………

手机直播间铺天盖地的恶意攻击,淹没了那些夹杂在其中的劝他别想不开的劝说。

江姒时刻关注着梁未果直播间的动态,果不其然,好不容易被消防员们劝得有了几分松动之色的梁未果在看到这些留言后又开始和网友在直播间对骂了。

所有的营救努力在网友恶意的攻击之下,付诸东流。

若是直播间再不关闭,恐怕梁未果压根就等不到他老婆过去劝说他,就会跳下去。

而且……梁未果的网红身份已经引得大批媒体出动,届时不知会有多少负面新闻,绝对不能将事态进一步扩大下去。

贾冰瞧了一眼江姒递过来的手机屏幕,头疼地揉了揉眉心。他对关谷站的赵山岳道:"第一,继续劝说,稳住他的情绪,拖延时间等待他老婆过去。第二,负责水面救援的人员时刻准备着救人,不能有丝毫差错!"

时间一分一秒地过去,救援行动陷入了一个恶性循环,劝说——松动——被直播间网友激怒——与网友对骂——继续劝说——继续松动——继续被直播间网友激怒——继续与网友对骂——继续劝说……

"你们不要过来!"眼见有消防员偷偷从另一侧靠近,梁未果警觉地威吓。他一手抓紧护栏,另一手把自拍杆夹在腋下,从身上掏出一个钥匙串,将钥匙串上的一把折叠剪刀打开,剪刀尖对准了自己的脖子。

他的自杀方式,又升级了。

有消防员身上穿着救生衣,腰上绑了安全绳。为了安抚他,那消防员与他一样站在了护栏外,一点点挪近:"哥,你放心,我不靠近你,我只是想和你聊聊天。哥,你被冤枉了肯定很难受,咱们就痛痛快快地聊一场,将你的不甘心不痛快都尽情地说出来。哥,你渴吗?饿不饿?我这里有水和面包,我给你递过去好不好?不要水?那没事,哥,我给你递件救生衣好不好?方便咱们唠嗑。"

……………

指挥中心的大屏幕上,传来的现场实时录像看得人头疼又揪心。

江姒的脑中突然有什么闪过,快得令她一时之间有些抓不住。

她屏声静气,猛地福至心灵。

"芳姐,你刚刚说警察带着梁未果老婆过去劝说他了?"

罗芳被冷不丁一问,点头:"对啊,估摸着这会儿快到了吧。"

江姒只觉得心头隐隐有种不好的预感。

她不太确定地开口:"芳姐,你看下昨天晚上八点十五分的接警记录。常哥负责记录的。"

罗芳很快就查到了记录:"这个有什么问题吗?他……等等!梁未果?"

她飞快地抬头望向大屏幕上正和警察、消防员们对峙的梁未果。

"你是觉得,此梁未果就是彼梁未果?"

当时的接警记录显示,醉酒的报警人梁未果拨打119控诉自己老婆对他家暴。之后是由119转110进行处理的。当时民警上门已经调解了纠纷。

"我也不太确定。但如果真是他,他老婆过去劝他的话恐怕会适得其反。"江姒神色凝重。

罗芳忙道:"我打电话联系一下当时出警的民警。"

江姒也没闲着,她努力回忆着。印象中,她观看梁未果的直播时,他老婆也曾入过直播镜头。他老婆是那种看上去就很贵妇的打扮,是那种下午两点会和富太太们一起喝下午茶,会上奢侈品店享受高奢服务,会去顶级会所养生休闲的人。这样一位雍容优雅的贵太太,会家暴一个身高明显占据优势的老公?会家暴一个供养她衣食住行的老公?不合理,一听就不合理。

只不过江姒却可以从她偶尔的几次入镜中,发现这夫妻俩的互动并不亲密,这位贵太太对她老公有点儿冷淡。

因着这一点,江姒之前的猜想又有了几分可信度。

为了印证这一猜想,她在网上查找到一系列相关的录播视频,反复推敲,从蛛丝马迹中发现梁未果与他妻子的貌合神离。

与此同时,罗芳也联系上了昨晚出警的民警,与对方反复沟通,确认长相,确定昨晚醉酒报警的当事人就是主播梁未果。

江姒与罗芳交换一个眼神,两人有着心照不宣的默契。

她不敢怠慢,忙联系负责现场指挥的关谷消防站副站长赵山岳。

"赵副站,我们查出梁未果和他老婆的感情有问题。他老婆估计马上就会到了,以防万一您千万不能让她和梁未果说话。"

然而,她等到的,是赵山岳的一声低咒:"不早说!"

大屏幕上,梁未果的老婆穿着光鲜,在警方的护送下一路畅通无阻地到达现场。赵山岳还未来得及阻拦,她就朝着梁未果一顿开骂:"梁未果,你整这一出有意思吗?你瞧瞧周围都有多少人!那些记者还堵在外头要来采访你呢!这下子你可真火了!真是能耐啊!妥妥能上社会版头条了!你不嫌丢人,我都觉得丢人!要跳就赶紧跳!别浪费警力、浪费大家时间!"

赵山岳恨不得一巴掌把梁未果的老婆拍醒。他们辛辛苦苦费了那么大劲劝人,她倒好,不帮着将人劝下来,还恨不得她老公去死。

那位一直站在护栏外和梁未果称兄道弟、拉近关系劝说的消防员忙道:"哥,你千万别信!嫂子是讲气话呢!"

然而,梁未果哪还能听得进去?

他老婆的话,犹如压垮骆驼的最后一根稻草。

自拍杆脱手,与手机一起掉入江中。直播间的热闹,终结在茫茫江水中。梁未果高大的身子一颤,冲着自己光鲜亮丽的老婆撂下狠话:"死就死,谁怕谁!"手松开抓着的护栏。

"哥,你别跳!"消防员飞快扑过去想要将梁未果往回拽,却只拽了个空。未曾犹豫,他松掉腰间的安全绳,紧跟着跳了下去。

一瞬间,整个世界似乎都停滞了,万籁俱寂。

下一瞬,赵山岳忙通过无线电联络在桥下待命的队员:"人跳下去了,赶紧救人!"

以防万一,消防人员早已在景沧大桥下方备下了冲锋艇,他们候在梁未果一旦跳江之后极有可能落下的位置,时刻准备救援。

然而,他们失算了!

"报告指挥员!刚刚一个浪头打过来,人不见了!"

赵山岳的声音震耳欲聋:"快找!"他和警方的现场负责人一点头,双方留在桥上的人飞快地往桥下冲去。

6

涨潮了。

一切似乎早有征兆。

江风阵阵,江水翻滚,影响了救援。

周从戎观察着风势,沿着江边奔跑。双眼远眺江面,可以依稀瞧见一个穿着救生衣的身影载沉载浮,然而另一个人,不见踪影。

"不好!他额头撞伤出血晕过去了!"

有人惊呼出声,之前纵身跃下救人的消防员被救起,然而处于昏迷不醒状态。有两人负责将他往岸边送,其他人继续搜救梁未果。

头顶有无人机飞过,盘旋在空中。

周从戎抬头望向这架无人机,机身上装着摄像装置。只不过联合救援小组并没有启用无人机,记者群中,也并未见有人握着操控器。

"愣什么神呢!"

一个浪头打来,江面上的船只荡漾,周从戎眼疾手快地将正站在岸边发呆的纪研博拉到了安全地带。

直到此时,纪研博仿佛才如梦初醒。他难以置信,难道这就是那人想要让他观看的表演?残忍如斯。

江水的浪潮还在打过来,他忙跑向冲锋艇想要搭把手。

只不过还没等到他帮忙,岸边的医护人员和值守的警察就迎了上去。

被挤在人群外围,他瞧见那名受伤的消防员被抬上了担架。那是一张稚嫩朝气的脸,只不过他的头发上黏糊糊的,似有血液还在不断沁出,情况极为凶险。很快,他便被抬上救护车送去救治。现场还留有另一辆救护车,以备不时之需。

对于受伤的这名消防员,纪研博是有印象的。峥州本地的新闻曾对他的事迹进行过报道。对方那时还只是关谷消防救援站刚入职不久的一名预备消防士,当时有工人坠入在建工地的电梯井中。消防赶到现场开展救援,经过研判,因空间和地势原因只能一人下井。他以倒挂金钩的方式将工人救出,自己险些坠亡。

如今他也才不过二十岁吧?却经历过血与泪的洗礼,经历着这个年纪的普通年轻人可能终其一生都不会遭遇的磨炼。

消防行业就是如此,总会涌现出许多令人感动又钦佩的人。他们可能比你年纪还小，肩负的责任与使命却让他们成熟果敢，迈出常人不敢迈出的那一步。

"戎哥，你以前组织指挥救援行动时，都是怀着怎样的心情熬过来的？"

周从我的视线还在睃着江面，听到纪研博的问话，稍稍分了点儿心神。

"意志足够坚定就扛过来了。我那时是政治指导员，如果我的情绪出现崩盘，你想想会出现什么后果？"他的声音并没有过多起伏，耐心解释道，"学会自我调节，学会给站里的队员们进行心理调节，做好对自己以及对他们的指导和训练工作。这是奔赴一线参与抢险救援任务前最基础也是最关键的一步。"

纪研博的声音有些落寞："很遗憾，当年的我只是当一个小小的通讯保障员。相比于你们，我的工作竟显得那么不值一提。"

周从我重重拍了一下他的肩："胡思乱想些什么呢！消防救援至关重要，哪一个环节出了问题都极有可能带来毁灭性的失败。你做的工作怎么就不重要了？"说话间，他眼尖地瞧见了斜角45度对岸有什么在移动。隔得太远看不真切，他忙跑上前冲着冲锋艇上的搜救人员示意。

江面的浪潮逐渐变小，一点点趋于缓和。

五月的江水，带着微微的凉意。长时间浸泡在江中，又被翻滚的浪头席卷了好几次，吴拾只觉得手脚都不是自己的了。

吴拾会出现在这里，并非巧合。这段时间他一直在为备战消防体测而训练。他每天都会抽时间来江边小跑，今天瞧见有人直播跳江，便和众人一样当起了看客。

只不过相比一般的看客，他的双眼放光，关注更多的是他立志想要成为的消防员。他看着他们苦口婆心地劝说，看着他们一步步靠近打算跳江的梁未果，看着他们在桥上和桥下双重部署……

他想象着未来的某一天，他成为消防队伍的一员，以自己的力量来做出属于他的那份贡献。

这一看，就看了好几个小时。他甚至还掏出手机进了梁未果的直播间劝他，让网友们消停些不要出口成脏。结果他的留言淹没在了潮水般的污言秽语中。

他仿佛和桥上的消防人员一样，心情经历了跌宕起伏。明明能成功将人劝服，偏偏被直播间的偏激网友们一次又一次地搅和。最后，随着梁未果老婆的到来，几个小时劝说的努力付诸东流，梁未果一下子就跳了江。

当吴拾远远地瞧见那名瞧着比他还要小的消防员为了救梁未果而紧随他跳下大桥时，他受到的震撼无以复加。

那一瞬，他感受到了消防的力量，感受到了来自国家和人民赋予的使命感。那，是他一心追求的。

鬼使神差地，那个瞬间，他觉得自己便是那名英勇跃下大桥的消防员，心底升腾起无尽的能量与感动。

浪头打来，将梁未果和消防员一起卷没了身影。

吴拾拼尽全力随着浪头翻涌的方向奔跑，目之所及并不见那两人。之后，他亲眼看见那名跃下大桥的消防员似乎是撞击到了哪儿受了伤昏迷不醒，被救上了岸。

极目远眺了好一阵子，他最终眼尖地发现了梁未果被浪头冲到了靠近江边的这一头。

他双手麻利地解下塞了手机的腰包，随后双脚一蹬，甩下了脚上的运动鞋，打算翻过江边护栏去救人。然而，有人比他更快一步跃下，朝着梁未果那颗载沉载浮的脑袋游去。

吴拾不甘落后，忙跟着跳了下去。

连续几个浪头打来，阻碍了他们的救人，水波推动着他们离岸边越来越远。

好在最终浪潮逐渐平息，他们也成功地将往江底沉的梁未果救出了水面，两人合力将他往岸边带。

日头不知何时躲进了云层里。吴拾的脸上满是水，体力仿佛随时都会告罄，疲惫得有些睁不开眼。然而他透过眼缝，瞧着眼前人的手臂从梁未果前胸伸直到对侧腋下，拖着他顺流斜着向岸边靠近，只觉得这个与他一起合力救人的男人，是如此眼熟。

这个人，这张脸。

那手臂肌肉的紧绷感，那面部线条的坚毅感，还有那熟悉的脸型，熟悉的眉眼，熟悉的神色。

这是他熟悉的江锌！

是他的发小江锌！

是他还未来得及告别就牺牲在火海中的好哥们江锌！

"锌哥……"吴拾的声音因着脱力而有些沙哑,他难以置信地道,"是你回来了吗?"

然而,对方并未回答。那紧绷的手臂肌肉似乎在宣告着他的力竭。吴拾定睛瞧去,这才发现对方面色苍白,额头竟皱出了"川"。

"你怎么了?是哪里不舒服吗?受伤了?"吴拾心头一凛,那股疲惫的无力感竟被他抛诸脑后,忙急切道,"还能坚持吗?将他交给我!"

时间一分一秒地流逝,当两人即将游到岸边时,几艘冲锋艇朝着他们这边开来。

吴拾眼尖地瞧见了冲锋艇上一个熟悉的身影,想要冲其挥手,却发现自己压根没有体力了。

他硬撑着的那一口气因着救援力量的到来而松了,心神一松,那紧绷的弦就此断了。

他再也没有半分力气,箍着梁未果的手一松,整个人和梁未果一起沉入了江水中。

"扑通!"

"扑通!"

"扑通!"

冲锋艇上,好几个人跳入水中。

周从戎是随着其中一艘冲锋艇一起过来的,身上没有穿救生衣。他下意识要跳下去救人的动作却是在瞧见一道游向岸边的身影时戛然而止。那人回眸,甚至还朝他这边望了一眼。

那个人,那道背影,那张脸……

周从戎的脑中瞬间跳出来一个名字。

江锌!

——那个形似江锌的人!那个伪装成江锌的人!那个频繁出现别有目的的人!

他们将他的活动区域缩小到了申平区,沿着那一带寻找,却一无所获。结果现在,他竟再次主动现身了?

出于本能,周从戎没有任何犹豫,跳下江水朝着那人游去。

两人前后脚上了岸,都是浑身湿漉漉的,好不狼狈。

周从戎发现那形似江锌的男人捂着腹部,步伐略有迟缓,似乎是之前跳入江中救人时受了伤。眼见即将追到他,可偏偏对方借着地形和拥堵的人群,将周从戎甩开了一定距离。

周从戎蹙眉,加快了脚步,可刚转过一道弯,那人竟完全失去了踪影。

周围是拥堵的车辆,路上是各色行人,可都不是他追着的那个人。

蓦地,他疾行的步子一顿,脚下似乎踩到了什么。

抬脚,垂眸,他赫然发现地上的竟是一枚勋章。

不,或者更确切地说,是一枚样式独特的烈士勋章。

周从戎眸光微沉。

那人顶着江锌的脸行事,追他的半道上却出现了一枚烈士勋章。有没有可能,这枚勋章跟江锌有关?

按捺住心头的千般思绪,他需要打电话确认一些事情,然而掏裤兜的手却掏了个空。

失策!手机好像是葬身江中了……

支队指挥中心。

救援任务结束,却没人敢松口气。

现场出现了三名伤员。一名关谷站的消防员,一名热心救人的市民,以及跳江自杀的梁未果。

联合出动了那么多人,却还是出现了不太乐观的救援结果。

临走前,贾冰让江姒、芳姐等人跟进一下后续情况,尤其是受伤的那名关谷站消防员和热心市民,确保他们生命无虞。

等到贾冰离开,江姒忙道:"芳姐,那热心市民我瞧着有点儿眼熟。我去打个电话确认一下。"

她拨打的是吴拾的手机号码,连续拨打了两次才接通。

"姒姐,你找我?"对方的声音有些激动,又有些沙哑无力。

江姒:"你在哪儿呢?刚刚在景沧大桥有个救人的热心市民挺像你,该不会是……"

"嘿嘿!就是我!"

吴拾的声音含笑,隔着电波,江姒仿佛都能想象到他傲娇地挺直了脊背,满脸自豪。只不过还没等江姒训他几句,他那头便传来一声吃痛声,随后就是委屈的声音:"姒姐,我在医院做检查呢,回头再跟你聊。啊,对了,这事你可千万别告诉我爸啊。"

电话被急匆匆挂断。

江姒有点儿哭笑不得,决定明天去看看他。

然而晚上和同事交接完,还没等她和罗芳离开单位,就见到了突然到来的周从戎。

男人风尘仆仆,穿着皱巴巴的衬衫和长裤,左边脸颊贴了个创可贴。他是明天白天的轮值,按理说今晚该歇着养精蓄锐才是。

这样狼狈的他,让江姒一瞬间有些失神:"戎哥,你这是什么情况?"

罗芳却很快反应过来:"那个跳江追人的人是你?"

经历了好几个小时,周从戎身上的衣物早就干了,鞋子似乎是找人借的,与他那身衣服极为不搭。

周从戎应了一声,随后极其自然地当着罗芳的面牵起江姒的手:"我来接姒姒下班。芳姐,需要我捎你一段吗?"

那神色姿态都极为亲昵,仿佛真的是处于热恋期的男女的相处之道。

罗芳怔怔地摇了摇头,目送着两人离开,想要化身尖叫鸡。

最终她冲着某个微信号一番轰炸。

罗芳:你跟姒姒到底有没有戏啊?

罗芳:她和戎哥恩恩爱爱,瞧着郎才女貌,那叫一个登对。你说他们有没有可能假戏真做,弄假成真啊?

罗芳:我跟你交个底。虽然我觉得他俩在我面前假扮情侣,但如果他俩扮着扮着走到一起了,你可别怪我没给你制造机会。

罗芳:也没见你往姒姒跟前献殷勤,活该你单身!

罗芳:都不如人家戎哥积极,搞这么狼狈还特意来接姒姒下班。

罗芳:哎,等等!我怎么觉得戎哥挺心机的?既接了姒姒,又让她心疼他?高,实在是高!

她在单位门口一边等车一边打字,不带消停的。

直到坐上网约车,她才收到纪研博给她发来的消息。

这消息,瞬间泼灭了她所有的热情,手抖得差点没将手机摔了。

纪研博:姐,经过我深思熟虑,觉得当男小三这种事实在是天怒人怨、不道德。所以挖戎哥墙脚这种事我选择退出。

纪研博:从今后江姒就是我嫂子,亲的!

7

被罗芳念叨着有心机的周从戎却是开车载着江姒，一路上俊脸紧绷，神色凝重，沉默无言。

江姒拆了盒饼干充饥，还不忘贴心地给这位专属司机投喂过去。

他倒也不客气，牙齿一咬咀嚼起来。只不过见他如此，江姒反倒越发觉得他不对劲。

"戎哥，你开错路了。"眼见车子在某个十字路口时拐上了另一条道，江姒忙提醒他。

"没开错。"周从戎总算开了口，"我们去你爸妈家。"

如果他这话是在两人刚开始假扮情侣时说出来的，江姒非得吓个半死不可。哪有假男友还主动上门见家长的？然而这一回生二回熟，江姒也不知道怎么回事，自从上次他在她爸妈面前"坦白"两人交往之后，他上门的次数与日俱增。而且每回都挺像那么回事儿的。整得她爸妈都乐呵了不少，逢人就说她给他们找了个好女婿。

再这样下去，她都有点儿不知道该怎么收场了。

江姒委婉地询问道："戎哥，你找我爸妈是有什么事儿吗？其实我爸那伤也好得差不多了，没必要耽误你时间总是惦记着。他……"

"你弟的遗物，你们都有妥善保存吧？"

突如其来的一句话，让江姒想要再委婉相劝的话戛然而止。

她蓦地正色起来："怎么突然问起这个？"

她想起了那张遗留在桂园路车祸现场的身份证。那是他们三年前收拾整理江锌的遗物时，唯一一遍寻不着的物件。

"原本还缺阿锌的身份证，如今他的东西都齐了。无论是阿锌的遗物，还是热心人士送他的东西，都在他原来的房间里规规整整地放着。"

见周从戎一直不回答，江姒难免多想了几分。电光石火间，她脑中闪过一个念头："你难道在什么地方发现了阿锌的东西？"

周从戎磁性的嗓音微微发沉："目前还不太确定，我想先去看看。"

夜晚的小区楼下都是出来遛弯聚一块儿的邻里邻居，格外热闹。

江姒和周从戎到时，江父、江母正和一帮子大爷、大妈聊得火热。最近大家伙齐心协力想要揪出那个形似江锌的男人，平日里就会聚在一起汇报成果。不过说来也奇怪，那人愣是没被人发现过。大家受挫的同时，不免怀疑起对方是否真的在申平区这一带生活。

江母正拿着纸笔记录大家的集思广益，瞧见他俩来了，双眼一亮，立马迎了过去："你俩也不说一声，怎么突然回来了？"对于与江姒一块儿来的周从戎也不觉得奇怪，反倒是自然而然地将他俩归为了一体。

江姒也不清楚周从戎今晚非得来她家是闹的哪一出，刚要随口应付一下，便听得她妈担忧的声音。

"小周你受伤了？"江母指了指周从戎左脸上贴着的创可贴。

周从戎浑不在意地道："小伤口，被水里的杂草划了道口子而已。"

"好端端的，怎么还被水里的杂草给划了？你下水了？你这是……"

江姒深怕她妈的热情没完没了，忙转移话题："妈，你们找人找得怎么样了？有眉目了吗？"

"唉！"说起这个江母就惆怅，"可能没戏了。你这些大爷、大妈都吆五喝六发动了一大帮子人帮忙找了，愣是没发现过那人。"

连警方都寻不到的人，江姒其实也没抱多大希望。可当真的听到这样的结果，心底还是有些空落落的。

"别愣在那儿了。姒姒，你和小周刚下班还没吃晚饭吧？爸给你们做饭去。"江父拄着拐杖走得极为艰难，颇有点儿"身残志坚"的感觉。

平时家里都是她妈做饭，可没见她爸这么积极过。江姒一想就明白了，这位自诩未来老丈人的江同志，这是见着"未来女婿"区别对待呢。

"没事，我们来的路上已经吃过了。"江姒忙道，"爸妈你们忙，我和他先上楼了。"

周从戎被她拽着手臂往前走，还不忘笑着和江父、江母打招呼："叔叔、阿姨，那我们先回家。"

回家。

这个词莫名取悦了江父，他乐呵呵道："行啊，去吧去吧，回头叔给你煮个茶咱们边品边聊。"

江姒觉得，周从戎每来一次，她爸脸上的笑容就夸张一次。

还真有点儿老丈人看女婿越看越满意的架势了。

不行，打住！

她急急忙忙地拖着周从戎走，远远地还能听到这群老年人八卦的热议声。

"老江，那是你未来女婿呀？"

"我瞧着一表人才，和你闺女站一起很配啊。"

"小伙子个挺高的啊，那一身的腱子肉哟，比我那孙子强多了。"

她爸居然还特谦虚地打着哈哈："哎呀，也就那样。就是个子高了些、能力强了些、长得帅气了些，一个鼻子两只眼的寻常人而已，可不经夸，小年轻要飘上天的。"

她妈则显得实诚多了："也不知道是谁骄傲得要飘上天了。"

江姒当真是没脸再听下去了！她是一路红着脸走出那片热闹声中的，还不忘偷觑几眼身旁周从戎的表情。

"戎哥，你可千万别误会。"她硬着头皮解释道，"咱们要体谅大爷、大妈们退休后太过于无聊清闲的心态，对他们吃瓜的行为给予充分的理解和尊重。"

见她嘴上说得一本正经，可那张脸却涨成了绯红，周从戎不免多瞧了几眼。还真是难得见她这副羞赧的小模样。

"嗯，我理解。"他说道，唇角却是勾了勾。

江姒怀疑："真的理解？"

"真的。"

"能压下你唇角的弧度再认真严肃地说一遍吗？"她白了他一眼。

周从戎彻底绷不住了，眼底的笑，晕染开来。

老旧的小区楼，两人边说边拾级而上，倒也不觉得爬楼梯气喘。

到得五楼，江姒从包里到处翻找钥匙，嘴上还抱怨着："早让我爸妈换把智能锁了，可他们就觉得用指纹用密码不安全。每回我回这边总怕忘带钥匙将自己关在门外。"

"叔叔、阿姨有这方面的忧患意识是正确的。之前有个小区，所有的住户都安装了统一智能锁。结果人家做了个试验，用个橙子皮就能充当指纹轻松解锁。"

"不是吧？"江姒惊了，"新小区的配置这么差？这是专为小偷服务的吧？"

他睨着她，唇角笑意深浓："说不定。"

"你这么一说，我倒是有点儿明白为什么总有人放着几百块的智能锁不

113

买,去买上万一把的智能锁了。不行,回头我得用橘子皮试验一下我红墅湾那房子的锁。"竟有点儿杯弓蛇影起来。

"别瞎担心。我说的那个也仅只是个例。"

"就怕个例落到自己头上。"江姒嘟囔着,总算是翻出了夹杂在包缝里的钥匙,将其插到了门锁中。

开门开灯,她邀请他进屋,顺便给他翻出她爸的男士拖鞋。

门阖上,玄关灯暖黄,照耀出一室的温馨。

江姒走了几步却没发现身后的人跟上,狐疑地转身,恰见到他贴在门后的猫眼处往外瞧。

"怎么了,你……"

她走近他,声音戛然而止。

他竟突然将她拉到了他身前,用手捂住了她的唇。

两人近在咫尺,她就这般被他禁锢在胸前。身高差的缘故,他比她高出一个头,她可以清晰地感受到他的身体紧绷,后背与他胸膛相抵,感受着他呼吸的起伏。

过于贴近的距离,令她的大脑缺氧,有些不能思考。

她只是怔怔地被锁在他与门之间,心跳不受控制地加速。

一声从隔壁传来的关门声,让她如梦初醒,也令她过于紊乱的心神归于平静。

与此同时,周从戎也终于松开了她。

"你做什么鬼鬼祟祟的?"以防自己刚刚的心绪泄露,江姒先发制人地板起了脸。

女人身姿窈窕,皮肤白皙,俏脸故意板起的模样,与平日里接处警调度安排时的严肃大相径庭。

周从戎下意识便想要伸手触碰一下她的脸,却是硬生生忍住,解释道:"之前我们上楼时,我就觉得有人一直不远不近地缀在我们身后。我只当是楼下的住户。可刚刚你开门时磨蹭了半天,那人停留在四楼的阴影里却没有开四楼的门。我觉得有点儿不对劲。"

江姒恍然:"你担心是有人刻意跟踪我们?"

"我从猫眼里观察到有人进了你们家对门。但那人既不是吴叔,也不是他儿子吴拾。"

听到这个,江姒放下心来:"那应该是吴叔家的租客,叫姜淮元,是电影学院的学生。他可能是不想打扰我们才一直不上楼的吧。"

"学生不住在学校,跑到老小区来租房?"周从戎蹙眉。

江姒忙将姜淮元来峥州这边拍戏的事儿说了,末了,又忍不住感慨道:"我跟你说,之前我还闹过一个乌龙。不知道吴叔家招了租客,还当他家进贼了呢。"

"你是说,他是胥州电影学院的,来这边参加他们学院的一个项目拍摄?"周从戎却敏锐地察觉出了异样,"如果是学院的项目,学院那边怎么会不统一安排住宿?"

"这个住宿肯定是看个人喜好的呀。他不喜欢学院安排的,不喜欢被约束,自己跑出来在外租房,这有什么难理解的?戎哥,你是不是想太多了点?"

"希望是我多想吧。"周从戎的思绪莫名停留在了"胥州电影学院"上。

胥州。

那个大巴车上遍寻不着的热心乘客,那个将江锌的身份证掉落桂园路事故现场的乘客,也是从胥州来的。

江姒引着周从戎一路去了走廊尽头的那间卧室。房门被推开,LED 的白光下,那些尘封的记忆伴随着一室的物件席卷而来。那些压抑的、痛苦的、遗憾的,那些想爱不能爱、想留不能留的情感,充斥她的周身。

每次打开这道房门,就犹如打开了那泪腺开关,总让她忍不住要落泪。

她一个不经常在家住的人,每次来到阿锌的房间都会如此难受,更何况一直住在这房子里的父母了。她不知道父母大概多久会打开一次这扇房门,可她明白,那些随着岁月的流逝而愈合的伤疤,依旧还是会在他们的记忆深处留下无法消除的印记。

那是属于爱的印记。

他们的阿锌虽然不在了,但属于他的东西依旧被完好保存,属于他的印记依旧还在他们的记忆深处埋藏。

"戎哥,你随意看吧。阿锌的东西都在这儿了,还有一些是他去世后大家送来的。"

周从戎环顾四周。

人死如灯灭,有些人家会因为忌讳问题刻意拆了床板,将已逝之人的房间拿来做储物间。江锌的房间,却是一应东西俱全。床、衣柜、桌椅,就连床上的三件套，也是整整齐齐、干净亮丽的。想来江母为了避免积灰，都会定期清洗。

房内堆积着许多社会热心人士寄送来的满含祝福与谢意的礼物，被整整齐齐地码放着。还有那好几个纸箱，都堆放着江铮以前看的书籍。

周从我在获得江姒的允许后，将每个纸箱都翻看了一遍，又打开了衣柜和床头柜。

"戎哥，你究竟在找什么？"江姒不解。

"江铮获得荣誉的奖章和勋章，你们收藏在哪儿了？"

"被我爸收藏到书房了。"

两人转战书房。

那些值得人歌颂的荣誉，并未放在书架上供人参观与铭记，而是被江父妥帖地收藏到了书房的保险箱里。这里，有江铮参加消防各类活动赛事的奖章和证书，有江铮参与抢险救援被评优评先的奖章和证书，有江铮参与救援任务九死一生载誉归来的记功勋章，有江铮被评为烈士的荣誉证明……

江姒将这些被珍而重之地收藏起来的物件从保险箱中一一取出，然而她一件件经手，一件件查阅，直到取出最后一件后，却拧紧了秀眉。

"我不知道统共有多少，但我确定的是，属于阿铮的烈士勋章不见了。"那是他家阿铮死后的殊荣，这枚烈士勋章承载着极其重要的特殊含义。江姒下意识咬了咬唇瓣，不太确定道，"可能我爸换了个地方收藏。我打个电话问问他。"

周从我却不赞同："你突然打电话问这事，叔叔会怎么想？"

江姒一怔。

是啊，没头没脑的，她找她爸问阿铮的功勋章，她爸会怎么想？

上了年纪的人容易胡思乱想，尤其这事还事关自己过世的儿子。之前网络上铺天盖地的谩骂让老两口承受了巨大的压力。难道她要因为查找一块功勋章，让他们再次陷入担忧之中？

然而她也只是迟疑了一会儿，转瞬又释然了。

她爸妈那么努力地想要揪出那个和阿铮相似的人，他们那么努力地想要坦然面对跟阿铮有关的事。既然说定了一家人要同甘共苦，既然说定了一家人谁也不许在阿铮的事上再以善意为由瞒着彼此，那么她便应该说到做到。

"戎哥，没事的。"

江姒最终还是给她爸打了个电话，委婉地询问保险箱里的东西。

挂断电话，她望向他："我爸说跟阿锌荣誉相关的物件都在这里了，他没有再另外收藏。那枚烈士勋章，他也一并放在保险箱里的。"

凭空失踪的功勋章，无疑证实了周从戎心底的猜测。

他再不迟疑，将口袋里的东西掏出。

那东西放在一个透明的证物袋中，纯金材质，那闪耀的图腾与极具纪念性的文字，无一不在提醒着江姒这是什么。

她有些犹豫地接过："这是……"

"这枚勋章是我今天在追人的时候捡到的。你可能已经知道了，今天梁未果的跳江现场有两个路人见义勇为。一个是吴拾，另一人则是做好事不留名偷偷离开了。我当时瞧见了他的脸，追了上去，只不过追丢了，只捡到了这个。"

江姒的眸光胶着在这枚与江锌一模一样的烈士勋章上。

"这枚勋章，是我家阿锌的？"

"我先时也不太敢确定，只觉得是对方故布疑阵伪造了一枚。但你弟的烈士勋章不翼而飞，看来这一枚确实就是你家丢失的那一枚了。"

"什么故布疑阵？"江姒听得云里雾里。

"在捡到这枚勋章后，我找警方做了鉴定，在上头采集到了江锌的指纹。"

"采集到阿锌的指纹不是很正常吗？"江姒脱口而出，随即恍然大悟。

错了，大错特错。

这是表彰阿锌的牺牲而颁发的烈士勋章，这上头，可以有政府领导的指纹，可以有消防领导的指纹，可以有她的指纹，可以有她爸妈的指纹，可唯独，不该有阿锌的指纹。

"怎么会这样？是有人故意……可为什么……他究竟为什么要这么做？不，如果真有这么一个人，对方是怎么潜入我家里的，又是怎么知道保险箱密码盗走里头的勋章的？他费心做这些，为了什么？"

一想到有人竟在他们不知情的情况下潜入了房子盗窃，江姒就觉得毛骨悚然。

如果对方不仅仅只是盗窃，而是对她父母做些什么，后果不堪设想。

眼见她情绪激动，周从戎忙伸手握住她的双肩，迫使她望向他。

"你知道我当时为什么要去追那人吗？"

她顺着他的思路回答:"追那个和吴拾一起见义勇为搭救梁未果的人吗?因为你不希望他做好事不留名?"

"因为我瞧见了他的脸。"在她若有所悟的眸光中,他字字沉重,"他是江锌。"

8

周从戎离开后,江姒将这事与江父、江母说了,又仔细询问他们最近是否有可疑的人上门。然而得到的结果,令她失望了。

家里时常有邻居串门,尤其是江父伤了腿、江母烫伤脚之后,亲戚朋友邻居们都会带着礼品上门探望。还有这阵子为了发动小区里的大爷、大妈们找人,家里也时常会招待一些客人。再加上老小区没有配备足够的安保设施,家里也没安装监控,查不出在江父、江母外出时家里是否有外人闯入。

想要查出入室盗窃的人,却有些犯了难。

目前勋章物归原主,江父、江母和江姒商量了一下,最终没有报案。

这一夜江姒睡在了父母这边,只不过夜里却是辗转反侧,半夜醒来下单了好几个无线家用摄像头。

第二天吃过早餐,她打包了好几份营养粥,又在小区附近的礼品店买了果篮和营养礼盒,这才打车去中心医院。

江姒先去探望了跳江事件中受伤的关谷站消防员。

"他在跳下去救人时脑部撞到了硬物,失血加上重创,手术后一直处于昏迷状态。夜里情况恶化,他又被紧急推进手术室,院方下了病危通知书。"关谷站副站长赵山岳从昨天开始便一直守在这边,他语气沉重地和江姒谈起昨夜的惊心动魄,"所幸一切都在往好的方向发展,今早他睁开了眼。虽然只是醒过来几分钟就又沉睡过去,但各项指标稳定,最危险的时刻终于过去了,不幸中的万幸。"

病房里,一名五十岁左右皮肤黝黑的妇人正坐在病床边,脑袋伏在病床上儿子的手边,母子俩都睡着。一个晚上揪心般的忙碌,让这位伟大而平凡的母亲心力交瘁。

江姒将果篮和礼盒放下,又从袋子里取出两份养生粥放在床头柜。

她瞧着病床上那张瘦弱苍白的脸,仿佛又瞧见当年的江锌。

二十岁左右的花样年纪,好多人还是温室里的花朵,连照顾自己都还要父母操劳。可他们身为消防人员，已经能够独当一面。历经消防的磨炼，锻炼出了强健的体魄与昂扬的斗志，执行力一流，能打能扛，敢于在插满刀刃的钢丝绳上舞出他们的风采。

他们难道心里不怕吗？不，怕的。只不过，却不得不让自己不畏险、不畏难，去践行他们当初承诺的将国家和人民的生命和财产安全放在首位的誓言。

江姒的心头有些发堵，她和赵山岳一起脚步放轻走出了病房，合上了门。

住院部楼层的走廊里，她低声问道："他的伤，会影响他继续参与一线救援吗？"

"这个还得等医生做进一步检查，但情况不容乐观。"

两人的心头都格外沉重。

"这小子我很看好，样样敢为最先，能力也强。这已经不是他第一次和死神擦肩而过了。前头几次他死里逃生，他爸妈心有余悸希望他能辞职。但消防相关规定不允许，他个人也不同意。可这一次他的伤情恐怕不允许他再……"说着说着，赵山岳烦躁地抓了把头发，"我糊涂了，跟你说这些干什么？让你也跟着烦心。"

江姒忙安慰道："赵副站，我知道您压力肯定很大。我相信一切都会好起来的。"

"是啊，一切都会好起来的。"

袋子里还剩下两份养生粥，她取出一份递过去："我妈知道我来医院探病特意熬了养生粥，您也尝尝。我现在再去看一个朋友，他昨天见义勇为跳到了江里救人，把自己也给折腾进了医院。"

"是那个叫吴拾的小伙子？"

"您对他有印象？"

"他身体底子不错，而且在那样的情况下还敢救人，属实是个好苗子。"

江姒来到吴拾所在的病房时，里头一共三个病号。其他两床都有人陪着，也就他，自个儿在那边摆弄着手机。

一见她来，吴拾立马精神抖擞起来，就连脑袋上那一头乱蓬蓬的毛发，都跟着他抖擞了起来。

"姒姐，你特意来看我的？我跟你说，我没缺胳膊断腿，就是救人的时候脱力沉了下去多灌了几口水。其实我完全没事儿，偏偏医生让我住院观察。

住院观察不要钱的啊？我现在每天都恨不得将自己掰成三个来用。一个负责论文答辩，一个负责赚钱糊口，一个负责备战消防。真是愁死我了！"

正愁没个人诉苦，如今好不容易来了一个，他一股脑儿将苦水往江姒这里倒，那张脸都皱得别具喜感。

"行了，别抱怨了，医生让你住院观察总有住院观察的必要性。我看即使住了院，也没见你停下来过啊。"江姒用眼神示意了下他手机上显示的微信聊天界面，将还剩下的最后一份养生粥取出，"来，先吃早餐。"

吴拾发送完消息将手机一搁："还是姒姐你懂我。群头不好当啊，被制片虐、被场务虐、被演员虐，谁都能虐我一把。"

"你就拼命卖惨吧！"江姒忍不住被逗笑。

"哎，这粥味道很熟悉啊，是咱们邵老师的手艺吧？"

"对，我妈知道我来探病特意起了个早熬的。"

"姒姐，你不厚道啊，就只给我盛了这么一小份。"

"有的吃就偷着乐吧，别挑三拣四的。要不我让吴叔亲自给你熬碗粥送过来？他熬的铁定能装满三大碗让你吃撑。"

吴拾当即不皮了，惊恐得连连拒绝："不不不，这事儿你可千万不能让我爸知道啊！这不是让他瞎操心吗？"

江姒却是蓦地沉默了，她望向他，继而郑重地开口："以后如果你真的入了消防这一行，吴叔他替你操心的时间只会多不会少。我觉得你还是得告诉他，让他提前有个心理准备打个预防针。"

"以后的事情以后再说吧。"

"行，你就固执着吧。"

见江姒板起了脸，吴拾喝粥的间隙不忘偷觑她一眼，转移话题道："姒姐，今早关谷救援站一位姓赵的副站长来找我谈话了。他特意夸了我的勇气和体能，还力邀我加入消防队伍呢！我一跟他说我正备考消防，他恨不得当场就把我挖到他们站去。"

提起他的体能，江姒就想开骂。

"自己几斤几两不清楚吗？你这方面有进行过专业训练吗？昨天如果不是救援人员及时赶到，你恐怕要把自己搭进去知不知道！"

"姒姐，你这话我不爱听。跳下水救个人，哪能考虑到那么多啊？想救，自己觉得能救得上来，就去救了。你看，我不是没出事吗？那人也被救回来了。"

"等到真出了事儿就晚了！救人这种事，必须评估好自己的能力。这新闻里见义勇为却把自己搭进去的事儿还少吗？"

"我对我的能力很有信心！"吴拾雄赳赳气昂昂地挺着脖子说出的这句话，在江妣锐利的眼神下败下阵来。好吧，昨天确实是出了点儿意外。但好在有惊无险，他不是没出事吗？那个主播也被顺利救上来了。

提起救人，吴拾又踟蹰起来该不该和江妣说那个人。

他默默扒粥，话往喉咙口冲了好几次都被堵住。等到干掉了一碗粥，他终于憋不住了，犹犹豫豫地开了口。

"妣姐，昨天在现场，其实还有一个人和我一起见义勇为跳下江。那个人，很像……锌哥。"他偷觑了一眼她的神色，见她没有情绪崩溃，才小心翼翼继续道，"真的太像了！我发誓绝对不是我意识不清的幻觉！可我跟他搭话他都不理我。等到终于将梁未果救起，他早就离开了。那做好事不留名的性子，和我锌哥也很像！"

阿锌。

如果没有周从戎的提醒，没有周从戎还回来的那一枚功勋章，恐怕江妣乍然听到吴拾的话会震惊异常。

可经历了昨夜的惊魂，了解了家里的被盗，此刻的她竟出奇地平静。

之前，她一味地认定对方不是阿锌，因为种种证据都表明阿锌已经葬身火海，牺牲在那场游乐园鬼屋的大火中。她认定是有人利用阿锌的身份在布局，在搅浑水，可却不知道对方的意图。

然而这人三番五次地现身，一次又一次，出现在她身边，出现在阿锌曾经的战友身边，出现在路人身边，出现在周从戎身边，出现在吴拾身边……

甚至于和阿锌打小就相识的吴拾，都觉得那人像极阿锌。

那人知道如何避开她的父母潜入家中，又知道书房里她爸设置的保险箱密码，而且那枚烈士勋章上还留下了阿锌的指纹。

这一切的一切，都在指向阿锌并没有死。他活了下来，他依旧生活在这个城市的某个角落，只不过却无法与他们相认。因为那些辱骂他假死骗取荣耀与功勋的流言蜚语，他才不得不隐藏起来。

她可不可以这样认定，他还活着，他不愿与家人相认，是怕自己没死反倒给家人招惹祸害？她可不可以奢侈地给自己一个希望，给家人一个希望？

见江姒久久没出声，神色寂寥且忧伤，吴拾恨不得抽自己两嘴巴子。

早知道就不说了！可不说他又怕耽误事儿。最近江叔、邵姨他们还在发动各个小区的大爷、大妈们帮忙找人呢！他不可能啥也不帮忙，反倒还故意隐瞒啊！

他应该委婉点的，说话得讲艺术，他刚刚不能一下子就说出来。

正当他挖空心思想要再说点儿什么时，江姒终于调整好了自己的情绪。她拉了个凳子在他病床边坐下："收起你那副怕我哭的表情。放心，你姒姐我还没那么脆弱。这事儿我昨天就知道了。"

吴拾稍稍放心了些，他迟疑着问出口："那人会不会真的是锌哥？"

江姒的声音有些沉闷："只要找出他，一切就都真相大白了。"

这时，一个护士拿着份账单通知他们："19床吴拾，你指标正常了，可以办理出院了。"

这简直是一个天大的好消息。吴拾可算是满血复活了。

等护士一走，他开始脱病号服，居然还故意朝着江姒显摆："姒姐，给你看。"

江姒抬眼望去，就见到那大片的男性肌肤。

那些惆怅的情绪一扫而空，她斥道："瞎撩拨什么呢！"

吴拾"嘿嘿"一笑，朝她展示自己的身材："姒姐，你瞧瞧，我这里都显出腹肌轮廓了呢！"

他是典型的白皮子，因着身形瘦削，给人的第一印象就是细皮嫩肉，不适合干粗活。

可如今经历过这阵子的训练，他脸上身上的肌肤被晒黑了一个色号，竟有了几分健康的小麦色。原本的他在学业和兼职中努力平衡着，日子过得糙却繁忙。如今的他不仅需要平衡学业和兼职，还需要坚持训练，在三重夹击之下，他竟然还锻炼出了一身紧实的肌肉。

江姒不得不叹服："你小子厉害了，这么短时间就能有这效果。"

"主要还是姐夫太给力了。"

"姐夫？你哪里来的姐夫？"

"不就是戎哥吗？"吴拾朝她挤眉弄眼，"如果不是看在姒姐你的面子上，姐夫哪会亲自指导我？"

江姒彻底蒙圈了："有这事儿？"

"姒姐，你忙糊涂了吧？戎哥不是你特意给我找来的训练员吗？之前打电话时我还跟你提过一句呢。敢情你自己都忘记了？"

他这么一说，江姒还真有点儿印象。

上次她误认为吴拾家进贼了，两人通话时他似乎是提了一下。只不过后来她刷到有关于江锌的新闻，心思有点儿浮动没多想就挂了。

所以，周从戎就是吴拾上次电话里说的她给他特意找来的训练员？她不过就是有次蹭周从戎的车时顺嘴跟他提了下吴拾的状况，结果他竟放在了心上，竟还亲自指导起了吴拾。

心里说不清那翻江倒海起伏的心绪是怎么回事，但江姒很肯定的一点是，她对周从戎的情感不知何时竟起了一丝微妙的变化。

"你先收拾整理着，我去打个电话。"

"是给我戎哥打吗？明白，我懂，我都懂！"昨天被送往医院时穿的衣服已经被他脱下来洗了晾在病房阳台了，吴拾将卷帘一拉裤子脱了才意识到，瞬间哀号起来，"姒姐，你打电话前先帮我递下衣服啊！"

江姒出了病房，却是踌躇了许久，才给周从戎拨过去电话。

手机葬身江中后，周从戎得卡着营业厅上班的时间点补卡，所以请假了一小时。这会儿刚回到单位办好值班交接。瞧见来电显示，他走到了外头接听。

女人软糯的声音传来："戎哥，你给吴拾指导的事儿，怎么之前也没听你提起过啊？你工作都这么忙了，他还耽误你时间，这……"

"打住！赶紧打住！我可不爱听这客套话啊。"周从戎染笑的声音洒脱，声线沉稳，"人家吴拾踏实肯干，能打能扛，有上进心，是根消防的好苗子。别说我知道他跟你们家的关系，就算是不知道，也会忍不住指导一二。"

"那你悠着点儿，自己也注意休息。你忙的事儿可不少，我就没见你闲下来过。"尤其是对待阿锌的事情，他比她这个当事人家属还忙碌。

"你这是关心我？"

他刻意压低的嗓音磁性醇厚，带着几分调笑的意味，令她耳朵不禁一阵酥麻。

"想什么呢？你好歹是我名义上的男友！我可不想你向我爸妈告状说我剥削苛待你！你别乱说话啊！"

"真的只是名义上的吗？"他的声音带着蛊惑，几分试探几分克制。

"那不然呢？假戏真做？俗不俗啊！狗血！没新意！"

心头悸动，江姒语无伦次。

周从戎却有意步步紧逼，那轻柔的话语犹如近在耳畔，温柔旖旎："我还挺想要这种狗血的。"

"轰"的一声，苏姻耳畔嗡鸣，心跳骤然失序。

"扑通——扑通——扑通——"

一声又一声，急促，略显慌乱。

她听到了什么？他的意思，是她理解的意思吗？

"你确定不要吗？"他却逮着她不放，那磁性的嗓音一步步攻略她的心房。

"喂？喂喂？你说什么？我听不见……"假装信号差，江姒手忙脚乱地挂了电话，耳畔还回荡着属于他的那一声意味不明的轻笑。她脸上燥热，久久难以恢复平静，总觉得自己那份突然而起的心思被窥见了。

江姒正懊恼着，冷不防听到了一个情绪激动的声音。

她这才如梦初醒，自己刚刚在这一楼层边打电话边晃荡，似乎走到了梁未果的病房。

如今病房里，有警察正在对跳江自杀的他做笔录。

只不过梁未果的情绪激动，说话嗓门有点儿大，让门外的她听了个清清楚楚。

"警察同志，你们要相信我，那人绝对是江铮，那个牺牲的消防烈士江铮！我记忆力没问题，当年我还去吊唁过他呢！他竟然救了我！你们相信吗？是他救了我！这说明什么？说明我是被人陷害的！他知道我和他一样爱国，所以就连死了都不忍我被冤枉，特意来救我为我洗刷冤屈呢！

"真是邪了门了！我从没买过那款运动手环。肯定是有人偷偷将我那国产的手环掉包了，想让我直播翻车！对了，我上厕所回来时还和一个戴鸭舌帽的男人撞了一下。你们去查监控，指不定就是他对我的手环下手了！想要陷害我！"

9

梁未果直播翻车后跳江自杀一事在网上闹得沸沸扬扬。梁未果的直播间被关闭，与他保持长期合作的国产运动品牌也受到牵连，被骂上热搜。与他有合作关系的各家公司也纷纷与他解约。

遭受无妄之灾，梁未果恨不得再去跳一次景沧大桥自证清白。

警方为此调查了他所说的戴鸭舌帽的男人，却一无所获。

梁未果为了挽回自己的声誉，孤注一掷，在自己的社交平台上说自己是被消防烈士江铎所救，烈士英灵保佑，不忍他受人冤枉！

这惹来的，自然是又一波拉踩。

将死人拿出来挡枪、拿出来营销，尤其这个死人还是一位烈士，这种缺德事，能不被人骂吗？

然而骂着骂着，有人反应过来梁未果说的这位消防烈士是谁了。不就是前不久才被人口诛笔伐骂上过热搜的那位吗？一位牺牲的救火英雄，却在死后被人辱骂假死赚取荣誉和烈士功勋，官方亲自下场辟谣并抓了一些叫嚣得厉害的键盘侠，这才唤醒了网民。可当初会产生这样的误会，究其源头，是因为有人瞧见了交通事故现场的一位热心乘客与这位牺牲的救火英雄长得一模一样，又传出一系列他假死骗取荣誉的流言。

此前有关江铎的流言好不容易平息下去了，如今梁未果竟然再次提及江铎现身了。他此举无疑是吃消防烈士江铎的人血馒头，自然惹怒了众人。网民们一下子就炸了。这其中有一部分是怀念感恩江铎的，有一部分是当初辱骂江铎对其心怀愧疚的，极大一部分则是本身对烈士怀有崇高敬意的。很快，梁未果被人投诉举报他的社交账号发表不当言论，账号被暂时封禁。

然而，谁也没有料到，事情会发生反转。

网上突然传出一个"江铎"与吴拾一起合力救了梁未果的视频。当时浪潮翻滚，情势一看就很凶险，两人前后脚跳下江去救人。这其中，两人轮流带着人上岸，险些因力竭而自己也葬身江中。当时救人的惊险程度，让网民看得直呼好险，揪紧了心弦。也是从视频中，眼尖的网民们发现"江铎"在救人过程中竟受了伤，腰腹部位置的衣服渗了血。因是深色衣服，不仔细看还真不会发现。

而从视频拍摄的角度来看，很显然是从空中俯拍。而这，让周从戎想到了当时在现场瞧见的那架无人机。

他的预感并没有错，那天现场并没有联合救援人员进行无人机拍摄。这个无人机操控者拍下了救人的视频，却将其传到了网上。但凡放到网上，总能追根溯源，查到源头 ID。然而这个视频，查不到出处。

这个视频一出，导致的是两极分化的局面。

一方又开始旧话重提，辱骂江铎假死赚取荣誉；另一方则感谢江铎死后英灵不朽、大爱无疆，并自行发起了一场寻找烈士江铎的行动。

有了上一次的经验教训，这一次网警的效率则明显快多了，继续辟谣，继续抓典型。只不过这一次，竟有了意外收获。

"是江姒吗？你之前报警的案子有了点儿眉目，你现在有时间过来一趟吗？"

接到这个电话时，江姒正和沈一冉在户外烧烤。别的单身闺密，五一假期忙着组团出游。她们这对闺密，反倒是假期忙得要死，假期过后两人才能掐着各自难得一致的休闲时间约着小聚。

接到电话后，两人将烧烤工具一收，烤串用袋子套上，便驱车往警局赶。

沈一冉问道："你报警的案子，是之前跟江铎有关的那个？往你邮箱发匿名音频的那个？"

江姒今天开的是家里的车，她脑子里对峥州的地形早就了如指掌，也不需要导航指引，径直往前行驶。她点头道："是那个。还有戎哥那边接到的 119 辱骂电话内容，以及和当年的邹薇的音频对比分析报告也提交给警方了。"

彼时确定此事跟当年游乐园鬼屋火灾案中的邹薇相关后，她再也忍受不住，让出租车师傅改道去了警局报案。

她知道，即便报案了，能查出来的概率也极为渺茫。事后警方也给了反馈，即便比对出来是同一个人，但邹薇早在当年就被证实查无此人，这么点儿线索根本就很难查下去。而且往她邮箱里发送匿名辱骂音频的人，邮箱是早年的非实名认证发送，网络地址被隐藏。

对此她也深刻理解，对能查出幕后之人所抱的希望也极低。可没想到今天突然会接到警方的来电，说案子有了眉目。

趁着红灯，沈一冉给江姒投喂一串烤面筋："要不要告诉戎哥一声？毕竟这事他当初也帮了不少忙，算是一分子。"

江姒咀嚼着食物，口齿有些不清："别了，他昨晚值夜熬了通宵，这会儿应该还在补眠。"

"不对，你不对劲。"沈一冉狐疑地瞧了她好几眼，"啧啧"几声，还故意摇头晃脑。

"有什么不对劲的？我还不就是我？如假包换。"

"不，我指的是……"沈一冉欲言又止，最终朝她暧昧一笑，"你刚刚在心疼戎哥。"

她用的是肯定的语气。

"谁心疼他了？"江姒的嗓音拔高，下意识地反驳。

"哟哟哟，脸红了呢。被我说中了，你这就是典型的假戏真做，对戎哥心动了吧？"沈一冉好整以暇地喝了口水。

"瞎说！我和戎哥是纯洁的同事关系兼假男女朋友关系。"

眼见绿灯了，江姒毫不犹豫地起步通过路口。

"姒姒，你慢点！"车子急急蹿出去，正喝水的沈一冉险些被呛住。她咳嗽了好几声才缓过来，不满地控诉，"被说中心事故意打击报复我是吧？"

两人一路上因着江姒的情感问题斗智斗勇，去警局的路上倒也不觉得时间漫长了。

岂料两人前脚刚到，竟发现周从戎的车也紧随而至。

阳光有些晃眼，车门打开，身高腿长的男人走下车来。他穿着衬衫长裤，衣领最上头的两粒扣子未扣，显出几分舒适与随性。衬衫的布料遮掩下，他的肌肉紧绷，整个人显得利落干练。

他显然也瞧见了她们，驻足原地。

江姒才刚被沈一冉调侃过，如今冷不丁见到他，竟有点儿心虚，下意识就想要躲闪他的眼神。可偏偏他精准地朝她们走来，俊脸上还带着一丝温和的笑意。

"看来我来得正巧，赶上了。"

江姒的脸色有些不自然，声音竟有些慌乱："戎哥，你……你怎么也来了？"

今日的她一袭长裙，外搭防晒雪纺衫，戴着一副超大浅咖色遮阳镜。发丝拂过她唇角，竟沾染了口红。

周从戎动作极其自然地伸手替她理了理碎发："你忘了我的发小在警局上班？早前我就让他帮忙留意着，就是怕你什么事都自个儿扛着不愿找我帮忙。"

他这般的动作，仿佛两人是真正的男女朋友，亲昵自然。当事人江姒还未有所表示，沈一冉这个旁观者却已经一惊一乍起来。她一副恍然大悟状，唱出了经典四字语录："因为……爱情。"

注意，这四字，沈一冉是唱出来的，抑扬顿挫，听来令江姒头皮发麻。

果然，关键时刻，再好的闺密也能成为损友。

江姒将脸上的遮阳镜一摘，直接将其架到了沈一冉的鼻梁上，连连对周从戎解释："戎哥，你可千万别听她瞎说。她最近视力出了点儿问题，眼科医生还叮嘱她少用眼。"

两个女人一台戏，周从戎瞧着她俩闹的这一出，只觉得啼笑皆非。

"可我没觉得她的视力有问题啊。"

"还是戎哥懂我！"沈一冉立马顺杆子往上爬。

可这话听在江姒耳中，却又有了另一层深意。

他否定沈一冉的视力有问题，那就是承认她双眼瞧见的是真的？他对她，真的有那层意思？

这让她怎么接？

最终，还是沈一冉从损友状态切换成闺密状态，建议三人别在停车场杵着了，才避免了江姒的尴尬。

三人进了警局。联系江姒的正是之前接待她报案的那名警察，姓陈。至于周从戎的发小则是陈警官的同事，过来打了声招呼后就风风火火地去忙了。

陈警官说道："这事说来也是巧了。网警那边在严查辱骂江铮的键盘侠。结果就逮到了一个在抖音上骂得最离谱又自带高流量的。将人带到警局一审，还没动真格的呢，对方就招了，将做过的事儿都抖落了个干净。这其中还包含往你工作邮箱里发送辱骂江铮的音频。"

沈一冉当即没忍住暴脾气："好家伙，总算是将这恶心玩意儿给揪出来了！就知道躲在网线后瞎嘚瑟，这下栽了吧？人在哪儿呢？先让我揍他一顿，给我们家姒姒出出气！"

江姒见人民警察都抽动嘴角了，忙从背后抱住她的腰："法治社会不至于，为了个人渣硕鼠更不至于！你难不成还想因为这样一个人将你身上的那身制服脱了？"

经这么一提醒，沈一冉才意识到自己是消防人员，自己的身份不允许她做出任何违反法纪的事情。

是自己冲动了。

她缓缓平静下来，收起了那一双为朋友两肋插刀的愤怒拳头。

周从戎顺势问道："对方是谁？有说这么做的原因吗？将他的声音和两个匿名音频的声音做过比对了吗？"

"这人叫陈滨海，峥州本地人。据他交代，是因为想要报复江姒，才拿她的弟弟开刀。"

"报复我？"江姒觉得莫名其妙。

陈警官解释道："据他说，他有一次半夜醉酒接二连三拨打119和你东拉西扯，结果被你拉黑。他怨恨你，就开始查你的资料，查到了你弟弟的事情之后就往你工作邮箱里故意发送了辱骂音频。"

江姒只觉得匪夷所思。

一个人叫嚣着辱骂她死去的弟弟，千方百计蹦跶着抹黑她牺牲的弟弟，竟只是因为这种荒唐无比的理由？

她身在119接处警岗位，单单是她个人，每天接听的电话就几十上百。可以毫不夸张地说，她守护着的电话线是生命通道。生命通道被占线，她能不将他号码拉黑吗？

醉酒拨打119非得和接警员唠嗑的情况，她碰到的不止一次两次。她的常规做法是，确定对方生命无虞之后挂断电话。若对方再打来，继续与其沟通。但三次过后，会进行拉黑处理。

陈警官道："我简单说一下现在的情况。目前陈滨海因涉嫌辱骂烈士并虚构烈士事迹，亵渎烈士形象，侵犯烈士声誉，已经被拘留。他在网上留下的痕迹蛮多的，还在微信群里和人掐架、辱骂、威胁，涉嫌寻衅滋事。你们身为江锌的亲属，可以向人民法院进行起诉。如果放弃起诉，检察机关也可以提起公益诉讼。"

"起诉！当然起诉！我会追究到底！"江姒握紧了拳头，一双眼竟不知何时有些泛红，"当初就是她假冒邹薇报假警，害得我弟他们出警被延误，火势扩大，而我弟最终牺牲！三年了！好不容易将她逮住了，我一定要将她送进监狱，让我弟在天之灵可以瞑目！"

"等等！什么假冒邹薇？"陈警官不明所以，翻阅着报案记录，"是你

129

之前报警时提到的邹薇吗？"

"就是这个陈滨海啊！"江姒下意识地回道，电光石火间，她意识到了什么，"这个陈滨海是男是女？"

"男的啊。"

"男的？"江姒怔愣当场。

陈滨海是男的，他是怎么假冒邹薇的？冒充女性？

最终是周从戎蹙着眉问道："陈警官，陈滨海的声音和之前江姒提供的两份音频文件的比对结果怎么样？"

之前江姒报案时，提供了两份音频文件。一份是她邮箱里发来的匿名辱骂音频，另一份则是打到119接警席被周从戎接到的那通匿名辱骂电话。

刚刚周从戎就有意询问了一次，只不过话赶话的，陈警官还没来得及详说。

"这个就和陈滨海本人供述的一致，他的声音经过鉴定，与发到江姒邮箱内的辱骂音频比对之后相符。不过另一个音频文件……你说的是通过打119辱骂的吧？这个不一致。"

"您这边可不可以再进一步审讯，询问他有关邹薇的事情？"周从戎替江姒提出要求。

陈警官应下："因为报案内容里涉及'邹薇'这个人，我们审讯时已经讯问过陈滨海，他声称并不认识邹薇。但以防万一，我这边会申请对他再次提审。有什么消息也会第一时间通知你们。"

从警局出来，江姒仿佛整个人一下子被抽走了力气，踉跄了一下。堪堪跌倒之际，被周从戎扶住。

"还好吗？"他的声音温和，颇有些不放心地望着她。

沈一冉也从旁帮忙，将江姒的手臂往自己的肩膀上搁。不过很快她就反应过来，非常有眼力见地将这个展现男友力的机会给了周从戎。

"戎哥，姒姒现在这副状态不适合开车。我那驾照虽然考了可技术不过关，要不然你送姒姒回去吧？"

"不用，我可以的。戎哥，你赶紧回去休息吧。"江姒可不敢再麻烦周从戎了。人家好不容易熬完大夜补个觉，却为了她的事儿跑警局。她如果再让他送回去，亏不亏心啊！

然而，周从戎不给她这个拒绝的机会，果断道："你这个状态我不放心，我送你回去。"随后他又对沈一冉招呼道，"你也一起。"

在江姒还未来得及拒绝之前，他已经非常熟练地将她手上的钥匙串勾到了自己手中，按了开锁。

"可你的车……"

"先停这儿，我晚点再来开回去。"

江姒只得妥协，打开了副驾驶的车门。

沈一冉正犹豫着是当这个大型电灯泡，还是找个借口离开给两人留足充分的独处时间，她的手机铃声就响了。

通话内容很简洁，只用了十几秒就挂断了。

"姒姒，我临时被指派了个任务，得回站里一趟。"沈一冉言简意赅，转而对周从戎道，"我打车过去就成。戎哥，你帮我照顾好姒姒。"

江姒当即就说："上车上车，搞得这么见外是想绝交吗？"

周从戎不由分说就替她打开了后座车门："你上车。我们送你过去，顺路。"

"我们"两字，用得很微妙。

江姒有片刻的怔神，随即才将谴责的小眼神扫射向沈一冉："顺路的事儿你还非得这么见外去打车，脑子里是不是想了些乱七八糟的黄色废料？"

沈一冉不甘示弱地回击："你俩最近值班时间不一致，总不能凑在一起。我这是怕你们相思成疾，打算牺牲小我给你们多腾点儿独处时间。"

说话就说话，还一个劲儿朝她眨眼是几个意思？生怕周从戎不明白，是吧？

江姒警告道："瞎说什么呢？平白玷污了我和戎哥的清白。"

"戎哥的清白不是早就被你玷污了吗？你找戎哥假装男友事小，害戎哥一直没有正式女友是真。打算怎么补偿我戎哥？"

江姒有些庆幸，沈一冉说最后那句话时，周从戎恰好将后车门关上，走向驾驶座打开车门，应该是没听到。不过她按着沈一冉的思路思索了一下，竟然还真觉得挺有道理。

可是一旦两人"分手"，以罗芳的性子，不会又要可着劲儿给她介绍相亲吧？也不知道纪研博有没有和芳姐解释清楚。

周从戎上了车，俊脸紧绷似在凝神沉思着什么，沉默地发动车子。蓦地，他扫了江姒一眼,突兀地开了口:"你打算怎么补偿我?"

江姒哑然。

沈一冉没绷住,非常热络地提供建议:"戎哥,我支持你维权。要不就让姒姒给你介绍个女友吧?让她把她自己介绍给你也成啊。"

"我还是把你介绍给戎哥吧。"江姒抽了抽嘴角。

沈一冉不假思索道:"那不行,戎哥是我的偶像。一旦偶像走下神坛,我的小心脏会承受不住的。"

被这两个女人推拒来推拒去,周从戎简直被气笑了。

"你俩能商量好了再给我一个统一的意见吗?"

两个女人非常默契地统一口径:"谁都配不上我戎哥,戎哥独自美丽!"

周从戎:……谁稀罕独自美丽?

这两人是白眼狼,还是蠢蛋?

十分钟后车子到达仁皇特勤站门口,沈一冉下车和两人道别。

车厢内突然只有两人了,江姒偷瞄了一眼正专注开车的周从戎,竟有点儿心跳加速。

"戎哥,咱们不去我爸妈那边吧。我仔细琢磨了下,虽说这次查出来个陈滨海,但对方又声称不认识邹薇。等警方再次提审他有了新发现之后,我再跟爸妈说吧,省得他们又胡思乱想。"

周从戎倒是赞同:"可行。像陈滨海这样辱骂烈士的网络键盘手肯定不止一两个,这个只能靠网警那边了。我们的重点是那通匿名的 119 辱骂来电,看看能不能顺藤摸瓜揪出邹薇。"

"嗯,我知道的,我一直都在为此做准备。"三年来,她守在 119 接警席,多么希望那人打来电话。可惜,她一次都没有接到。她以为没有希望了,可那人突然出动了,将电话打到了周从戎那边。

她不管对方这通匿名辱骂电话意图何为,但她知晓,对方必定没有忘记三年前的鬼屋火灾案,必定还对那场火灾的救援行动耿耿于怀。对方会出现一次,那必定还有可能出现第二次、第三次,她一定要抓住机会,将邹薇揪出来!

车辆匀速行驶,两旁是上了年头的古树,枝丫分叉,树影斑驳。

周从戎把着方向盘,手指修长而有力。

132

"这人的目的,似乎并非单纯地抹黑江锌。你有没有发现,每次江锌被抹黑,网民对他有多愧疚,就会对他越发怀念,对他越发维护,记住他的所作所为,记住他的英雄事迹。上一次的桂园路交通事故案是如此,这一次的景沧大桥跳江案也是如此。"

这么一分析,江姒竟还真的觉得确实是如此。

两次事件,案发现场都会出现"江锌"的身影,都会被人发现,都会被人热议,都会被人污蔑诽谤抹黑。可最终,都会反转,朝着好的方向发展。网民们目前还自行发起了一场寻找烈士江锌的行动。

江姒缓缓点头:"好像确实如此。"

见她一点即通,周从戎继续道:"有没有一种可能,那个人,或者说,幕后的人其实是想通过这样的方式,让人铭记江锌?"

让人铭记阿锌?

江姒瞬间茫然起来。

语文写作中,有一种创作手法叫欲扬先抑。

对方语文水平是有多差劲,才会将这种手法运用到血淋淋的救援惨案中,运用到牺牲的逝者身上?甚至还偷走了阿锌的身份证和功勋章?

可怜英雄冢,埋忠骨葬英魂,道尽灼灼报国心。却道不尽人心叵测,洗不尽死后污名!

谁的功勋章,谁的英雄冢,诉说着谁的悲凉,拷问着谁的良知?

可笑啊可笑。他们家不需要这样的欲扬先抑!更不需要让阿锌以这样的方式再次被世人铭记!

10

陈滨海被再次提审之后,依旧是咬死了并不认识邹薇。

此次侮辱烈士被揪出的几个典型,包括陈滨海在内共计十六人。峥州市人民检察院介入,依法履职进行调查取证,并启动公益诉讼案件办理程序。

最终,江姒和父母以江锌家属的名义将这个案子全权交给了检察机关。市检察院经省检察院审批同意之后向法院提起了刑事附带民事公益诉讼。

审判结果出来的那天,江姒和家人才总算是大大松了口气。

上一次的辱骂,被网警抓了典型的"键盘侠"们基本只是拘留几天了事。而这一次,带头闹得最凶的陈滨海,因辱骂诽谤烈士、寻衅滋事,被判处七个月有期徒刑,并被判在省级以上新闻媒体上书面公开道歉,消除影响。其他辱骂江铮的人也被判处相应的刑罚。

"这事儿总算是尘埃落定了,我和你妈心里头也踏实下来了。"

七月的午后,骄阳炙烤着大地。从中级人民法院出来,江父感慨万千。他的腿伤已经好全,早将拐杖甩一边了。为人师表,他戴着一副眼镜,穿着中老年翻领衬衫和长裤,皮带收着他的腰身,显得严谨且一丝不苟。

江母嗔怒地瞪了他一眼:"你也是,都奔六的人了,还承受不住这点儿压力。表面上装得若无其事,半夜里却总是神经质地被噩梦惊醒,害我给孩子们上课都走神。今天特意过来旁听审判,心里头踏实了晚上睡觉就老实些,别再做乱七八糟的梦了!"

被自家老伴这么一戳穿,江父老脸一红,偷瞄了一眼和老伴手挽手的江姒:"邵老师,你过分了啊,揭人不揭短。"

"江老师,你也过分了啊。本来我心理素质多高啊,你每次夜里被噩梦惊醒都顺带着把我也给折腾得提心吊胆。你看看我最近是不是又瘦了一圈?"

江父略有些心虚,求生欲让他非常有眼力见儿地揽住自家老伴的肩:"邵老师年轻貌美一枝花,今晚我就亲自下厨给你好好补补。姒姒做见证啊,你爸如果不把你妈给喂胖个十斤,他自个儿就掉十斤肉。"

江姒诚恳地建议道:"爸,劝女人长胖增肥,天打雷劈。我觉得吧,您投喂的时候还是得好好控制下营养比例。"

心底的阴霾暂时褪去,一家人的心情也跟着轻松了起来。

虽然他们依旧没能查出邹薇,但起码法律对侮辱了他们家阿铮的键盘手给予了重击,也给予了作为烈士家属的他们安慰。

阳光明媚,破茧重生,接下去的一切定然都会好的。

然而,江姒一家人还没来得及去取车,早就闻风而动的记者们便蜂拥而上,将一个个话筒撑到了他们脸上。

"对于这一次的案件判决结果,您怎么看?"

"烈士江铮的荣誉实至名归,此次峥州重拳出击对侮辱烈士Say no(说不),你们作为家属作何感想?"

"近来网上频频被爆出烈士江铮现身,您觉得那人只是相像还是另有原因呢?"

…………

将长枪短炮猝不及防撑到他人脸上的行为并不礼貌,且如此来势汹汹。心理素质差的,许会当场崩溃。

自从网上的事情发酵,江姒他们一家人从未接受过任何一家媒体的采访,也从未为自己以及为江锌发声。可是此刻,江姒握紧了身旁父母的手,无声地给予彼此力量。

她眼神诚挚,望向那一张张不熟悉的面孔,郑重地开口:"我家阿锌牺牲了,可我们作为他的家人,从未后悔过他当消防员。这是阿锌自己的职业选择,是他的理想与抱负,是他的心之所向,我们理解并支持他。至死,阿锌都是我们家的骄傲和荣耀,也是我们心底的遗憾和伤痛。我们不求他死后荣光,只求他死后不要被人污蔑造谣。烈士的鲜血流淌在这片土地上,可以为后人提供养分,可他们付出的血和泪绝不是为了让别有用心人士对烈士及烈士近亲属发动歪曲事实的网络抨击。英雄被谩骂、被攻击、被诋毁、被制作成丑化其形象的搞笑表情包、被胡编滥造伪英雄事迹,这让死去的他们情何以堪?

"在我家阿锌牺牲后,我们家曾收到许多爱心人士送来的礼物和祝福。在传出我家阿锌假死赚取声誉的流言后,我们家却被不明真相的网民网暴,被送花圈、被送恶心的秽物、被送血淋淋的动物尸体,等等。幸好,我们有一群可爱可亲的邻居,有一群认真负责的社区工作者,有一群为民服务的社区民警,才避免了发生恶性事件。借这一次的案子,我想代表我的家人作为烈士江锌的家属对所有人说,网络不是法外之地,烈士值得被尊重与敬仰,我希望每一个公民都可以谨记这一点。让这个世界更美好些,多些真善美,少些戾气,可以吗?"

午后的烈日打在人身上,江姒明显地感受到自己在字字铿锵地说完这一番话后,面庞泛起灼热感,想来定是因为情绪激动而绯红一片了。

可她眼神澄澈,不闪不避,与家人一起面对着镜头。

既然给了她开口的机会,那她就表达她和家人的所思所想。

她希望,无论是辱骂他们家阿锌,还是辱骂世上其他千千万的江锌,这种事都不再发生。

直到回到停车场的车里,江姒的情绪还有些起伏不定。

江父主动坐了驾驶座的位置发动车子。

江母却忍不住问道:"我们怕你担心,一直没跟你说过家里被人骚扰,你这孩子怎么知道的?"

"是邻居们偷偷告诉我的。"江姒有些无奈道,"你们瞒着不说,我也只能当不知道。居委会的王大妈还特意找过我,和我一起去找了社区民警,拜托他们在附近多巡逻。"

"怪不得,咱们小区民警巡逻的力度加强了。上次我还特意和你提了这事儿觉得奇怪呢,你这孩子瞒得倒挺紧。"

"谁让你们也瞒了我呢?"江姒撇了撇唇。

江母被这么一噎,倒是没好意思再埋怨自个儿闺女。

"说好的在阿铎这件事上,咱们一家人谁也不能瞒着谁,要共同参与共同面对。可到头来,你们遭遇了那些个糟心事儿,承受了那么大的压力,竟然还瞒着我。你们在学校里是不是还……"

"没没没!"江母忙阻止江姒的胡思乱想,"学校里安保措施还是可以的,那些人也没那么不道德去学校里闹影响孩子们。"

江父也忙道:"你这孩子别瞎想,其实也不算是特别严重。民警巡逻之后,我们那老小区挺安生的,也没人上门闹事,连那些乱七八糟的包裹也不怎么收到了。"

"那也不该瞒着我。"

得,江父、江母被自家闺女这么一通埋怨,最终齐齐投降。

"我们保证,绝对不会有下一次。"

"行吧,鉴于你们认错态度良好,我就勉为其难原谅你们吧。"江姒这才将故意板起的脸一收,搂住江母的手臂歪靠在她身上,亲昵地蹭了蹭。

江父从内后视镜中瞧见母女俩这一幕,不免失笑:"今儿个高兴,待会儿去敲一下你吴叔家的门,让他和吴拾那孩子晚上一起来家里吃饭。哎,将他们家租住的小姜也喊上。这孩子在我腿脚不便时没少带着水果上门探望,是个好孩子。"

江母忙应和:"今儿个也算是为阿铎正名了,该庆祝一下。不过我记得小姜那孩子电影拍完了和他学校里的同学一起回胥州去了吧?"

"瞧我这记性,他已经退租了。不过现在的大学生在外租房,能和房东维持表面的关系就不错了,他还能面面俱到关心不怎么打交道的租房邻居。他啊,是个有玲珑心的,以后一定能成大器。"

老两口又对这位小姜一顿猛夸,显然短短几月的相处,他们对于对面的短暂租客极为满意。

江姒免不了又想起了最近回父母家时偶然碰到的姜淮元。

二十一岁即将毕业的男生,洋溢着青春的活力。大热的天,他高大的身子却被裹在一件宽大的黑色风衣里,脸色有些苍白。

在瞧见她后,他那张俊脸瞬间便扬起一抹大大的笑容,热情地朝她打招呼:"姐,你回来了!"

"你脸色不太好,身体不舒服吗?"她关切地询问。

他大大咧咧、浑不在意:"拍夜戏把自己折腾成感冒了,一直不见好转。这不,去药店买了点儿药。"说话间,他朝她扬了扬手上的塑料袋。

那袋子上印着药店名,并不是小区附近的药店。袋子里塞着好几盒药,看着种类不少。

她有些担忧:"一直不见好转最好去医院看看,药不能乱吃。一下子买那么多盒药,吃错就麻烦了,得遵医嘱。"

"姐,你真好。"姜淮元的脸上竟显出几分依恋与孺慕之情,"不过姐你放心好啦,我都有问过药店的药剂师的,不会有问题的。"

江姒觉得自己眼花了。他和她相差不过几岁,两人谈不上有多深的交情,她也从未对他有过长者般的指点与提携。他依恋她,对她有孺慕之情?这不是离谱吗?

两人一起上楼,他缀在她身后扶着楼梯扶手,和她聊起片场拍戏的趣事。他的喘息声略重,脚步缓慢,爬楼梯的速度并不快,看来这场感冒对他的身体造成的伤害不轻。

"姐,我可真喜欢你啊。"

她听到身后的他突然扔下一颗重型炸弹。

在江姒听来,这无异于当场表白,真是惊出了一身汗。这年头的"小奶狗"都喜欢玩姐弟恋,且表白时都这么干脆利落的吗?

她刚要委婉劝他收回对她的那些心思,又听到他的下一句。

"我没有兄弟姐妹,一直都不知道有一个姐姐是什么感受。突然好希望你是我姐姐啊。"

江姒的心情,当真似坐过山车。

这个弟弟,还真不是一般的会考验她的心脏耐受度啊。

支队指挥中心。

罗芳还在疲于应对一个打119纯唠嗑的老太太电话时,武大川却是在瞧见手机微信里的消息时激动得没坐稳直接栽到了地上。

等到他从地上爬起来,罗芳也挂断了电话,恨铁不成钢道:"你说说你,大学毕业都几年了,还这么毛糙。你看看人家妞妞,从事消防接处警调度工作三年,现在都可以独当一面,甚至还有了戎哥这个便宜徒弟。你呢?至今还挂在我名下让我给你擦屁股呢!"

"擦屁股"这词儿,委实是不够文雅。

武大川有些别扭地小声辩解道:"其实我也冇咁输蚀(其实我也没有那么差劲)。"

"一言不合就飙广普,欺负我听不懂是吧?"

"怎么可能呢!"武大川就差指天发誓了,随即想到什么,将手机界面面向罗芳,"刚刚妞妞回我消息,她弟的案子当庭宣判了!那十六个人一个都别想跑!爽!"

这可真是一个好消息。

罗芳甚至都忘了去训自己这个不成器的徒弟了:"这下子叔叔、阿姨总算是能安心了。"

"我得赶紧将这好消息告诉戎哥,让他争取好好表现。他这个未来女婿今天都没时间陪着一起去法院,可别被刷低了印象分。"

今天周从戎被邀请参加仁皇消防特勤站组织的高楼逃生消防演习活动,进行现场指导。虽然他被从仁皇特勤站调到了指挥中心,可他的专业能力在那儿摆着呢,站长许涛自然要逮着他薅一下羊毛。

武大川"吭哧吭哧"给周从戎发了消息。然而视线一转,他眼尖地瞧见了罗芳竟也在摆弄手机。

他当即出声:"姐,你在干什么?向你表弟通风报信吗?"

"你管我在干吗?做好你自己的事。"

"你那表弟都喊妞妞'嫂子'了,姐你就别操那份闲心了。他自己都主动退出了,说明没戏。"

"你闭嘴!"

武大川老实了,可还是忍不住朝着罗芳的方向探头探脑。

最终罗芳受不了他那雷达扫射，将手机倒扣在桌上，一脸严肃道："领导布置任务呢，我回复一下而已。你就不能别总是这么脑洞大开吗？"

闻言，武大川一怔。

"姐，我错了！请收下我的膝盖。"他虚心认错，朝她挤眉弄眼。他左手掌心朝上摊平，与右手食指和中指搭配，一起比画出了双膝跪地的动作。

这副夸张的模样，瞬间让罗芳失笑。

户外的天空很蓝，城市上空的浓烟已经消失。莅临观看的领导和过路群众相继离场。仁皇特勤站的消防战斗员们收队，站长兼指挥员许涛直接将周从戎也拉上了消防车回了仁皇站。

回了站里，一行人又针对此次高楼逃生方面落实的不足点进行了探讨。

等到会议结束，曾经那帮子和周从戎杵在一起的兄弟就开始"周指导""戎哥"地喊个不停，将人团团围住，争先恐后地询问他的近况，又询问他什么时候能回站里继续带他们。

"你们一身臭汗杵这儿干什么呢？是想去负重五千米还是去冲澡？自己选。"许涛的话，直接将他们吓得慌不择路。

等到人都走了，许涛笑道："一帮皮猴子都念旧得紧，你不在的这些日子可没少提及你呢。哎，你这一走，我这肩上的担子就加重了。"

"别卖惨啊，我可是被发配的人。"周从戎不吃他那一套，拧开矿泉水瓶"咕嘟咕嘟"灌下去半瓶。

"你别提什么发配，如果不是……你会遭那罪吗？"想起那事儿，许涛心里就不好受，"我就是替你委屈，才能都被埋没了。害得我也少了个左膀右臂。"

眼见话题逐渐往伤感的方向走，周从戎忙道："不是早就有人来接我班了吗？你让人家听到，不是替我拉仇恨值吗？"

"我这是有一说一啊。和你搭档那么多年，默契是别人能比的吗？你被调到支队指挥中心后，上头空降了个指导员。我和人家处事风格不同，磨合了很久才步入正轨。"

周从戎："人与人相处不都是这样过来的吗？你以为我到了新的岗位后花了多久来适应新状态？说多了都是辛酸泪。这不，我还得管比我小的女孩子叫师父呢。"

许涛捶了他肩头一拳,笑得差点没岔气:"你还有脸说呢?你叫过人家师父吗?不是还和人家处成了男女朋友?"

"你听谁说的?"周从戎面色微变,却是很快猜到了几分,"是纪研博?你和他倒是来往紧密。"

"他也是棵好苗子。虽说他退出消防有点儿可惜,但他当了制片人之后还不忘宣扬消防,这一点还是非常值得肯定的。这不,说是在准备个消防相关的影视项目,还找我取经呢。"

夕阳西下,两人说话间竟不知不觉走到了站内的训练基地。这些曾经天天见的设施,如今再见,周从戎竟有点儿激动。

瞧出他的异样,许涛向他发出挑战:"比一局?"

周从戎也有点儿手痒,刚要应下,手机铃声突兀地响了起来。

他瞧了一眼来电显示,竟是吴拾。

为了达到国家综合性消防救援队伍的消防员招录标准,他给吴拾制定了严格的训练计划。以防万一,又给吴拾加大了难度,尽量在体能测试、岗位适应性测试和心理测试三方面先让他有个适应过程。

这段时间,他是亲眼见证着吴拾从一个细皮嫩肉的帅白小伙,一点点被练成一个拥有一身腱子肉的糙汉。吴拾的成效,有目共睹。

如果他还在仁皇特勤站,日后肯定是要想方设法将人分到自己站里的。

周从戎指了指手机屏幕上显示的名字,对许涛推荐了起来:"吴拾这小子不错,打算入消防,这月底报考。如果一切顺利,一年后结束新训分配时,你看看能不能把人搞到自己站里。提前给你透个底儿,那个梁未果直播跳江事件你是知道的吧?吴拾就是当时那个见义勇为跳进江里救人的人。关谷站的赵山岳很看好他,到时候估摸着会提前抢人。"

许涛一听,当即两眼放光。

周从戎却是走到一旁去接电话了。

一接通,吴拾那笑嘻嘻的声音就传了过来:"戎哥,刚妠姐说为了庆祝案子胜诉,要请客呢。也不大办,就喊上了我和我爸在她家小聚下。我一得到消息就跟你告密了哈,我这个徒弟你没白教吧?"

武大川早就发微信告诉了他案子的审判结果,周从戎也第一时间发信息给江妠道喜了。他原本还想着晚上去江家一趟,没想到某个女人竟然连庆贺的事儿都没想着他一份儿。好歹他也算是她男友不是?

· 140 ·

结束通话，周从戎走向许涛："看来今儿个你我这一局得欠下了。现在的我不在状态，归心似箭。"

"哪门子的归心似箭？"

"回去给未来老丈人一家道喜，刷存在感。"

许涛险些没惊掉下巴："你、你说真的？真脱单了？"纪研博那小子还猜两人是假扮情侣呢！

第四章 ★
幸存与死亡，废墟深渊的心魔

/他的发小牺牲在消防岗位，他的战友牺牲在消防岗位，未来的他是否也会如此，他不得而知。可他知晓，这条路是他选的，他要忠于自己的理想与信念，要勇于跨越山川与河流，攀登山峰与峡谷，延续他们的精神，赓续红色血脉。/

1

一年后。

时间的齿轮转动，不疾不徐，却在四季轮回中悄然流逝着年华。

这一年间，江姒依旧兢兢业业地在支队指挥中心调度警情，周从戎也依旧还在当着她的徒弟。只不过两人之间的假情侣关系在潜移默化中有了微妙的转变，颇有点儿假戏真做的感觉。然而两人谁也没有捅破那层窗户纸，反倒是罗芳这个当初一手促成他们假情侣关系的"做媒爱好者"，替他们心焦。

这期间，江姒家人和周从戎一直都致力于找出那个神秘的"江铎"。然而说来也是奇怪，那个曾经故意频繁出现在他们面前的"江铎"，竟神秘失踪了。一如他突然出现时的猝不及防，他的消失也令人难以捉摸。

江铎的牺牲，一直是他们一家人最大的痛。他的死亡板上钉钉，不可能作假，可那个与他长得一模一样的人，还是令他们产生了一丝愿意相信奇迹的奢望。当这丝希望在现实面前越发显得是一场阴谋时，他们也只能坦然接受。死而复生的奢望不复存在，他们更希望能寻找到当年他牺牲的真相。

江姒好不容易盼到了这么一个人，极有可能与游乐园鬼屋火灾案的报假警人邹薇有联系。可他的失踪，竟再次令她的调查前功尽弃。

一切又仿佛都回到了原点。

四年前直接或间接导致江铎死亡的始作俑者邹薇，依旧不得而知。她唯一坚信的是，真相不会被废墟和岁月所掩埋。终有一日，她能揪出邹薇，揪出"江铎"，也能揪出那段隐秘。

陶冶轩。

古色古香的教室内，古琴静置于桌旗之上。琴穗垂落，女子纤细的指尖勾勒丝弦，发出延绵之音，流泻了一室。

江姒一袭汉服，轻垂蝶首，按照琴谱曲调勾剔抹挑，练习《鸥鹭忘机》。

她早在去年就报了成人古琴教学课，只不过因为工作总是时不时缺课，导致所学不丰。好在教务帮忙协调，可以根据不同古琴老师的教学进度安排她插班学习。但这样的效果并不理想。最终没奈何，她下血本报了个一对一小班教学，可以根据她的时间自由安排学习进度。

好在通过去年的学习，她的基础算是打牢了，这一次的学习主要是以中级课程为主，十二个课时，练下来倒不觉得难。且相比于上次她学琴随意，一对一授课的古琴老师讲究一个沉浸式学习，对她的着装和妆容都严格要求。在这样的氛围之下，她学起来越发得心应手。

一堂课下来，老师对她进行了指导和陪练。

临走时，江姒将古琴小心翼翼地装到琴囊内。

古琴老师极为年轻，也不过三十岁，却已经是一位大家。琴风集众家所长，指法和技巧都看得人叹为观止。她不解道："我看你每次都背着琴囊过来上课，挺不方便的。你可以将古琴寄存在这儿。"

江姒将琴囊往背上一背，笑着随口应了一句："习惯了，姑且将它当作是一种仪式感吧。"

和老师告别，江姒出了陶冶轩。

陶冶轩位于商场三楼，周围还有许多教授琴棋书画等课程的教学基地，学习氛围浓郁。但报课的大多数是学生，望子成龙、望女成凤的家长们给孩子们报了不少兴趣班。成年人报名学习陶冶情操的人数远远不如孩子报名的人数。

江姒刚要乘扶梯下楼，便与正乘扶梯上楼的周从戎撞了个正着。

商场明亮的灯光下，身高腿长的男人穿着黑色衬衫长裤，身材紧实，气质内敛。他微微垂首摆弄着手机，指尖打字飞速。扶梯缓缓由下而上，两人的距离一点点拉近。

明明是一幅最寻常不过的画面，却无端让江姒怦然心动。

她和周从戎的值班又重新被安排为一组，工作时间和休息时间比较同步。她趁着休息时间练琴时，他就总会来接送她。

没错，接送。

明明她报的这个班就在自己小区附近的商厦，走几步路就到的距离。可他不嫌麻烦，非要来凑热闹。两人之间，似乎友情以上，可又未到那个恋人的阶段，朦朦胧胧，谁也未曾主动更进一步。

思索间，江姒拽在手里的手机就响起了微信提示音。

她知道必定是他发来的，并未去看，而是慵懒地等在扶梯边，只等着他抬眸的那一瞬。

仿佛心有灵犀，周从戎收起手机朝她这边望来。当瞧见她时，他紧绷的俊脸线条柔软下来，竟露出一个和煦的笑容。

女人穿着一身改良式汉服，发髻斜插一根坠着铃兰花的簪子，古风古韵。她盈盈而立，身段玲珑、腰肢纤细，无处不娇柔，无处不明艳。

周从戎不动声色地扫过她今天的行头，眸底有着惊艳之色。

扶梯到达三楼，他走向她，极其自然地去拿她背上的琴囊："来得早不如来得巧，今天学得怎么样？"

江姒也懒得和他客套了，由着他搭把手："按部就班地学着，简单的一些曲子可以弹奏，但想要深入就不得其门而入了。你说我小时候怎么就想不开非得专攻奥数，像其他女孩子一样学点儿书法、绘画、舞蹈、曲艺多好啊。结果呢？学了奥数都不知道学以致用，完全荒废了，总觉得连我的童年都被我一块儿荒废了。"

两人一起往另一侧的扶梯下楼，江姒唉声叹气。

周从戎瞧乐了："你小时候真没学过舞蹈？瞧你在办公室时下腰的柔韧性，不像啊！"

跟着罗芳下载的瑜伽视频和自创的养身操练习时，江姒动作标准，腰身轻柔，下腰时更是将女性的柔美给展现得明明白白。

"哟，看来我这身体素质不错啊，竟然连戎哥的火眼金睛都骗过了。"江姒也乐了，随即似想到了什么，她俏脸绷了起来，横过去一眼，"你上班时眼睛都往哪儿偷瞄呢？不知道非礼勿视吗？"

"我练下腰时制服松了露出腰身，也没见你收敛眼神啊。咱们半斤八两，你可别搞双标。"

"那能一样吗？你的腰又不值几个钱。"江姒不满地又瞪了他一眼。

他的腰不值钱？

周从戎的眸中蓄积着什么,却只是阴恻恻地望向她。

江姒被他那眼神给瞧得发毛,色厉内荏道:"我又没说错,你腹肌都被遮了个严严实实,单单露个腰有什么看头?"

"没看头?"

她咬死不松口:"对!没看头,不值钱!"

"你确定?"扶梯下行,周从戎似无意地将她的琴囊往边缘送了几分。那张俊脸明明是笑得和煦,威胁意味却是明显。

江姒立马老实了,抱紧了他的手臂就是一顿"彩虹屁"输出:"社会我戎哥,人美心善气质佳,犹如天使在人间!"

男人的脸色倏地黑了:"你确定这是形容我?"

"别在意那么多,意思到位了就行。"江姒见他没有真的扔她琴的想法,默默收回了手,不过还是心有余悸,"戎哥,你下次威胁我时换一个,刚差点没把我心脏吓得骤停。这把古琴是我家阿锌送我的,对我有特殊意义。"

这是江锌亲自为她斫的琴。当年高考失利,江锌为了磨炼自己的心性特意去了一个琴工坊学习斫琴技巧。也是在那里,他亲历了人生中第二次火灾,忆及小时候初次经历消防火灾时萌生的初心,他放弃了高复,坚定了报考消防员的想法。

那一年,江姒考上了心仪的大学。

那一年,江锌高考败北,却通过重重考验顺利加入了消防队伍。

姐弟俩开启了各自不同的人生。

然而四年后,江锌牺牲在了峥州"3·25"游乐园鬼屋特大火灾案中。江姒毕业后加入了消防接警员队伍。一个,至死都在消防岗位;一个,则开始成为消防行业新人。

两人殊途同归。

无论是两人的父母亲人还是周遭的朋友,都隐隐明白,江姒是为了江锌才会让自己的人生走上另一条道路,一条有着江锌身影的道路。她想要紧随着弟弟曾经的步伐,揪出间接害弟弟死亡的那人。但所有人都有志一同地心照不宣。既然这是江姒自己选择并且认定的道路,她愿意为此坚持下去,那么,他们能做的便是支持与祝福。

听得这琴竟是江锌为江姒所斫,周从戎脸上的表情微微一滞。

两人到了一楼,江姒下意识就迈开腿往出口走,他却拉起她的手穿梭于一楼的一个个化妆品专柜。

"怎么了?"她不解。

他却不答反问:"你喜欢用哪款护肤品?"

"没特别偏爱的。"她刚答完,就有些难以置信地用眼神强烈询问他。他……他该不会是要送她护肤品吧?

太阳打西边出来了?他竟这么主动了?

很快,周从戎就用实际行动证实了她的猜想。

两人停在一个高奢专柜前,周从戎时不时和柜员小姐姐你问我答,时不时又朝她望来。

江妣被他们瞧得不自在,忙躲了开去。

谁知也才不过短短一两分钟,周从戎就拎着个礼盒朝她走了过来。途经她时,他将手上的礼盒随手往她手里一塞。

"给我这个干什么?"

"送你个礼物压压惊,怕你背地里画个圈圈诅咒我。"

"什么意思?"

"我都险些弄坏了你弟送你的宝贝,你确定不会背地里诅咒我?"

江妣老脸一红。她、她顶多也就是暗骂他阴险狡诈,故意拿她的琴威胁她。

直到走出商厦,江妣都有些觉得自己手欠。怎么刚刚就没有及时还回去?这么一套万把块的东西就这么沉甸甸地搁在她手里,当真是烫手山芋。

"戎哥,无功不受禄,这东西我不能收。"她小跑步追上前头背着琴囊的他,继续推拒。

"谁说是因为你有功才奖赏给你的了?这是压惊赔罪礼。"

"不不不,不至于。"江妣忙苦哈哈着一张脸,"我愧不敢受。"

"这是我送邵姨的,你无权替邵姨不受。"

"哎?"江妣黑人问号脸。

"我险些糟蹋了邵姨心爱儿子亲手斫的琴,当然得向邵姨赔罪。"周从戎一本正经道。

江妣却越听越不对劲了,她捏紧了粉拳朝他比画了几下:"是谁一开始说送我个礼物压压惊的?敢情你说的话就是放屁?"

"行行行,看在你这么想要的份儿上,那我就勉为其难将它送你吧。"周从戎磁性的嗓音勾人,眸中溢满了清浅的笑意。

江妃鼓起的腮帮子瞬间漏了气。

三言两语间，她就这么"恬不知耻"地为自己"坑蒙拐骗"到了一套顶奢护肤品？她需不需要报个警举报一下自己？

出了商厦后右转过两条街，对面就是江妃所住的红墅湾小区。

前头高大的男人背着琴囊，身姿挺拔，步履坚定。后头江妃亦步亦趋地跟着，下意识就逮着他的背影偷拍了一张照。

她觉得，两人这样的状态，看在旁人眼里，怎么可能会是情侣？

所以，他对她应该也不至于产生什么逾矩的感情才对。

自他调到指挥中心，两人以假情侣的关系朝夕相处，他又是个跟什么人都能称兄道弟打成一片的性子，才会导致她产生了误解。

对，就是这样。

正当江妃一如之前的每一次一样做好了心理建设，前头背着她琴囊的男人却突兀地停下了脚步，转身朝她抬了抬手臂。

她以为他有什么事要嘱咐她，忙快走两步上前。才刚与他站在一处，便觉得肩头一重，竟是他伸手将她揽到了他怀里。

落日余晖下，街头熙熙攘攘，人头攒动。猝不及防的一个拥抱，让她直愣当场。

周遭车声、人声一阵喧闹，可她的耳膜震动，耳畔竟只听得到他强而有力的心跳声，甚至连自己那失序的心跳声，都被掩盖在他的心跳声之下。

饶是两人相处日久，也还是第一次如此亲密。

江妃心里有一道声音似要冲破喉咙口，脱口而出，可有一道略带几分雅痞味儿的男性声音却先她一步传了过来。

"哟哟哟，戎哥你大庭广众之下收敛点儿，没见嫂子害羞呢？"

这耳熟的声音……

江妃抬眸望去，就见到了正笑得一脸狐狸相的纪研博。

原来不知不觉间两人已经走到了路边的一家私房菜馆，而纪研博，也不知什么时候杵在那儿的，此刻揶揄着朝他们走来。

周从戎随口道："如果我收敛了，岂不是让你有机会撬墙脚？"

她用鞋后跟偷偷碾了碾他的脚。

对于她的这点子力道不以为意，周从戎的大掌拍拍她肩头："忘记跟你说了,有人非得请客,还特许我拖家带口。"

"我……"她和他的关系,合适成为他拖家带口的一员吗?

江姒的拒绝却压根没机会出口,就被周从戎给堵在了喉咙口。

他压低了嗓音,亲昵地附耳过去:"姒姒,可不带这么过河拆桥的啊?我们都是见家长的关系了,你还想否认不成?"

见家长?

江姒的双眼睁得铜铃大,却一时词穷,压根无法反驳。

江姒和周从戎之间的关系,三个人心照不宣,纪研博看破不说破。

"位置订好了,就等你们来就可以上菜了。先进去再说。"纪研博热络地邀请,还不忘吐槽,"戎哥,你后头背着什么呢?真影响你英气。"

"收起你的埋汰,这可是你嫂子的宝贝疙瘩。日后就是我们家传家宝了。"

周从戎说得一本正经,俊脸上甚至还有几分柔和的笑意。

江姒有点儿没脸听了。他可真敢胡说八道。

谁和他是一家?

几人说话间往私房菜馆内走去,门打开,服务员热情地引路。然而一道尖锐的孩子啼哭声,冲破了这菜馆内的平静。

2

谁也没有想到,一个两三岁的孩子竟从餐馆四楼的窗口直接摔到了三楼的空调外机上,脸摔成了一片血糊糊,"哇哇"大哭。

这家私房菜馆共有四层。里头装修得金碧辉煌,空间敞亮。这个时间点,客人们陆陆续续到来,服务员也忙得不可开交。

出事后,家长们担心得立马跑去三楼想要救孩子,才发现三楼的空调外机距离窗口过远,压根过不去。瞧着孩子那一脸的血,家长们一抽一抽地疼。

餐馆人员也第一时间帮忙施救,110、120、119挨个拨打了一遍。

目前孩子目测摔伤了半边脸,可无法得知是否伤及了大脑和脏器。偏偏孩子哭得撕心裂肺,手脚并用地乱爬。空调外机的护栏刚刚被孩子那一摔给摔得摇摇欲坠了,如果他再继续往外爬,小小的身子就会继续从三楼摔下去,遭遇二次伤害。情况危急,必须立即施救。

了解到相关情况之后,周从戎从三楼窗口观察了地势,交代纪研博:"这里交给你,待会儿配合我。"

共事多年，纪研博一下子就明白了周从戎的意思。他不放心道："可你没有任何防护设备！"

"这点高度我有分寸！"周从戎已经转身往楼下冲去。

江姒猜到他要去做什么，不假思索道："有没有大的毯子？或者软的东西？以防万一，出几个人一起去楼下接住孩子！"

夕阳的余晖落幕，夜幕一点点降临。街道两侧，霓虹璀璨，晚高峰的车流不息。

江姒和七八个人一起举着一张毯子站在私房菜馆一楼时，整个人都悬紧了心。

她一直都知道，周从戎原先在特勤站待过，业务水平是拔尖的。可她还是被他这不要命的救人方法震撼住了。

高大的男人竟徒手攀爬着外墙的水管，一路借力，一点点往三楼爬去。他的身姿矫健，身形敏捷，那些曾经日日夜夜的训练仿佛早就刻入了骨子里，让他没有任何退缩与犹豫。从一楼到三楼的空调外机，九米左右的高度，他爬得步步惊心。

江姒真怕他一个不小心踩空，或者水管承受不住他的重力。

好在他的底子在那里摆着，一路有惊无险地到达三楼空调外机旁。然而，他刚要去固定好自己的角度去抱那即将翻滚出去的孩子，竟是脚下一个不稳，直直往下摔去。

"戎哥小心！"

"戎哥小心！"

"小伙子当心啊！"

江姒的惊呼声和楼上纪研博的惊呼声汇集到一处，还有楼上楼下一干看热闹救人的人，都揪紧了心，发出提醒的警告声。

江姒紧张得双手出了汗，下意识就想要和众人一起举着毯子去接住他。

可她似乎忘了，这样的高度，接一个孩子都未必能够将人全须全尾地护住，更别提他一个成年人了。

好在一切都只在一瞬间，周从戎借力，在往下摔时双手攀住了二楼空调外机的外沿，最终稳稳地将身子挤了进去。才刚缓过一口气，他又开始沿着另一侧的水管，继续往三楼爬去。

当周从戎将受伤后"哇哇"大哭的孩子成功解救，交到从三楼探出了大半个身子的纪研博手上时,所有人悬着的那颗心仿佛才终于松懈下来。

楼上楼下帮忙一起打灯的人,举着毯子救人的人,拍视频看热闹的人,纷纷鼓起了掌。

惊心动魄的救援持续了三分多钟,却犹如过去了半个世纪。

警车和消防车都还在赶来的路上,估摸着被晚高峰堵住了。好在救护车过来的路上还算顺利,医务人员对孩子进行了紧急处理。

孩子显然伤得不轻,小嗓门一直撕扯着"哇哇"大哭。

家长是一对三十岁左右的父母,当爸的戴着副眼镜斯斯文文的,当妈的长相柔美,此时惊慌失措。他们随着救护车去医院前,还一个劲朝着周从戎鞠躬道谢,又对着刚刚一起帮忙的人道谢。

"希望那孩子没事。"江姒心里的大石依旧难以落下。刚刚瞧见那孩子一脸的血,触目惊心,只怕这孩子要在医院经历一番大苦头了。孩子身体的其他部位可千万别再有什么暗伤了。

纪研博却有些担忧地询问周从戎:"戎哥,我看你的脚有点儿不利索,刚刚是不是崴到了?"

经历了一场惊魂救援,周从戎的额上还淌着汗水。他浑不在意地抹了一把,随口道:"别瞎担心,喷点儿云南白药就行了。"

说话间,他掏了下裤兜,打算给指挥中心打个电话,这一掏之下,却掏了个空。

脑中一回想,他瞬间想明白手机铁定是爬上去救人时掉了。他指挥着纪研博:"往那灌木丛照一下,我手机刚可能掉那儿了。"

纪研博也不废话,打开了手机手电筒,嘟囔道:"报废个手机,戎哥你今儿个的见义勇为损失有点儿大啊。"

两个男人往灌木那儿寻了过去,然而找了好一阵,竟是一无所获。

"别找了,手机在我这儿。"江姒的一句话,让两个找得焦头烂额的男人瞧见了曙光。

"幸好。"周从戎转身,舒了口气。

"你刚跑下楼救人时掉楼梯上了。好在楼梯铺着地毯,没碎屏。"江姒手里拿着一瓶水,简明扼要地说道,"为了不浪费消防资源,我联系芳姐跟她说明了我们这边的情况,还被堵在路上的消防车目前已经收队回去了。"

刚刚找手机就是为了这事儿,周从戎闻言,倒也放下心来。他刚要开口,却听得江姒命令的口吻:"伸手。"

他下意识地伸了手,下一瞬,她已经打开水瓶将水浇到了他手上。

"搓手。"又一个指令砸了下来。

周从戎条件反射地搓手。

洗净脏污之后,他手上因救人被划伤的口子也清晰地入了眼。

纪研博又是一阵唏嘘:"戎哥你退步了啊,救个人不仅伤了脚还伤了手。"

"废什么话!信不信我一只脚照样能把你干趴下!"周从戎一个屈腿扫向他的腿窝。

后者心下一惊,也不硬刚,飞快跑离了,躲避了周从戎这无影脚。

周从戎还待再追上去,江姒已经一把扯住了他的手,不赞同地蹙眉:"你俩能不能消停点儿?"

男人的大掌宽厚,手上起了老茧,不像女人一样保养得肌肤润泽。此刻他的手还湿着,被女人娇软的手握着,感受着那份触觉,竟无端让人心弦一动。

周从戎下意识怔在了原地,任由江姒用纸巾擦拭干净他手上的水渍,随后又翻出随身带的创可贴给他贴上。

那卡通图案的创可贴真够丑的,当真是影响他的硬汉形象。

可他在她横眉扫过来的眼神下,竟不敢吱声发表自己的反对意见。

另一头,警车闪烁着灯光,警察听着周围群众七嘴八舌地将情况说明。久久未散的围观群众中,有人朝着他们所在的方向指了指。

眼见两名警察朝他们走来,周从戎不得不认命地迎了上去,简单和警方说明了今天现场的情况。

然而当他和两名警察友好地握手告辞时,一转身,竟发现江姒和纪研博两人都不见了。

这一个两个的,就这样丢下他跑了?

不对,纪研博这小子竟拐带着江姒跑了?

血压飙升,周从戎觉得自己头上有点儿绿。正当他想要拨打江姒的电话时,后者竟从身后的私房菜馆走了出来,身上背着之前他因为救人而随手搁在三楼窗边的琴囊,手上还拎着他送她的护肤品。

飙升的血压奇迹般地又恢复了正常。

他极为自然地再次接手了琴囊背在身后,朝左右张望了一下,随口问道:

"那小子呢？"

"他去开车了。你的脚不宜多走动，反正我家就在前头，先去我家处理一下。"

周从戎想说这脚只是稍微疼一阵，没什么大不了的，自己去药店买个喷剂就行。可一转念，鬼使神差竟没反驳。

两人在路口等了一会儿，他抬眼见她正在摆弄手机，问道："大晚上点外卖？"

"这儿出了事，也影响了营业。我点些菜，我们三个人正好涮个火锅。"

周从戎那崴了的脚不争气地一疼，他的身子跟跄了一下，颇有点儿咬牙切齿："你和这小子什么时候混这么熟了？竟任由人大晚上去你家混吃混喝？"

江姒给了他一个看白痴的眼神："戎哥，你救个人救傻了？纪研博不是你兄弟吗？"

这能一样吗？一个女人，大晚上的让两个对她有意的男人上门蹭饭？

倏地，周从戎的脸色一僵。

两个对她有意的男人？他这是下意识将自己列入了这一范畴。

想到他和江姒目前的相处状态，他不禁有点儿头疼。友情以上，恋人未满，天下大多数关系匪浅的男女之间的通病。

心里存着事儿，周从戎上了纪研博的车后，脸色就有些紧绷，甚至还朝着驾驶座上正认真开车的男人眼睛不是眼睛、鼻子不是鼻子的。

纪研博被瞧得不自在："戎哥，你能收收你那吃人的眼神吗？我小心脏受不了啊。"

"你喜欢吃火锅？"周从戎丢出个风马牛不相及的话题。

"喜欢啊。"

"不，你不喜欢。"周从戎强调道。

"什、什么？"他糊涂了。这是强行让他不喜欢？

后座的江姒有点儿没脸看："行了戎哥，我知道你不喜欢吃火锅。得，待会儿处理完你脚伤，你自己先回吧。"

瞬间，还想着劝服纪研博待会儿乖乖走人的周从戎破功。

他粗着嗓子，不情不愿道："不，我喜欢。"

红墅湾小区距离这儿直线距离也才几百米，几句话的工夫也就到了。

三人乘电梯上楼，江姒先行进门去翻找医药箱。

周从戎不是第一次到江姒这边，他搁下琴囊，熟门熟路地换上拖鞋进门，朝着身后紧随而至的纪研博道："没多余的拖鞋了，你将就着先穿上备用的女士拖鞋吧。"颇有点儿男主人的架势。

纪研博也不跟他废话，扬声问道："嫂子，家里没有适合我穿的拖鞋了吗？"

"鞋柜里有好几双大码的，你自己找找。"

江姒的声音传来，霎时便令纪研博眉眼弯弯。

"戎哥你至于吗？司马昭之心。兄弟我既然说好了不撬你墙脚就绝对说到做到。"他压低嗓音朝着周从戎挤眉弄眼，"戎哥，你该不会到现在还没将人拿下吧？"

"欠收拾的话出去比画一下？"

纪研博立马老实了，端正态度，以旁观者的身份指点迷津："戎哥，我觉得嫂子对你可能假戏真做了。你没见我每次喊嫂子时人家都应下了吗？加油啊，正式上位指日可待！"

被纪研博这么一说，周从戎直到进屋后落座在沙发上都还在琢磨着。只不过越琢磨，他的眉头就越是揪紧，浑身都有些不得劲儿。

他和江姒之间，真的该打破平衡关系吗？

"这药快过期了，凑合着用应该没事。"江姒将从医药箱里翻出来的喷剂搁在茶几上，提醒道，"卷起裤腿。"

周从戎再次条件反射地照做。正当他等着她为他处理时，却见她已经飘然进了卧室。

纪研博小声提醒："戎哥，你又不是生活不能自理。就拿起喷剂往自己脚踝喷一下的事儿，你还指望着嫂子给你代劳啊？"

"要你多嘴？"

江姒从卧室出来时，已经换下了身上的那套改良式汉服，换上了居家服，扎起了一个马尾。

门铃响，点的火锅菜到了。江姒忙奔了过去，提了一袋子东西进来之后，朝沙发上的两个男人道："戎哥，你需要忌口，我调一个菌菇锅底吧。纪先生，你觉得呢？"

纪研博完全没意见:"嫂子,你总跟我见外,喊我名字就成。我去厨房帮你。"
两人一前一后扎进了厨房。
窝在沙发的周从戎瞬间觉得自己有点儿多余。
"我也来帮忙。"他忙跟着加入厨房阵营。
"忘了你手上还贴着创可贴吗?别碰水,安生点儿,到客厅老老实实待着去!"女人将他赶了出来。

十分钟后,火锅冒着"咕咕"沸腾的热气,三个人坐在餐椅上,开涮。
"我记得你去年说是准备了个消防选题,后来还对我保密来着。也没听你说过下文。投拍了没?"周从戎将肥牛卷下锅,随口一问。
提起这个,纪研博的神色有些不自然:"出了点儿小状况,剧本被毙了好几稿,编剧闹情绪呗。我只能自己接手了过来。业务不熟练,耽搁了。"
"术业有专攻,你一个制片人揽了编剧的活,能行吗?"
"瞧不起谁呢?我以前还不是总和编剧磨本子?而且消防是我的老本行,我的专业度没的说,能将本子写废了?"
"行,那我就坐等你的好消息了。"
江姒听着也来了兴致:"这都一年了还没动静?我都以为你们拍好了只等着排期上线呢。"
纪研博眸光闪了闪:"没,但应该快了。"
"现在有没有敲定主演人选呀?演消防题材,我觉得庄子义那一身腱子肉和气质最合适不过了。妥妥的正能量男神。"江姒的眼神瞬间亮了,开始推荐起庄子义主演的一些军旅题材的作品,竟有点儿游说的意思了。
纪研博敏锐地察觉到周从戎的神色有点儿不对劲,当即玩笑道:"嫂子,你一个劲夸别的男人,你瞧我戎哥都吃味了呢。"
"他有什么好吃味的,我和他又不是……"江姒话说到一半蓦地噤了声。对了,纪研博还一直误会她和周从戎是一对。
不过,她仔细瞧了瞧周从戎的神色,似乎还真的有点儿黑。
"你……"她有心说些什么,调好的酱料碗里却被他用漏勺舀了肥牛和虾滑。
男人服务体贴细致,将绅士风度贯彻到底,让人以为他刚刚反常的神色只是她的错觉。然而他开口说的话,让江姒想要忽略他的情绪都难。

"这年头的小鲜肉,也就只能靠那一身腱子肉吸引女人了。也不知道专业知识过不过硬。"周从戎拿培根蘸了蘸酱料,气定神闲地问纪研博,"你们公司挑男演员都是什么标准?八块腹肌、人鱼线、公狗腰?要不我也去竞选一下?"

江姒没来由抖了抖刚夹起肥牛的筷子。

她怎么觉得某人说话的语气,挺阴阳怪气的?

3

支队指挥中心。

今儿个接处警人员都到齐了,贾冰按照惯例布置了任务,又在阐述了发人深省的言论之后给几人灌输了心灵鸡汤。

但与以往不同的是,今天这碗心灵鸡汤之后,竟直接推出了一个生日蛋糕。

直到蜡烛被点燃,罗芳带头唱起了《生日歌》,江姒才后知后觉地反应过来今儿个确实是自己的生日。

在哄闹声中,江姒许下愿望:"希望119报警电话永远安静。"

分完蛋糕,众人这才回到工作岗位。贾冰发了话:"咱们岗位特殊,中午就不聚餐庆祝了。但今儿个下午茶我包圆了,寿星先垫付一下,回头找我报销。"

"师父威武!"

"谢老大投喂!"

"谢贾哥!"

办公室内,热闹至极。

众人还在兴奋中,便见到一男一女在同事的领路下走了进来。他们一人抱着一大束鲜花,另一人则拿着一面锦旗。

"对对对,就是他。"拿着锦旗的男人朝着身旁的人说了一句,随后神色激动地走上前,朝着周从戎深深鞠了一躬,"感谢,真的非常感谢,谢谢你救了我们家小橙子!医生说再晚几分钟后果就不堪设想了!"

女人也忙上前,不由分说就将手里的一大束花往周从戎手里塞:"谢谢你,我们找了好久终于找到你。谢谢你救了我们家小橙子!"

这两人不是别人,正是那天在私房菜馆发生意外的那孩子的父母。

当时那孩子摔伤了脸，小小一只撕心裂肺地痛哭，小手小脚乱爬险些摔下楼造成二次伤害。

周从戎猝不及防被塞了一怀抱的花，有心推拒，女人却直接收了手。

他无法，只得先将花抱着。绝佳的记忆力让他认出两人，不免询问道："你们家孩子叫小橙子？他现在怎么样了？"

"小橙子还在医院，抢救及时捡回了一条命。医生说手术顺利，他爷爷、奶奶在那边照顾着。"小橙子爸爸抬了抬手里的锦旗，朝着周从戎递了递锦旗，"你是我们家的大恩人！我和孩子妈知道你们有纪律不能收礼，所以就只能来送面锦旗表达我们的谢意。这个你一定要收下！领导，这个，你帮我们交给这位同志？还是我们自己给？整点儿仪式感？"见周从戎迟迟不接，他转而又犹豫着转向贾冰，有点儿不知所措。

"危难时刻显身手，舍己救人真英雄"的字样，在锦旗上异常醒目。

而赠送的对象，也清清楚楚地写上了周从戎的姓名和单位。

从这一点，以及他们知道贾冰是领导，知道今儿个过来能碰到周从戎来看，他们显然早就通过多方渠道事先和贾冰联系过了。

此时，贾冰故意摆着领导架子冲周从戎道："一个大男人被人送花居然还板着张脸？做好事不留名，害羞呢？行了，旁边的，帮他拿一下花，让他能抽出手接家属送的锦旗。"

旁边的……

江姒瞅了瞅自己，又瞅了瞅周从戎，直觉她师父是故意的。

她现在后退个几步还来得及吗？

眼角余光，她竟然还瞧见周从戎投在她脸上的视线，没遮没拦的，带着点儿揶揄。取笑她呢？

一想到她需要在众目睽睽之下主动从周从戎手里接过一大束花，她竟下意识有点儿闪躲。然而还不待她将看热闹不嫌事大的武大川推到前头，周从戎就已经先一步将那花塞她怀里了。偌大的花束大刺刺地扎在她的怀里，江姒只觉得极为惹眼，更为扎手，恨不得当场就扔回他身上。

然而始作俑者仿佛根本就不知道将她折腾得骑虎难下。他腾出手，与小橙子爸爸相握。

两个男人一人握着一边的锦旗，另一手则交握，和谐至极。你于危难中挺身而出，我于茫茫人海中寻你致谢。

付出与鸣谢，坚守与感恩。

武大川忙掏出手机将这一幕定格。周围，掌声雷动。

当周从戎和贾冰一起送两人离开后回到办公室，武大川早就将那面锦旗挂了起来。

"戎哥，你可是我们指挥中心的门面担当了！"相比他们之前因为调度有功以及安抚报警人而受的锦旗，他这真刀真枪受的锦旗，似乎更能让武大川心悦诚服。

"不过就是做了点儿力所能及的事情，你要溜须拍马找你师父去。"想想又觉得不妥，周从戎直接将贾冰推到了他面前，"还是找贾哥吧。"

他敢喊贾冰"贾哥"，武大川可是喊个"老大"都要结巴了。

贾冰轻咳了一声，严肃道："好了，某些人别受了面锦旗就飘了，好好工作去。"

待所有人重新回到工作岗位，他又一扫那份严肃，变得平易近人起来："该表扬还是得表扬，干得不错！大家一起加油！"

瞬间，大家笑出声来，掌声乍起。

武大川突然在这片掌声中突兀地说道："今儿个算不算是双喜临门？姒姒生日，戎哥受锦旗。两人不愧是一对！"

气氛霎时一凝。

罗芳恨不得直接敲他一脑门。这个拎不清的！

即使是假的办公室恋情，被他这一嗓子下去也要敲成真了。生怕全世界不知道吗？生怕领导心里头没想法吗？生怕他俩不被棒打鸳鸯吗？

另一头的常哥和他徒弟小洲，也对这个小年轻的口无遮拦有点儿无可奈何。

反倒是周从戎，从容镇定，居然还应和了一句："确实是双喜临门。"

江姒没敢应声，偷偷打量了一眼她师父的脸色。

虽说周从戎早就在贾冰跟前报备过两人的男女朋友关系，虽说她和周从戎至今为止都还只是假的男女朋友关系。可假不假的是一回事，领导知道是一回事，被个二百五武大川这么冷不丁地摊开在她师父面前，摊开在所有同事面前，则是另一回事了。

江姒心里磨刀霍霍，琢磨着什么时候痛宰一下武大川同志。

没想到贾冰竟极为给面子，笑得温和可亲："没错，双喜临门。既然如此，

· 157 ·

今天的下午茶就由咱们的两位主角请吧。"随后，他背着手回了他的专属办公室。

山中无老虎，猴子敢撒野。

接警席的众人齐齐舒了口气。

唯独江姒，憋屈地瞪了一眼周从戎。可又觉得这事儿也怪不着他，都是武大川给捅出来的。这么一想，就开始揪自己的头发。

"是想把自己薅秃噜皮吗？"周从戎醇厚的嗓音传过来，染着一丝清浅的笑意。

江姒停下虐待自己的手，眼巴巴地望向他："戎哥，你能去我师父面前好好掰扯掰扯你我之间的关系吗？"

"我觉得贾哥需要有一颗探究真理的心。与其直接对他揭开真相，不如让他自己一步步探索发现。这就好比你追一部探案剧，人家直接告诉你后面几集的剧情，向你揭秘凶手，你是不是有冲动想要堵住对方的嘴？"

……为什么她竟觉得他的话还挺有道理的？

不知是不是江姒许的愿望起了效果，今儿个的报警电话竟显得格外安静。大概下午五点多的时候，有个家长打电话过来说是家里的娃脚腕卡在了自行车后轮，调度安排最近的消防站救援出警之后，也很快处理妥当了。

这一天，难得地，没有鸡飞狗跳，竟显得格外平和。

晚上轮到另一组的常哥和他徒弟小洲值夜，江姒、周从戎、罗芳、武大川和他们打过招呼后离开。

罗芳打趣道："难得今儿个世界和平无灾无难，姒姒你这个生日简直就是我们的福利日啊。走，晚上聚一下，我请客。"

"姐，没见戎哥还巴巴地等着吗？人家小两口是要过二人世界的，你这么大瓦数的电灯泡瞎掺和什么呢？"武大川忙拉住罗芳，搬出果果，"果果还在家等着你辅导功课呢。咦，他爷爷、奶奶不是报了个老年团去旅游了吗？果果今晚的晚饭有着落了吗？姐，你又把果果塞给他表舅了？"

被他这么一打岔，罗芳只觉得自己这个当妈的真是不称职，当即歇了要给江姒大加庆贺一番的心思，在武大川的撺掇下，急匆匆回家带娃去了。

武大川深藏功与名地对周从戎使了个眼色，飞快闪去单位宿舍了。

然而，罗芳和武大川离开了，江姒和周从戎所谓的"二人世界"并不存在。

刚驱车离开单位，吴拾那风风火火的电话就打了进来。

"姒姐，今晚来我家吃饭！江叔、邵姨都来！就等你呢！"

江姒一愣。她过生日，连吴拾一家子都惊动了？

"不必吧。"因着她和江铮是同一天生日，江铮过世后，她每年的生日都只是简单地吃顿饭了事，就怕挑起爸妈那根伤痛的神经。

"姒姐，你必须来！我有好消息要宣布！"吴拾却不给她再拒绝的机会，又火急火燎地挂断了电话。

江姒一头雾水："他这是中彩票了？"

周从戎隐隐猜到了几分："一年的新训生活结束，看来他应该是圆满完成考核任务了。"

经他这么一提醒，江姒才恍然。

时间过得真快，遥想当初还在忙着为报考消防做各种考前准备的人，一晃眼，竟真的实现了他的理想加入了这一行，且完成了新训，即将正式投入岗位。

说起来，眼前这位为了帮吴拾备战消防可没少出力，往小了说是充当外援，往大了说也算是吴拾的入行恩师了。吴拾这小子如果是找人庆祝，不请周从戎似乎说不过去？

江姒偷觑了一眼仍旧专注开车的周从戎，心里都替吴拾急了。

这小子还真是不懂事啊，要庆祝也不知道邀请一下恩师。

周从戎不知道这事儿还好，偏偏他还从头到尾听见了她那漏风的手机里传出的对话内容。这会子她坐在他车里，竟有点儿如坐针毡。

明明不懂得"尊师重道"的人是吴拾，她却还得替他"背锅"，怎一个憋屈了得。

"戎哥，你今晚有约吗？"犹犹豫豫，江姒委婉地问了一句。

修长的手指把着方向盘，目视前方路况的男人倏地朝她望了一眼，转而又遵守行车规则地收回了视线。

"有约了。"他勾了勾唇，似乎心情大好。

江姒立马舒了口气。

有约了就好，有约了就好。

"吴拾这小子要庆祝也不请你，太不像话了！回头我就狠狠批他。好在戎哥你今晚有约了，也省得他打扰你。"她开始为吴拾说话，总得替他圆过去。

159

周从戎任由她发挥，唇角的弧度越发上扬了几分："嗯，你说得在理。"

然而，当他的车子并没有如约在她父母的小区门口放她下车，而是长驱直入到了她家楼下，当他从后备厢提出来四个礼品袋和她一起上楼时，江妣却有点儿不淡定了。

他又一言不合来探望她爸妈了，当真是不给她一点心理准备！

她至今都没敢告诉爸妈两人之间的关系。在她爸妈眼中，这是妥妥的未来女婿上门，且这一年多来，他上门见家长的次数太勤，表现得太好，让她爸妈赞不绝口。如果不是她常住在红墅湾小区，她爸妈估计每天都要耳提面命让他们早早结婚。

江妣憋了半天，还是忍不住建议道："戎哥，我觉得吧，你不能再跟我爸妈见面了。"

楼梯上，周从戎步伐减缓："嗯？"

江妣原本在他前头走着，索性停下了步子，转身，与站在下一级楼梯台阶的他相对。

两人本就有身高差，此刻哪怕她站得高了些，他依旧还高出她半个头。

她无端觉得自己气势上矮了一截，又往上走了一个台阶。

"戎哥，你以未来女婿的身份在我爸妈面前表现得太好，我一直没敢向他们坦白。等到日后坦白，他们先入为主，难免会将我以后找的对象和你进行对比，到时候他们吹毛求疵，岂不是……"

接下去的话，她竟戛然而止。

周从戎又上了一个台阶，与她拉近了距离。她听得他的声音沉稳有力："那就不坦白了。"

"什么？"她怀疑自己幻听了。

他迟迟没有回答，而她也迟迟没有再出声。声控灯不知何时暗了下来，一片黑暗中，男人却突然动了。

突然靠近的男人，突然贴近的气息，突然覆上来的唇，让江妣下意识闪躲了一下，一个不慎，身子险些往后倒去。

好在她握紧了楼梯扶手，将大半个身子的重量压在了上头，才堪堪避免了摔倒。

然而，她都躲到了如斯地步，他却紧随而至。

160

他厚颜无耻地将四个礼盒袋的红绳一股脑儿缠在了她的手腕上，不给她挣脱的机会。随后以迅雷不及掩耳之势一手撑住楼梯扶手，一手撑住她的后背，将她圈在扶手和他之间，竟是直接朝她的唇压了下来。

　　避无可避，她眼睁睁瞧着他吻上她，没有一触即离，反倒是一点点探索，在她眼神迷离时趁虚而入，翻搅着她的舌尖。

　　黑暗中，人的感官似乎格外敏锐，她的呼吸急促，不由自主地跟随着他的动作走。手腕上礼盒的重量，仿佛承载不了他的攻城略地，勒疼了她。分明疼的是腕子，偏偏她竟觉得口舌酥麻，带着一点点疼，以及……一点点难以言喻的美好。

　　她听得他重复了一遍："那就不向江叔、邵姨坦白了，弄假成真就好。"

　　伴随着这一声，楼道内再次亮起了灯。两人那暧昧的姿势不再，他退后一步，缓和着起伏的情绪。

　　他强吻了她，明明让她沉沦的人是他，可收放自如的人，依旧是他。

　　见她怒瞪着他，他忙从她手腕上拿走了那几个礼盒袋，又心疼地在她那被勒出的印记上落下一吻："我下次不会再莽撞伤到你了。"

　　江姒因着这突发的一幕久久难以平复心绪。她脑子还是蒙的，却极力让自己的语气严肃起来："你知道你刚刚的行径是耍流氓吗？"他是看破了她的心思，所以才敢这么乱来吗？

　　周戍年垂眸，目光落在她嫣红的唇瓣上："知道。"

　　一声"知道"，低沉沙哑，却无比清晰地灌入江姒的心田。她的心，瞬间软和得一塌糊涂。

　　一切，在这个吻中变了味。

　　"所以，你愿意和我在一起吗？"突兀的一句，却是情理之中，他将选择权交到了她的手上。他不急于她现在就给出答案，给足了她时间考虑，极其自然地牵住她的手，"先上楼吧。"

　　男人与女人的手，一大一小，一刚一柔，就这么紧密地嵌合在了一起。

　　有些事，似乎心照不宣。

　　到了五楼，周从戎将其中两个礼品袋递到了江姒手上，让她先拿回家。

　　在她浑浑噩噩地随着他的指令做事之后，他已经提着另两个礼品袋敲开了吴拾家的门。

也是直到此时，江姒才发觉自己被他给骗了!

他隐藏得太好了!

别看吴拾憨厚，可他混迹剧组当了三年群头，早就练就了八面玲珑的性子，庆祝的事儿怎么可能不邀请对他多加指点的周从戎?

敢情刚刚在车上，她一个劲替吴拾说好话，结果周从戎是故意憋着坏瞒着不说呢!

想通了这一点，江姒就越发恼怒了。

她翻了下礼品袋，不出所料，这是他给她爸妈带的礼物。他每次上门都要破费，她总会想方设法弥补回去，久而久之也给他爸妈买了不少礼物。

这么看来，他们两人给彼此父母买的礼物，竟也堆成了山。

唯一不同的是，他见她爸妈频繁，而她至今也还没见过他爸妈。

倏地，江姒眸光一凝，竟从那养生的礼物中发现了一点儿与众不同的。

这是某品牌饰品店的礼盒，巴掌大小，就这么被塞在了其中一个礼品袋中，与一大袋的养生品混在了一起。

小小的首饰盒内，是一只白金钻石手镯。按照分量来算，这份礼物价值大概有小几万，明显超出了两人有来有往的送礼价值范畴。

卡片上，是他龙飞凤舞的字迹。

生日快乐!别想乱七八糟的，收下。

没有落款，却无端让她哭笑不得。

他是觉得她会嫌礼物太贵重不肯收，还是觉得她会胡思乱想他对她的感情?

江姒整理好自己的心绪，这才去敲对门。

吴拾激动地将她迎了进去："姒姐，赶紧进来坐!就等你了呢!"

短短一年的光景，他的变化竟有点儿翻天覆地。他黑了，也壮实了，似乎还长高了一点。印象中，那白净瘦削的小身板竟是一去不复返了。裸露在外的小臂肌肉也黑了好几度，格外紧实，整个人更具力量感了。

江父、江母早就受邀过来了，六人的餐桌，吴父坐了主位，江父、江母坐在一处，周从戎坐在江父对面。

吴拾直接拉着江姒坐在了周从戎边上,给她摆上碗筷,自己则坐在了下首,给他们倒酒的倒酒、倒饮料的倒饮料,殷勤备至。

江姒眼见她爸和吴叔酒杯里的白酒,眼神不免抽了抽。

"吴拾你倒这么多?"

"安啦,不多不多。我爸和江叔都是高血压,可不敢让他们多喝。"吴拾笑得格外讨喜,"今儿个高兴,就由着他们稍微多'咪'两口。放心,我盯着呢。再不济还有我戎哥帮忙盯着呢。"

被点名的工具人周从戎出了声:"江叔和吴叔心里都有数,他们管得住自己的。"

这顶高帽一戴,江父和吴父哪怕想大战三百回合,在晚辈面前也必须给端着了。两人对视一眼,竟有点叫苦。

桌上共有十二道菜,摆了个满满当当。自从吴拾家里出了变故后,有一阵子他们家都开不了火。后来吴拾练起了从他妈手里学的手艺,给他爸下厨,如今早就有模有样了。

他整治出来的一桌子菜,香气弥漫,惹来江父、江母的叫好。

趁着大家一同举杯,吴拾开始公布喜讯。

"告诉大家一个好消息!我被分配到宇川消防救援站了!那可是锌哥曾经工作的地方,我可以沿着他曾经的脚步,坚守在我和他都喜欢的岗位上了!"

吴拾一开始报考消防时是瞒着吴叔的,直到真的被录用了,才敢对家里说。没想到他的担心都是多余的,吴叔竟没反对,反倒鼓励他好好干,别半途而废被人家赶回家。

报考消防成为消防战斗员,种种测试只是其中的一个关卡,为期一年的新训才是他们经历真正磨炼的第一步。

如今新训结束,他们也一个个都被分配去了不同的消防救援站。

江姒不免一阵唏嘘。

先前关谷站的副站长赵山岳想要吴拾去他们站,听周从戎说,仁皇站的站长许涛也有意挖掘吴拾作为新鲜血液。没想到最终,这小子竟去了宇川站。

二十六年前的今天,江姒和江锌前后脚出生。

四年前,因着江锌的离世,江姒对这个两人共同的生日再也不抱有任何期待。生日于她而言,反倒是一种伤痛了。

可这一年的生日，有这么一个人，这个江铄曾经的发小，竟要沿着江铄曾经的脚步，与曾经的江铄一起坚守在消防岗位上，并以此为荣。

他的眼里，有光。

江姒竟从他身上，瞧见了江铄的影子。

4

自从生日那天被周从戎强吻之后，江姒和他的关系就有点儿微妙。那层真假情侣的窗户纸终于被捅破了，两人长期以来维持的平衡也被打破。

可偏偏周从戎吻完人之后又没有任何表示，唯有他留给她的那份生日礼物，不尴不尬地杵在她跟前。

"这礼物是戎哥送的吧？"

这天下午，江姒和罗芳交班，瞧着去倒水的周从戎正犹豫着是否该将这礼物还给他时，罗芳八卦的声音就凑了过来。

江姒回神，这才惊觉自己竟下意识摩挲着手镯。

见她不答，罗芳继续道："你们总算是有点儿进展了！把我急得啊，恨不得直接压着我弟的脑袋跑你跟前多献下殷勤抱得美人归，也让戎哥醋上一醋。"

江姒想象了一下纪研博跑她跟前一口一个"嫂子"的样子。献殷勤？不存在的。

眼见周从戎往接警席这边走，江姒几乎是想也不想就站起身捂上罗芳的嘴，告饶道："芳姐，千万别！啊，对了，这是我爸专门给果果制定的学习任务，还有一本童书，特意让我转交的。"

罗芳还没来得及多说上几句，就被她塞了书，在她祈盼的眼神下，失笑着离开了。

武大川蹲坑回来，见罗芳先走了，背上他那藏蓝色的休闲包打了声招呼也离开了，只不过他那双八卦的耳朵却忍不住竖起。只可惜，直到他出门，里头的两人都没给他听一耳朵八卦的机会。

夜色渐沉，万家灯火。头顶的灯光照耀下，江姒和周从戎都兀自忙着手头的事，间或传来纸张翻动的声响。

江姒搁下笔，只觉得脑袋有些胀痛，伸手做起了眼保健操。被指腹按压过的穴位，传来酸疼感，江姒闭着眼，按着要领有条不紊地给自己解压。

"你戴这镯子很好看。"蓦地,一句朴实无华的夸赞,天然去雕饰,从男人的嘴里道出。

江姒惊了一下,瞬间睁开了眼,这才意识到自己的手腕上竟不知何时戴上了周从戎送的手镯。

莹白如玉的肌肤与闪亮的小钻相得益彰,竟不知是她的肤色衬托了这手镯,还是这手镯衬托了她的肤色。

江姒的脑子有点儿宕机。

这手镯不是被她搁在礼盒里收起来了吗?

电光石火间,她想起了先前被罗芳打趣时她正摩挲着这手镯。见周从戎走来,她惊慌之下将其顺手戴在了手腕上,又去捂罗芳的嘴,又去包里翻找东西,忙得一团乱麻。

她,竟在不知不觉中将他送的手镯戴在了手上!

且还被正主给看了个正着。

江姒抬眸偷觑了一眼正望向她的周从戎,琢磨着这会儿掩耳盗铃还来不来得及。

"戎哥,这个我不能收。"最终,她选择在他眼皮子底下将手镯取了下来,小心翼翼地重新放回了首饰盒内,往他跟前一递。

周从戎却并不接:"生日礼物哪有退回的道理?"

"这个太贵重了。你如果送我几百,哪怕是上千的礼物,我咬咬牙也就受了。可你这好几千都不止了吧?五位数了吧?"

一听她是因为贵重才拒收,周从戎紧绷的脸色瞬间松缓了。

"你没瞧见我特意给你留的小卡片?"

"瞧见了。"江姒不明所以。那卡片上让她别想乱七八糟的,收下这份礼物。可她哪能真的心安理得地收下?原本早就想还给他的,只不过上次和他一起值班忘带过来了,这才拖到了今天。

周从戎见她将东西不由分说硬塞到了他桌上,不禁莞尔:"街边饰品店229元还是239元买的,记不清了。你倒是告诉我,怎么个贵重法?都写了卡片提醒你不要胡思乱想了,没想到你一个劲往死胡同里钻。"

这个答案,完全出乎江姒的意料。

她有点儿瞠目结舌:"戎哥你说真的?没开玩笑?确定是两百多?"

"这玩意儿连张鉴定证书都没有,你还真以为是真的?"

"可那盒子上的 logo……"

"哦，怕拿不出手，特意从我妈那里顺了个首饰盒。"周从戎好整以暇地用手掂了掂她还回来的首饰盒，倏地抛回了她桌上。下手没轻没重的，似乎一点儿也不怕将其摔坏了。

江姒见他如此，倒还真的信了。

两百多伪装成小几万，行吧，亏得她还特意去查了下，和专柜的某款手镯那么像，原来是个仿品。

不过还真别说，这款手镯上的钻挺闪亮的，款式独特，确实很衬她。

"那我就收下了，谢谢戎哥！"江姒不再扭捏，将手镯直接套在了腕上。为了几百块的礼物推拒来推拒去，实在是不像样，回头找个由头补一份差不多价值的礼物给他就是。

只不过，想到那个意味不明的吻，她还是有点儿不太自在。

偏偏当事人仿佛失忆了，绝口不提那个吻，让她一度以为那夜是自己出现了幻觉。

江姒犹犹豫豫的，正待委婉地询问他对那个吻的解释，电话响了。

来电人是个八岁的小孩，晚上家里的大人不在家，自己一个人害怕，来寻求安全感。

"我之前给警察蜀黍打过电话了，警察蜀黍给我讲了一个灰姑娘的故事，我就困了睡着了。"萌娃奶声奶气，似乎还噘起了嘴抱怨，"爸爸明明被警察蜀黍的电话喊回家了，可我一觉醒来他又不见了。"

敢情拨打 119 之前还拨打过 110 了，江姒有点儿哭笑不得。

"那你妈妈呢？"

"妈妈上夜班，得早上才能回家。"

"那你知道你爸爸去干什么了吗？"

"知道！"小家伙的声音嘹亮，委屈得似乎都掉金豆子了，"爸爸和人打麻将去了！他为了和人玩抛下了自己的亲儿子！警察蜀黍都批评他了，他还抛下我！我要举报我爸爸赌博！"

最终，江姒是一边温柔劝慰着小家伙，一边联动了 110 那边。由派出所民警出动，再次联系上了小孩子的爸爸。

总算是告一段落，江姒也稍稍舒了口气。

一抬眼，却瞧见周从戎刚挂断电话，站起身活动了一下脖子和手臂。

"刚有人打电话过来，硬要让我充当情感专家帮他分析追女友失败的原因。这位仁兄当真是瞧得起我，还誓不罢休连着打了好几通，被我拉黑了。"他头疼不已，脾气也暴躁了几分，"这一天天的，就不能打进来一些正常点儿的电话？不知道119是干什么的吗？"

江姒也深有同感，身处接处警岗位，每日里接到骚扰电话已经是家常便饭。可有时候，正是因为被骚扰电话占线，真正有需求的报警电话一直打不进来，才会导致不可估量的严重后果。

倏忽间，周从戎蹙了蹙眉。

他突然想起正是因为江姒将打骚扰电话导致电话一直占线的陈滨海拉黑，才会令他不满，千方百计查到了她和她家里的情况，故意往她工作邮箱里发送辱骂江铎的音频，并在网上一个劲诋毁江铎。

深怕她产生联想，他朝她晃了晃一盒什么东西："这个要吗？"

她凝神一看，有点儿难以置信："眼贴？"

他挑眉："该好好拯救一下你这黑眼圈了。"

这是埋汰她呢，还是关心她呢？

江姒咬牙："彼此彼此。"

为了表达有难同当有福同享，她非常不客气地拆了盒子，分赃似的一人一半，甚至还现身说法，非常贴心地主动为他贴了一对。

来而不往非礼也，江姒从抽屉里取出一袋速溶咖啡抛向他："喝点儿这个提提神。"

凌晨时分，人总是格外容易嗜睡。

喝完一杯咖啡，周从戎不免想起了一茬："速溶的味道有点儿一言难尽。上次提议申请咖啡机，没下文了？"

在某些方面，某人过日子不是一般的糙。可在某些方面居然还挺精致，竟还惦记着这事儿。

江姒唉声叹气："师父觉得这是走奢靡路线，会助长潜伏在我们内心深处的不正之风，不给签字。这个老古板，也不想想我们熬夜最需要一杯香浓醇厚的咖啡提神续命。"

"你这是大逆不道啊。我录音了啊。"他朝她晃了晃手机，"贾哥今晚值班，要不我现在就去跟他汇报下？"

"幼稚！"江姒才不受他威胁。下一瞬，她眼疾手快地去抢他手机，以迅雷不及掩耳之势将录音内容删除，得意地朝他扬了扬眉。

女人一笑，眉眼生动，在这静谧的夜中，竟无端让人心神一动。

周从戎佯作无事地转开视线，轻咳了一声，埋下头去在自己的记事本上写写画画。

两人之间的气氛一时之间竟有点儿古怪。

江姒将他手机还回去，坐下后一脖子扎进了护颈枕里。脸颊，也不知是热的还是恼的，竟有点儿微微泛红。

然而这一夜，注定不会就此到天亮了。

前脚周从戎刚抱怨过有人打骚扰电话充当情感专家，后脚江姒就接到了一个醉鬼的骚扰电话。

凌晨一点多，喝醉酒的中年男人语气有点儿不稳，说话间似乎还晕头转向东倒西歪着，听得江姒一阵头皮发麻。

"你说她凭什么？提出离婚的是她，她看不起我，她觉得我没出息不会赚钱，不能大手大脚地给她买衣服、包包、贵重首饰，不能带她出入高档场所！那她当初干吗要嫁给我？她当初又不是不知道我的家境！现在有个有钱男人对她穷追不舍，她就跟着人家跑了，死活要离婚！她要离婚就离婚，居然还夺走了我儿子的抚养权！她就不怕那老男人因为她身边多了个拖油瓶抛弃她？

"我从小就被我爸妈抛弃，我从孤儿一路走到现在，能活下来就是万幸了。现在好不容易成了家，过上了老婆孩子热炕头的日子，可她倒好，怎么就那么耐不住寂寞呢！你说，世界上为什么会有这种女人？我活了三十年，我被社会毒打得还不够多吗？为什么连我最亲近的人也要来毒打我，给我致命一击？她读的那些书都烂在肚子里了吗？就没有学会礼义廉耻尊重婚姻吗？亏她是硕士学历呢！居然说我偏激？说我疑神疑鬼？说我束缚她的交际圈，说我不尊重她！我还不够尊重她吗？我每天都像供祖宗一样供着她、宠着她、纵着她，她和儿子就是我的全部，她还想要怎样？她就是嫌弃我是个孤儿出身，嫌弃我只有本科学历，嫌弃我找的工作不体面、收入不高，嫌弃我在她的同学聚会上给她丢脸了！所以聚会回来之后就和她那开豪车、住豪宅的初中同学搞在一起了！"

男人絮絮叨叨，尽情发泄着自己对婚姻、对家庭、对老婆的不满。

江姒听了个全部，可对于人家小两口的事情，她不可能因为一面之词就偏听偏信，甚至还附和。

她全程插不进话，好不容易等到他停歇下来喘气，忙委婉道："这位先生，这是119电话。您如果婚姻不顺，或者您还想挽留您太太，可以试着再和她坐下来平心静气地聊一聊。"

"你是不是不耐烦了？是不是嫌弃我打扰你时间了？你如果敢挂断，我就敢跳楼，信不信我现在就跑到天台去跳楼？"男人的声音拔高，似乎她敢说一句"是"，他就真的会去跳楼。

对于这样的醉鬼，不能刺激他的情绪。

江姒生怕他出什么事，不能直接挂断，可也不能总让他占着线。

她不得不耐下心来安抚。

接下来的时间，她和对方展开了一场拉锯战。周从戎不免频频望向她，给了她一个爱莫能助的表情。

江姒觉得，她将毕生所学都用尽了，针对这男人提出的怎样才能夺回自己的儿子，财产分割、出轨抓奸，她甚至还诚恳提议他去考个法律专业继续深造学以致用。

这个醉鬼真不是一般的醉鬼，语无伦次，可说的、问的却不是一般的多，还挺勤学好问。

江姒说得嗓子眼都冒烟了。这醉鬼激动的情绪总算是稍微平复了，咕哝了一句："对，我去睡觉，睡一觉就什么坏事都不见了。"

谢天谢地，总算是消停了。

江姒竟险些喜极而泣。

"那您先睡，睡一觉什么事儿都会过去的。"

"我去睡觉，我去睡觉。"男人的声音突然顿了一下，似乎是有些迷茫，"这灯光晃得我眼睛疼，连个灯也来跟我作对，一晃一晃的，是打算掉下来砸死我吗？知道我一无所有了，也来落井下石吗？"

江姒扶额，这是醉糊涂了吧。

整整占线半个多小时，终于结束了通话，她松了口气。她的功力到底还是不如罗芳。如果芳姐出马，必定能早早劝得对方宽心，结束胡搅蛮缠。

可她放心得太早了，来电继续。

不过这一次，却转到了周从戎那边。

"我觉得头好晕,吊灯老是晃个不停,好端端挂墙上的钟居然掉了下来。老天是不是在惩罚我妻离子散啊?"

周从戎是全程听着江姒和醉鬼的对话的。他一下子就明白打进来的是谁了。

只不过听着醉鬼七拐八绕没有逻辑的话,他又隐隐有种不好的预感。

他小声问江姒:"省地震局有发布过峥州地震预警及紧急避险通知吗?"

冷不丁牵扯到地震,江姒一惊。

"我没有收到相关消息。"她神色一凛,开始搜索相关信息,只不过确实是没有查到,朝他摇了摇头。

周从戎说道:"您好先生,您现在将脑袋靠在墙上保持不动,再告诉我,头顶的吊灯还在摇晃吗?屋里其他东西还在晃动吗?"

醉鬼嘴里嘟囔着,似乎还真的照做了:"有点儿晃,我……咦,天花板上那是什么?有个小孔,肯定是楼上的不干人事儿装修地板时钻孔钻到我家了!嘿,我找他算账去!咦?那洞怎么好像变大了?变长了也变粗了……"

周从戎心中警铃大作,再不迟疑,厉声道:"先生,您现在立刻出门,到楼外的空地上!"

男人不明所以,发起了脾气:"你是谁啊?你喊我去我就去?我……"

跟醉鬼讲他可能处在危险中,他肯定是听不进去的。

周从戎不假思索道:"您老婆、儿子在楼下等您!您老婆说她被那男人骗财骗色,觉得您才是对她最好的,来求您原谅。您难道不想当着邻居的面当众奚落下她吗?"

闻言,醉鬼激动起来:"真的?她真的带着儿子来求我原谅了?她想得美!我才不会放她进屋!我这就去当着所有人的面将她骂个狗血淋头!后悔了想重新回到我身边?门儿都没有!我只要我儿子!"

另一头的男人兴奋地挂断电话,人已经晃晃悠悠地走了门,甚至连门都忘了锁。

周从戎却是不放心,根据男人醉醺醺时透露的地址转110联系当地派出所上门了解情况。如果那男人不是醉酒出现的眼花,如果不是地震,那么极有可能是他所住的房子出现了问题,必须尽快疏散住户和附近群众!

"戎哥?"江姒见他一脸凝重来来回回打了好几个电话,心也跟着一沉。

周从戎语声微沉:"希望不是我想的那样。"

然而，前后不过三分钟，派出所民警还未反馈结果，指挥中心却接到了一通报警电话。

位于宇川区的一栋老旧居民楼坍塌，大量居民被掩埋在废墟中。该居民楼地址，正是醉鬼所住的小区！

5

这一夜，注定不会太平。

周从戎接到报警后迅速调度仁皇站、宇川站、关谷站等几个消防救援站前往救援。

六层楼的建筑在深夜时轰然倒塌，大部分人还沉浸在睡梦中，未能及时逃脱。一条条鲜活的生命在墙体塌陷时被掩埋，甚至都来不及发出撕心裂肺的痛苦呻吟。

力竭的呼救，染血的断肢，流逝的生命。现场满目疮痍，惨不忍睹。

这是一场人间惨剧。

现场，是人间炼狱。

被掩埋在深处的人并不好救，二次坍塌，极有可能瞬间就要了他们的命。搜救工作，举步维艰。

宇川消防站的指战员率先抵达现场展开救援，仁皇特勤站和关谷消防站的指战员也相继赶到。这场救援行动，持续了三天三夜。

新闻媒体，到处都是相关的救援信息。网上也开始有大批网友质疑工程质量，追责各方责任。

没日没夜的救援，消防员、警察、志愿人员与时间赛跑着。幸存者被救出时，大多伤势惨重，还有的被救出时，已经没了呼吸。

众人都在用自己的力量进行抢救工作，即便轮班救援，也不过休息几个小时，又投入紧张的搜救工作中。高负荷的救援令人神色憔悴，明明大多数人已精疲力尽，却依旧坚守在岗位上，想着用自己的力量，能多救一个是一个。他们怕错过任何声音，怕错过任何对生命的勘测。有时候，仅仅只是迟到的一两秒救援，就是一条生命的流逝。他们赌不起，也压根不敢赌！

三天的时间，小区和政府人员也将失联与被救人员进行了大概的统计，与楼内的住户和租户信息进行比对，预计还有三人下落不明。至于老式居民楼在坍塌时是否恰巧有外来人员进入，因着未安装监控，就不得而知了。

所以保守估计，目前失联人员的人数是三人及以上。

这个数字代表的，究竟是活生生的人还是血淋淋的命，一切都需要依靠争分夺秒来进行最后的定论。其实大家都心知肚明，那些还未被找到的被困人员生还的希望极为渺茫了。

沈一冉穿着救援服，扛着设备穿梭在断壁残垣间，为这场救援记录下最真实、最珍贵的影像资料。时不时地，她在自己手机和随身小本上查询或记录着什么，面色严肃，满是哀戚。若是遇到微妙的求救声，她激动地唤人的同时又扑身过去帮忙营救。

这三天，她以"火场文书"的身份活跃在一线，用她的眼、用她的笔、用她手中的镜头记录下一幕幕生死时速的救援。这是她的职责，是她的使命，可她从未想过，她在见证过那一个个被死神夺走生命的遇难者遗体之后，竟用手中的镜头，残忍又悲痛地定格住了他们消防队伍中的成员牺牲的画面。

那被定格的画面中，有以宇川消防救援站战斗员身份参与救援的吴拾，还有……他的队友——消防战斗员曾武。

"曾武！"声嘶力竭的声音，饱含着不甘与痛苦，响彻长空。

夕阳余晖下，吴拾伸出的手却根本来不及抓住曾武，就这样眼睁睁地目睹他在寻找幸存者时，从危险的废墟坠落。那高大的身影在空中划过一个弧度，在落地前被钢筋狠狠贯穿身体，成为吴拾一生挥之不去的痛。

底下，有人迅速围堵了上去进行救援。

吴拾却只是怔怔地望着自己那握了个空的手，绝望地跪倒在废墟中。不眠不休地搜救幸存者，手上的手套早就因为翻找及挖掘而破了口子，他犹如魔怔一般一动不动，神情恍惚。

他清楚地记得曾武对他说的最后一句话——"轮什么岗？老子这会儿不能睡！你小子眼睛都困得快睁不开了！还有脸说我！"

两人谁也说服不了谁，继续在所负责的区域进行地毯式搜救。都是热血男儿，都是刚被分配到宇川消防站的新人，且还是同住一个宿舍，特殊的缘分，特殊的战友情谊，他们这些人平日里都互相照应着。

可如今，他的队友，他并肩作战的战友，竟在他眼前就这么摔了下去，被钢筋洞穿。

现场有战友用电锯锯断了钢筋，暂且将曾武连人带钢筋解救了出来。然而，抬着担架的医护人员却无奈地摇了摇头。

伤及脏器，等不及被送医就没了呼吸，人已经当场死亡。

吴拾瞧见曾武的最后一眼，就是他被抬上担架，身体被蒙上白布的那一幕。

站在高处，吴拾眼睛湿润，一阵恍惚，双脚下意识往前想要追上。尘土瓦砾细碎，扑簌簌往下掉。

"快来人！这儿发现生命迹象，快来救人！"一声惊呼，将他神游的深思拉回，他险险收回自己的脚。

在夕阳即将跌落地平线时，有人因为救援而不幸牺牲，血液与汗水永远地留在了这片废墟中。也有被父母紧紧护住的小小孩童，在重重钢筋水泥中被人发现，迎来了新生。

此次宇川区老旧居民楼坍塌事故，引发峥州市政府和各界关注，经由互联网发酵，直接登顶热搜。很快，有关该居民楼坍塌的原因也被证实与违章扩建有关，相关单位的人被查处了一批。

在此期间，#跌落深渊的救援英雄#、#想救你#、#废墟中的一家三口#等相关话题，持续霸榜。

江姒瞧见相关新闻时，内心久久难以平静。

#想救你#，一语双关，竟不知救的，是哪个"你"。

牺牲的曾武令人痛心，才刚踏入消防行业，尚来不及为他从事的事业继续发光发热，便再也没有机会了。最美好的年华，最该奋斗的年纪，却壮志未酬身先死，让人无限唏嘘与感慨。

废墟中的一家三口，却是让人震撼。

那一幕，不禁让所有人想起了许多年前那场震惊世界的大地震，震中地带遇难的父母为襁褓中的孩子撑起一片坚固壁垒的画面。

同样的父母爱子之心，宁可自己死也要为孩子撑起生的希望。

不同的是，这一次，江姒竟觉得这一对父母格外眼熟。

网上流传的照片，那紧紧护着孩子的父母早已被压垮了身子，甚至父亲的头还被坍塌的墙体水泥压成了一个诡异的曲折角度。那样的角度，足可见事故发生时的猝不及防以及不可抵挡，父母当场死亡。夫妻俩脸上蒙尘，早已看不清原本的面貌，可即便早已身死，他们的身体仿佛还存在着肌肉记忆，稳稳地为他们的孩子供起了一道生命之光。孩子被救出时奄奄一息，小手扒拉着自己的父母，久久不愿分离。

指甲不知何时竟嵌入了掌心，江姒的嗓音有些哽咽："这是……小橙子爸妈！是他们一家三口！"

她想起了那天周从戎爬上三楼救下的那个摔伤了脸的小孩，她想起了那一对特意跑到他们单位来送锦旗的夫妻。她想起了彼时他们送花送锦旗时的和睦温馨与感激。

"小橙子还在医院，抢救及时捡回了一条命。医生说手术顺利，他爷爷、奶奶在那边照顾着。"这是小橙子爸爸当时说的。

没想到小橙子好不容易出院了，竟再次遭遇不幸。

这么小小的一只，先后经历了两次巨大的伤害，且一次比一次危险，一次比一次残忍。

都说大难不死必有后福。可小橙子在这个世上，再也没有爸妈了，这样的遗憾，又该由什么去弥补？也不知他的爷爷、奶奶如今怎么样，是否幸存。

办公室内，这些天轮班交接时，大家讨论最多的就是此次坍塌事故。死者已逝，此次事故却是要调查清楚，该追责的追责，该赔偿的赔偿。

江姒也将自己未曾发现酒醉男子醉话中有蹊跷的事情第一时间向贾冰汇报并进行自我检讨了。这件事说严重也严重，说不严重也可以轻拿轻放。毕竟人无完人，一般人也只会将他说的"晃动"理解为他醉酒后的身子不稳东倒西歪。但为了警醒接警人员，贾冰特意开会强调了这一情况，在表扬周从戎观察入微之外，也点名批评了江姒，并提出对他们所有人进行一次深入培训。

没想到在这样紧张沉重的氛围中，竟有人打来了电话表示感谢。

而那个人，正是那天半夜醉酒打骚扰电话吐苦水的醉鬼。

因为周从戎将他骗下了楼，他反倒躲过一劫。他亲眼看见了满目疮痍，亲眼见证了这些天生死时速的救援，也亲眼瞧见了死神降临的惨剧，他也看开了。相比于死亡，他那点子家长里短当真算不得大事。

下班后，江姒请周从戎下馆子。席间，她针对那通酒后骚扰电话进行了深刻的反思。

她那天听了对方带着醉意唧吧唧吧一刻不停地喋喋不休，只想着他能消停些挂断电话，不要浪费消防警力资源，只想着规劝他不要想不开以跳楼来威胁，却忽略了他话语里吐露的不同寻常之处。

若非他再打进来时周从戎机警地辨别出了对方那头的不对劲,将人"哄"出了家门,恐怕这世上又该多一条冤魂了。

"你只是缺乏了一定的敏锐度而已。说到底,我不过就是凭借着一线救援的那点儿经验比你多考虑了一层。"这种事,经历得多了,也便产生了本能。

周从戎轻描淡写,他动作优雅地给她烫了碗筷,倒了一杯温热的玉米汁。轮到自己时,却是懒怠烫碗筷,随意地往杯子里倒了大麦茶。

江姒垂着眸:"可不能从中判断出潜藏的危险,就是我的失职。"

"姒姒,你不是神。隔着电话,你不可能面面俱到。你在他以跳楼相威胁的时候一直耐心想法子劝他放弃念头,也没有造成自杀事件动用一线救援力量,这就是你的成功。"

"可我……"

"你当时紧绷的神经没有容许你察觉到除他以外的意外事故的苗头,这情有可原。"周从戎神色严肃,有心摸一摸低垂着的那颗脑袋,抬起的手最终放了下去,"你不能因为自己没能及时察觉异样,就陷入自我否定中。"

江姒抬眸望向对面的他,底气有些不足地解释道:"我、我没有陷入自我否定,我只是觉得不该犯这种错误。"

还知道否认,周从戎稍稍松了口气。

身为女生,抗压能力有时候难免会比男生差一些。再加上被当众点名批评,心里难免想得多。只不过他原以为她将这些主动跟贾冰汇报,是在自省自责,可如今才发现,她的自省自责似乎有点儿偏离方向,过于将责任揽到自己身上。

服务员将菜端上桌,香气弥漫。

周从戎提起筷子,示意江姒开动。她在他示意下倒是动筷了,结果菜夹到碗里,却没了下文。他不得不继续提醒她尝尝。每一个菜色的品尝,依样画葫芦,她就像个提线木偶,一步一个指令地执行。

他无奈,颇有点儿好笑地用筷子敲击了一下她的手背:"在单位时不是还挺正常的吗?怎么和我单独出来吃饭就成这样了?是想我哄哄你?"

闻言,江姒脑中绷紧的神经才似终于松动了。

她睁着一双纯洁无辜的眼,略有些局促地喝了一口饮料压压惊:"戎哥,你瞎说什么呢!哄什么哄?我有那么脆弱吗?"语气,竟有点儿娇嗔。

"哄自己的女朋友,天经地义。"周从戎的声音低醇性感,唇角含笑,那刻意戏谑的模样,竟有点儿让人移不开眼。

江姒脱口而出:"谁是你女朋友了?"

"我以为那天我们……"他顿了一下,将那未尽之言婉转地烘托,"都那样了,你早就默认了我们之间的关系。"

经他"欲说还休"的提醒,江姒不由自主想到了那夜楼梯上的那个吻,脸庞有点儿发烫。

恰在此时,她搁在桌上的手但觉一热,竟是男人的手臂越过桌面覆在她手背上。男人的手指修长,骨节分明,那上头还有着薄茧。她的手被他一点点握在掌心,感受着他掌心的温热粗糙感。

江姒的心,不受控制地疾跳了起来。胸腔如在擂鼓,"咚咚咚"狂敲,害得她的心脏似要破腔而出。

偏偏撩拨了她的男人若无其事地收回了手,面不改色地重新回到了先前的话题:"老旧居民楼坍塌不是你的过错,那些人被埋葬在废墟中或死亡或受伤不是你的过错,不能拯救更多人不是你的过错。"

"可我没有及时发现……"

"人无完人。"他迅速打断她的自我苛责,"我还是那句话,你能劝服当时瞎嚷嚷以跳楼相威胁的醉汉已经很了不起了。他当时意识不清,他说的醉话很容易被判定为他因喝醉酒而东倒西歪产生的认知错误。你不能过分苛求自己。我今天就将这话撂在这儿了,哪怕当时你察觉到了,那也只是提早了一两分钟。从将这情况转述给民警到民警赶赴现场核实,这中间也会存在时间差。事实结果是,你阻止不了居民楼的坍塌,而多出来的一两分钟,也不够民警赶赴现场进行走访调查查出异样,并劝导睡梦中的人逃生,反倒极有可能折进去民警。"他的字里行间,都是宽慰。

江姒咬了咬唇瓣,没有吱声。

周从我喝了一口杯中的大麦茶润了润有点干燥的嗓子:"贾哥点名批评你,确实是需要你反思,更需要我们所有人反思。但这反思不是让我们陷入自我否定,而是让我们懂得把控来电人话中的细节。以这一次的案子为例,来要求我们提升自我。这一点主次,你肯定也比我明白。"

"我懂,师父也都跟我说了。"江姒的唇瓣已经被自己咬得出了血,红艳艳的,有点儿惹人怜惜。

周从我瞧着,喉结微动,强迫自己转开了视线:"别胡思乱想,让自己陷入死胡同了。说起来,我今天收到了一个算得上是不幸中的万幸的好消息。"

"什么？"江姒的心神一下子就被他带偏。

"我一个当医生的发小说，在医院病房瞧见了小橙子的爷爷、奶奶、外公、外婆等家人。"

这一消息，无疑令江姒振奋。

"小橙子的爷爷、奶奶也被救出来了？谢天谢地！"

那张废墟中一家三口的照片牵动着网民的心，江姒自然也不例外。更何况她还和小橙子有过一面之缘，和他父母还见过两次。江姒一直担心着失去了父母的小橙子，也一度担心小橙子在失去父母的同时也一并失去了爷爷、奶奶。

周从戎简单解释道："认出小橙子后，我就一直让我发小留意着最近送他们医院的伤者。小橙子的爷爷、奶奶那天正好去乡下的家里掏饲散养的土鸡土鸭，躲过了一劫。姒姒，小橙子不会孤单的，他还有爷爷、奶奶，还有外公、外婆，还有那些疼爱他的亲人，还有像你一样关心他的人。"

这个消息，无疑称得上是不幸中的万幸。

江姒沉重的心情也跟着稍稍好转了几分，胃口也好了。也不必周从戎再一个指令一个指令地下达，她就乖乖用餐了。

然而她没想到的是，两人结完账坐电梯去地下停车场，那个刚刚在饭桌上还一本正经宽慰他的男人，竟倏地将她压在了电梯壁上，搅动着她的唇舌。

周从戎宽肩窄腰大长腿，身高和力量占据绝对优势。这事儿，他刚刚在用餐时就想做了。偏偏她撩人还不自知，那紧咬的唇瓣大刺刺地诱着他，也不知道收敛。

江姒当真是被吓着了，双手抵着他胸膛推他，就怕中途有人按了电梯进来。

还真是怕什么来什么，中途偏巧就有人进来了。

只不过周从戎我行我素，浑然不在乎旁人的眼光，只羞得江姒直接将脑袋埋进他胸膛不愿见人。

到了负一楼，江姒猛地一把推开周从戎，脚步生风。

周从戎意犹未尽地用指腹触了触自己的唇，唇角徐徐扬起一个弧度。他迈动长腿，三两步追上前头正发火的女人，提醒道："姒姒，你走错方向了，车子停在另一头。"

江姒却没理会，兀自往前。

他也没再继续纠正她,由着她恼羞成怒地发泄着。女孩子面皮薄,被人瞧见了那一幕,确实是该对他发发脾气的。

他亦步亦趋地跟在她身后,等着她的大爆发。

然而突兀的手机铃声,打破了两人之间的沉默。

江姒瞧着来电显示是她爸,下意识看了一眼周从戎。如果不是他面上的表情太过于从容淡定,她还真以为他将这事儿特意告诉了她爸,让她爸给她做思想工作了。这男人,应当不至于这么无聊才是。

犹豫了一下,江姒接起:"爸。"

江父却是开门见山,极为严肃地问:"姒姒,你能不能回一趟家?"

"怎么了?"

"你吴叔说,吴拾这孩子自从居民楼坍塌事故救援回来就蔫了。站里给他批假调整状态,可他整个人浑浑噩噩也不搭理人,一直沉默着也不说话。你吴叔怕他就这么废了,让你帮忙开解一下他。"

6

江姒是和周从戎一起赶到父母家的。

江父瞧见周从戎也来了,倒是一点儿也不意外,带着两人去敲了对门。

"这孩子眼睁睁瞧见和他称兄道弟的队友在他跟前就这么死了,他受了刺激,现在都不和人说话了!姒姒,你可一定要帮帮吴叔!把他给拉扯回来啊!"吴叔那张苍老的脸上满是焦虑。见江姒来了,他忙用仅剩的一条手臂激动地握紧了她的手。

老伴去世后,他和儿子相依为命,父子俩经历了最困难的那段时光。如今好不容易儿子也出息了为了自己的理想和目标在努力奋斗,他也努力做着散工,争取给儿子多攒点儿老婆本。父子俩父慈子孝,一切都在往好的方向发展。冷不丁儿子变成了这样,吴叔心如刀绞。

"这几天他就一直将自己关在房间里,我喊他吃饭,他就出来扒拉几口,然后又躲了回去,全程我跟他说什么他都不吭声,把自己缩在一个壳子里。他夜里还老做噩梦,醒来就一直开着灯到天亮。那种感觉……就好像……好像……那个词叫什么来着?什么尸什么肉……把我吓得呀!我整宿整宿睡不着觉,夜里房间门也不敢关,一直凝神听着他那房间的动静,每晚瞧着他门缝里漏出来的灯光,我就恨不得将家里的电闸给拉了。"吴叔满腹不安,絮絮叨叨。

江姒的神色也跟着凝重了起来。

那个词，叫行尸走肉。

吴拾向来是个孝顺的，尤其是在他妈离世后，对他爸更是事事体贴、处处尽心。所以，他哪怕情绪再紊乱，也还是会照顾吴叔的情绪，听他的话出来用饭。可他却拒绝沟通交流，噩梦连连，睡不着觉，隐隐有越来越严重的趋势。

她有点怕，他是不是创伤后应激心理障碍。

且他这样的状态，让吴叔也跟着他整宿整宿地睡不着，提心吊胆。若一直持续下去，垮掉的是两个人，毁掉的是一个家庭。

江姒不免想到了这一切的源头——宇川区老旧居民楼坍塌事故。

事故现场，宇川站的消防战斗员曾武牺牲，是所有人的痛。

江姒从各大媒体上看到过当时救援现场的相关报道和视频。这事情江姒也曾私底下询问过作为消防通讯报道员而恰在现场的沈一冉。她有幸看到过沈一冉用镜头记录下的没有任何剪辑的版本，曾武牺牲的画面惊心动魄、发人深省、令人扼腕。

画面中，想要去救曾武却扑了个空的吴拾，失魂落魄，仿若游魂。

江姒初时还觉得那只是吴拾一时的状态，毕竟换成谁眼睁睁看着自己的战友惨死却无能为力，都会沉痛自责。可她忽略了吴拾的心理承受能力，他到底还是没有经历过大风大浪，被分配到宇川消防站后参与救援任务的次数不多，还没有真正经历过天灾人祸的死亡。偏偏老旧居民楼的坍塌事故，让他一下子目睹了惨痛的死亡，在废墟中，亲眼见到那一个个血肉模糊的遇难者，亲眼见到那被钢筋洞穿的战友遗体，他的心理防线彻底崩溃。

眼见吴叔担忧不已，江姒安慰他："吴叔您放心，吴拾他只是受到了刺激一时情绪崩溃，肯定不会有事的。"她迅速将周从戎推到了吴叔面前，"我跟您说啊，我男朋友周从戎，他很擅长给人做心理疏导。好歹以前还当过政治指导员，没少开解过人。有他在，您就妥妥地将心揣到肚子里。"

这顶突如其来的高帽，还真是令周从戎猝不及防。不过，被她当着旁人的面主动承认他的男友身份，还挺新鲜的。

周从戎作为江姒的男友、江家的未来女婿，这一年来频繁出入江家，吴叔怎么可能不认识？上次吴拾因为正式加入宇川消防救援站还邀请过周从戎来家里聚餐，吴叔也是从那会儿才知晓他以前帮着训练过儿子的体能。

见江姒信誓旦旦地夸下海口，又见周从戎面色从容，吴叔那颗悬着的心，竟一点点被安抚了下来。

吴拾的房门紧锁，俨然一副拒绝人侵入自己领地的防御状态。

"姒姒，你先带着江叔和吴叔去隔壁坐下喝杯茶聊聊天。"周从戎给了江姒一个眼神。

江姒很快会意："行，那这儿就交给你了。"

吴叔一步三回头，一个劲对着周从戎说着"拜托了"，眼神恳切期盼。江父拍了拍他的肩，带着他往外走。

三人就这么出了门，江姒还生怕躲在房间内的吴拾不知道，特意用了点儿大力气关上了屋门。

待到屋内归于寂静，周从戎才走到了吴拾的房间门口，轻轻敲了几下。

"吴拾，我们聊聊。"

里头没有回应。

"你是打算躲在房间里一辈子，让自己发霉生锈腐烂吗？"

里头依旧没有回应。

"还记得江锌是怎么死的吗？"周从戎靠在墙边，单手插兜，另一手则拿出今天自己碰巧携带的一个翻盖打火机，闲适地侧滑点火、阖盖熄火、点火、熄火，一下又一下，维持着某个特定的规律。

普普通通的金属打火机，一个最简单不过的动作，他却偏偏做出了几分雅痞范儿。

空气中，打火机固有的点火声音与熄火声音极具节奏地响起，竟犹如急促的擂鼓声，不知疲惫地敲击在人的胸膛。

有时候人的感官就是这样奇特，这样的响动若是放在街头巷尾的人群中，极容易被忽略。可偏偏在两人谁都没有再开口的情况下，侧滑点火的声响与阖盖熄火的声响，此起彼伏地维持着一个频率，心跳的节奏竟也会下意识受到杂音的影响。

周从戎将打火机一收，瞬间，火焰在翻盖的影响下被收拢熄灭。

他复又开口："前有自己的发小江锌牺牲，后有自己的亲密战友曾武殉职。所以，你就被打败了？害怕了？怕死？怕流血，怕牺牲？怕会落到和他们一样的结局?"

"对,我怕了!我怕死怕流血怕牺牲!我怕我出事后我爸一个人不知道该怎么支撑下去!"一门之隔,吴拾的声音蓦地响起,歇斯底里,"可相比起怕,我更恨我自己!恨自己没用,为什么没有拉住他!只要我再快一点,哪怕再多给我一秒钟时间,我就能将手臂伸得再长些,我就能够住他了!可我为什么没有做到?我接受的那些训练都是假的吗?我连近在咫尺的战友都救不了,我还能去救谁?我就是个一无是处的混账!"

那些压抑的、痛苦的、自责的情绪,犹如洪水将吴拾淹没。他的声音在发泄之后变得沮丧而绝望。他痛苦地呐喊,想要冲破将他束缚其中的牢笼,可悲的是,他完全无法挣脱。

因为他清楚地明白,是他不够机警,没有第一时间发现曾武踩空坠落。如果他能早发现,那决定生死的一秒,可能就有了!他就能救下曾武!

"戎哥,你知道当曾武他爸妈和他老婆来收敛遗体时我是怎么熬过来的吗?那一刻,我恨不得死的是我!曾武一走,他们家的顶梁柱就这么没了啊!他爸妈老了,他老婆才刚替他生下一个孩子,因为难产身子还虚得很。曾武之前还一直跟我念叨着下个月就要给孩子办满月酒了!还一直担心那天能不能请到假,说希望站里的兄弟都能过去给孩子添点儿福气。"躲在房间内的吴拾情绪越来越激动,语声哽咽,"他的葬礼我缺席了,我当了逃兵!戎哥,我乖乖听了站里指导员的话回家休养调整,因为我压根不敢面对曾武啊!"

那一声声不甘与痛苦,在咆哮中被彻底宣泄。隔着门,吴拾的喘息声似乎还伴随着胸膛的起伏,汹涌澎湃。

周从戎依旧好整以暇,他重新打开金属打火机,侧滑、阖上、侧滑、阖上,循环往复。火焰明明灭灭,闪现其间。那金属的撞击声,则敲击在门内门外两人的心口。

待到他彻底阖上打火机,他倏地开口:"都说完了?那要不要听听我的版本?"

"什么?"吴拾有点儿没闹明白。什么版本?

周从戎沉声道:"开门。"命令的口吻,完全没得商量。

许是当初被周从戎训练过一段时间下意识产生了条件反射,又许是在消防行业待了一年下意识对教官的绝对服从,吴拾竟真的开了门。

那扇门，隔绝了吴拾与外界的联系，也一并隔绝了他的内心世界。可如今，它就这样以猝不及防的方式被打开了，而房内的人，就这样怔怔地与房外的周从戎对视。

房间内只开了一盏昏黄的落地灯，暖黄的光明明该是温馨的，可周从戎踏步入内，感受到的却是压抑。

吴拾下意识将自己缩在了落地灯旁，整个人都展现出一抹颓丧感。他眼里曾经的那道光消失了，双目无神，胡茬丛生，衣服褶皱，邋里邋遢，身上甚至还散发着一股难闻的馊味。

周从戎蹙眉："几天没洗澡了？"

吴拾低垂着脑袋，犹如做错事的学生面对严厉的老师，羞愧难当："忘、忘了。"

自从曾武牺牲后，他整个人过得浑浑噩噩，如果不是被站里的战友兄弟们关心着，被他爸拉扯着，他甚至会一直躺尸下去。

"打算再维持这副鬼样子多久？"周从戎负手而立，面色冷峻。

在他面前，吴拾忍不住有点儿拘谨。

"我……我不知道。"

"我可以给你一个建议。"周从戎缓缓踱步到窗边，一把拉开紧闭的窗帘。窗户随之被打开，夜风涌入，似要扫荡室内的腐朽气息。

天际苍穹如墨，繁星闪耀。小区内万家灯火，喧闹声入耳，俱是鲜活的烟火气。

吴拾有点儿不明所以，可他的视线下意识随着周从戎而动，脱口而出："什么？"

"你不是觉得你欠缺那一秒吗？你不是觉得你因为没有提前发现曾武遇到危险而悔恨吗？那我就给你这个机会，让事件重演。我从这儿跳下去，你赶在我跳下楼之前拉住我。"

周从戎身姿颀长，随性散漫，寥寥几句却令吴拾怔愣得睁大了眸，嘴大张着，发不出任何声响。

"五楼这个高度，应该也可以当场摔死。虽然这不是废墟，楼底下也没有钢筋无法让你身临其境，但大致感觉也是差不离的，你要不要试试？"他平铺直叙，却没事人般放着最狠的话。

两个男人，一个长身玉立于窗边，唇角微勾，悠闲却又严肃地说着似假还真的话。一个缩在角落,一张脸上写满错愕和震惊,迟迟未发一言。唯有两人的双眸互相盯着彼此,仿佛无言的对峙。

也不知过了多久,沁凉的夜风拂过,室内的平静被一声声撕心裂肺的哭泣打破。

压抑了太久,克制了太久,那自从曾武出事以后就一直浑浑噩噩没有流过一滴泪的人,紧绷的弦彻底断裂,终是忍不住放声痛哭。那泪珠就这么滑下那张憔悴消瘦的脸,"啪嗒啪嗒"地落在木质地板上,晕染了一圈又一圈的涟漪。

周从戎给吴拾留足了充足的哭泣时间。

待到十分钟后,他定下的计时闹钟响起,他打断吴拾:"好了,给你五分钟,去卫浴间洗澡洗头,把你身上这股子馊味去了。洗完之后,给你看样东西。"

说不清道不明的感觉,吴拾总会下意识地执行周从戎给他下达的指令。他洗了个囫囵澡,甚至还搓出了满手的泥。等到从卫浴间出来,他边走边用毛巾死命擦着短发上往下滴落的水。

"看看这个。"周从戎睨他一眼,似乎是满意于他的执行力,招呼他到身边。

周从戎给他看的是自己手机上的一个视频。

视频时长有二十几分钟,是关于曾武牺牲时的场景。

在江妣接到江父的电话和他一起往吴拾家赶的时候,周从戎就联系上了仁皇特勤站的站长许涛,跟他说明了情况,将当时他们通讯报道员在一线救援的废墟现场拍摄到的曾武牺牲的完整视频发到他手机上。

许涛本就看好吴拾,当初还有意和关谷站的赵山岳抢夺这根好苗子收入麾下。一听这小子经历了一场变故就承受不住了,也是一阵唏嘘。

干他们这一行的,总会免不了遭遇危险。战友在执行任务中不幸牺牲,是他们不愿见到却又不得不面对的。他们能做的,就是提高每一个消防人员的业务能力,在救援现场既能救人,既能挽救国家和人民的财产损失,又能护住自己。

"不敢看这个?怕触景生情?"周从戎见吴拾在瞧清楚了视频内容之后下意识退后了几步,到底还是将声音放柔了,"你的战友在救援现场牺牲,可你竟连看一眼他牺牲经过的勇气都没有吗?"

无疑，这样的激将法对吴拾产生了效果。吴拾逐渐靠近，眸光落在屏幕上时却仍旧免不了将手里拽着的毛巾狠狠揪紧。

二十几分钟的视频，说长不长说短不短，没有快进，没有两倍速、三倍速，他几乎是贪婪地看着每一个残忍却悲壮的画面。

视频结束，周从戎问道："看完后有什么感触？"

吴拾的眼泪早在观看视频时就不受控制地滑落，他闭着眼痛苦地摇头，似抗拒着回答。

这一次，周从戎却不容许他退缩，而是强制性让他睁开眼面向屏幕："至死，曾武都坚守着自己的职责，也用他的方式来激励你。你看到的是他从高处坠落后逐渐成为一具没有了呼吸和心跳的尸体，可你有没有发现，他在跌落废墟被钢筋贯穿胸膛后对你做了一个动作？"

彼时残阳一点点陨落，仿似生命流逝的倒计时。吴拾和曾武，一个在上，维持着伸长手臂的姿势，绝望地跪倒在废墟中；一个在下，高空坠落被硬物穿透胸膛后艰难地呼吸。周围的人察觉到异常，迅速朝着曾武的方向聚拢实施救援。而曾武却似用尽了所有的力气抬起了手臂，朝着高空伸出大拇指，点了两下。

吴拾难以置信地望着手机屏幕上被周从戎定格的那个画面，嗓音喑哑："他，在对我表示感谢？"

那个动作，是冲着他的，是冲着还在高处发呆茫然的吴拾的。

"在他生命的最后一刻，他向你释放着他的善意，他在感谢你，更在激励你。他太明白一旦他出事你会自责懊恼悔恨乃至于走不出来。吴拾，你要拒绝他在生命弥留之际还努力拯救你的那份善意吗？"

周从戎的话犹如一记重拳，狠狠砸在吴拾心窝，令他醍醐灌顶。

曾武如此，江铎又何尝不是呢？直至生命的最后一刻都还在向这个世界释放着他们的巨大善意。

吴拾觉得，自己这辈子所有的泪恐怕都要在这一夜流尽了。男儿有泪不轻弹，即便是他妈去世，他爸残疾，他也咬牙命令自己不准懦弱，只准哭一小会儿，告诉自己，往后这个家他要替他爸分担，他再不能做那个无忧无虑、做事不计后果的莽撞少年了。

经历过亲人的死亡，他比旁的人更坚强也更有韧性。

可这一次，他的眼泪如同决堤，一发不可收拾。

他的发小牺牲在消防岗位，他的战友牺牲在消防岗位，未来的他是否也会如此，他不得而知。可他知晓，这条路是他选的，他要忠于自己的理想与信念，要勇于跨越山川与河流，攀登山峰与峡谷，延续他们的精神，赓续红色血脉。

　　"戎哥，我想入党，我要入党！"他哽咽着说道。

　　"好！那下一步，就朝着这个目标好好努力，好好工作！"周从戎那张坚毅从容的脸上终是露出一抹欣慰的笑，"现在给你十五分钟消化情绪。十五分钟后，我希望你主动打开这扇门，让我们所有人见到当初那个怀揣梦想踌躇满志的吴拾。"

　　语毕，周从戎打开房间门。在他提步欲出时，却听得吴拾欲言又止的声音。

　　"戎哥，如果我刚刚……"

　　"你想说，如果你真的答应了试一把，我会不会真的跳下楼？"周从戎却是一眼洞穿了他的心思。

　　吴拾沉默。

　　"不会。"周从戎却是斩钉截铁，"生命只有一次，我不会罔顾自己和他人。以前出现场时就有不少跳楼轻生的案子。家破人亡、工作不顺心、感情不顺利、抑郁症……各种原因令他们选择了轻生。可因为他们的轻生之举，却令我亲眼看见了我们的消防人员为救人而牺牲。这样的画面，是我不愿面对的，更不会让轻生这种事发生在自己身上。哪怕是假的，也绝不允许。"

　　阖上房门，周从戎的眼神骤然变得冷厉，下颌利落的线条勾勒出几分冷峻之色。

　　他重新点开那段视频，将时间定格在了某一个点。

　　在这个画面中，曾武坠落，离他比较近的几名救援人员飞快朝他的方向聚拢。可有一人反倒故意远离了人群，逐渐淡出视频拍摄范围。

　　周从戎指腹轻点，视频继续播放。而那个人突然回眸，0.5倍速下，那张一闪即逝的脸被定格，赫然就是消失了一年的"江锌"！

7

江姒父母家。

　　江姒还在和她爸妈一起安慰吴父。她不断地往周从戎脸上贴金，一个劲地夸他能力出众一定能劝导吴拾。

　　她的手机上，冷不丁接连响起了提示音。

她点开，是沈一冉发来的消息。一连三张图片，都是此次宇川区老旧居民楼坍塌事故中的现场救援照片。

江姒是知道沈一冉作为仁皇站的通讯报道员出现场的，彼时两人还私底下交流过。可她不解她怎么又突然给她发来现场照片。

她发了个问号过去。

沈一冉的语音消息紧随而至："姒姒，那个和你家阿铮长得一模一样的人又出现了！"

江姒耳畔炸裂，眼前竟有些恍惚。此刻的她竟有些庆幸是听筒播放模式，不至于让她爸妈也一并听了去，在记挂吴叔吴拾之余还要担忧其他的。

这一次，她细细地翻看沈一冉发来的照片，将上头的每一个救援人员都观察了个仔仔细细。

这几张都是抓拍现场救援的，她之前关注的是救援的人以及被救的人，可忽略了人群中的每一个人。

第一张，那人穿着"宇川消防"的救援服，正和其他战斗员一起抬一名被救出的幸存者。他的脸直视着前方，手臂用力，血脉偾张。

第二张，近景是几名消防人员在废墟中搜救，镜头捕捉到那人在远处的另一头，只有一张侧脸。

第三张，救援人员轮班休息，他混迹其中，取下防护帽，正抬起头往嘴里灌矿泉水。

这几张照片中的那人，大多是混迹于集体，且他因为参与救援而满面尘垢，若不仔细看，还真不能发现。

江姒的眸光沉了沉。

上次对方出现，是梁未果直播跳江时，距今已有一年。之后他整个人就犹如人间蒸发，失去了踪迹。可这一次老旧居民楼坍塌现场，他竟再次出现，且还冒充宇川站的战斗员，混迹在所有救援人员之中。

"我今天又整理了一遍现场的照片和视频，原本是打算再挖掘一些感人的人物和事迹做个特别报道，没想到就被我挖到了这么一个大新闻！也亏得我火眼金睛，这人还真是够大胆的，竟混迹在宇川站的人里。那些人中可有不少人当年和江铮一起同吃同睡同训练过，他还真不怕他们认出他来？"

沈一冉的声音满是激动与不解。

江姒却隐隐有点儿能感受到那人的想法。

186

曾经宇川站的一员，在牺牲多年后，竟奇迹般地再次与自己的战友同框。

那人想要达到的，就是这样的效果。

江姒：或许他想要的就是被人看到。你可以联系一下宇川站的指战员，问问他们究竟有没有感受到他曾出现过。

十分钟后，沈一冉颇有点儿情绪失控地再次发来语音："还真被你料中了！自己站里多出来一个人，虽说在救援时没有注意到，可在一起休息时难免就有点儿奇怪。只不过那人隐藏得好，加上众人救援时忙碌不已，休息时因着疲惫不堪基本倒头就睡，一直没有察觉。直到救援的最后一天，站里的一个战斗员才察觉到了，联想到此前'江铎'英魂归来的报道以及'江铎'曾到过他们宇川站门口敬礼的相关事件，他偷偷将这事儿告诉了他们站的带队指挥员。"

彼时宇川站带队的指挥员是宇川站站长，他虽然也有疑虑，但救援时间紧任务重，借着换岗休息的时机清点自己站里的人，然而一无所获，就暂且将这事搁到了一旁。等到救援任务彻底结束各个消防站的消防人员都准备归队，他再次寻找那人，那人早已不见踪影。

江姒又从沈一冉处了解到了更多的始末，眉头越蹙越紧。

沈母见她一直将手机搁在耳旁，问道："是不是小周那孩子跟你说什么了？他劝动吴拾了吗？"

回过神来，江姒将错就错道："他说没问题，再给吴拾一点时间，让他缓缓。"

随后，她给周从戎发过去一条微信：怎么样了？

牛皮已经替他吹出去了，希望没有吹破。

周从戎没有回复，取而代之的是门铃被按响。

坐在客厅内的四人齐齐一愣，随后吴父率先反应过来，老脸一喜，忙跟跄着奔向门口。

房门被打开，站在门外的，是略有些局促与羞赧的吴拾。

以及弯曲着一条腿从容地靠在对面门边摆弄着手机，深藏功与名的周从戎。

江姒紧随着吴父来到门边，与男人的视线对上，与此同时，她收到了一条迟来的微信消息：不负女朋友给我戴的这顶高帽，完满完成任务。

吴拾打开了心扉，和吴父抱头痛哭，两人又说了一阵子体己话。

这晚离开前，周从戎又收到了吴父和吴拾一连声的道谢。江父、江母更是与有荣焉，对这个未来女婿越看越满意，那眼神似乎恨不得将民政局给搬来让小两口当场领证。

江姒被自家父母那赤裸裸的眼神瞧得胆战心惊，忙拉扯着周从戎告辞。

吴拾将两人送到单元楼下，这是他这么多天以来第一次呼吸到外头的新鲜空气。

月光温柔，星河璀璨，明日，该是一个艳阳天。

间或有邻里家长训斥孩子学习的声音、婴孩的哭闹声、夫妻的吵闹声，家长里短，极具生活气息。

这些最寻常不过的声音，终于冲破了他自我封闭时的囚笼，让他感觉自己真的活过来了。

"戎哥，谢谢你的劝导，让我豁然开朗了。"他再次诚恳地道谢。

"我对你的情绪疏导，是建立在你信任我的前提下。想必发生这件事之后，你们站长和指导员也开解过你好多次了，但你潜意识里对他的话有些抵触，对自己厌弃，才导致了越来越严重的局面。"周从戎拍了拍他的肩，"既然选择了振作，有了目标，那就去做。你也要学着去信任你的指导员，向他敞开心扉，这样他才能更好地了解你们，在你们出了事之后对你们进行更好的心理干预。"

吴拾有些不自在地摸了摸自己的后脑勺："我以后会的。"

"休息得差不多了就回站里去，别躲懒，全力以赴做好你自己。记住你定下的下一阶段目标——入党。"

"是！"吴拾伸手朝他敬了个标准的礼。

周从戎回礼。

这一瞬，夜色下，两个男人彼此相视，竟构成了一幅感性与理性碰撞之后最和谐的画面。

江姒眼疾手快地打开手机相机将这一幕定格。

老旧小区的车位并不是固定的，先到先得。江姒和周从戎来的时候沿途都停满了车，最终将车绕了一圈之后停在了小区门外的马路边上。

两人和吴拾告别，并肩踱步。

小区的广场上，阿姨们跳着广场舞，孩子们在家长的监护下玩着沙子以及各种游乐设施。

江姒却浑然没有所觉，只是埋头往前走，心里翻江倒海，犹豫着是否该将沈一冉发现的秘密告诉身旁的男人。

倏地，她的手落入了一只宽厚有力的大掌中。

她有些疑惑地偷觑身旁的男人，对方却面不改色，甚至还用拇指摩挲着她光滑细腻的手背肌肤，仿佛两人的牵手是最正常不过的一件事。

也是直到此时，江姒才终于有了一种认知。她和他，好像真的成了一对。

"一分钟了。"周从戎蓦地出声。

"什么？"她一头雾水。

"我牵了你一分钟，你没有甩开我。所以恭喜你，女朋友，你成功收获了一个男朋友。"周从戎唇角微勾，"在未来的日子里，这个男朋友将会与你同舟共济，为你遮风挡雨、披荆斩棘，对你倾尽爱意，保持绝对忠诚。希望今年的某一天，我们的名字能有幸一起写进同一个户口本。"

江姒简直是听得有点儿瞠目结舌。

这如果算是他的表白，那她勉勉强强也就接受了。可他最后那一句算是怎么回事？求婚吗？今年的某一天？连日子都给她规划好了！他到底是有多急啊！

她别扭地甩手："戎哥，你松开。"

"晚了。"身旁的男人却是顺势抬起了两人牵着的手，在她手背落下一吻，"契约达成，毁约的话你恐怕得面临高额违约金。"

违约金？

谈恋爱还能这样？

江姒咬牙切齿："多少？"

"九十九。"

他倒也爽快，直接道出。

虽说对方坐地起价，但这点钱江姒还是拿得出手的。花钱买单身，她决定试试。

于是她痛快地打算去掏钱包，结果一只手还被人家牵着，只得掏出手机单手操作给他转了九十九元过去。

"转过去了，你查收一下。"

男人眯眼含笑，宠溺地拍了拍她的脑袋，仿佛在安抚一只暴躁的小野猫：

"我什么时候说是九十九元了？"

直到此时，江姒才意识到自己被耍了。

她竟不知，平日里做事靠谱沉稳干练的男人，竟也有戏耍女人的恶劣一面。

"九十九个吻，每个吻按照我们刚才牵手确定关系所用的一分钟时长来算。所以你欠我九十九分钟的深吻。这个违约金你先支付一下，我再同意解除男女朋友关系。"

按照他的脑回路，江姒突发奇想："如果我真的支付了这个高额违约金，你确实会同意解除男女朋友关系。不过，你随后就会将我拐带去民政局，和我确定夫妻关系了吧？"

解除男女朋友关系，随后确定夫妻关系，他两不误。

夜色下，男人坚毅的眉眼柔和，戏谑一笑："知我者，姒姒也。"

江姒哑然。

她用了狠劲儿甩开他的手，径自往前走。

见将她欺负得狠了，周从戎大长腿一迈，几步追了上去搂住她的肩："气着了？和你谈点儿正事。"

敢情刚刚两人谈的全是狗屁倒灶的不正经事儿？

江姒被气笑了，想要挣脱肩上的那条手臂，结果男人坚定有力的臂膀箍着她，丝毫不给她再次逃脱的机会。

这样过分亲密的姿势，俨然是一对恩爱的小情侣。偏偏这时候王阿姨正遛娃迎面走来，还别有深意地朝他们打招呼："姒姒，你男朋友很高很帅呢！早听你爸妈说了，阿姨一直想见见来着，小伙子俊俏啊！囡囡，喊人。"

小女娃穿着公主裙，粉粉嫩嫩，可爱得紧。她小嘴开开合合，当即一口一个"姨妈""姨夫"叫了起来。

没错，江姒和王阿姨的女儿因为关系铁，不是亲姐妹胜似亲姐妹，所以打从小家伙记事起就让她唤她"姨妈"了。如今小家伙嘴里多了一声"姨夫"，就变得有些意味深长起来。

江姒抱起小女娃，在她白嫩嫩的脸蛋上啄了一口，随即哄骗道："这里没有姨夫，再乱喊，以前姨妈送你的玩具都要没收了。"

小家伙居然还真的被唬住了，一双眼眨巴眨巴，极为纯洁无辜，扁了扁小嘴，委委屈屈起来："姨妈是坏人，我不和你好了！"

江妯最怕这小家伙的眼泪鼻涕攻势，她捏了捏小家伙的小脸蛋，将人塞回到王阿姨手里就飞快溜了。溜之前还不忘拉走正留在原地看好戏的周从戎。

两人的手再次牵到了一块儿。只不过这一次，却是她主动为之。周从戎也不提醒她，极为享受她的主动之举。

不知不觉，就这么一路牵着手走到了小区门口。

"童言无忌，小孩子瞎叫的，你别误会啊。"江妯埋头走着，声音有些不自然。

周从戎显得极为大度："嗯，我没误会。"

他眼角眉梢都晕染着笑意，这是没误会的样子？

江妯极为生硬地扯开话题："你刚刚想和我谈什么来着？正经事？什么正经事？"

之前被打断的话题重新被提起，周从戎却是顷刻间收敛起了玩闹的神色，酝酿了好一会儿，才口气严肃道："那人又出现了。"

江妯的心弦瞬间一颤。如果她不是今晚刚刚被沈一冉发来的照片影响过思绪，她可能还无法第一时间反应过来他究竟在说什么。

"你也查到他了？"

"也"字用得极为微妙，周从戎蹙眉。

原本他还在思考应该怎样和她提及这件事。毕竟那人在突然出现在大众视野之后又突然消失了，且消失了都有一年多了。一切的真相，因着寻觅不到那人的踪影而继续被掩埋。可如今，对方竟再次被镜头捕捉，且他这一次更为大胆，竟公然伪装成了宇川消防站的战斗员，混迹在救援队伍中。

在小区门口取了车，周从戎并不急着发动，而是和江妯互换了手机，交流各自掌握的线索。

将照片中那张属于"江锌"的脸放大，男人拧眉："按照沈一冉了解到的情况，如果他真是救援任务完成后的最后一天撤离的，他没有再伪装成宇川消防站的战斗员，而是独自离开。那么他不可能还穿着那套救援服，必定是换装离开才不会引发关注。但那套救援服在哪里？现场记者们一直蹲守着，也有人清理各类垃圾，如果他们发现了被遗弃的救援服，不可能不闹出动静。我们可以重点排查当时现场戴口罩、帽子遮掩面容，并且手里提着个袋子的'工作人员'以及路人。"

江姒犹豫道:"这事儿能不能找你在警局的发小帮忙?"想要追踪那人,肯定需要调取监控。

"他那边我会联系。但你还是需要联系你之前报警时接触的警员,他们才是你这个案子的负责人,由他们走访调查,相关证据的采集才更合法合理。"

之前因为有人匿名辱骂江锌,江姒曾报过警。后来网上辱骂烈士事件沸沸扬扬,警方惩治网暴者,不期然查出陈滨海便是往她工作邮箱里发送辱骂音频的人,相关的几个反面典型也受到了法律的制裁。

但这个案子并未到此为止。

往她邮箱发送辱骂音频的陈滨海被抓到了,可拨打119辱骂江锌并言之凿凿声称江锌假死骗取烈士声誉和群众眼泪的那人,依旧没有查到。而那个119辱骂电话,当时是周从戎接听的。

陈滨海的辱骂音频是因为报复江姒将他拉黑,他辱骂的内容却与拨打119辱骂江锌的人产生了奇妙的巧合。

"江锌"在119出警现场的出现,在宇川站的出现,仿佛正是为了印证对方的辱骂,印证他确实是假死,确实骗取了烈士声誉。

这个拨打119辱骂江锌的人,似乎才是这一切的源头。

因着形似江锌的人频繁出没,警方进行过一段时间的走访调查。江姒也与参与调查案子的警员交换过联系方式。如今再次因为"江锌"而联系对方,似乎也说得过去。

周从戎继续道:"以防万一,需要走访一下当时出现在现场的记者以及居民、路人询问一下线索,看看他们的摄像机或者手机是否曾录到过相关的可疑人。网上也得盯着,这个坍塌事故上过热搜,超话里肯定有一些路人视角拍到的照片和视频,可以从中找找线索。"

8

大中午的,毒辣的日头炙烤着大地。峥州这座城市又闷又热,户外高温直逼40℃。江山影业所在的大厦的玻璃外墙反射出灼人的光芒,周从戎好不容易找到一个外来车辆停车位,停妥车途经那面镀膜玻璃,下意识用手遮了遮眼。

周从戎上了十五层,刚出电梯就被门禁拦住了。前台小姐得知他的来意,非常贴心地打了内线进行确认，随后指引他去了纪研博的办公室。

午休的时间，公司里大多数人去七楼的餐厅用餐了，还有些则坐在工位上边忙活着手头的项目边等着外卖。

门被敲开，里头的男人搁下手头的活，忙迎了过来："戎哥，你这是特意来给我送惊喜的吗？来之前都不打一个电话，如果我恰巧蹲剧组去了，你不是白跑一趟了？"

室内冷气很足，纪研博西装革履，一副精英样，只不过言谈间却是极为热络，依旧还是当初那个热血儿郎。

周从戎伸拳和他对碰了下算是打了招呼，扬唇笑道："你朋友圈今天早上发布的动态定位在本市。"

"哟，瞧不出来啊，你居然还是一个会暗戳戳窥探朋友圈动态的人啊。我还以为你所有的休闲时间都拿来补眠和自我提升了呢。啊，不对，还得加一条，谈情说爱。"纪研博给他拿了一瓶矿泉水，"吃过饭了吗？"

"没，来你这儿蹭饭了。"周从戎接过水灌了好几口。

"你等我两分钟。我整理下资料，马上带你去领略一下咱们楼下的食堂快餐，味道还挺不错的。"

"行啊。"周从戎趁着他整理资料打量了一下他的办公室，"一个人独占这么大一间，你小子这几年的晋升速度确实是很快。"

"运气好，遇到个伯乐带入了行，稍稍出了点儿成绩而已。"他先将电脑上的文件保存，随后锁屏，桌上的文件简单规整了一下，"倒是戎哥你，怎么还在指挥中心啊？这是惩罚你自己还是惩罚别人？老领导们可都等着你继续发光发热呢！"

"别扯犊子了，我心里有数。"周从戎正要催他赶紧去吃饭，却是眼尖地瞧见了另一份摊开在桌面上的资料。

"这就是你之前跟我提到过的那个消防项目？"

纪研博闻言，面上一慌，转而迅速佯作镇定地将那资料收了过来："戎哥，这是内部资料，保密哈。"

周从戎却是将大手覆盖在那份资料上，阻止了他的动作。

"戎哥？"纪研博试探出声。

"我想了解下作品的大致走向。"刚刚匆匆一瞥，他只瞧见了加粗描红的简介。这是一部关于牺牲的消防烈士英魂归来，依旧以他的方式投入救援任务的电影作品。而作品中的救援情节，他未瞧清，可他心里已经有了某种揣测。他需要印证这种猜想。

"戎哥，这作品咱们筹备了一年多才终于快要落地了，非内部人员不能阅览。"

"你骗鬼呢？别以为我不知道你这个制片人平时是怎么处理即将投拍的本子的。没少拿着个剧本梗概和前几集跟各大平台去碰吧？中间流程烦琐，接触的工作人员众多，你怎么就不怕作品流出去？反倒是对我这个当兄弟的推三阻四！内部资料？保密？非内部人员不能阅览？你还能够再搪塞些吗？"

"戎哥，我……"

"干什么亏心事了，这么藏着掖着？"

"我没……"

周从戎正色道："你跟我说实话，你策划这个作品，没有踩线吧？"

被这么大刺刺地问着，纪研博再也绷不住了，他松了手上的力道，硬着头皮说："戎哥，你看吧。"

周从戎睨了纪研博一眼，将那份资料收入掌心，一目十行。

越往下看，他的眉头就皱得越紧。

从大纲来看，这个电影作品竟与此前现实中出现的几个119报警案中"江锌"救人的情节相似。甚至连这一次的宇川区老旧居民楼坍塌事件，网上并未流出"江锌"救人的消息。这份大纲里，却提及了！

眼见周从戎的面上山雨欲来，纪研博忙悄咪咪伸出两根手指将那纸质资料从他手里抽了抽。见周从戎没拒绝，他顺势将其抽出，掩耳盗铃般往抽屉里一藏。

"戎哥，在骂我之前，咱们先去吃饭吧？再不过去菜品都卖完了。"纪研博笑得格外牲畜无害，大手搭着周从戎的胳膊将他往外拐。吃人嘴软，他只希望周从戎能先消消气，待会儿轻点儿批他。

七楼的这家食堂虽是以快餐为主，但餐品主打的就是一个养生，每天都会按照各类养生食谱进行搭配。这幢大楼内的上班族对它家青睐有加，也就不奇怪了。

纪研博根据今天的特色自取了两份养生套餐，刷过卡后，两人找了个靠窗的位置落座。

食堂装修雅致，完全贴合当下职场年轻人的喜好。无论是垂坠的灯饰还是各类绿植，都颇具匠心。

这个时间点周围用餐的人已经不多，与两人临近的几桌倒是没什么人。

"戎哥，先喝一盏杨梅荔枝饮解解暑。"

伸手不打笑脸人，纪研博觉得自己的脸笑得都有些抽了。

周从戎也不含糊，三两口将一盏夏日消暑的饮品喝完了。随后也不客气，开始动筷干饭。

不怕空气突然安静，就怕戎哥突然沉默！

纪研博化身菜品小哥，贴心介绍起了今日搭配的这几道养生菜。末了还贴心建议他尝尝虾仁菌汤，这道菜主要是为了迎合夏季的主题，汤的口感以酸甜为主。

周从戎也不浪费，每道菜一一尝了。干掉了两碗米饭，将光盘行动践行到底。等到他搁下筷子，反观对面坐着的纪研博，还在小口小口地扒拉着米饭，一副心事重重的样子。

"你这部电影作品设定的死后英魂归来的消防员，原型是江铎？"

虽说是反问句，却用了肯定的语气。

来了来了！该来的总会来的！

纪研博严阵以待，小鸡啄米地点头："是的。去年我就开始着手这个消防项目，当时戎哥你不是还挺赞成的吗？"

"当时的你并没有详细说明这个选题。"周从戎的手指敲击桌面，强调重点，"牺牲的消防烈士英魂归来，依旧以他的方式投入救援任务。这个选题本身没问题，很正能量，也有很大概率得到地方政府和相关单位的扶持。"

被夸了，纪研博不安分跳动的小心脏稍稍恢复了常速，颇有点儿骄傲地道"其实这个项目审批之前我们确实提前联系了一些企业和单位商量合作事宜。目前万事俱备只欠东风，投资到位演员也谈得差不多了，场地也随时可以投入使用。只要剧本再完善些就可以进入拍摄阶段了。"

"说你胖你还喘上了？"周从戎轻嗤，"这部作品既然以消防烈士江铎为原型，第一步就是该取得烈士家属的授权。但你的作品内容明显就和那个冒牌货相关，你觉得，江铎的家属会同意你拍摄这样的作品来抹黑他们家人吗？"

"什么冒牌货？什么抹黑？我怎么可能会抹黑江锌呢！我只是寄一个美好的希望，来弥补大众对失去烈士的痛，弥补烈士家属痛失亲人的痛。"

"你这是骗兄弟还是骗你自己呢？剧本里那个死后归来的'江锌'，出现在119案发现场救人，和现实中119现场出现的神秘人'江锌'何其相似？这个和江锌长得一模一样的人，凭借着他的这张脸和他的救人行径，掀起了一场网暴的开端。他倒是相安无事不知所终，当时受伤害的却是江锌的家人！你觉得这个冒牌货'江锌'，你拍出来的话能被江锌的家属认可，能被网民认可，能被相关审核单位认可？我不知道你是怎么办下来各类相关手续的，但我说句丑话，即便你顺利完成了电影的拍摄，恐怕也永远都无法上映。"

纪研博也急了，一张脸憋得通红，伸出三根手指朝天扬了起来："戎哥，我发誓，我们公司办各类手续走的流程都是合法合规的。也就是江锌家属那里，确实是我考虑不周。因为电影里用的是化名，所以我忽略了。我这就联系他家属。要不你帮我跟嫂子说一声？改天约见一下谈谈这个事儿？"

"你确定合法合规？那你告诉我，为什么那份电影大纲里，会提到宇川区的老旧居民楼坍塌事故现场'江锌'伪装成消防战斗员参与救援？桂园路交通事故案、梁未果直播跳江案，这两个案子中现场确实是出现过'江锌'，被网民传得沸沸扬扬。可这一次的坍塌事故案，无论是媒体还是网民，都不曾发现'江锌'的身影。你的作品大纲里，为什么会出现他救人的身影？"

"我……"纪研博的心里"咯噔"一声，瞬间语塞。可他大脑飞速运转，很快就理清了思路，"电影不是真实故事，是根据真实故事改编。我幻想出来的就是牺牲的消防烈士归来后参与救援，那我肯定是要让编剧将他写进一个个119案件救援现场。这一次的坍塌事故中虽然'江锌'没出现，但编剧设想他出现了，展开了一系列剧情。这无可厚非啊。"

周从戎睨着他："你确定真的是如此？"

"就是如此！戎哥，你不要怀疑编剧的脑洞啊。如果根据真实故事改编的作品样样都遵循现实，那电影还有什么看头？一点儿艺术性都没了，观众也缺少期待值。"纪研博言之凿凿。

还未来得及再从自己擅长的作品专业性角度发表个八百字小论文，他的肚子不合时宜地"咕噜"了一声。他一窘，难得他终于能在自己擅长的领域碾压戎哥了，居然还被自己不听使唤的肚子给丢丑了。

一鼓作气再而衰，他清了清嗓子："戎哥，你先帮我提前跟嫂子那边打个招呼。我再上门致歉，和他们谈谈授权的问题。我和我被饿惨的肚子一起向你致以三百六十度的崇高谢意！"

好歹也是有社会地位的人，居然还卖起了惨。

"这事情我帮不了你。"周从戎一口回绝，"他们痛失儿子、痛失弟弟，却因为那个冒牌货的出现而受到网暴伤害，曾经的伤口再次被血淋淋地撕开。你这个剧情如果还是坚持用那个冒牌货有关的现实剧情，我想，他们是决计不会授权同意的。想必到时候，一些网民也会进行抵制。"

这些，纪研博何尝没有考虑过？

所以这剧本他和编剧琢磨了许久，数不清开了多少大会小会，删删改改那叫一个呕心沥血。

"我搞这个消防项目的初衷就是希望牺牲的江锌能够被大众熟知，这世上会有千千万万个江锌，会有千千万万的江锌精神长存。戎哥，你信我！"

收起了那股子雅痞的随性，纪研博郑重其事，不苟言笑。

周从戎毫不犹豫地说道："我信。"

在纪研博刚要和他惺惺相惜抱头倒苦水时，他又适时补上一句："但前提是，不能触犯法律和道德的底线。"

纪研博的舌尖顶了顶后槽牙，有点儿憋不出话来了。

周从戎却是有意搁下了这个话题，屈指轻敲桌面示意了下他的餐盘："快吃，别浪费粮食。"

"哦。"以前在队里养成的习惯，下意识地，纪研博开始听命实施光盘行动。

"你那辆尾号'985'的卫士130，停在公司这边了吗？"周从戎拉扯起了闲话。

一提起这个，纪研博就来了精神。

谈车好啊，谈车增感情啊！

"自从有了这个车牌号，我倍儿有面，接待客户就靠着它使劲刷存在感，那叫一个倍儿爽！"说着说着，他就忍不住嘚瑟起来，"戎哥你别打我车牌的主意啊，卖我身可以，卖我车牌绝不可能！"

周从戎被噎了噎："想什么呢？需要我提醒你买卖车牌违法吗？"

纪研博嘴角漏出几粒米饭，立马狗腿地附和："对，戎哥你从不做违法乱纪的事儿。"

中途有个江山影业的女员工结束用餐，端着空餐盘经过他们这一桌，朝着他打招呼："纪总慢用。"

"好。"纪研博几乎是瞬间就麻溜儿扬起了一抹亲和力十足的笑，挺直着脊背回应人家。

待到人远离，他才向对面的人倒苦水："这年头领导不好当啊！工作时得端好架子维持好自身形象，放松时又得和下属同事们打成一片。"

周从戎眸光幽深地望着他嘴角的米粒，决定还是暂时不要破坏他的形象为好。

周从戎继续刚刚的话题："我打算换辆车。觉得你那款车不错，让我试驾个一两天试试手感和性能吧。"

"亏我还以为你觊觎我的'985'车牌，结果你却觊觎我的车。"一米八几的大男人唱作俱佳，几大口喝完了最后那份酸甜味的虾仁菌汤，结束了这一餐。随后，他"嘿嘿"一笑，"行啊，难得戎哥你也有打算大出血换新车的时候，回去后给你车钥匙。不急着还我，慢慢找感觉。你可以载着嫂子去户外爬个山涉个水试试。我之前去浅水湾那边试了下它的涉水性能，太酷了！爬坡能力也是杠杠的！"

提起爱车，纪研博滔滔不绝，恨不得将这车的所有功能全部往他脑子里灌输："说明书在车里的手套箱，戎哥你自己研究下。一个小提示，这车有隐藏功能，欢迎尝试开盲盒哟。"说话时，还不忘挤眉弄眼。

周从戎见他爽快，掏出自己的车钥匙抛给他："这两天你凑合着开我的车上下班吧。"

"戎哥，我怎么突然有种咱俩互换老婆的错觉？"

"胡扯什么呢！想出去比画比画？"

某人秒怂："啊，我这就给你拿车钥匙去！"说完，将空餐盘一端，先一步溜了。

周从戎随后端起餐盘站起身，望向他的背影时，却多了几分思量。

这几天他和江姒一起循着线索查找老旧居民楼坍塌事故现场中消失的"江锌"。

警方那边传来了一个好消息，那天"江锌"被探头捕捉到的出没的好几个地方，与当时纪研博正行驶在路上的路虎高度重合，甚至他还出现在该车辆的正前方，极有可能被行车记录仪拍到。或许能根据纪研博车子里的行车记录仪，判断"江锌"的行动轨迹。

周从戎将这事儿揽了过来，原本是打算上门跟纪研博直说这事儿的。可偏偏，他瞧见了那份消防项目的相关资料，两人较真地讨论了一番。鬼使神差地，他改变了想法，向纪研博瞒下了真实情况。

周从戎根据纪研博的指引找到他停在地下停车场的卫士130后，并未第一时间驶离。

他先查看了行车记录仪。

只不过，他却逐渐拧起了眉。

行车记录仪只有今天的记录。此前的记录，竟全部不见了。

"江锌"最后一次出现在老旧居民楼坍塌现场时距今五天，他离开的路径有一部分与这辆车的运动轨迹重合。按照行车记录仪设置的循环覆盖功能以及存储卡容量来推算，记录不可能这么快就被覆盖。何况这记录竟只有今天一天的。

是被人暗中动了手脚，还是被纪研博手动删除了？

周从戎：我现在过去找你。

他发完短信，启动车子，将车径直开去了警局。

9

一整个下午，江妠都心神不宁，等着周从戎那边的消息。

古琴课上，老师接连指出了她的几处简单错误，不得不提出批评："你这么接连走神，状态没调整好，这节课不学也罢。"

江妠赧然，今天的她穿着一身汉服，顶着古装妆发，按照古琴课程沉浸式学习的标准自我约束着。

只不过事出有因，她频繁出错。

"老师，我保证集中注意力，我再试试。"

古琴老师直接用教鞭敲了敲她的桌案："忌骄忌躁忌心不在焉，可以将闲庭信步的雅趣融入曲子的意境中，将《醉渔唱晚》第二段再弹一遍。"

江妠忙收敛心神，纤纤素手抹挑勾剔，曲音流泻，晚风徐来。

结束今天的课程，江姒自然而然收到了古琴老师推心置腹般的谆谆教诲。她虚心受教，诚恳道谢。

告别离开后，江姒刚要给周从戎打电话问问情况。岂料他却先她一步打了过来，仿佛每次都掐准了时间，专等着她下课。

"江叔说让我这个未来女婿接上你，一起去家里吃个晚饭。"

自从两人确定关系，他进出她父母家更是名正言顺。从假情侣到真情侣，他的腰杆子似乎也挺得更直了。

江姒却是问道："你今天去找纪研博了吗？怎么样？那行车记录仪里有线索吗？"

"待会儿说。"

直到两人见面，她瞧着眼前那辆八座的彪悍越野，都有点儿回不过神。

"你这是假借行车记录仪之事，行拐车之实？"她随意瞄了一眼那车牌号，随即惊呼，"'985'！我天，这数字太吉利了！我堂妹明年高考，能让她摸一下车牌蹭蹭运气吗？"

周从戎难得见她如此一惊一乍，将她身上的琴囊取下搁到了车内。

"堂妹如果要蹭，让她赶早。我过几天得将车还回去了。"周从戎瞧了一眼她身上的汉服，"先送你回去换套衣服。"

江姒觉得，周从戎非常有蹬鼻子上脸的特质。

堂妹……

他倒是喊得顺口。

是她的堂妹，不是他的堂妹啊喂！

等到两人赶到江姒父母家，已经下午五点多，天边晚霞瑰丽，火烧云炫目。

江母的菜做得差不多了，忙招呼他们入座。江父则拿出了自己珍藏的好酒，非得给周从戎满上。

"爸，您可千万别灌他酒。酒驾要不得。而且我和他马上就得去单位值夜班，我们岗位不允许醉酒。"

江父却是不屑地轻嗤了一声："姒姒你骗谁呢？小周他是明天的白班。"

江姒一愣，她万万没想到她爸竟这么清楚某人的值班安排。周从戎还真把自己当成了老江家的未来女婿，事无巨细地向未来老丈人报备，未免也太贴心了吧?

她轻咳了一声:"爸,您既然知道他明天的白班,那您应该也知道,他昨晚通宵值班了,今天上午原本该补眠休息的,可为了查那个人的消息只睡了两三个小时又到处奔波。今晚他需要早点休息……"

"那正好,微醺容易睡个好觉。你待会儿开车将小周送回家。再不济直接送你那边去睡。反正你那儿有客卧,明天你俩一起去上班也方便。"

有这么将自个儿闺女往狼窝里送的吗?生怕孤男寡女两人不发生点什么是吧?

"江叔,我喝果汁就好。"周从戎适时地开口,还故意凑近了江父小声道,"姒姒说什么就是什么。"

"你啊,男人在外喝点儿酒算什么?你还被她管着!出息!"虽是这么埋汰着,可江父的心情显然是大好。

周从戎忙接过酒瓶:"我给您倒上。但您不能多喝,只能浅酌一下。"

江母将最后一道糖醋鱼端上桌,笑着道:"你江叔每次一高兴就管不住自个儿,喝酒也没个节制。小周你多说说他。"

江父立马吹胡子瞪眼:"瞎说!"

周从戎忙道:"邵姨您快来坐。"他又将另一个空位上的杯子里倒了杯果汁,这才给江姒和自己也倒了一杯。

四人先举杯共饮,吃着菜说着闲话。

饭桌上,周从戎犹如叙家常一般将这几天的调查结果和他们倒了个一干二净。

"警方尝试着恢复行车记录仪里存储卡的记录,结果发现这张存储卡干干净净的。除了今天,此前并未有任何使用记录。"

江姒和她爸妈做下过约定,有关于"江铮"的事儿绝不再瞒着他们,一家人一起承担。所以这几天她和周从戎的发现,她都一一和他们说过。

此刻得到这样的消息,江父、江母多多少少还是有些失落。

这一年多来,他们从一开始期待那人是江铮,到最终看明白了一切,只是一心想揪出那人查出真相。见惯了对方躲躲藏藏的本事,他们倒也看开了。

"没事,他既然冒充我们家阿铮,那总有他的目的。只要他还在这座城市,只要他还在国内,即便我们不能逮住他,即便警方也束手无策,可总有一些火眼金睛的网民能提供线索。"

江母故作轻松道。

江父沉默过后,狠狠灌了一口酒。

唯有江姒,隐隐觉得纪研博有些不对劲。太巧了,他刚买的新车,行车记录仪里的存储卡竟然好巧不巧换成了新的,只记录了今天的行车记录。

她向周从戎投去一个探究的眼神。

男人仿佛看穿了她的猜疑,桌子底下的手却是握住了她的:"别瞎想,现在什么都不能确定。"

"来,吃菜吃菜!"江母看了一眼埋头喝闷酒的江父,叹道,"得之我幸,失之我命,顺其自然就好。你们小年轻也别太较真。这事情警方都查了很久也没查出个真相。小周,难为你帮着我们一起为这事儿奔波了。"

"邵姨您千万别这么说。这都是我该做的。我也想查出那人的身份,想知道当年江锌的死是不是还另有隐情。邵姨,您说得在理,这事情既然都过了这么久了,急不得,咱们顺其自然就好,心态一定要放平稳。"

江母笑了,朝还在闷头喝酒的江父努了努嘴,说:"你江叔啊,还没想开呢。"随即,她一手夺过江父的酒杯,"听到没?你未来女婿让你心态放平稳。"

江姒不知道自家父亲是什么感觉,可她知道,自己这张脸挂不住了。

"未来女婿"的称呼,原本也只是自家爸妈在心里想想,没有宣之于口。可现在,她妈竟然直接当着周从戎的面大刺刺地唤了出来!这是生怕周从戎没有点儿其他的想法是吧?

好在门铃响了,打破了江姒的尴尬。她几乎是飞也似的跑去玄关开门。

门外,竟是吴叔和吴拾。

吴叔苍老的面容有着欣慰的神色,一张脸憨笑着。吴拾也是笑眯眯的,那个开朗阳光、精神气儿十足的青年,又回来了。

两人换鞋进屋,吴叔将一瓶红酒搁到桌上。

"老江你之前说姒姒和小周今晚过来,我拎着这小子过来给他们敬个酒道个谢。"

江父无奈:"你搞得这么正式干什么?"

吴叔却是劫后余生般满是感激之情:"这小子现在总算是活了过来!如果没有姒姒的帮忙,没有小周的开解,这小子说不定就要让我白发人送黑发人了。"

"爸，您瞎说什么呢！"

"吴叔，不至于！"

"老吴，你别乱说，赶紧呸呸呸。"

…………

最终，吴拾给江姒和周从戎分别敬了杯果汁和红酒。

晚上离开时，江母一个劲叮嘱，说是周从戎喝了酒，让江姒开车。

两人总算是摆脱了念叨，下了楼。

刚走到楼栋口，夜风吹来，江姒不期然闻到了一股子浓郁的酒味。

明明说喝果汁的男人，最终耐不住吴叔和吴拾的热情，喝了好几杯红酒。此刻，他的脸色明明是正常的，可她总觉得，他似乎微醺了。要不然他的手为什么还紧紧地和她的手腻歪在一起？连带着她的手心都出汗了，黏糊糊的。

然而，她刚想要将手钻出他的掌心，被他眼疾手快地重新拢紧。男人的指腹颇有点儿暧昧地摩挲着她滑腻白皙的手背："是去你那儿，还是去我那儿？"

他的嗓音低沉醇厚，这暗示意味十足的话，瞬间令江姒脸上充血。

她想起了饭桌上她爸说的让他去她那边睡的话，心跳如擂鼓。

不能想不能想，越想，这脸就烫得不成样。连凉风都拯救不了她滚烫的体温了。

"当然是送你回家了。"她甩开他的手，快走两步走到车边。

今天过来得早，纪研博那辆彪悍的车恰巧停在单元楼下。她朝他伸手："车钥匙。"

他唇角勾笑，眼神示意了一下自己的裤兜。

……这男人，绝对是故意的！

她竟不知，他究竟是从何时开始如此恶劣了。

"姐！"

一道声音响起，江姒还在和周从戎僵持不下，没意识到什么不对劲儿。

直到那人又唤了一声："姐！"

声音的主人，也从刚刚的十几步远处挪到了她面前。

弯月如钩，路灯的光影迷离，江姒抬起脑袋，入眼的恰是一张熟悉的脸。那张脸上扬着一个大大的笑容，亲和热情。

来人不是旁人，正是姜淮元。

他身高腿长，手臂肌肉线条流畅，展现着力与美的结合。行李箱的滚轮在地面发出声响，他拎着拉杆，背着背包，浑身洋溢着青春与活力，却是故意哀怨道："姐，一年多没见，你该不会认不出我了吧？"

江姒立马就和他热络起来："哪能啊！你可是我交际圈里罕见的明星！珍稀物种！我还等着将来抱你大腿呢！"

被形容成珍稀物种的姜淮元额上滑下黑线，认真纠正道："还不是明星，只是演艺从业者而已。"

江姒却是挥了挥手表示他太谦虚了，随即为两个男人做介绍。

"他就是我跟你提过的姜淮元，之前在吴叔家租住过一阵子的租客。他这人热情，和我们邻里邻居都处得很好。我爸妈还总夸他来着。"

在介绍周从戎时，她略微迟疑了下。周从戎却是含笑睨着她，等着她亲口承认他的身份给他名分。

"这是我男朋友周从戎，我们老江家未来的倒插门女婿。"

倒插门女婿？

好，好得很！

周从戎的眸中尽是无奈之色，纵着她胡说八道。他朝姜淮元伸出手："你好，周从戎。"

他对这人有印象，从江姒父母家的猫眼中，他曾亲眼见到姜淮元开门进了吴拾家。彼时虽说没有正式见面，可对方故意缀在他们身后的举动，令他一度生疑。

姜淮元礼貌地回握了下手，目光在两人身上流转，声音格外真诚："戎哥，你和我姐这副高颜值的组合，逛街时妥妥的虐狗二人组。"

江姒听在耳里，只觉得有点儿难为情。

在称呼问题上，周从戎明显感受到了对方的自来熟，倒也没有指出。

他随口道："之前听姒姒提起过，你是胥州电影学院的学生？"

"是的，严格来说是往届生了，我去年胥电毕业的。"

"以后打算留在峥州发展了？"

"姑且先在这边闯荡一下吧。去年毕业前夕在这儿感受了几个月，觉得这边的拍戏资源挺多的。恰好一位认识的导演给了个试戏的机会，就来碰碰运气。"

江姒瞧着姜淮元脚边的行李箱和背上的背包，这才反应过来："你今天刚从胥州过来？这一次也是租到了这儿吗？"

提起这个，姜淮元感慨："缘分真是妙不可言。我这一次算得上是说走就走的一场事业之旅，提前在网上和几个房东沟通过今天看房，结果一连三个都出了岔子。我只能抱着死马当活马医的心态问一下吴拾他那房间还租不租，结果还真问对了。这不，一听说还租，我就带着全部家当过来了。"

三人又聊了一阵，江姒目送着姜淮元上楼。

"走，给你当专职司机送你回家。"

江姒吆喝一声，以迅雷不及掩耳之势从周从戎的裤兜里掏出车钥匙。

在周从戎尚沉浸在被她轻薄的震惊中时，她已经飞快按了开锁键，先他一步上了车。

"你知道自己刚刚那手指再偏离一厘米，可能就会碰到不该碰到的地方吗？"

周从戎坐上副驾驶座，给自己系上安全带的同时还不忘调侃她。

"你确定那是我不该碰到的？"江姒故意朝他眨了眨眼，随即一副对他言听计从的小女人姿态，"行吧，那以后我绝对不越雷池半步。"

周从戎有种搬起石头砸自己的脚的感觉。

一口气梗着，有点儿憋出内伤了。

偏偏女人懒得再继续这个话题，而是犹如发现新大陆般研究车子的各项功能。

他看得好笑，随她去了。他掏出手机给吴拾发去了一条微信：你们家重新招租客了？那么凑巧又是同一个人？

吴拾的回复很快，统共三条语音。

"咦？戎哥你是百晓生？"

"哈哈哈，你和姒姐是不是在楼下碰到人家了？"

"我马上要回站里了，我爸一个人住着怪冷清的。突然收到他的短信说想要续租，我就赶紧应下了。这屋子里能有个别的什么人和我爸唠唠嗑也好。况且他去年租住在我家，不仅对我爸嘘寒问暖，还和姒姐他们家也处得很好。

他这人是个能处的,会来事儿。哎,门铃响了,该不会是他来了吧?戎哥,回聊!"

吴拾的声音逐渐消散在车厢内。

江姒花了足足十分钟研究了一番,这才有些意犹未尽地将车启动:"你特意向吴拾确认了一下,是觉得姜淮元有什么不对劲吗?"

第五章 ★
"无声"的救援，冰山一角的真相

/ 江铄可以救人，但不可以触犯法律！这是原则，是底线！
谢谢他当年对江铄的付出，谢谢他被攻讦时承受压力不改初心，
谢谢他对她的不离不弃。
谢谢她生命中出现的那个人，是他。/

1

红墅湾小区。

阳光透过窗帘的缝隙投射入室内，光影打在一条纤细白皙的藕臂上。吊带滑落肩头，女人胸前大片白皙的肌肤与锁骨一览无余。可偏偏，那凝脂般的肌肤经了风霜雨打，露了些特殊的旖旎痕迹，竟是格外显眼。

闹铃响起时，江姒下意识探手去滑动手机屏幕。

然而有一条结实有力的臂膀先她一步关了闹钟。随后那条男性手臂横在她胸前，竟是直接将她往身后的健硕胸膛箍去。

与此同时，温柔缱绻的吻落在了她的后颈。

"待会儿要迟到了！"江姒扬声斥道，脸却是一个劲儿地往枕头里埋。

昨晚她明明是开车送他回家的，可鬼使神差地被他说服，先将自己送了回来。然而，原本说找代驾开车回自个儿住处的男人，却堂而皇之地随着她挤入了她住的公寓。

一切，就这么顺理成章地发生了。

事实证明，她爸江老师说的话不可信。微醺状态下的男人更容易睡个好觉？骗鬼呢！周从戎精神奕奕、不知餍足，她甚至都不知道他究竟是几点入睡的。

因着参与晨练，江姒和周从戎是卡点到单位的。大热的天，她甚至还围了一条丝巾，惹来罗芳若有所悟的眼神。

偏偏罗芳什么都不说什么都不问，只拿一双眼揶揄她。江姒有心想要解

释却无从下手。反倒是武大川藏不住事儿,在交接工作时,顺嘴问了出来:
"江姒,你裹这么严实,不嫌热吗?"

等的就是这句话!

江姒表情逼真,一派坦然:"空调温度低,脖子凉。"

"也是。我去调一下温度。"大直男武大川,平时挺会来事儿的,这会子非常上道儿地给江姒递梯子。

罗芳看得眼直抽抽。

还真被这小子给蒙对了。肥水不流外人田,她那表弟是彻底没戏了。

日子就这么一天天滑过,每天都有忙不完的工作,也会跑警局,也会不死心地继续去查那个人。

唯一不同的是,江姒的住处多了一个男人。

周从戎以让她对他负责为由强势地卷入她的生活,不给她丝毫退缩的机会,就这么将他一些零零碎碎的日常用品和衣物蚂蚁搬家一般搬到了她那边。

自从他入侵她的私人领域,江姒感受最深的,就是她的时间规划表被屡屡打破。一个人的计划表,终是因为多了一个人,而不得不将各种因他的存在而产生的意外考虑在内。

就好比今天,在单位熬了一宿回到家,原本第一件事就是卸妆洗澡睡到下午。可因着周从戎,她硬生生又多了一项体能消耗运动。

这一觉,也就睡得格外沉。再醒来时,已经都下午五点了。

原本和古琴老师约好的课程,她竟直接翘课爽约了。

一查手机闹铃,竟是被某个男人给悄咪咪关了。

她伸出白嫩的脚踹了踹黏在她身上的人,将人给踹远了点儿,忍着肚里的饥饿起床换衣服。

"放心,提前跟你那古琴老师打电话报备过了。"

江姒的手指还往后探着去勾内衣的扣子,岂料身后横过来一双手包裹住她的手,格外贴心地为她效了劳。

尽管两人负距离接触过了,可对于这种情侣间过于亲密的小事儿,她反倒有点儿不自在。

她抱起衣服就冲向了卫浴间。

"咔哒"一声,竟还上锁了。

周从戎的眸光幽深了几分，随即起身到她的衣帽间翻找出了一条亲肤的缎面裙。果不其然，下一瞬，卫浴间里传来女人弱弱的声音。

"帮我拿件衣服。"

刚刚她慌不择路抱进去的衣服，是两人酣战时他脱下来的睡衣。

待到江姒从卫浴间里出来，已经换好衣服，洗漱好了。房间里不见周从戎的身影，她出了卧室，便见到在客厅落地窗前和人打电话的周从戎。

窗外，夕阳西下。男人倚窗而立，身姿挺拔，恰是那一垂眸的侧脸，勾人心弦。

江姒不由自主地驻足，多看了几眼。

周从戎仿佛察觉到她的视线，抬眸朝她望来，迈步走向她的同时，飞快朝着手机另一头的人说了一句"挂了"，然后，毫不迟疑地结束了通话。

"刚纪研博打电话约你吃晚饭，我替你拒了。"

直到他将手机递到她掌心，她才意识到这是自己的手机。

他不仅擅自接她的来电，还擅自替她做决定。

这样的做法，委实是有点儿触及江姒的底线了。

"我觉得我们需要好好沟通下。"情侣之间的相处，也是需要一定的边界感的。可他明显已经越界。

如果刚刚是她接的纪研博的电话，她也会拒绝对方的约饭。毕竟她和纪研博也算是相过亲的关系，如果不是他有点儿不对劲，她甚至还觉得他是个不错的发展对象。可也就是因着那层关系，她每次见纪研博都有点儿尴尬，反倒是对方没事人似的喊她"嫂子"，甚至还大言不惭地说坚决不挖好兄弟的墙脚。说得好像他想挖就能够挖得动似的。

可她拒绝纪研博的约饭是一回事，周从戎不问过她擅自替她拒绝，是另一回事儿了。

"如果你觉得我不该替你回绝了他，那我这就回拨过去，说你化个妆这就出发去见他。"男人语声温柔，仿佛轻哄般捏了捏她的耳垂。

江姒的火气倏地就散了。

他还真是精准地拿捏住了她的七寸。

"你别无理取闹。"她拍开他的手，"天都快黑了，我至于还为了去见他化什么精致的妆容吗？浪费我的粉底。"

她说得斩钉截铁，开始打发他去做晚餐。

中午那顿还没吃，这会儿是饿得很了。

不过很快，当江姒的手机再次响起，她狐疑地接起后，就被狠狠打脸了。

"果果在呼唤我！"她在周从戎瞠目结舌中火急火燎地奔向卧室，开始捯饬自己的脸。

周从戎拧了拧眉。

某人还真是够狡猾的，竟利用孩子。

他抬步跟了过去："需要我给你报销粉底钱吗？"

江姒状似认真地扫过梳妆台上的瓶瓶罐罐，格外认真道："这种事看你自觉吧。问我，我的意见当然是不能拿男朋友一针一线。"

得，心口不一的女人。

周从戎心领神会，趁着她化妆取过了她的手机，将她淘宝购物车里的护肤化妆用品全选、下单、代付，一气呵成。

"你又拿我手机做什么？"江姒从镜子里瞄了他一眼。

"跟纪研博那小子说一声，你要带家属蹭饭。"

……啧啧，身份不一样了，蹭饭也能理直气壮了。

果果最近开始偏食挑食，吃饭时不爱吃蔬菜，只喜欢吃肉。一般的父母见自家孩子这样可能要急得跳脚，可着劲儿让孩子荤素搭配地进食。偏偏罗芳对孩子实行放养政策，索性按照果果的喜好来，就看他什么时候吃肉吃到生理性反胃。

因着果果想吃肉，纪研博这个当人表舅的痛快地将地点定在了一家私房菜馆，随后非常贴心地给果果点了一份外卖炸鸡和果饮。

如此清新脱俗的操作，不愧是亲表舅，带娃贼"六"。

江姒和周从戎到来时，果果正坐在店里啃鸡翅。小小的人儿戴着一双完全不合手的一次性手套，一爪子下去将鸡翅牢牢握在小小的手心，"嘎巴"一下，咬得贼欢。

江姒看得目瞪口呆："芳姐怎么放心将娃交给你遛啊？也不怕你把果果给遛得不成样了。"

"嫂子，你瞧不起谁呢？"纪研博穿着衬衫西裤，挺有几分精英范儿。见她来了，他忙起身相迎，想绅士地为她拉开椅子，岂料立马收获了周从戎那虎视眈眈的眼神。

210

他默默收回了自己挪出去的脚,非常自然地招呼两人落座:"戎哥、嫂子,你们快坐。"不过……戎哥你能收敛一下那防狼似的眼神吗?

果果狼吞虎咽地啃着鸡翅,眼见江姒到了,小眼神一亮,口齿不清地唤了一声,随即丢下啃到一半的鸡翅,从沙发椅上蹿下来,一头便要扎进江姒的怀里。

江姒瞧着他那油腻的爪子,下意识后退了两步。

然而果果的冲劲十足,小身子朝她扑腾了过来。眼见他的爪子连带着油腻的一次性手套即将抱上她的大腿,横空伸出一条手臂,屈指抵在小家伙的脑门上,直接就逼停了小家伙过分热情的动作。

那手臂的主人,赫然就是周从戎。

"姒姒姨姨,"果果可怜兮兮地摸了摸自己的小脑门,抽了抽小鼻子,"你是不是嫌弃果果了?"

这孩子小小年纪发出的灵魂拷问,当真是一针见血。

"有点儿。"江姒实话实说,将他戴着的一次性手套取下来,拆开桌上的湿巾给他细细地擦了擦手,这才道,"好了,现在咱们果果干干净净香喷喷,姨姨可喜欢白白净净的果果了。随便你抱,横抱竖抱都成。"

小家伙泫然欲泣的小脸上瞬间绽开了笑,抱紧了江姒的大腿不撒手。那样子傻甜傻甜的,好哄极了。

"嫂子,你都不知道我这个免费劳动力当得有多惨。好不容易从满满的工作行程里抽出时间打算和你约个饭,还被这小兔崽子缠上了。"纪研博熟稔地朝她抱怨。他似乎忘记了,如果不是他口中的小兔崽子,他压根就约不出来江姒。

果果被自己亲表舅这么埋汰,当即不乐意了。他委委屈屈地抽了抽鼻子拆穿他:"姒姒姨姨,表舅骗人!他诱拐我放学后跟他去吃蛋糕,却骗我去学画画!好不容易上完了一节画画课,他还是不给我买蛋糕。"终于等来了能帮自己撑腰的熟人,果果鼓着脸控诉。

"你个小白眼狼,是谁给你点炸鸡的?是谁带你来和你姒姒姨姨一起吃饭的?"

纪研博捏了把他那软乎乎滑腻腻的小脸蛋,惹来小家伙的吃痛和告饶。

果果小脑瓜子一转,觉得挺有道理的,抱起自家表舅的脸就是"吧唧"一口:"谢谢舅舅!"

周从戎亲眼见到他哄骗小朋友,有点儿没脸看。

纪研博提前点过菜了,周从戎加了两个菜,将平板电脑递还给服务员,又低声叮嘱了几句。见人离开,他这才将兜里的车钥匙搁到桌上:"咱们将车换过来吧。"

纪研博当即好奇道:"试驾的感觉怎么样?是不是下定决心要入手同款车了?"

"空间太大,平常上下班开的话有点儿浪费。而且太烧钱了,后期维护保养也是一笔大开销。"

"嘿,我还当是什么不可调和的大问题呢。戎哥你平常就开手头这辆SUV,自驾游休闲娱乐时就开卫士130,两辆车轮换着开就行。"

周从戎非常从容淡定地瞎扯道:"我原本的打算是,入手一辆新的,把旧的卖个二手。如果两辆车换着开,一方面资金有点儿周转不开,另一方面,闲置车辆也是一种资源浪费。而且我哪儿来的第二个车位?"

纪研博被噎了噎。

他怎么就忘记了,眼前这位是个花钱讲究实用性的主儿。而且他那单位,估摸着开这辆车出去晃悠,分分钟可能就会被上头关注到,牵扯出什么纪律和作风问题。

"那……不买了?"

"还是再看看吧。买辆低调点的,更实用的。"

说话间,服务员端着个砂锅上桌了。

"这么快?"江姒有点儿狐疑,探头看了眼,是养胃的鸡丝粥。

纪研博一脸求表扬:"戎哥特意跟我打了声招呼让我先点的。之前一直在灶上先炖着。"

毕竟两人今天都没怎么进食,这易克化的粥品倒是让她有点儿食指大动。江姒自己动手丰衣足食,舀了半碗。似乎意识到有点儿不对劲,忙又体贴贤惠地给旁边的人也盛了一碗。

对面一大一小眼巴巴地盯着她,江姒不太确定地询问:"要不给你们也舀一碗?"

果果的小肚子早就被炸鸡给填了个七分饱,他的小脑袋晃得跟个拨浪鼓似的,随后吸溜了一口果饮,又继续拣了只他看着顺眼的鸡腿,小虎牙一咬,开啃。

纪研博则是非常不客气："谢谢嫂子。"

一碗温粥下肚，其他的菜也陆续上桌了。这期间纪研博插科打诨，可又隐隐似有什么话想说。

他今儿个特意借着果果的名义将她约出来，总不至于纯粹只是叙旧。江姒见他欲言又止，主动道："你今天是不是有什么话要对我说？"电话里不能说，非得约出来，看来这要说的话还挺重要的。

纪研博也不扭捏了，斟酌着语句："其实就是我公司现在正在做的一个电影项目，消防相关的，嫂子你应该知道，就是去年我提过一嘴的那个。"

这个江姒是有印象的，她问道："怎么了？"

"这个电影作品的主角消防员其实是有原型的。当时我们领导的意见是，虽然有原型，但在剧情设定时尽量将这个主角设定成所有消防员该有的样子。他可以是世间任何一名消防员，世间任何一名消防员也可以成为他。所以就忽略了获得人家授权这个事儿。"

江姒一头雾水，不明白他为什么特意跟她提他的工作，但还是诚恳道："如果确实需要授权，你们不能马虎，还是得去和人家商量一下。"

"嫂子你说得对，这个事儿我……"

"今天差不多就到这儿吧，我们先回了。"周从戎却是突兀地打断了纪研博的话，温柔地用纸巾替江姒擦拭了一下唇角，随后揽着她起身，对他说，"这顿我来请吧，借你车的事儿还得好好谢谢你。"

"戎哥，我……"

见到周从戎那横过来的不赞同眼神，纪研博蓄积起来的热切劲儿就这么蔫了下去，不得不闭了嘴。

他明知道他会反对，可今天还是将江姒约了出来。

尽管他的初衷是好的，他想要借助电影表达的主旨是积极向上、具有正能量且能缅怀江锌的。剧本里的主角"英魂归来"后仍旧参与救援的事迹，如果是为了剧情需要而虚构的，那可以达到戏剧性效果更具感染力。可事实是，剧本里的主角经历的救援事迹与现实生活中几个119现场出现的那个藏头露尾假装江锌的冒牌货的救人事迹一模一样。这是张冠李戴，这压根就不是他们烈士家属所希望看到的。这样的剧本内容，他们应该很难认同。

"这事儿到此为止。"周从戎意有所指，望向纪研博的眸光犀利，"你让编剧改改剧本。既然你们公司为了这个作品都筹备一年多了，应该也不差再多投入点时间了。"

江妲不知道这两人在打什么哑谜,她去抱果果。

小家伙吃饱喝足已经在沙发椅上睡着了,身上还盖着纪研博脱下来的西装外套。

她将人捞了起来,给他擦掉嘴角流下的口水:"走吧,一起下楼去拿车。"

两个男人非常默契地跟上了她,途经前台时,周从戎去结了账。随后,他将果果从她手里接了过来,非常自然地一手抱娃一手搂女朋友。

纪研博却是心事重重地按开了电梯门,烦躁地薅了把自己的短发。

真是愁死个人!

2

不知道是不是江妲的错觉,自从周从戎那天抱过果果之后,总会有意无意在她面前刷一些亲子视频。

她想,他应该只是对孩子这种生物产生了好奇心,绝对不是索要新的名分变相催生。

对,他"男朋友"这个身份才刚落实不久呢,不至于就产生那种可怕的念头。

今儿个上班,他们六人都在,贾冰照例给大家开了个动员会议,学习教育的同时又给他们打鸡血,同时还布置了一些任务。

等到散会,他单独将周从戎叫进了自己办公室。

两人谈了约莫有半个小时,周从戎出来时没事人一般,面上瞧不出什么。这就令江妲好奇了。他和她师父都不是爱说废话的性子,上班时间也不至于闲扯淡了这么久。

她悄悄问道:"师父找你谈什么了?"

"贾哥说要提高我的薪资待遇。"

"啊?"江妲震惊脸,"就这?"

"还真信了啊?"他失笑,眸中蕴着几分缱绻柔情。

江妲横了他一眼,别开脸去,懒得再问了。

周从戎也不瞒着她,小声和她咬耳朵:"仁皇特勤站和咱们市研究所的一个消防演习项目,许涛希望我能过去当顾问,找贾哥帮忙将我调过去一阵。"

因着周从戎的能力,之前曾被借调参与火调,也曾被邀请参与指导消防演习。

这一次又被借调，江姒倒也不太意外。

只不过……

"许站长他自己不成吗？"

"任务有些重，他怕出现纰漏所以想找外援。"周从戎解释道，"这个无线电设备研究所隶属于北京航天某研究院，从事的研发工作有点儿特殊。前几天所里发生过火灾，虽然消防自动喷淋系统及时将火扑灭没有造成严重的后果，但所里领导格外重视，特意和支队的领导打了招呼。"

仁皇特勤站作为市里众多消防救援站里的佼佼者，自然是被点名接受这个任务，对研究所进行指导工作。

"这一次消防演习相比以往任务会更重一些。一方面对消防安全隐患进行排查整治，必要时改动研究所里已有的线路重新安装消防设施。另一方面需要对所里的每个研究人员都加强相关体能训练。让他们以后碰到此类火灾，不仅能做到安全逃生，还能及时抢救资料。总而言之，言而总之，保命、保资料、保设备。这个'三保'工作，还需要从此次消防演习中摸索出规律，找到存在的问题，从问题中寻找解决方案。是个细致活儿，仁皇特勤站如今的政治指导员是空降的，缺乏一线经验。至于几个班的班长，目前还不能胜任统筹全局工作。许涛缺人，不敢去其他救援站挖人，见我在这儿猫着就打起了我的主意。"

也不是什么保密性的工作，周从戎对江姒完全没瞒着。他三言两语将问题点到即止。

江姒倒是听明白了原委，只不过听明白之后，望向新晋男朋友的目光就变得意味深长起来。

她一直都好奇来着，他能力在那儿摆着，为什么会甘心窝在指挥中心当个接警调度员。当初他究竟犯了什么错被发配到这边……

江姒有冲动问出口，可又怕触及他的忌讳，最终张了张唇："任重而道远，小同志你加油！"

小同志？

周从戎没绷住，笑出声来："女朋友的鼓励挺别出心裁的，我收下了。"

武大川眼见他们在悄咪咪地互动，朝着周从戎挤眉弄眼："戎哥，什么时候发喜糖啊？"

"嗯？"男人的尾音上扬。

生怕被冠上一个"八卦"的名声，武大川非常不负责任地甩"锅"："常哥觉得你和姒姒都处了这么久了，该扯证了。他连你们娃的名字都替你们想了好几个呢！"

周从戎一怔，随手拿起本地图书敲了一下他脑门："我们六人中就数常哥最正经了，才不会跟着你胡闹。你别玩栽赃嫁祸那一套！"

武大川抱紧自己的脑袋"哇哇"叫着闪躲："我坦白从宽，其实是我师父在八卦。"

这个徒弟，还真是八百年才唤罗芳一声"师父"。

这是典型的有事"师父"，无事"芳姐"。

罗芳坐不住了："去你的八卦！我需要借着你的口八卦？想问什么我直接关门放果果，能有什么是不能从姒姒嘴里头套出来的？喊！"

江姒的额上滑下黑线。

芳姐这招，够狠！

不过下一瞬，罗芳却又出其不意地问周从戎："我替大家伙问一句，你俩发展到哪一阶段了？我们真的帮你们想了好几个娃的名字呢！"

江姒偷偷竖起的双耳有点儿发烫。

她当初和周从戎假扮情侣，他们接处警岗位的人也只当那会儿两人就在一起了。他们不知的是，她和周从戎弄假成真也不过才一段时日。

才短短时间而已，也亏得大家伙那么着急帮着他们考虑婚姻大事，连生娃养娃的事情都张罗上了。

江姒眼见周从戎即将张口，生怕他会说出些让她脸红面臊的话来，几乎是出于本能地接过了话茬："娃的名字汇总后发我微信。至于其他的，少安毋躁，以官方通报为准。"

此言一出，办公室内死一般的寂静，所有人的视线都齐刷刷朝她望来。

就连周从戎也是似笑非笑地睨着她，俊脸上含着一丝戏谑之色，眸中晕荡着温柔。

江姒后知后觉地意识到自己犯蠢了。

她将头埋进桌上摊开的笔记本中，恨不得去抽三十秒前的自己一嘴巴子。

"干活干活，八卦哪有工作重要？"她维持鸵鸟心态，将自己埋入了一堆资料中。

然而一个小时后，一通来电开启了她今日的新挑战。

"您好，峥州119。"她戴上耳机接听电话，迅速进入状态。

电波另一头却无人说话。

"请问有人在吗？是否需要帮助？"

依旧无人说话，却有一些杂音。

鬼使神差地，江姒想到了一种可能性——对方遇到了危险不方便说话。

此前也发生过此类报警求救案件，报警人的人身自由受到限制，无法正常沟通交流，只能通过特殊的方式求救。

然而很快，这一猜想就被否定。接警台这边显示来电号码登记的身份信息是一位聋哑女生，十七岁，老家在邻市，目前在峥州特殊教育学校就读。

从登记资料来看，对方可以感知到外界的微弱声音，如果戴了助听器，应该可以勉强听到她这边的声音做出回应。

江姒拔高了声音，尝试着和对方继续交流："是苏婷苏同学吗？"

这一次，似乎对方才反应过来电话真是接通了。那些被压抑的惊恐与痛苦，在终于迎来曙光后，犹如宣泄一般，用"嗯嗯啊啊"的声音通过电波传来。

江姒急急问道："苏同学，你那边是遇到了火灾，还是遇到了别的伤害需要寻求帮助？如果是火灾，敲击一下你身边能够发出声音的东西，比方说用手掌拍打一下墙壁或者桌子，可以吗？让姐姐听到你发出的声音。"

另一头的周从戎察觉到她这通电话的与众不同，迅速切换线路，戴上了耳机倾听。

见没有传来敲击声，江姒打算继续询问其他的可能性，岂料下一瞬，却是听到了清晰的手掌拍击墙壁的沉闷声响。

她心神一震。万幸，对方应是戴了助听器，能对她的话做出回应。

江姒忙继续道："听姐姐说，如果是小火还没有起浓烟，你要抓紧时间尽快逃出去。如果浓烟大了，你躲在房间里，用毛巾等物品塞住门缝，准备好湿毛巾以防万一。"

另一头的声音哽咽，急切地想要表达着什么。

江姒忙道："是被困住了逃不出去了，对吗？"

传来一声拍掌声。

"告诉姐姐，目前有几个人被困。现场除了你还有别人吗？有几个人就拍几下，好吗？"

两声拍墙声，沉闷，却用尽了力道。江姒甚至都能想象到另一头的女生忍着惊惧将手掌拍红的画面。

被困者有两人，可无人能开口说话。两人极有可能都是特殊学校的聋哑学生。

江姒迅速在救援出动命令单上进行填写。

"苏同学你别怕，告诉姐姐你是在哪里遇到了火灾。学校吗？如果是，就拍一下手掌。如果不是，就拍两下手掌。"

手机基站能定位位置，可不能定位报警人的具体地址。江姒只能暂时通过这样的方式来做出一个大致的判断。

传来的，是两声。

江姒在电子地图上查看特殊教育学校附近的地形，飞快掏出自己的手机一阵摆弄。

她想要通过对方的手机号添加微信，引导对方发送实时定位过来。然而，她并没有查到这个号码注册过微信。

她不得不退而求其次："姐姐现在需要知道你们的具体地址，这样才能安排消防员哥哥们赶过去救你们。姐姐已经用自己的手机给你发了条短信，你发短信告诉姐姐你们的详细地址好吗？"

回应江姒的，是急切的两声拍墙声。

她心下一紧，再次向对方确认："你们知道自己在哪里吗？知道拍一下，不知道拍两下好吗？"

回应她的，是两声拍墙声，以及女生从嗓子眼冒出来的惊惧的"啊啊"声。

目前不知火势如何，女生情绪激动，不能再耽搁下去了。

她将出警命令单发送到峥州特殊教育学校就近的宇川消防救援站，特别说明了救援地址在学校附近暂不明确。消防赶过去需要一点时间，她必须在这段时间内问到详细地址，以免耽误救援。

江姒心下也难免焦急担忧。她一垂眸，恰见到一条男人的手臂横了过来，男人修长的手指将一张纸搁在她桌面上：引导她确认周围环境。

字体遒劲，因仓促写就而略显潦草。

"婷婷不怕，姐姐一定可以和赶过去的消防员哥哥一起救下你们的。"江姒亲昵地称呼她的名字，进一步拉近彼此关系，安抚对方情绪的同时也努力博取对方的信任，"婷婷，你告诉姐姐，从你们的位置可以看到你们学校吗？

可以看到拍一下，看不到拍两下，好吗？"

手机基站定位在学校附近，可对方又不在学校，那只能是以学校为中心的辐射区域。

这一次，传来的是一声拍墙声。

这一声，无疑增强了江姒的信心。

"婷婷，你是从窗口看到你们学校的吗？"

一声。

"你从窗口看到的是学校正面的话，敲击一下；是学校背面的话，敲击两下。"她需要判断她被困的建筑的方位。

然而，没有回应。

"婷婷，你可以判断出来是哪一面吗？能判断出来敲击一下，判断不出来敲击两下好吗？"

传来的，是两声拍墙声。

江姒蹙眉。她突然想到了，苏婷所在的特殊教育学校建造时以操场上的旗杆为圆心，各个教学楼呈圆形散布。所以，她无法判断出自己究竟在学校的哪一面，是完全有可能的。

"婷婷，你们现在被困的位置窗外有人吗？"如果有人，可以尝试着向对方求救让对方报警提供详细地址。

两声。

"你们是被困在一个房间里吗？"

一声。

"婷婷很棒！从窗口望出去，你可以判断出自己在几楼吗？在几楼就拍几下，好吗？"

这一次，对方却并未立刻作答。

江姒又耐心地询问了一遍，让她们尽量保护自己的同时伸出脑袋往窗外看一眼。

随后，传来三声拍墙声。

江姒还待继续进行确认，对方又飞快地拍了四下墙。

随后，是"嗯嗯啊啊"声。

一般人从窗口往外望，因着高度和角度问题，可能会错判自己所处的楼层。

但也可以根据这一信息进行一些基本的判断。她们所处的楼层在三楼或四楼，也就是说，这栋建筑最起码是三层及以上高度。

这样的话，可以排除掉学校周边的一些二层商户。

学校附近有个商场，那商场恰好有三层，不排除她们一起外出采买被困火中的情况。现在过了大爷、大妈们的早高峰购物时间，商场超市人不多，有可能火灾发生后工作人员未能及时发现火情……

可如果是在商场超市，那么她们刚刚就不可能会说不清楚地址。

江姒正犹豫不定时，她的手机连续进来了好几条文字信息。

陌生号码：这儿很脏。

陌生号码：有人抓我们，要强暴我们。

陌生号码：汽油洒了着火了那人逃了我们躲进了一个小房间不敢出去。

江姒的瞳孔放大，难以置信地盯着那些文字。

这压根不是一场简单的起火求救事件，竟还涉及了绑架和强暴吗？而且那人竟还是对两名聋哑女生下手？何等丧心病狂！

江姒神色激动，却还是努力告诉自己要平复情绪："婷婷，姐姐知道你们遭遇了可怕的事情。等到你们被救出去，警察叔叔一定会抓到坏人，让对方受到应有的惩罚。"

发生了火情，火势在室内蔓延，阻碍了她们的逃生通道。且火势暂时还未影响到室外被人察觉异样。

三楼及以上的建筑，脏，适合绑架，不容易被人发现。

符合这些条件的，有两处。一处是位于特殊教育学校东南方向的自建民房，那里鱼龙混杂，没有实行严格的人口登记，谁也不认识，谁也懒得管谁的闲事，可能会被有心人利用成为犯罪场地。

另一处，是位于学校西北方位的废旧厂房，共有四层，因着政府征地厂房搬迁，后来迟迟没有拆除旧厂房。在上岗前，江姒为了熟悉峥州市地形，曾跟着师父去过那边，发现那边完全荒掉了。不过后来政府招商引资重新规划土地，短短两年那边建了个上市企业的加工厂，制造、仓储、物流一条龙，企业还给外来务工人员建立了员工宿舍。人一多带动了商机，那边的一条马路久而久之成为了小吃一条街。因着城管管得严，后来小吃一条街就转移到了那片废弃的旧厂房内部。夜里生意那叫一个红红火火。她和沈一冉还慕名去体验过一把那儿的"夜市"。

· 220 ·

上午的阳光从窗外投射入内，氤氲着尘埃，那光线恰巧打在了桌面的那盆绿萝上。

江姒心念一动，与此同时，周从戎竟心有灵犀般又给她递过来一张纸。上头写着两个字——阳光。

她忙急切地问道："婷婷，你们那个窗口，被太阳光照到了吗？"

传来的，是一声拍掌声。

他们所在的窗口，可以被阳光照到。

所有的不确定伴随着这一个个问题，仿佛都有了一个准确的答案。

江姒和周从戎对视一眼，她再不迟疑，迅速通过无线电联络已经出动的宇川消防站的现场指挥员，说明了出事地点。讲清楚具体地址之后，她又迅速将两名聋哑女生被绑架险遭强暴的遭遇联网反馈给警方。

以现在的时间推算，阳光从东南方向斜射过来。她们的位置可以看到峥州特殊教育学校，如果她们是被困在学校东南方向的自建民房，那么她们所处的位置必定是背阳面，与她们现在所处的向阳面不符。

唯有位于学校西北方向的废旧厂房，她们所处的位置既能看到学校，窗口又能被阳光照到，符合条件！

即便江姒对自己的判断有信心，可还是怕判断失误耽误了救援的最佳时间。她依旧保持着和苏婷的通话，不住地给她们加油打气，希望能为她们多争取些救援时间。

从听筒中，她可以听到她们剧烈的咳嗽声，浓烟似乎已经通过门缝侵入了她们所在的小房间，进一步剥夺她们的呼吸。

"婷婷，你们是不是可以感受到风从窗外吹进来？听姐姐说，先在窗边吸几口新鲜空气，再继续捂住口鼻，忍不住了再吸一下。但如果你们明显感受到有毒烟雾在房内四散，别动鼻子上的湿毛巾，只要坚持到消防员哥哥们到来，我们就打赢了这一场战争！我们一定可以胜利的！"今天刮的是南风，如果她们始终站在窗边，南风能暂缓有毒气体朝她们逼近。

然而，接下去无论江姒说什么，电波另一头都没有人回应她。

手机似乎是掉落在了地上。

她听到了消防车由远及近的警笛声，以及重物落地的声音。

"婷婷！婷婷！"江姒的心跳漏跳了一拍。

那重物落地声，是房门承受不住火势轰然倒地了，还是她们昏迷过去了？

无论是哪一种，都极为不利。

时间一分一秒流逝，她守着电话，大脑有些放空，只是一个劲地唤着对方。

指挥中心其他人也关注起了此次火灾事故，面色忧虑。

正当他们这边焦急地等待消息时，宇川站的刘指导员兼指挥员向指挥中心反馈了救援情况——两名女生已经被救出送往医院，警方正跟进调查中。

然而，他又进行了补充——有人在他们赶到前先一步从火场中救出了两名女生。

3

江姒是在第三天下午才从警方那边得到进一步的反馈。

根据两名聋哑女生的口供，她们结伴在晚上到学校附近的废旧厂房区逛夜市，出于好奇上楼去"探险"。等再醒来时已经是第二天早上，两人被绑了手脚无法脱困。有个戴着口罩的男人过来脱她们的衣服、裤子，企图对她们实施强暴。她们在被人施暴过程中因为反抗而不慎引发火灾，施暴人迅速逃离，两人却被困火中，打电话向119求助。

火灾的缘由，来自一场绑架强暴案。

但对方是夜里将人迷晕的，在第二天早上才实施侵害，这成为一大疑点。因为两名女生并没有看清施暴者的长相，只能根据当时对方的眼睛、头发、衣服、声音、说话方式等进行一个更可能全面的描述，以助警方对其进行追踪。

如果说两名聋哑女生对于施暴者的面貌记得是模糊不清的，可对于将她们救出火海的人，她们印象深刻。

"是江锌哥哥救了我们！"

"我记得清清楚楚，江锌哥哥是一名消防员，他四年前就牺牲了，可他却在我们快死的时候救了我们！"

"江锌哥哥犹如天神一样从天而降，给我们戴上了防毒面罩，一手扛一个，就这么将我们扛了出去。他的力气好大，我甚至还看到了他手臂的肌肉和青筋！"

"对！江锌哥哥肯定听到了我们的祈祷，是上天派来拯救我们的天使！火好大，他完全不怕，就带着我们穿过了大火！"

"他是英雄，是我们的守护者！是天使！是……很帅很帅的人！"

在校方领导和老师的陪同下，两名聋哑女生接受了记者采访。视频中，两个劫后余生的小姑娘心有余悸，却对自己的救命恩人心怀感恩，不断地用手语比画着，向世人描述着他们恩人的英勇之举。她们勇敢地站在镜头前，将自己的伤疤揭开，只为了向世人展示她们的英雄，只为了让英雄不被遗忘！

因着这段采访视频，曾经全网热议的消防烈士江铮再次进入大家的视野。

寻找烈士江铮的网上接力行动，曾因时间的流逝和线索的缺乏而停滞，如今网民们热情高涨，竟再次自发寻找起来。

同样的事件再次上演，江姒还真有些不放心家里的父母。下班后，她直接回了父母家。

她回去时夜色渐浓，江父、江母早就吃完了晚饭。江母给她热了饭菜，特意拿出了教案在客厅备课。江父也没下楼去遛弯，而是架着二郎腿、戴着老花眼镜坐在沙发上刷着短视频。

家里的气氛，有些古怪。

江姒扒拉着米饭，状似随意道："你俩不会是因为看到网上跟阿铮有关的新闻又难受了吧？不应该啊，是谁说心脏承受能力变强大了的？是谁说一家人就要彼此不隐瞒，再苦再难都一起承受的？"

最终还是江父沉不住气，他将水杯重重搁在茶几上："也不是我和你妈只顾着心里怄气不跟你说。实在是……实在是……"

"什么？"

江母将教案放在一旁，接过话茬："这事儿一出，我和你爸心里有点不得劲儿，就又去你弟房里坐了坐。结果发现丢了东西！你说这叫什么事儿嘛！好端端家里还遭了贼。偏偏新闻里还在放阿铮救了人家小姑娘的新闻。"

"丢了东西？"江姒夹菜的动作一顿，正色道，"什么东西？"

"你弟的那套消防制服。"

闻言，江姒一怔。

丢的竟是阿铮的制服……

江铮那些消防的制服挺多的，江母怕自己表述不清楚，又描述了一番："就是那套夏季常服，短袖的，浅蓝色的衬衫上衣，深蓝色的长裤。衣服上还得佩戴肩章、领花缀钉什么的。"

江姒一听就明白是哪套了。

她问道："到处找过了吗？妈，会不会是您之前收纳的时候搁在哪个箱子里了？"

"我记得清清楚楚，阿锌的制服是搁在衣柜里的。上衣挂在衣架上，下装码放在裤架上。他生前以穿消防制服为荣，他死后妈怎么可能会记混他的那些衣服摆放的地儿呢？你妈还没到老年痴呆的地步。"

江父补充道："箱子里都找过了，也没有。"

这才是今天老两口情绪不对劲的原因。

儿子已经不在了，可如今连儿子的遗物也凭空消失了，这是他们做父母的失职。

这一瞬，江姒突然发现父母原来都老了。她爸脸上有着很深的皱纹，头发细碎，白发分布不均匀，可两鬓早就白了。她妈用惯了平价护肤品的脸上依旧难掩岁月痕迹，白发也忍不住从她的黑发中冒了出来。

白发人送黑发人，他们本就承受了极大的痛苦。可在儿子去世后，他们又一而再再而三地经历了儿子极可能死而复生的希望与绝望，甚至还经历了网络暴力。二次伤害与三次伤害，加重了他们的痛苦。

江姒站起身，不假思索地冲向了最里头那间紧闭的卧室。

等到她再出来时，心里却是犹如压了大山。

"家里的监控没查到线索吗？"上次江锌的烈士勋章不翼而飞，却出现在了梁未果直播跳江案"江锌"救人离开时的现场，他们当时虽然没有报警处理，可她还是不放心，连夜下单了好几个摄像头给家里安上了。可如今，同样的盗窃竟再次上演了吗？

"我和你爸盯着手机上那个监控视频瞧了很久，眼睛都快瞧花了，都没发现异常。压根不知道那小偷是什么时候溜进家来偷走东西的。"江母满是无奈，"姒姒你也瞧一下，兴许你能瞧出些什么名堂。"

"好。"

没了胃口，江姒将剩饭倒了又刷了碗筷，这才挤到沙发上，查看起了自己手机上有关家里的监控。

小偷如果进门盗窃，也就只可能是趁着老两口白天不在家的时间，或者晚上睡觉的时间。她先将晚上的作案时间排除，毕竟她爸妈觉浅，如果卧室门外有什么动静，总能听见一二。

而且对方大张旗鼓只为偷一套制服，那显然是对他们家摸得清清楚楚了，估计也对她爸妈的生活和工作作息比较了解。趁着他们不在家的时间段行窃，似乎更为便利。

家里统共三个摄像头，屋外一个，对着玄关一个，对着客厅一个。监控保留的时间一周左右。

江姒按照倍速飞快浏览。

在视频里，这几天到他们家串门子的有吴叔、楼下的邻居阿姨、江姒姑姑，以及……

"咦，杨大伟也来家里了？"她手指点着监控里提着大包小包上门的男人。

杨大伟是宇川消防救援站的灭火战斗班班长，和江锌是铁杆兄弟。

江母探过脑袋张望了一眼："是啊，大伟这孩子是个念旧的。他和阿锌亲厚，总替阿锌惦记着我和你爸。"

"他经常过来吗？"

"大伟他平时训练那么辛苦还得执勤，遇到个险情还得冒着危险去救援。你也是干消防的，应该知道他那工作假期不多，也不是说请假就能请假的。他能利用假期陪陪他爸妈和女朋友已经是难得了，自然是没时间经常过来了。但这孩子逢年过节的礼物没少送。我和你爸趁着给孩子们上消防教育活动课时还去过他们消防站，给他带点儿穿的用的，这孩子还实诚地不愿意收下。"

她妈这么一说，江姒悬着的疑心竟莫名放了下来："是啊，他们当消防战斗员的，付出的汗水总是比常人多些。"

江姒继续查看视频，很快又察觉了异样："咦，前几天姜淮元也来我们家了？"

"这孩子热情活泼有朝气，在你吴叔家续租之后又和去年一样总来拜访我们。他是个会来事儿的，和什么人都能处到一块儿，我还盼着他的新戏能红红火火，早日当上大明星在峥州落户安家呢。"提起姜淮元，江父显然是极为满意的。遥想去年他摔伤腿那会儿对方的嘘寒问暖，真是堪比几十年的邻居一样贴心。

江姒盯着视频中姜淮元的背影，按下了暂停键。有那么一瞬，她竟觉得那背影有些眼熟。

她突发奇想："你们有没有觉得……他的背影和阿锌挺像的？"

"是吗？"江母凑了过来，随即点了点头，"两人都是高高大大的身形，确实挺像的。不过你弟可不喜欢穿像他那样的白衬衫，容易脏不好洗，他穿着也不自在。"

江父也发表意见:"说起背影像,我倒觉得大伟那孩子和我们家阿锌的背影才更像,两人的身高也差不多。"

江姒听在耳里,这才惊觉确实是如此。

没想到杨大伟、姜淮元两人和阿锌的身高、背影都挺像的。果真是缘分啊。

江父又指了指画面里的姜淮元:"小姜这人有一把子力气。上次你非得给家里买台新冰箱,咱们这儿没安装电梯,人家送货的师傅用来搬冰箱上楼的工具好巧不巧在半道儿坏了,还是小姜帮忙将冰箱扛上楼的呢。这孩子的手劲大得很……"

说着说着,江父似猜到了江姒脑中的想法,拍了一下她的脑袋:"你别瞎联想!他们都是好孩子。"

江姒被拍老实了,收起了她的突发奇想。

等到她再集中注意力在监控视频上时,还真被她发现了不对劲的地方。

她将门外摄像头的监控视频暂停在某处:"爸妈你们看,这个时间点,突然出现几个气球严严实实地挡住了门口那个摄像头。"

她指腹又动了几下,锁定另一个视频:"还有这里,对准玄关处的那个摄像头也被几个气球挡了个严严实实不能幸免。这是一堆五颜六色的气球慢悠悠飘到镜头前的画面。"

家里三个摄像头,除了客厅里那个,两个能明显拍摄到来人的摄像头都被遮挡了。

"这个人闯入时明显做了充足的准备。轻巧地破解门锁,准备了充足的气球躲避开两个摄像头,又用极短的时间锁定阿锌的房间拿走阿锌的制服。最后取走遮挡住摄像头的气球。从摄像头被气球遮挡到气球被取走的时间推算,整个偷窃过程竟只用了不到五分钟。"

很显然,这个入室盗贼不慌不忙地锁定了阿锌的房间后,又非常利索地找到了想要偷的东西,甚至都没有翻箱倒柜到处寻找。

这与上一次的烈士勋章被盗,有着相似之处。

会是……同一个人吗?

上一次,江姒还因对方知晓家里保险箱的密码,以及被盗走的烈士勋章上残留了江锌的指纹,心底升起了某种期待。可现在,她压根不敢有这种不切实际的念头了。

若那人真是对她家人比较了解,想要破解保险箱的密码并不难。因为保险箱里放置的都是江锌的功勋章及各类证书与荣誉，所以设定的密码与江锌相关，也与消防有关。密码设定的是他的生日和消防宣传教育日119的组合。

经过江姒的一番提醒，江父、江母犹如醍醐灌顶。

整个过程太短了，他们两口子想要在三个摄像头中找到那短短几分钟，当真是看瞎了眼也很难查到。

"报警吧。"江姒的声音冷静果决。

上一次没有选择报警，一来是东西物归原主了，二来他们实在是查不出什么有用的证据。

可这一次，即便是家里安装了三个摄像头，对方都能如此明目张胆地行窃，委实是惊悚吓人了。江姒庆幸对方只是行窃，并没有做出危害自己父母的事情。可这样的不安定因素存在，父母住在这边实在是太不安全了。

在等待警方上门的时间里，江姒又联系了门锁师傅。家里的锁也必须换了。

这一晚，警方上门，门锁师傅大晚上上门服务，家里闹出的动静挺大。对门的吴叔听到动静忙过来关切问询。

入室盗窃，警方进行了立案。只不过失窃的只是件制服，警方也是一头雾水，只能暂时先做了笔录，并拷贝走了相关的监控录像。

一通忙活，江姒从父母家回到红墅湾小区时，已经晚上九点多。

虽说门锁已经换了，门口还安装了防盗铃，摄像头的人形侦测和移动侦测报警录像功能都已经启动，她还是后怕不已，忍不住叮嘱老两口晚上睡觉时警醒着些。

手机正在通话中，她浑身疲惫地推门进了浴室。然而下一秒她后知后觉地听到了不同寻常的动静。突兀的淋浴声传来，她险些惊呼出声。

她怎么就忘记了这房子里目前还有个厚颜无耻地搬过来蹭吃蹭住蹭睡的男人呢！

她刚要悄咪咪地退出去，花洒被关了，推拉门被打开，高大挺拔的男人裹着浴巾走了出来。

瞧见她，周从戎倒是极为从容："你如果能提前十分钟回来就好了。"

提前十分钟回来干什么？难不成他还要拉着她洗鸳鸯浴？

江姒眼见他的眼神乱瞟，竟有点儿细思极恐，几乎是手忙脚乱地结束了和她妈的通话。

"没心情跟你皮，你先出去，我要卸妆了。"

她白了他一眼，将他往浴室外推。

"你刚刚心神不宁的，是出了什么事吗？"周从戎却并不如她愿，堵在门口，一副势必要她说出来的架势。

过于沉重的担子压在身上，令江姒有些窒息。可如今，有这么一副肩膀，愿意主动为她承担压力……

江姒想到上次也是他发现了家里失窃的烈士勋章，也不再瞒他，将家里再次失窃的事情说了一遍。

认真听完，周从戎沉声点评道："看来是个手段了得的惯犯。"

顿了一下，他复又说道："你心里是不是有了可疑的人选？"

江姒在他面前几乎是畅所欲言的："上一次被偷走的勋章是从那个冒牌货身上掉下来的，且家里两次失窃丢的都是跟阿锌有关的东西。我在想，小偷会不会是那个冒牌货……"

"这个可能性极大。"周从戎肃着一张脸附和。

"今天我和爸妈查看监控时，有个念头一瞬间滑过我的脑海。我当时觉得对门的租客姜淮元的背影和我弟很像，身高也相近，他出事前还总来我爸妈家串门，对我家的布局和摄像头安装位置极为了解。你以前也对我说过，他身上有点儿古怪。我觉得，我真的是魔怔了，竟然将他和那个冒牌货联系到了一起。"

这一次，周从戎却并未立即回答，而是沉默着走出了浴室，显然是沉思去了。

等到江姒卸完妆洗完澡出来，男人已经换上了家居服，正在书房里霸占着她的电脑。

这两天他被借调去参与无线电设备研究所的消防演习指导工作，他时间紧任务重，和仁皇站的许涛许站长形影不离，为了节约沟通成本尽快商定出方案，他晚上也就没有回来睡。

所以今儿个他冷不丁出现在浴室，她才会猝不及防之下被吓一跳。

见她一直杵在书房门口，周从戎朝她招了招手："过来。"

"你这是招猫遛狗呢？"嘴上嫌弃归嫌弃，江姒还是走了过去。只不过人才刚走到他身旁,便被他伸过手臂揽住了腰,被迫坐到了他腿上。

下一瞬,唇被堵住。铺天盖地的吻,犹如蚕食般一点点掠夺着她的呼吸。

她只觉得自己似要在这一片温柔中溺亡,拼命地汲取着他给予的氧气。睡裙在不知不觉中被撩起,一发不可收拾。

雨疏风骤,待到重归平静,她早已出了一身细密的汗。

空调的凉风打在身上,她竟忍不住打了个寒颤。

"周从戎!"女人高声呵斥,声音竟还染着一丝娇嗔,没什么威慑力。

江姒觉得,她今后对书房都不能直视了。

偏偏周从戎好整以暇,对于她的嗔怒浑不在意,反倒是在她唇上轻啄了一记:"要不再去洗个澡去去汗?"

她伸手抵住他胸膛,手忙脚乱地从他腿上站起来,险些因为动作幅度太大而摔倒。待退到安全距离,她才咬牙切齿道:"书房重地,收起你的狼子野心。如果再有下次,我就直接将你扫地出门!"

最后那句,可谓气场全开,气势十足。

男人不置可否,适时转移话题:"你之前的猜想,我深思熟虑过了,不过最终还是排除了那个可能性。"

提及正事,江姒也不跟他较劲了:"你的意思是……"

"你应该还记得我曾经给你看过的那张关于冒牌货江铎的照片。"

江姒想到了那张智能家居展览会的照片。照片里的江铎,正在选购一款智能晾衣架。

她点了点头:"记得。"

"当初我找人做过鉴定,照片没有合成痕迹。"周从戎继续道,"这给了我们两个可能性。一个是江铎真的没有死,所以我当时才会向你反复确认江铎死亡现场的情形及他遗体火化的情况。排除了第一个可能性之后,我想到的就是对方出于某种原因整容成了江铎的脸,继而在一个个119现场出没,引发了如今这一系列连锁反应。"

整容……

这样的解释,似乎最能说明为何那个冒牌货与江铎有着相同的面容。

江姒继续点头,肯定了他的这一假设。

"宇川消防救援站的陈安在站岗时曾和这人打过照面,他很确定那张脸和江铎一模一样,且神态和举止都极为相似。而我,也在梁未果跳江现场瞧见那张脸，确实是与江锌没有什么区别，且他夺路而走时在长跑上展现的惊人爆发力也让我震惊。所以，我们姑且假定，这人确实是整容成了江锌的模样。"

"好。"

"可姜淮元的脸，与你弟弟没有相似之处。两人仅仅只是身高和背影的相似而已，根本不构成你这一猜想的成立。你看，这就存在相悖点了。"

江姒忍不住揪了揪自己的睡裙布料。

是啊，如果那个冒牌货真的是整容成了她弟的模样，那就绝对不可能是姜淮元。

毕竟姜淮元清清爽爽一个小年轻。他的脸怎么看怎么跟她弟不沾边。

所以，她对姜淮元的怀疑是站不住脚的。

周从戎却又适时补充道："不过姜淮元这人确实有点儿不对劲。他刻意租住在吴家，又和你们家套近乎，总让我有种说不清的感觉。"

他将电脑屏幕对准她。

江姒防备着他乱来，可还是抑制不住走近。

屏幕上，是一张照片。

"这是……姜淮元的毕业照？"她凑近，仔细地瞧着，"没有什么不对劲的呀。"

"或许，他进修表演，本身就是不对劲。"

"嗯？为什么这么说？"

"能考上胥州电影学院的学生，基本上都是有点儿家底的。可我查到他大学期间一直都是申请助学贷款。没有经济实力，没有人脉资源，却非要走这样一条明星路。"

听到这样的理由，江姒原本提起的心稍稍一放："还不准人家有个演员梦明星梦了？"

两人的讨论进了个死胡同，暂时没能碰撞出更多的思想火花。

江姒刚才被迫经历了一场运动，身上出了汗黏腻腻的，打算再去洗个澡。

临到书房门口，冷不丁听到周从戎丢下一句话：

"对了，那企图强暴两名聋哑女生的犯罪嫌疑人被警方抓到了。"

她顿时来了兴致。

迈出书房的腿重新迈了回来，她迫不及待道："天网恢恢，疏而不漏！咱们峥州警方的抓捕效率杠杠的。"

"不，严格来说，对方属于自首。"

江姒一直都知道眼前的男人消息渠道比她灵通多了，所以她乍然听到这消息，直接惊了惊。

"哎？他实施犯罪时故意将脸遮掩得严严实实的不就是怕被认出来吗？结果才这么点儿时间就慌了，跑去自首了？没那个熊心豹子胆还敢去作奸犯科，给受害人增添伤害，给社会增添负担，给人民警察增添麻烦，这种人就是欠蹲局子，就该给他上血淋淋的一课！"

不知是不是江姒的错觉，她觉得在她说最后那句时，周从戎的脸色莫名古怪起来。

她抬起高傲的头颅睨着他："你那又是什么表情？我说得不对吗？"

男人轻咳了一声，磁性的嗓音颇有点儿意味深长："还真是被你说对了，他被人上了血淋淋的一课，这才会选择自首。"

"啊？他怎么了？"

"有人路见不平为两名聋哑女生出气，先警方一步找到了犯罪嫌疑人，对他进行了一番拳打脚踢，踢断了对方的作案工具。"

踢断了……

对方的……

作案工具？

他这说法，委实是过于含蓄了些。也亏得他维持着那波澜不惊的语气，道出的事却是如此石破天惊。

4

根据聋哑女生提供的线索，结合附近路段各个监控，警方逐步锁定犯罪嫌疑人。可当他们正要实施抓捕行动时，对方先一步打电话自首了。那嗷嗷乱叫的痛苦呻吟声，差点没让当时出警的警察们集体失聪。

有人先警方一步找到了对聋哑女生出手的施暴人，对其进行了殴打，令其下体出血严重。经抢救后，对方失去了某方面能力。

对于这么一出大戏，江姒表示太精彩了。

果真是恶有恶报。

只不过……

这是什么路见不平的热心人士？踩着法律的底线疯狂试探，见义勇为到甚至不惜将自己送进局子和那人做伴？不是伤敌一千自损八百是什么？

"那个对他大打出手替天行道的人是谁？他这已经算是动用私刑了吧？情理上而言他是站在正义的角度，可从法理出发的话，他也已经触犯了刑法，应该受到法律的制裁。"

周从戎起身走向她："是啊，法律上对正当防卫还设立了诸多标准，更何况他这个是在事后打抱不平将人痛打致残。"

江姒追问道："这个打抱不平的人是谁？"

然而男人却摆起了谱，故意卖起了关子。

"先去洗个澡再说。届时即便我不告诉你，你也会知道了。"

江姒狐疑地瞪着他，摆明了不干。

男人却是将人犹如抱孩子一般抱起，手臂托着她的臀部，将人往浴室送："刚刚没来得及共浴，现在补上。"

等到两人从浴室出来，已经是半个多小时之后了。

江姒头发湿着，身体酥软，整个人都有些无力。

她任由他将自己抱到主卧的大床上，手脚有点儿懒得动弹，她的眼却是饱含控诉地凝视着他，默默发泄着自己的不满。

周从戎勾了勾唇角，捏了捏她气鼓鼓的脸颊："你这副委屈的小表情，会让我觉得你还意犹未尽，希望我再……"

男人的未尽之言，被女人用手掌狠狠地捂住了，最终堵在了嗓子眼。

他也没再折腾她，而是贴心地为她打开了手机微博，翻出了某家媒体机构发表的新闻。

江姒没什么力气地将手机接过，随意扫视了一眼。只这一眼，她就瞬间哑了。

不愧是媒体人，抢占头条的时机总是把握得相当好。

几天前，有关聋哑女生的新闻掀起过热度，媒体人士争相报道。关于对聋哑女生施暴的人，媒体也一直跟进着警方的调查进展。

这则新闻，报道的就是施暴者沈某粥被警方抓捕的消息，以及他在得知自己失去了性能力之后在病房里大声喧哗，透露将他重伤的人正是牺牲的消防烈士江锌。

他的话，恰与两名聋哑女生接受采访时的说辞不谋而合。

烈士江锌先消防人员一步救下火场中的聋哑女生，随后调查出施暴人是沈某粥，遂伸张正义袭击了沈某粥，对其造成了不可磨灭的身体伤害。

似乎是在为了印证新闻的真假，峥州警方也进行了警情通报，证实了沈某粥的犯罪事实。

只不过有关沈某粥声称被江锌报复性殴打一事，却并未提及。

因调查情况未明，警方不可能做无事实依据的通报，将这事儿安在已经牺牲的江锌身上。可也恰是因为这个，网民们越发相信从聋哑女生和沈某粥口中道出的"真相"。

消防烈士江锌死而复生依旧投身消防的事迹，早就耳熟能详，深入网民的心中。他为了两名受害人对施暴者沈某粥报复性殴打一事，大家就这么没有丝毫怀疑地信了沈某粥的话。网民甚至还展开了热议。人性的善与恶，对法律的尊重与藐视，对法律底线的触碰与规避，私刑的该与不该……所有的问题，都被摆到了台面上。

曾经的江锌奉公守法，如今的他却似乎凌驾于法律之上。烈士江锌，成为了道德的审判者，受到一部分人的拥趸，却也被一部分人抨击。

有人提出质疑，英魂归来的江锌，真的仍旧是牺牲前的消防员江锌吗？那个毅然与险情抗争的英雄，是否初心不改归来仍是少年？

可这样的怀疑，很快就被淹没在了那些拥趸者与抨击者的评论中，没有掀起什么水花。

江姒紧抿着唇，用尽了所有的力气才没让自己冲动地在网上发表什么不当言论。

她知道，网民中很大一部分是因为缅怀江锌才会认定那个冒牌货是他们重生归来的英雄。那是他们对美好事物的期盼与向往，是他们所寄予的希望。

可她只要一想到那个冒牌货顶着她弟弟的名字和面貌干一些出格的事情，她就火大。

她家阿锌，会迎难而上不顾自身安危地救人，会惩恶扬善，可也谨守法律的底线，不会做出任何违法乱纪的事情。

那个人顶着她家阿锌的脸做出的事，从原本的救人，逐渐偏离了方向，俨然是要在犯罪的道路上狂奔。

　　他想要见义勇为，他想要替天行道，他完全可以光明正大去做，但别故意顶着她家阿锌的脸冒充她家阿锌，别拉着她家阿锌的声誉和他陪葬！

　　江姒实在是没忍住，一顿国骂输出。

　　周从戎当即抽了抽嘴角，随后又面不改色地用吹风机给她吹起了头发。

　　在轻微的轰鸣声中，男人掬起她的发丝，为她细细打理。而江姒的国骂，也被很好地掩盖在了吹风机的噪音中。

　　待到她的头发半干，周从戎收起吹风机。江姒也发泄得差不多了，歇了下来。

　　"骂舒坦了？"他伸出食指指腹戳了戳她的唇。

　　江姒磨牙，逮着他手指故意轻咬了下："这才哪儿到哪儿啊？不过是我渴了，懒得骂了。"关键是，骂了也没用，徒惹自个儿难受。

　　周从戎也不拆穿她，倒了一杯温水端过来："润润嗓子。"

　　她也不客气，竟是一口气干掉了一整杯水。

　　刚刚在他的折腾下经历了两场超强度的体力劳动，且还有一顿国骂输出，她的嗓子干涩至极。

　　江姒将空杯搁到床头柜，问出了自己的疑惑："其实针对这一次的绑架强暴案，我心里一直有个疑点没想通。你既然对案情了解，能劳烦帮我解个惑吗？"

　　"说来听听。"

　　"沈某粥是在夜里将苏婷二人迷晕的，可他为什么没有在当夜就对她们实施侵害，反倒是在第二天上午又特意赶到现场对其实施侵害？"

　　一般而言，男性在对女性进行性侵害时，首选是夜里。一旦出现变故，他们也可以趁着夜色逃窜。可如果是在白天，则增加了他们的犯罪风险。

　　且废旧厂房区域存在被发现的风险。沈某粥既然在当夜就尾随并迷晕了她们，那表明他当夜就对她们产生了性冲动。秉持着夜长梦多的原则，他也不该等到第二天青天白日再赶赴废旧厂房动手实施侵害，这无疑增加了他暴露的风险。

　　这涉及案件的具体细节。警方虽然在她反馈绑架强暴信息后出警了，但也只是跟消防这边例行公事般简单说明了一下情况，并没有提及过于细节化的东西。

江姒会问周从戎，也仅只是脑子里想不通的那些点作祟。

"其实这也算不上什么不能说的秘密，触及不到保密原则。如果你以报案人的身份去跟进一下，警方也会告知你。"

江姒眨巴眨巴眼，等着他的下文。

"那人交代当时喝嗨了，想玩点儿刺激的，原本是打算趁着酒劲和夜色将人给办了，可家里老婆打催命电话他的酒被吓醒了，提起脱了一半的裤子就跑。第二天早上他醒酒后发现自己还将人绑着，秉持着反正罪已经犯下了，不碰她们自己太吃亏的原则，他又重返案发现场打算对她们进行侵害。两名女生在被施暴过程中极力反抗引发火灾，对方怕事情闹大当场就跑了。"

江姒听得瞠目结舌。

竟……是这样的理由？

想来这个沈某粥还是个妻管严。

不过也亏得他老婆，将他的犯罪拖延到了第二日，才令从昏迷中醒来的苏婷两人有了反抗之力，最终凭借着自己的努力从魔爪下逃生。

谢天谢地。

她到底还是没忍住，戳了戳他的胸膛："不会是你警局的发小告诉你的吧？他还真敢什么都跟你说。"

他逮住她不安分的手指，失笑道："他有他的原则，我不方便问他这些。我是从贾哥那边知道的。"

"师父？"江姒难掩震惊之色。

"所以说啊，贾哥之所以能成为你的师父，是有原因的。"周从戎调侃了她一句，继而正色道，"这案子是你率先发现不对劲和警方对接的。警方反馈过来相关信息，你不方便细问，作为领导的贾哥自然是要追问几句的。当时我正巧在贾哥旁边，恰巧就听了那么一耳朵。"

江姒想起来了，此次仁皇特勤站对无线电设备研究所的消防演习活动，师父贾冰也受邀出席。

不过……

"你们才两天就结束了吗？有成果了？"之前不是说还得给研究所的所有工作人员都进行集训吗？

"谁说结束了？"

"你不是都回来了吗？"

"我不过才一个晚上没回来睡,你脑子里就做出了一些偏离事实的判断。是什么给了你错觉,觉得我被人家借调过去就得睡在人家仁皇站了?"

江姒词穷。

他这话问得,搞得好像她度日如年一直盼着他早些回来似的。还真是会往自己脸上贴金。

"昨天情况特殊,第一天许涛先带人去研究所那边简单摸了个底,发现他们在消防预防那块的工作还是很薄弱。许涛脑仁疼,和我商量事情,非得拉着我去他们站和他睡一张床,和我来了个促膝长谈。那么小一张床怎么挤两大老爷们?最终还不是苦了我睡地板。"解释完,他又不太确定地锁视着她的眸,"我昨天不是已经跟你报备过了吗?你没收到我发的消息?"

江姒自然是收到了的,当时她还觉得自己终于解放了,不必再被迫进行某些少儿不宜的运动。毕竟她确实是没有他那样的好体力。

男人的手臂撑在她脸庞,脑袋越压越低,脸越靠越近,犹如发现新大陆一般道:"你的脸怎么回事?在想什么不可对人言的事儿?"

听听,这男人说的是什么话?故意的是吧?

江姒正犯难之际,手机铃声乍然响起。

"我去接电话。"她也不知是哪儿来的力气,就这么将人给一掀。男人顺着她的力气倒在了床的另一侧,她趁此机会捞起床上的手机撒丫子就跑。脚上甚至都没踩拖鞋。

周从戎瞧得一愣一愣的。

是谁刚刚洗完鸳鸯浴出来浑身柔若无骨一根手指头儿都不愿意动的?这才短短时间就能健步如飞了?这是跟他隐藏实力呢!啧啧,看来某人在生命和谐运动方面大有可塑空间。

江姒可不知道此刻周从戎那八百个心眼子。她一进书房就锁了门,生怕他追进来再在书房闹上一场。

打的是视频电话。等到江姒接起,对面的人早已等得不耐烦,迫不及待地开口道:"姒姒,我亲爱的姒姒!我跟你说,我觉得我的春天要来了!"

沈一冉的声音轻快活跃,她窝在床上打了好几个滚,显见的是极为激动。

然而,江姒不得不泼她冷水:"你这话从大学时候算起,提了没有一百也有八十次了吧?至于这么激动吗?活像八百年没有交过男友似的。"

"这次不一样!"沈一冉强调道,"卓昱竟然主动加了我微信!"

"啊？谁？"江姒仍旧有点儿茫然。

"你还记得我追求隔壁学校学航天的一个学霸的丰功伟绩吧？"

这个，江姒有印象。

人家学霸一门心思在学习上，对于前赴后继的追求者无动于衷。沈一冉不信邪地追求过对方两年，后来不了了之。硕毕后，学霸进了某研究所，认认真真搞科研，专心致志当高岭之花。

"原来你说的是'捉鱼翁'啊！"她终于将那个学霸卓昱对号入座了。

"对，就是他！他只喜欢上天不喜欢入地，可惜了他那一手好捉鱼技术。"

"他主动找你加的微信？"江姒的吃惊程度，绝对不亚于沈一冉。

"就挺神奇的。"沈一冉还沉浸在难以置信中，"这几天我们仁皇站抽调了一部分人去负责他们研究所的消防演习工作，我就和他遇上了。我记得他明明在北京的研究所啊，也不知道什么时候来了峥州这边。"

她这么一说，江姒才后知后觉地意识到沈一冉和周从戎这几天去的是同一家研究所。她是仁皇特勤站的消防通讯报道员，这类活动怎么可能少得了她呢？搜集现场素材是她的本职工作，写报道更离不开她。

"容我提醒你，人家捉鱼翁加你微信是为了公事。你别犯花痴。你在他身上栽的跟头还少吗？当初你每每铩羽而归，就一遍遍鼓励自己你的春天要来了。你那百八十次的春天都用他身上去了。我听得耳朵都要起茧子了。"

这盆冷水兜头泼下，还真是有点儿透心凉。

沈一冉在视频另一头僵了僵脸，懊恼地狠狠一捶床："姒姒，你瞎说什么大实话呢！我不管，我就认准了他对我余情未了！"

"你俩有'余情'这玩意儿？"

沈一冉一噎。

江姒随手输入密码打开自己的笔记本电脑。

最近使用的文档中，赫然有一个"集训规划及消防漏洞"的 Word 文件。文件显示创建于今天晚上七点多。

得，是周从戎拿着她电脑办公呢。

鬼使神差地，江姒脑中闪过一个念头："你说有没有一种可能，人家学霸体能方面不太行，担心集训时被训得跟条狗一样，特意加你想让你帮忙说说情开个小灶？"

想到今天消防演习时所里的研究员们在逃生时暴露出来的问题，沈一冉竟觉得有那么点儿道理:"还真别说,今天卓昱逃生的速度明显比别人慢。我们站长还偷偷和戎哥讨论说他整体速度太慢,放在正式逃生的场合绝对会命丧火海。"

似想到了什么,她又飞快道:"哎,不对啊!戎哥说他的体能相比一般人而言算强的,错在抢救设备和资料时耽误的时间过长。"

5

聋哑女生的消防求助案的热度居高不下,消防烈士"江铮"对施暴者沈某粥实施私刑的讨论度也是甚嚣尘上。

消防部门和公安部门趁着热度重拳出击。针对这一典型案例,联合制作了一期有关听障人士的温馨视频,旨在教导聋哑人士在遇到警情时该如何报警。

12110的短信报警方式,霎时间成为热门词。

"12110加区号,才是正确的短信报警打开方式!"

"发短信时尽可能将事情简要准确地说清楚。"

"如果身边有危险分子,发短信报警时手机记得静音。"

"珍爱生命,安全报警,方便你我他。"

这段三十秒以内的短视频,在各大平台疯转。就连各个城市各大商场的户外和室内的显示屏也引入了该视频,不断传播。

一时之间,全国上下都对短信报警产生了深刻的认知。

暮色四合,趁着等红灯的间隙,纪研博看完了广场显示屏上的这个短视频,却重重地拍打了一下方向盘。尖锐的喇叭声传出,惹来周围车主的不满。

绿灯亮起,他驶离现场,颇为焦躁地见缝插针,最终开到了一条冷清的街道。

晦暗的夜色下,孤零零地杵着一个路灯杆子,路灯显然是坏了,没有发出任何光亮。

几乎是在他停稳的下一瞬,后车的车门被打开,一个戴着口罩、鸭舌帽的男人坐了进来。

"你究竟知不知道自己在做什么?救人归救人,将人拳打脚踢踹断了命根子算是怎么回事!你那是犯罪知道吗?江铮绝对不会像你一样触犯法律做出这种事来!"

纪研博几乎是劈头盖脸就一顿骂。内心焦躁不已,他的脸上满是愤怒之色。

黑色衬衫的领结早就被他扯松,他一把将领带扯下,丢到了副驾。

内后视镜中,男人穿着一身烂大街款的T恤、长裤,脸被遮掩得严严实实,声音却是与江锌如出一辙:"你又不是他,怎么知道他不会这样做?"

"他有自己的法律底线!"

纪研博压抑着自己的火气,真怕下一秒自己体内汹涌的怒意就犹如火山喷发般不可收拾。

"可你一开始选择和我合作,就知道我不是他,我做不到像他一样百分之百完美,不是吗?既然合作了,麻烦给予身为合作者的我一点儿起码的信任与尊重。我的所作所为,还请不要横加指责。"

对方行事有一套自己的逻辑,有理有据,反倒令纪研博有点儿怀疑人生。

自己当初,怎么就会上了他这条贼船,甚至还主动帮他做事呢?

一切,都归因于一张字条,归因于自己的好奇心,更归因于自己的雄心壮志。

这个人不动声色地偷走了他钱包里属于江锌的那张身份证,并在桂园路交通事故现场顶着江锌的脸见义勇为,且巧妙地将那张江锌的身份证遗留在事故现场,留给人无尽的揣测空间。

这人以一己之力,掀起了轩然大波。继而又神不知鬼不觉地给他塞了一张字条,凭借着这些勾起他的兴趣进而赴约。

初见时,他乍然见到一张和江锌一模一样的脸,震惊无以复加。他尚在消防救援站工作时,虽然和江锌处于不同的消防站,却是和江锌深度交流过并且合作过的。对江锌的言行举止也有一定的了解。可面前的这个人,竟让他瞧不出丝毫破绽,无论是脸、身材还是背影、声音,都与江锌一般无二。这人给他的感觉,就是江锌。

如果不是他知晓江锌断无生还的可能,如果不是他知晓这世上断无死而复生之说,他当真要以为江锌魂兮归来。

他是消防出身,眼见抗战在一线的消防人员的牺牲,他不是不触动的。身为制片人,他早就规划着筹备一个消防影视项目,只不过脑子里的想法一直未曾成型。当桂园路交通事故案中见义勇为的"江锌"进入大众视野,他的想法才终于有了落脚之处。

当他第一眼见到这人，当他从这人口中听到合作的内容，就注定了他会跳入这个坑，与这人站在一边。

而对方也美其名曰"向他展现诚意"，用实际行动向他证明了他是一个值得合作的对象。

梁未果直播跳江事件中，有着这人的推波助澜。梁未果的国产运动手环被这人故意掉包成了国外货，让梁未果身上"爱国""只用国货"的标签被网民无情地撕下。群情激奋愈演愈烈，梁未果与网民对骂，选择直播跳江。

这人甚至还提前向他预告，让他准备好无人机实时录制这场精彩大戏，最终再次引发"江锌"救人的热议。也正是因此，他才会在那天的那个时间点以"买果果喜欢的甜品"为由特意让周从戎拐道走双华路。而那天目睹的一切，也让他坚信这人模仿江锌确实是有一些能耐的。那救人的能力，竟丝毫不输于经过正规训练的消防人员。且被周从戎发现后，这人竟然还能从对方的眼皮子底下逃脱隐匿踪迹。

不过这人跳江救人时受了重伤将养了一年，让他筹备的消防影视项目不得不搁浅。可他舍不得放弃和对方的合作。毕竟这人能演绎出活生生的江锌，能带给他在剧情走向方面的灵感，能赋予这个项目无尽的可能性。他不得不与各方周旋，项目延迟开机，直到这人再次出现……

"我利用技术手段帮你搞到消防出警的命令单，从中挑选出救援难度大的任务供你露脸。老式居民楼坍塌事故的救援行动，聋哑女生的火场营救，你都给出了令人惊喜的表现。但你为什么非得多此一举去对那个姓沈的展开报复呢？你是嫌自己还不够引人关注吗？生怕警方查不到你身上是吧？"

"我行得正坐得端，有什么好害怕的？"男人操着江锌的声音，似乎是将"替天行道"刻到了骨子里，竟显得格外纯良无害。

纪研博忍无可忍，咬牙切齿道："你究竟想做什么？"

"我只想呈现一个完美的江锌。我心目中的英雄江锌。"男人畅想着，口罩下的脸也一瞬间生动起来。然而这一切就连他自己都无法窥视，更遑论还坐在驾驶座的纪研博。

疯了。

这人当真是疯得不轻。

江锌可以救人，但不可以触犯法律！这是原则，是底线！这才是他想要呈现的完美江锌！他想要让世人铭记的江锌和对方心目中的江锌，显然存在出入。

　　纪研博毫无形象可言地抓了一把自己的头发，想要抽支烟让自己冷静下，免得自己一个没忍住和对方动起手来。

　　漆黑的夜，车灯笔直地打造出两道光影。他掏出打火机，火光明灭间，一支烟已经点燃。深吸了一口，他才觉得活了过来。

　　接连抽了好几口，他的心绪才平缓下来。他需要再跟对方好好沟通下。

　　然而他一支烟还没抽完，就见到了一道身影由远及近。来人的声音也紧随而至："研博？"

　　来人不是旁人，正是周从戎。

　　偏僻的街巷，无灯的路灯下竟然都能够巧遇，纪研博觉得自己这运气没谁了。

　　"戎、戎哥，你怎么在这儿？"

　　他略显心虚地掐灭烟头，左右没瞧见垃圾桶，索性一直捏在手心里。掌心的肌肤被烟头的余温烫着了，他也没敢吭声，咬牙硬撑着。

　　生恐周从戎撞见车子里的人，他几乎是飞快迎了过去，用身体遮挡住周从戎的视线。

　　今夜的周从戎穿得还挺正式。

　　这些天被借调过去当消防顾问，又出力气又出脑子，尤其是训练研究所里那帮子体弱研究员格外吃力，比带消防新兵蛋子还累。

　　今儿个研究所的领导邀请此次参与消防演习项目的消防领导一起吃个晚餐，他也在受邀之列。酒过三巡，他有些撑不住，就找了个借口溜了。临走前，他甚至还瞧见贾冰用眼神询问他是不是江姒来查岗了，令他哭笑不得。倒是许涛，在他溜走时眼神中满是哀怨之色，似在无声地谴责他不顾兄弟道义将自己扔在那太能喝酒的虎狼窝。

　　夜里的凉风一吹，吹散了几分酒气。

　　周从戎在餐厅附近走着走着就走到了这儿，岂料就遇见了纪研博。

　　"我刚从饭局上逃出来。"他简单地解释了一句，指了指前方那辆低调的大众："怎么又换车了？你那辆'985'呢？"

　　纪研博心头一惊，当即找了个理由："思来想去，我觉得戎哥你当初那话在理，那车在城市主干道开有点儿大材小用了。所以我平常日子就让它积灰了。"

"你现在就是典型的有钱任性。吃到了影视行业的红利就大手大脚起来，车换了一辆又一辆，当初艰苦朴素的作风哪儿去了？"周从戎忍不住数落了他几句。

纪研博内心慌得不行，这个时候，周从戎说什么就是什么，虚心接受批评才是正理。

"谁说不是呢？我这人在花钱方面自制力差，当初也是亏得戎哥你训着，我这才能保持艰苦朴素的优良作风。你不时常对我耳提面命，我手头多挣了几个钱就总想着花掉，就陷入恶性循环了……"

"那就去做慈善。"

"我每年都捐款捐物的，还帮扶贫困生，现在我可是七个贫困生的资助者了呢！"提起这个，纪研博一点儿不知道含蓄为何物，骄傲地挺了挺胸膛，"家里做着小生意，也不需要我帮衬。我一人吃饱全家不饿，就养起了车的爱好。但戎哥你放心，我其实也不太敢买太贵的车，这不，我还开大众呢。"

纪研博暗暗抹了一把额头的冷汗。总算是将谎给圆了回来，要不然他还真不能解释这辆大众的由来了。

他总不能说他为了和那人碰头，特意去租了一辆低调的大众吧？

不过转念一想，他又想抽自己一个大嘴巴子。

他直接否认那辆车是自己的就行了，干什么又解释那么多，平白生出事端，多说多错，哎！

"你车上还坐着人？"

来了来了，最终还是没能躲过周从戎的火眼金睛！

纪研博严阵以待，将提前打了一遍的腹稿说出："一个合作方，喝醉了赖我车上耍酒疯呢。我被磨得没法，这才下车抽支烟。"说罢他还摊开自己的手掌表明自己所言非虚。

他的掌心，一个烟头早就被他揿得满是烟灰。如果不是天黑，还能瞧见那被烧煳的一点儿皮肉。

周从戎愣了愣："你把烟头藏手心做什么？"

"这不是没垃圾桶吗？爱护环境人人有责。"纪研博说得理所当然，似将对自己的高要求刻到了骨子里。

周从戎的嘴角抽了抽，竟有点儿无言以对。

"走吧，帮你把那醉鬼送回家。"他开口道，欲上前帮忙。

这下子可把纪研博惊得不小，他神色略显慌乱地搂住周从戎的肩，哥俩好地道："别管他了，就让他在这儿一个人撒会儿酒疯。戎哥，你今晚的饭局喝了不少酒，肯定没吃饱吧？走，咱兄弟再去撮一顿。"

"你就这么'鸽'了你的合作方，让他在你车里自生自灭了？"

周从戎被纪研博带着往前走，狐疑地忍不住回头。瞧见大众后座的车门被打开，那人"醉酒"后踉跄着离开。

"他走了？"

"嘿，他就住这附近。看来是酒醒了，知道回家的路了。"纪研博当真是心惊胆战，真怕中途闹出点儿么蛾子。

周从戎将纪研博的异样尽收眼底，并没有戳破。他叮嘱道："那你去找个位置停车，别给人家交警添麻烦。我们再去续个摊。"

"好嘞！"

眼见纪研博勤快地跑过去挪车了，周从戎却是眉心紧蹙。

这小子有事瞒着他。

且观纪研博那心虚样，这事看来还不小。

和刚刚那人有关吗？

那个背影……

总觉得有点儿眼熟。

6

一周后。

随着"江锌"对犯罪嫌疑人进行私刑处罚的讨论度越来越高，警方那边承受的压力也越发大。他们不可能去抓捕一个已经牺牲的人，可他们又没有查到这个冒充江锌的人的踪迹。

所谓神出鬼没的天网探头，竟对这人无可奈何。

网上那些寻找江锌的接力活动，如火如荼，网警根据网民们提供的线索进行筛查，然而那些所谓的线索基本是子虚乌有。哪怕一些线索确实有几分可信度，可借着线索追踪，依旧查不到"江锌"此人。

与此同时，网上却突然传开了一张照片。

照片源头已经无法考究，然而据传这张照片是消防烈士江锌的日记内容。

好几张手写的纸张，字迹潦草，尽显压抑。

字里行间，写着他在某次救援过程中眼睁睁看着小女孩坠楼，与生的希望擦身而过。而他，也自此心理遭受重创，午夜梦回总会梦见小女孩那双害怕而澄澈的眼睛。他痛恨自己没法救她，痛恨自己为什么不能早一分钟攻破火势冲到她身边，痛恨那些生离死别。

日记中，也曾记载了他因为这事接受过站里安排的心理治疗，却无甚效果。后来机缘巧合下，接受过仁皇特勤站一位前辈的心理疏导。

为此，手眼通天的网民发挥了网络的强大力量，竟还真的查到了江铎曾参与的一次救援行动中小女孩坠楼丧生，与日记中所述相符。随后又有人爆料江铎曾接受过仁皇消防特勤站一位周姓指导员的心理疏导。这位周姓指导员后来却被调离了岗位，不排除是犯了重大事故后的处置手段。

虽然没有透露姓名，可有眼睛的人稍加一查就知道是谁了。爆料者的评论区内也早已将"周从戎"的身份扒了个底朝天。

作为当事人的周从戎当真是人在床上睡，"锅"从天上来。

好不容易结束了研究所的消防演习顾问工作，又因人手问题连夜赶去了指挥中心临时值班。通宵后回到红墅湾小区就睡死过去了。

结果，催命连环电话就打了进来。

超负荷工作好不容易睡过去却被打扰，当真是头痛欲裂。捞过床头柜的手机时，他的整个大脑还有点儿放空，眼睛还是紧紧闭着的："你最好有重要的事儿！"语气当真是非常不友善了。

"戎哥，出大事了！你被爆出来了！"武大川的声音急切，可明显有点儿语无伦次，"你千万得好好跟妞妞解释清楚。你俩可是我们集体看好的一对，千万别因为这些生分了伤了感情。"

这莫名其妙的话筒直令人听得一头雾水。如果不是这话事关江妞，周从戎当真是要直接挂了并将对方拉入黑名单四十八小时。

"你说话时能不能分清主次，讲点儿我能轻易听懂的？"

"啊？我刚刚没讲明白吗？"武大川竟然还格外真诚地发来一记灵魂拷问，然而没人回应他。他试探着喊了几声，"戎哥？戎哥你还清醒着吗？都火烧眉毛了，你可不可能再睡了，再睡下去，媳妇儿可就没了！你快醒醒！千万得赶在妞妞看到网上的那些流言前跟她解释清楚，两口子别闹矛盾啊。这可是一场信任危机，处理不好，你估计就要被踹了，必须得重视起来！我们都……"

"咱说话能不能别掐头去尾的？为什么你觉得妞妞会和我闹矛盾？赶紧的，前因后果麻溜儿讲清楚！"周从戎忍无可忍打断了他的喋喋不休，努力跟身体因缺觉而产生的头昏头晕耳鸣的痛感相抗争着。

"哎？我刚刚没说清楚吗？我的语言组织能力竟然这么弱了？"武大川再次发出灵魂拷问。

在周从戎的沉默中，武大川有点儿怀疑人生地甩给了他一个链接。

"戎哥你自己看吧。看完后记得赶紧行动起来啊！别枉费我特意给你通风报信的好意！"

他就这么风风火火地打电话过来，又风风火火地甩了一个链接就跑。当真是将"做好事要留名"发挥到了极致。

周从戎努力打起精神来点了进去。然而很快，他浑身的睡意都跑没影了，"噌"地从床上坐了起来。

"妞妞？"他朝着门外喊了一声。

他知道她的排班表，她是今天晚上的班。因着他被借调的缘故，两人原本相同的排班时间被错开，也唯有晚上的时间两人可以好好说会儿话。碰到她值夜时，他甚至只能"独守空房"。

今早他回来时，江妞就不在家了，他记得她的古琴课还差最后一个课时就结业了，也只当她去上课了。这些天有关于"江锌"的消息铺天盖地，她的心情也起起落落，能有个事儿分她的心神也挺好的。

只不过这会儿，他却是有点儿坐不住了。他趿拉着拖鞋往卧室外走，又连唤了好几声。

卧室、书房、厨房、客厅，甚至连卫生间都找过了，都不见人影。她确实是还没有回来。

如果真的有事在外忙也就罢了，怕只怕她刷到了网上的流言蜚语，对他存了芥蒂。

对于这种事，周从戎虽说没什么经验，但第一反应就是要将误会掐死在摇篮里，坚决不能让它有生根发芽进而长成参天大树的机会！

迟则生变，他又奔回卧室去取手机，拨打电话。

铃声，却是从玄关处传来。

他也顾不得挂断，飞快奔了过去。下一瞬，果真瞧见了那个坐在软凳上换鞋的女人。软凳旁还放着好几袋蔬果,一看就是去大采购了。

"你醒了?满打满算睡了还不到两小时吧?"眼见他快步走来,江姒顺手掐断了来电。她的语气正常,应该还没看到网上的那些言论。

男人毫不犹豫地将人拉了起来搂住,汲取着她的气息:"这不是少了个人形抱枕吗?失眠了。"

他眼底的乌青想要忽略都难,俨然一副站着都能睡过去的瞌睡样。失眠?骗鬼呢!

大热的天,客厅没开冷气,两人黏糊在一起,江姒有些受不了地推了推他:"我出了一身汗,你别黏我身上。"随即打开了中央空调,指了指地上的菜,"你不困的话就去做午饭,我先去洗个澡。"

眼见她往浴室走,周从戎自动忽略地上的那几个袋子,赶忙跟上:"我现在又突然有困意了。"

江姒颇觉好笑地转身:"你是不是有什么话想对我说?"

还真是……够敏锐的。

周从戎却明显迟疑了。

事关江铎,他无法不郑重对待。他需要字斟句酌,以免触及某些敏感点。

"天塌下来了?向来沉稳的戎哥竟然也有欲言又止的时候?"江姒打趣了一句,朝他挥了挥手,"容我先洗个澡,天大的事儿都往后搁一下。"

眼见她将主卧门一关,周从戎犯难地狠狠抓了把自己乱蓬蓬的短发。

明明身体的各项机能都在叫嚣着需要休眠,明明头胀痛得厉害,明明眼睛酸涩地想要当场就闭上眼睡过去。可他知道,这会儿压根就不是睡的时候。

主卧门被关了,他不得不认命地回到玄关,将几个袋子里的东西分门别类地安置好。

将水果妥善地清洗好装盘搁茶几上,随后淘米煮饭,电饭煲上又蒸了一碗鸡蛋羹。

针对江姒买来的蔬菜和牛肉,他脑中大致勾勒出了菜谱,开始清理食材。

先用电炖锅开始慢炖番茄牛腩,又炒了两个菜,土豆片鸡蛋和蒜薹牛肉末。

番茄牛腩还在炖着,"咕嘟咕嘟"冒着热气,香味已经弥漫开来。

江姒这个澡洗得似乎有点儿久了。

周从戎摘下围裙，将电炖锅调了小火。刚要去敲个门催催，便见江姒一脸严肃地开门走了出来。

她的脸色紧绷，举着手机走到他跟前，几乎是要将手机屏幕撑到他脸上："戎哥，你告诉我，你以前是不是对我家阿锌做过心理疏导？"女人的声音平静无波，那双眼却是一瞬不瞬地凝视着他。

周从戎的心里"咯噔"一下，暗道不妙。

主动交代和被动交代，这完全是两码事，性质不同，后果也会有所区别。他暗骂自己刚刚犹犹豫豫耽搁了主动交代的最佳时机。如今在她发现之后才交代，这性质也就完全变了。

"姒姒，其实你刚才回来的时候我就想跟你说这事的。我对江锌做过心理疏导不假，但我对他的心理干预在当时绝对没有出现负面问题。"

"这上面说你作为非专业人士对我弟加以干预，会加重他的心理压力，令他原本的心理创伤雪上加霜，逐步衍变成为抑郁症。他们说你……"她的情绪激动，握着手机的手甚至还有点儿发颤。

"网上的人都是捕风捉影，唯恐天下不乱，怎么能乱信？你信我，当时江锌接受心理疏导之后情况已经好转，心情也逐渐开朗起来。"他打断她的话，与她条分缕析，"在网上流传的那几页笔记内容，你确定是江锌的笔迹吗？如果真的是，我们需要找出他的日记本。我想，他在日记本上一定还做了其他记录可以证实他当时接受治疗后的身体状况。此外，这份日记是怎么流传到网上的？江锌的遗物接连被偷，这份日记是否也和他的夏季消防常服一起被偷了？如果是，就可以肯定在网上搅风搅雨的人就是那个在你爸妈家行窃的人。他背后的意图，需要再好好推敲一番。如果这份日记内容只是他伪造的，那他能对这些事知之甚深乃至于伪造出这么一份日记内容，当真是越发可怕了。"

经他这么一分析，江姒犹如醍醐灌顶。

是啊，只要找出江锌的日记本，一切就都了然了。

家里再次遭窃后报了警，然而至今没有查到那小偷。但父母当时仔细检查过家里，确定只丢失了阿锌的一套消防制服。阿锌的日记本显然还在。

她需要立刻回家去弄个明白。

"你急什么？"见她急匆匆往玄关处走，周从戎赶忙拉住她，顺势往怀里一捞，"穿成这副样子出门，是打算'社死'吗？"

江姒垂首望了眼自己，才惊觉身上只裹了条白色浴巾。

"轰"的一声，她的脑袋有点儿炸裂。

她洗完澡还没来得及换上家居服，就看到了微博弹出来的热搜，气血攻心就急吼吼找他问个明白了。没想到小丑竟是她自己。

"我去换衣服！"她飞快往房间里钻。

"不急，吃完午饭我们一起过去。"他走向厨房，见火候差不多了，关了电炖锅。

江山影业。

会议室里挤了七八个人，是负责公司筹备的消防影视项目的编剧们。总编剧还在滔滔不绝地将剧本改动的地方和纪研博沟通，结果就见对方在瞧了眼手机之后，脸色以肉眼可见的速度冷了下来。

"不好意思，我去打个电话。"

纪研博毫不迟疑地站起身，推开会议室门走了出去。高大的男人神色紧绷，熟练地拨下一个号码。等回到自己办公室，电波另一头的人才终于接了起来。

"你究竟知不知道自己在做什么？为什么要将戎哥牵扯进来？"

日记内容的公布，捕风捉影的误导，一个不慎就会将周从戎钉死在耻辱柱上，甚至令他沦为网暴的对象。

相比于纪研博的急躁与怒不可遏，手机另一头的男人明显就淡定得多了。他浑不在意道："那晚我们碰面时险些被他发现了。与其让他揪着我不放，不如让他自顾不暇。而且他对江锌的心理干预，谁就说一定没有问题呢？"

"戎哥这方面是专业的，不会出现像你说的那种情况。不要将你的臆想放大成网暴谋杀他的利器！"纪研博大掌一拍桌案，警告道，"停止你发在网上的引导性言论，要不然我们之间的合作恐怕只能终止了。"

"你在威胁我？"

"对。"

"你确定你舍得取消合作？只有我能完美演绎江锌，能给你呈现一个最真实的江锌，能让世人铭记江锌。你们公司启动的这个消防影视项目离不开我。你们的剧本也需要我以实际行动为你们提供灵感，不是吗？"

"我们有最专业的编剧，在剧本方面不劳你费心。至于男主演，这个是S级大项目，早就敲定好一线男艺人，目前也已经开始进行进组前的培训工作。

我相信他的专业素养和演技绝对足以支撑作品人设。"

"所以,你现在是打算卸磨杀驴了?"对方的声音也冷了下来。

"不,我只是在和你谈条件。"

"好!很好!"对方咬牙切齿,最终憋着怒火道,"行,你赢了!我会删掉!只不过即便删掉了又能怎么样?早就有人截图传播出去了,他如果不能自证清白,就只能承受舆论重击。"

7

回父母家的路上是江姒开的车。她偷眼打量了一下坐在副驾上假寐的男人,有点儿愧疚。他昨天白天去研究所,晚上又被单位召回去值班了一宿,高强度的连轴工作,本该在今天白天补眠的,可现在竟还得陪着她回去。

日头正当空,空气中翻滚着热浪。户外接近40℃的高温仿佛随时都会令人中暑。

车厢内冷气流转,舒缓的轻音乐逐渐流溢,却是一派祥和安宁。

"戎哥,我爸妈那边可能也知道了。他们待会儿如果为难你,你千万……"江姒最终还是没忍住,给他打起了预防针。

周从戎并未睁眼,打断她的杞人忧天:"江叔、邵姨都是明事理的人。再说,我这个未来女婿这么得二老的青睐,他们可舍不得冤枉我。"

未来女婿?

瞧把他骄傲的!竟还自夸自擂上了!

江姒忍不住抽了抽嘴角:"八字还没一撇呢,你能不能别瞎说。"

"你难道是想对我始乱终弃?还是说,你和我在一起是不以结婚为目的的耍流氓?"男人蓦地睁开眼,眼神犀利,似能直窥人心。

被他这样的眼神一盯,江姒瞬间一凛,底气也有点儿不足:"我开车呢,你别扰乱我心神。"

女人一本正经地将视线聚焦在前方路况上,丝毫不敢往副驾的方向瞥。

周从戎复又闭上眼,却是幽幽道:"我有一种不好的预感,总觉得你哪天享用完我的好处就会将我给踹了。"

江姒一噎。

忍了又忍,她才憋出一句:"收起你的预感!我不配享用你的好处!"

念着他缺觉,她到底还是没有再继续和他插科打诨,默默开车。

两人到达江姒父母家时，没想到门竟从里面被打开了。

一个高大的熟悉男人从里面走了出来。

来人一米八的个子，尽管套着条黑色T恤、七分裤，腱子肉却依旧显露出明显的轮廓。他瞧见他们时脚步明显顿了下，面部的表情也变得格外古怪。下一瞬，他毫不犹豫地朝周从戎挥下了拳头。拳风鼓鼓，显然是没有留下任何的余地。

周从戎本能地出手进行格挡。

两个身姿挺拔的男人，就这么在家门口打了起来。

江姒瞧着眼前猝不及防的一幕，脑子有片刻的短路。这人，这人不是杨大伟吗？宇川消防救援站灭火战斗班的现任班长，也是曾经和阿锌并肩战斗的战友。

可为什么他竟对周从戎产生了这么大的敌意？

两个男人的交锋，拳拳到肉，明显便是动了真格的。

五楼的楼梯口位置本就不甚宽敞，一不小心就可能摔落楼梯。就连江姒这个池鱼也可能会被殃及。

她险险避开差点落到她身上的一脚，怒吼道："你们两个给我住手！"

原本还送杨大伟到门口的江父、江母总算是反应过来，过来和江姒一起拉架。

尽管如此，这一场由杨大伟率先挑起的架，两人都各自挂了彩。只不过杨大伟看起来明显就伤得重些。那原本是往周从戎脸上身上招呼的拳头因着好几次砸到了墙上而血肉模糊，江姒都有点儿担心他的手是不是要废了。至于周从戎，虽说从容应对，脸上却也免不了挨了一拳。

两个男人都被江家人不由分说地拉回了家里上药。坐在沙发上，他们各自都别扭着，谁也不服谁。

江姒小心翼翼地替周从戎上药，偏偏男人不愿意配合，浑不在意地抹了一把唇角的血，不屑道："他才是最该被上药的那个。我这点小伤，睡一觉就消下去了。"

说话间，牵动了唇角的伤口，他"嘶"了一声。

杨大伟忍不住幸灾乐祸地一笑："活该。"下一瞬，因着江母给他的手背上药而痛苦地缩回了自己的手。

周从戎冷嘲出声:"杨大伟,你知道你是一名消防人员吗?你今天的行为如果我追究下去向你们站长硬要一个说法,你知道自己会面临什么吗?"

"大不了就是受处分!但你也别忘了自己的身份,你同样落不着好。"杨大伟那张年轻赤诚的脸上满是愤恨之色,"可惜我打不过你,不能帮锌子痛揍你这个杀人凶手!"

周从戎蹙眉:"你什么意思?"

江姒和江父、江母也齐齐望向他,心弦被拨动。

"还需要我将话说得更明白些吗?你当年给锌子做的心理疏导间接害死了锌子!你自己难道没点儿数吗?还在这儿若无其事地充当没事人!"

"所以,你是看了网上那些捕风捉影的消息,就将罪名扣到了我身上?"

杨大伟恨恨地捏紧了自己血肉模糊的手,没忍住想要继续使用武力,就被坐在沙发中间的江父用身子一挡。

"大伟,小周不是这样的人。"江父一开口,颇具威严。

"江叔,你不能被他给骗了啊!他……"

"你江叔我教书育人半辈子,一个人的性子好坏还是能够瞧得清的。更何况,他是经过我家姒姒检验过的,是我江家未来的女婿。我还能不信我家姒姒的眼光不成?"

江姒吸了口气。护犊子就护犊子,但能不能别让她莫名躺枪?

无视女儿的脸红羞恼,江母扯过杨大伟的手给他继续上药:"你江叔说得对,我们都信小周。你这孩子对我们家阿锌好,我们是知道的。可总得弄清楚事实,不能见风就是雨。网上那些话能全信的?你忘了网上骂阿锌的难听话了?忘了往我们家门前喷油漆、送花圈的那些事儿了?忘了我们家被网暴的日子了?"

被江母这么一提醒,杨大伟才似终于冷静了下来。可他又还是不甘心地质疑:"不对!他就是因为心理疏导失误造成了锌子的死亡才会离开仁皇消防特勤站,被调到支队指挥中心去当接警员的!如果他没犯重大错误,会进行这样不合理的调动?"

此言一出,江姒和江父、江母齐齐一愣。

尤其是江姒,心里翻江倒海。

她此前就一直好奇周从戎为什么会被发配到指挥中心当一名接警员。只不过好几次她都碍于这样那样的原因,没有主动问过他。

此刻，杨大伟竟然说，周从戎被从仁皇站调到指挥中心竟和江锌的死有关。

她还没来得及消化这样的质疑，周从戎就已经伸出大掌安抚性地轻拍了拍她的脑袋。

随后，男人牵起她的手紧握在一起，低沉慵懒的嗓音极具穿透力："如果江锌的死真的和我的心理疏导有关，我在他牺牲后还能安然无恙地继续在我原本的岗位上工作，直到去年年初才被调离仁皇特勤站？"

这反问的话，竟不知是说给杨大伟听的，还是特意说给江妤和江父、江母听的。

只不过他特意强调的这一点，却是一大关键。

对，时间对不上。

江锌是四年前牺牲的，可周从戎是去年年初被调到指挥中心从事接处警工作的。虽说曾传出一些流言，说他是犯了什么错才被发落到指挥中心，但一直没被人证实。

周从戎不说，他们同一单位的人也没有主动向他求证过，生怕会触及他一些私密，让彼此之间都难堪。

如今这事儿被杨大伟这么大刺刺地揭了出来，江妤的心竟忍不住揪了起来。他真的不是因为阿锌的事情才……

"别瞎想，跟江锌无关。"

周从戎附耳在江妤脸旁轻声说了一句，随后对江父、江母道："江叔、邵姨，这本是我的私事，既然今天话说到了这个份儿上，那我肯定也不能瞒着你们。只不过……"

话锋一转，他却是望向杨大伟："对我未来岳父、岳母，我自然不能瞒着。但对你，我觉得我并没有告知你实情的义务。"

"你——"杨大伟一时之间竟卡壳了，"你这么遮遮掩掩，很显然就是心虚，你……"

"杨大伟，你是消防救援站的班长，你这样不分青红皂白就乱拱火的性子，如果放在救援现场，你知道会造成怎样严重的后果吗？作为消防救援的顶梁柱，你需要守护国家和人民的财产安全，需要守护人员的性命安危，凡事三思，你的指导员没有教过你吗？我很怀疑你这个班长的能力。你们这选拔任用人才的过程中恐怕掺杂着水分吧？"

"放你的……"最后两个音,杨大伟当着江家人的面到底还是绷住了,没有发出来。

他自认是个粗人,与死亡零距离接触过,也曾畏死,却在生死救援之际从不退缩。他骨子里有血性,血液里有韧性,被安排带训新人时,碰到皮实的他就忍不住爆粗呵斥他们。这一点,无论是站长还是指导员都找他谈过,让他务必改掉。今天被周从戎接连刺激,他难免口无遮拦,可最终还是硬生生忍下了。

"你别故意激我,有本事你就说出来!"

"杨班长,你今天出来是否提前向你们站里报备过?如果仅仅是为了网上捕风捉影的那些言论而特意跑到我未来岳父、岳母面前嚼舌根,你这个宇川站的消防主心骨还是回去继续执勤吧。"

今天的周从戎格外反常,说话丝毫不留余地,完全是与对方反着来,甚至还处处压制对方一头。

江姒将这一切不动声色地瞧在眼中,却并没有阻止他。她心里隐隐浮起一个猜想。

最终,杨大伟不敌周从戎的毒舌,败走了。

他离开前,还和江父、江母在门口说了好些悄悄话。不用问,估摸着是让二老好好考察这个未来女婿的人品。

等到江父、江母重新回到客厅,江母立马丈母娘看未来女婿,关切不已:"小周,你的脸没事吧?大伟那孩子下手也没个轻重的。"

周从戎浑不在意道:"这不算什么,顶多就是破个相,只要姒姒不嫌弃我就成。"

还真是不忘耍嘴皮子。

江姒瞪了他一眼。

桌上是围炉煮茶的茶具,江父刚刚煮过一遍茶,这会儿面对未来女婿,不讲究地将剩余的茶水一股脑儿倒了一杯,将茶杯搁到了他面前。

"大伟他是真心将阿锌当兄弟,才会不分青红皂白对你动了手。他这会子脑子还没转过弯来拧巴得很,回头等他想通了,肯定会主动来找你赔罪。"

夫妻俩看来都对杨大伟很满意,字字句句都是护着他的。

周从戎也认真道:"我也是觉得他对江锌的感情不一般,才没对他下死手。"

江姒撇撇唇："会不会聊天呢？还炫耀起自己的武力值来了！"

喝了口未来岳父亲手泡的茶水，周从戎诚恳地坦言："之前谈到了我会被调到指挥中心，这个事儿既然被提了出来，我觉得确实是不该瞒着你们。"他重新捡起之前被杨大伟带出的话题。

此言一出，江姒三人齐刷刷正襟危坐。很显然，他们确实是好奇不已，却又因着信任他不愿意多加怀疑。

"我的右臂在实战演习时受过伤，被医生诊断为伤残，不适宜再从事相关工作。"周从戎轻描淡写地说着，那段记忆其实于他而言依旧鲜明如昨。那是他给新人消防员们指定的考核任务，可偏偏在实战演习中，有一名新人盲目自信脱离团队指挥被困在火场里，他去救他时手臂不幸被钢板砸中，伤势严重。

原本是要将他调离到安逸一些的岗位上的，只不过他坚持不离消防一线，最终在他和领导反复申请和深入谈话后，就被调到了指挥中心当接警员，驻扎在消防生命线的最前沿。也唯有如此，他才会觉得他依旧是和他曾经的战友们站在一处，依旧还能真切地感受到一线救援的那份紧张与责任，依旧还能为消防事业发光发热。

江姒难以置信地脱口而出："可我压根没觉得你的手臂有什么问题啊！"

相处期间，他表现得与常人无异，她从未觉得他的手臂存在任何问题。别说是她，周围其他人也没觉出异常。

"其实这一年多来，复健加上自我训练，我的右臂也早就运用自如。基本的日常生活是完全没问题，但涉及需要用那条受过伤的右臂去托举拽拉过重的物体，就会有些困难。"周从戎说得随意，仿佛经历这些苦痛的人不是他而是旁人。

"嗒、嗒、嗒……"

客厅时钟的秒针孜孜不倦地走动着，那每一声，却犹如闷雷，敲击在江姒心头。

她一瞬间想到了那一次他徒手攀爬外墙水管，将被困在三楼空调外机上被摔得满脸血糊糊的小孩救了下来。她难以想象他当时究竟是默默承受着怎样的痛苦，才能在没有安全设备的情况下爬到那样的高度。

那股不顾一切救人的血性，哪怕他离开了原来的岗位，依旧以着他的方式赓续着。

"好孩子,你受苦了。"江母的声音竟忍不住有些哽咽。上了年纪,总会更感性些。家里儿子女儿都是消防员,一个儿子已经折了进去,又听到周从戎也险些出事,她忍不住动容地抹了把眼泪,"你们都是好孩子,得多保护好自己。"

江父沉默了半晌,突然语重心长道:"小周都这么难了。姒姒,你可不能对小周始乱终弃啊。"

江姒再次莫名"躺枪"。

明明不想卖惨,却冷不丁收获了卖惨果实的周从戎温柔地执起了江姒的手,宽慰江父:"江叔,姒姒绝对不是那种负心的女人。我们前几天还说起扯证的事儿呢。"

江姒内心有千万头草泥马奔腾而过,她竟不知这男人演技如此超群。

偏偏她妈一抹眼角的泪,激动得连连附和:"对对对,你们也老大不小了,该考虑结婚的事儿了。不过,结婚的日子不能马虎,得挑个黄道吉日。我和你爸得去找个先生算算。你们有什么建议,喜欢几月份?准备的东西一大堆,太快的话时间有些紧张……"

8

事情究竟是怎么一步步发展到她被赶鸭子上架结婚的地步的?

江姒简直是没脸看周从戎和她爸妈一本正经商量婚期的样子。

两人好不容易进了江锌的房间查资料,她的脸色立马就垮了下来,对周从戎没好气道:"咱能要点脸吗?故意卖惨还夹带私货。"

"哪里卖惨?哪里有私货?不过是邵姨她泪点低,江叔他又怕我受你欺负。"周从戎竟还委屈上了,"他们这么急着想要你给我个名分,可想而知他们也是怕你对我不负责。"

这人套路太深,竟还倒打一耙了!

"如果你不故意夹带私货提什么扯证,他们能考虑结婚的事儿,现在连婚礼日期、酒席、宾客名单都差点拟好了,你是分分钟将我架到火上去烤。"

"我真是大写的一个'冤'!这不是话赶话提到了这一茬吗?"周从戎想要将人揽着好好哄哄,被她一把挣开。

瞧这样子是真的气上了,且是短期内哄不好的那种。

他只得故意转移话题："你有没有觉得杨大伟和江锌的身形很相似？"

果然，一提正事，女人的思路很快就被带偏。

"你想说什么？"

"杨大伟和江锌身形相仿，且他和江锌的关系匪浅，本身就是干消防的，对于救人有自己的一套法子。还有你家失窃前几天，他也恰巧来过你家。"

江姒警觉道："你在怀疑他？但我们之前分析时就觉得那个冒牌货整容了，杨大伟的脸是原装货，不可能是他。而且，假江锌现身的时候，杨大伟不是在消防站就是在救援现场，甚至和假江锌同框过。"她之前也曾有一瞬怀疑过杨大伟，但很快就被自己否决了。

周从戎摇头："我的意思是，他和假江锌是否会有些牵扯。他对你弟的战友情有目共睹，如果假江锌借此蛊惑他做了些什么……"

他点到即止，江姒却是听得心惊。

"所以，你刚刚一直对他抱有敌意，且还故意将人赶走。"若不然以他的性子，绝对会和杨大伟摆事实讲道理让杨大伟消了对他的误会。

"未经证实的流言，他首要做的就是与我对质。身为消防人员，身为一个班长，他因为网上的那些流言而气愤，一言不合就对我动手，符合常理吗？"

是啊，确实是不符合常理。

杨大伟是个感性的人，他可以为兄弟两肋插刀，可不该是一个冲动易怒、动不动就揍人的人。

"他仿佛是故意和我动手，对我进行试探。"

"可他是在试探什么？"

周从戎想到了杨大伟对他动手，随后步步紧逼地追问，最终将问题甩到了他工作调动的事上。

"如果我猜得没错，他应该是想要试探出我调动工作的真实原因。"男人的眸光深邃，带着几分笃定。

"他和阿锌关系好，你和阿锌的死产生了间接的关联。他因为你的工作调动怀疑你也是情理之中。"

"可你似乎忘记了，我的工作调动和江锌的死之间有着极大的时间差。这种一目了然的事情，他不是傻子怎么可能看不透？他曾经目睹过你们家被网暴伤害，他也不可能那么蠢去全然相信网上的那些流言。那他为什么揪着我的工作调动原因不放？"

问题被抛回到了江姒这边。她竟觉得一个明明很简单的问题如此棘手。

是啊,为什么?

杨大伟他,为什么非得以这种试探的方式知道周从戎工作调动的真实原因呢?他究竟想知道什么?

"一切会不会是我们想太多了?他怎么知道你今天会和我一起到我爸妈家,提早过来堵你故意和你打上一架,就为了一步步试探出你工作调动的原因?"

"你的值班表不是什么秘密。出了这么大的事情,你不可能不回父母家查找江锌的日记本,而我必然也会和你一起回来自证清白。这些都不难猜。他料准了这一切,就可以提早做好安排。"

周从戎分析得井井有条,江姒却是无法将杨大伟那张憨厚的面庞与"心机深沉"四个字联系到一处。

她犹记得这几年给江锌扫墓时,杨大伟的惋惜追思之情。悼念仪式上,他每每代表发言,都是声泪俱下。

这样的一个血性儿郎,怎么可能算计至此?

这个问题暂时无解。可另一个严峻的问题摆在两人面前。

江锌的遗物——日记本!

寻找日记本的过程倒是极为顺利,果然不出所料,网上传出的照片应该只是那人当时偷窃时拍照所得,对方不知什么原因并没有带走日记本原件。

然而,江锌在日记本里并没有过多地描写自己在接受心理治疗之后的感受,甚至也没有提及那位对他进行过心理干预的"前辈"是周从戎。接下去的一页日记内容则提到他深造的事儿。可再往下翻,竟都是一片空白。这本日记仿佛被设置了定时按钮的装置,记录永远停留在了那一页。

江姒不信邪,纤细的手指"哗啦啦"翻过书页,一页又一页,她不敢有丝毫遗漏,只不过越往后翻,她的心境便越发烦躁。以至于她翻到某一页时,指腹触觉纸张时稍感异样,她并没有察觉。

等到翻完整本日记,她的心绪有些难以平静。

其实他们家人早就将江锌的遗物翻过无数遍了,唯独这个日记本不敢往深了看。起初一家人是一起看江锌留给他们的唯一记录着他生活日常的日记本的。可后来越往下看,他们便越是触景生情,为字里行间的内容所伤。她爸就做主由他看完，之后将日记本尘封在瓦楞纸板箱里，与阿锌那些学习书、复习笔记等资料放在一起。而她，也就一直不曾知晓江锌的心理曾出现过问题。

电光石火间，江姒想到了什么，眸光聚焦在复习笔记上。

对，她之前翻阅过的，江锌打算进入中国消防救援学院继续深造而在带训新人及战备执勤之余努力学习做的复习笔记！

直到瞧见复习笔记上那些密密麻麻的字体，江姒才终于恍然大悟。

当初她瞧见那些文字时，就觉得有些不对劲。明明他这人写得一手好字，且文字工整，可某一页开始他的字迹突然歪七扭八，且多是涂改痕迹。

原来那会儿，恰是他出现焦虑症状时。

江姒又继续往下翻。然而随着时间的推移，她的眉头越蹙越紧。

复习笔记往后的字迹，无一例外都是歪七扭八，仿佛字迹的主人正在经历着极大的痛苦。

不，不该是这样的。

如果他真的接受了周从我的心理疏导之后有了好转，那他不该仍旧是这样的字迹。

"阿锌接受了你的心理干预之后反倒加剧了心理压力。"江姒忍着胸口处翻江倒海般的情绪，将复习笔记撑到了周从我跟前，"你仔细看，他的字迹一直维持在歪七扭八的状态，他在焦虑，他在痛苦，他一直没有从自我厌弃和恼恨中走出来！你压根就没有治好他！他反倒是日趋严重了！周从我，你真的是专业的吗？不是专业人士就不要做不专业的事情。你知道你的做法极有可能导致阿锌在峥州'3·25'游乐园鬼屋特大火灾案中的侦察火情及救人环节因心理压力而影响行动力吗？他在爆燃中丧生，你敢说，没有你心理疏导失败的缘故吗？"

女人的控诉字字句句，抨击在人心头。

周从我即便再自诩镇定，还是被她突然的发飙而惊住了。他接过那撑到脸上来的复习笔记，飞快翻阅起来。

所有的淡定从容，都在这一刻被彻底瓦解。

他觉得有一张大网将他兜头网住，令他犹如濒死的鱼儿，束缚了他自由的同时，仅给他一点儿苟延残喘的氧气。任由他小口小口呼吸，最终却只能窒息而亡。

午后烈日灼灼，似随时都能灼伤人的肌肤。

杨大伟是坐公交车回到宇川消防站的。他先去站长和指导员那边报备了一下，这才又重新回到岗位。

吴拾几人正擦洗消防车呢，见他过来，忙跟他打招呼："杨哥，你好不容易休半天假，怎么这么早就回来了？"

此时的吴拾，早已不是当初那个将自己没日没夜关在屋子里不愿意见人的颓废样。他是真的振作了，崛起了。单单从他重回站里之后的表现就可窥见一二。他乐观了，重拾自信，更加努力地参与训练提高自身水平。他正以肉眼可见的速度发生着变化。

经历过发小在消防救援中的牺牲，亲眼看见过朝夕相处的战友因参与救援而罹难，他沮丧过、茫然过、颓废过、怀疑人生过，可最终，他破茧重生，打破了那些不自信与茫然的枷锁，彻底成长了。

瞧着眼前这个脸上洋溢着阳光朝气的吴拾，杨大伟仿佛又见到了当年那个与他并肩作战、喜欢笑着面对风雨与彩霞的江铎。

他的唇微动，下意识问道："你是怎么从身边战友死亡的阴影里彻底走出来的？"

向来坚强果敢的男人，蓦地问了这么一句。那声音极轻，若非吴拾的耳力极佳，险些就错过了。

面前的杨大伟，明明还是那个在训练场上将他们往死里虐的班长，明明还是那个会和他们同甘共苦的班长，可吴拾隐隐觉得，他有哪里不一样了。

这一瞬间的杨大伟，眼里没有了光。那双漆黑的眸子，似乎是被什么遮蔽了光彩。

这种感觉，吴拾再熟悉不过了。曾经陷入迷茫与颓废的自己，不正是如此吗？

刹那间，他有了一种不好的感觉。

"杨哥，你……没事吧？"吴拾忍不住关心道。

杨大伟笑了笑，浑不在意道："你这问的是什么傻话？我能有什么事？这些年,我经历的岂止是江铎和曾武的牺牲，我见惯了生死，早就对此免疫了。"

作为宇川站的老人，杨大伟这话说得很实在。从他入职到现在，宇川站里出任务牺牲的共有七人。他从一个消防新人到班长，见证着这些人的牺牲小我成全大我，见证着消防一线的艰辛与不易，见证着大家的蜕变与成长。

他都是这么一路扛下来的,怎么会有事呢?

"其实我能走出阴影,全靠了我戎哥。杨哥你肯定也认识他,戎哥是之前仁皇特勤站的指导员,不过现在被调去当接警员了。"

杨大伟耳畔一阵轰鸣,声音有点儿轻颤:"你刚刚说谁来着?"

9

暴雨裹挟着凉风,给38℃高温的峥州市带来了凉意。雨水一路"噼噼啪啪"横冲直撞,四面八方的声音汇聚成一首夏日清凉曲。

周从戎在许涛的陪同下去了宇川站和站长进行了交涉,还特意去查了监控,却是铩羽而归。告别站长,两人冲入雨幕中去取车。

周从戎的内心无比焦灼。

自从那天江姒和他爆发争吵,至今已经过去三天。

他的解释苍白无力,江锌复习笔记上歪七扭八的字迹,在江姒眼中成为他对他心理疏导失败的铁证,也成为他可能间接导致江锌在救援行动中因心理压力而影响行动力最终丧生于爆燃的间接证据。她只要一想到这一层,情绪就有些失控,对他也就越发疏离。

两人虽然同住一个屋檐下,可她一直对他单方面冷战着。

他唯一庆幸的是,她还顾念着两人之间的感情,并没有将他扫地出门,彻底断绝两人在一起的可能性。

他知道,她内心必然是受着煎熬的。同住一个屋檐下,同一个单位工作,抬头不见低头见,她还需要平衡工作和感情生活。他已经好几次瞧见她在吃助眠的药物。

男女之间的爱情,本该是美好而又热烈的,是使男女双方都朝着更好的方向发展的。是以让双方都能够获得幸福感与满足感为最终目标的。可如今,这份爱情压得她透不过气来,令她陷入失眠和焦虑。这不是他想要看到的。

他想要守护的女友,不该承受这些。

可偏偏,他令她承受了这些。

"造谣一张嘴,辟谣跑断腿。互联网当真是可怕,直接将人的隐私扒了个底朝天,无休无止。谣言是他们造的,他们动动嘴皮子倒是干脆,却逼得你自证清白各方奔走。"

许涛有些烦躁地发动车子,嘴巴一刻不停地替周从戎抱屈。

这件事在网上掀起了轩然大波，也确实对周从戎的职业生涯产生了影响。为了平悠悠众口，领导让他暂时休息几天。至于江锌的死，他是牺牲于一场消防救援行动中，事实明确，但舆论在那边摆着呢，又不可能装聋作哑，于是便派了专员特意来调查江锌心理治疗一事。

周从戎和宇川站的赵指导员都被叫过去配合调查，但这事儿涉及心理问题，却不是简简单单几句话就能够说清看清的，判断也不能主观臆断，需要一系列证据辅助。一时之间就僵在了那里。

当初周从戎是应宇川站站长之邀对江锌进行心理疏导，他曾去宇川站见他，而江锌也曾到仁皇特勤站这边继续接受疏导。宇川站和仁皇站关于江锌接受心理疏导的视频都被提交给了调查专员。

周从戎作为当事人为证清白，在积极配合调查的同时也亲力亲为地进行走访调查。一方面是走访江锌生前的战友，从他们那边了解他在接受心理疏导之后发生的一些变化。但这一条路子显然是走不通。因为江锌将心理焦虑的事情瞒得太紧了，宇川站除了站长和指导员，其余人甚至都不知道他曾经陷入如此境地。

另一方面，周从戎想通过江锌在心理疏导之后的表现来佐证他对江锌进行心理干预之后并未产生不良效果。这事儿许涛拍着胸脯帮他去办了，毕竟仁皇站和宇川站不是同一个消防站，仁皇站这边当年保留下来的也仅只是江锌接受心理治疗的视频，所以今天，许涛是特意和他一起到宇川站跑了一趟调取相关视频。然而，江锌在站里的表现的相关监控视频也早已因时间过于久远而自动删除。

事情的转机，却是来源于杨大伟。

在两人的车子途经值班岗亭被放行离开前，杨大伟冒雨冲了过来。

这个和周从戎打过一架的男人，在知道他们在寻找江锌的相关生活视频之后，特意寻了过来，交给了他们一段手机拍摄的视频。

这段视频里，江锌在带训新人时原地休息二十分钟的间隙，为了贴近彼此的距离，他和所有受训人员进行了一个深度交流。话题涉及了大家当消防员的缘由、家里情况、志愿、心境……因着具有特殊纪念意义，杨大伟就随手录了个视频。

这段视频发生的时间，正是江锌接受周从戎心理疏导半个月之后，也是在江锌牺牲前一周。

按照杨大伟的说法，江锌将他的焦虑症状瞒得很紧，所以他单单从这个视频中，瞧不出来他是否有异样，只能判断他依旧维持着人前的开朗热情，以及对工作的严谨负责，和大家打成一片。

"虽然我不知道当年你是不是真的治好了锌子，但你成功开导了吴拾，我姑且就信了你确实是有这能力。这个就当作那天和你干架的赔礼了。"

高高大大的男生，明明是个实诚的性子，说话却别别扭扭。说完，他就头也不回地跑了，活像身后有饿狼在追他似的。雨声"哗哗"，将他的背影淹没。

"什么情况？你们俩还干过架？"许涛见人一走，就收起了人前的那副成熟稳重，颇有点儿八卦地问道，"你没吃亏吧？"说完还不忘偷瞧一眼周从戎的右臂。

许涛是最清楚周从戎的身体情况的，也知晓他右臂的复原情况，得知他复原良好有望再战时，时不时就心痒想要和他在演练场上再比试一番。

"放心，我的战斗力还没退化到被你看笑话的地步。"周从戎握紧手中的U盘，眸色深邃。

夜幕当空，天际星辰璀璨。

江边夜景唯美，周围有不少散步的男男女女。晚风吹拂，夜色的遮掩下，有两个争执的身影隐匿其中。

纪研博的情绪激动，脸上满是怒意，他一把揪住对方的衣领："就因为你晒出的日记内容，戎哥成为众矢之的！若舆论依旧泛滥下去，戎哥的职业生涯就全毁了！"

男人戴着口罩，不疾不徐道："我已经按照你的要求删掉那帖子了。其他的不是我能掌控得了的。再说，我这也是为你好，省得他查到你的头上。"

"真的是这样吗？"纪研博冷嗤，一把扯下男人的口罩。

月光下，被摘下口罩的脸何其眼熟。

熟悉得，让纪研博没有任何招架力。

"哦？那你觉得是怎样？"男人却是顶着一张江锌的脸，笑得和煦无害。

"当年江锌的死和你必定脱不了关系吧？你痛恨当年的自己让江锌陷于死境，可你又想要找到一个给自己开脱的借口，所以在发现江锌曾接受过心理疏导之后就故意将此事放大，引导所有人将江锌之死的诱因与戎哥的心理疏导联系到一起。你需要一个人替你承受那份巨大的压力！"

"是吗？"男人反问着，似连自己都分不清原因究竟是什么，"可你能怎么办呢？把我供出来交给警方？"他一个反手，轻松摆脱纪研博的钳制，将纪研博反扣住双手。

倏地，急促的手机铃声响起，打断了两人之间的这份剑拔弩张。

男人神色一滞，倒也没有过多为难纪研博，松手还了纪研博自由。他掏出手机慢悠悠地接起电话。

来电人的声音从漏风的听筒中传了过来："你故意将周从戎调岗到指挥中心当接警员的原因往他对锌子的心理疏导失误方面引。是真的想要揪出锌子的真正死因，还是想要为你自己谋私利？"

"看来你去和他对质过了。怎么，得到的结果不满意？他跟你说了实情？"男人无需利用变声软件，出口的赫然便是江锌的声音。

"周从戎的调岗时间和锌子的牺牲时间完全对不上。我真是个傻子，被你牵着鼻子走，非得逼问出他调岗的真正原因。呵呵，我当时就不该被你这张脸和声音蛊惑去探究什么真相！"

"别这么说。我会伤心的。"

"你不是锌子！别用锌子的声音和我说话。"另一头的人火气极冲，"警告你，别再给我打这种搬弄是非、挑拨离间的电话！我已经把锌子当年接受心理疏导后待人接物的视频交出去了，是非黑白，马上就会清楚了！"

电话被掐断，只余下"嘟嘟"声。

男人轻笑着将卡从手机内取出，轻巧折断，转而对上纪研博打量的眸光。他耸耸肩："放心吧，你担心的问题不会发生了。你的戎哥很快就能自证清白了。"

周从戎和许涛将杨大伟提供的视频资料提交到了调查专员手中，而对方也将其提交到了省心理咨询权威专家那边。专家们成立了八人小组，根据江锌接受心理疏导时的视频及该视频，对江锌当时的状态做一个全面评估。

这一等就又是两天。

这一日，临近下班前，武大川突然激动道："姒姒，快看咱们内部传的消息。"

江姒搁下手头的工作去瞧了一眼内部交流群。

263

这一瞧，她的整个心神便都陷了进去。

调查小组的人在官网上发布了消息，说经过调查及省心理咨询权威专家联合证实，周从戎当年对江锌的心理干预方式是完全合理的，且在一定程度上减轻了江锌当时作为班长的心理压力。

江姒甚至还瞧见了网友们的一些评论。

不得不说，官方的通报在很大程度上遏制了那些不怀好意的揣测，网上的"黑子"们消停下来，对周从戎的舆论攻讦开始有了反转。

瞧见这些，江姒内心松动之余，却是又喜又悲。

喜的是她爱上的这个男人果真没有令她失望。当年他挽救过她弟，带着她弟一步步走出了心理阴影。对于当年陷入自我怀疑与否定的江锌而言，周从戎是他的救赎。

悲的是，她明明心底是信任周从戎的，信任他的能力，更信任他的人品，可她还是因为其中的疑点而迈不过这道坎，为此与他产生了嫌隙，两人之间的感情也因此有了裂痕。

"戎哥终于被还了清白，估摸着明儿个就该被老大召唤来上班了吧？咱们这排班表终于又可以动一动了！这些天缺了戎哥，总觉得不得劲儿。"武大川絮絮叨叨着，脸上满是笑容，一转眼，却见她神色有点儿不对劲，问道，"姒姒，你怎么了？"

江姒能说自己单方面和周从戎冷战的事情吗？

自然是不能啊！

她只能将其捂着："没事，我就是看到这个消息……激动的。"

闻言，武大川揶揄道："我戎哥终于沉冤昭雪了，你是不是该好好弥补他一下？"

"什么弥补？"

提起这个，武大川就觉得自己很有话语权："虽然戎哥最近停职，但我们都猜到你俩肯定闹矛盾了。天上掉下这么大一口'锅'，我戎哥已经够委屈的了，还得被女友误解，爱情、事业双双陷入低谷。姒姒，你需要对戎哥有点儿表示。"

这个，自然是需要的。

只不过……

一想到两人这些天的相处，江姒就有点儿犯难。

"你觉得,我应该怎么弥补?"

下一瞬,武大川别有深意地冲她眨了眨眼:"听说美人计对男人而言百试不爽哟。"

因着武大川那意味深长的建议,江姒下班后回到家就有点儿魂不守舍。可偏偏,事情水落石出之后,洗刷了冤屈的周从戎反倒不见了踪影。

她心里有点儿忐忑,下意识就去查看了一下他留在她这边的东西。仔仔细细地核查过后,她才长长地舒了口气。

她的晚饭问题是在单位解决的,两个小时前特意向他报备了一下,也算是她主动破冰。只不过至今都没有收到他的回复。她不免揣测他是不是对自己寒了心。

江姒:你在哪儿呢?

江姒:我们聊聊。

她又不死心地发送了两条过去。

怕他觉得她的态度生硬,她又扭扭捏捏地补上了一张图片作为试探:[我还是不是你的小宝贝.jpg]

然而消息发过去,依旧石沉大海,男人也不知道是真的没看到还是懒得回。江姒颇有点儿烦躁地揪了揪自己的头发,随后叹息一声去了浴室。

这个澡她洗得浑浑噩噩,脑子里想着一堆事儿,走马观灯似的,许多东西在脑子里过了一遍。她又想了很多和周从戎的结局,甚至还想到了他主动提分手的样子。

哪怕是她与他争吵,她也没有将他赶出她的房子,没有故意切断两人的联系。因为她自始至终都信任他的能力,信任他不会让江锌出事。可江锌的问题横亘在两人之间,她又逼着自己不得不狠下心来和他冷战。

如今,网上那些对他的污蔑终于迎来了澄清。官方给了他一个最公正的结果,为他正了名。可她和他之间的裂痕,该如何弥补?

江姒只要一想到分手就脑仁疼,她也不知道这个澡究竟洗了多久。身体出于本能地在冲洗完毕之后裹上浴巾走了出去。

下一瞬,她便撞见了一个慵懒地交叠着腿坐在床尾凳上的男人。他姿态随意,手上拿着一本书,修长的手指正巧翻过一页。

见她从浴室出来,他下意识抬眸朝她望来。

"你、你回来了？"已经好几天不曾和他主动说过一句话了，即便刚才在微信上发消息时给自己做好了心理建设，可这会儿面对面与他说话，她还是有点儿磕巴。

明明该是最熟悉不过的男女朋友，可这会儿，就这么生分了。

当然，这是江姒单方面的想法。至于周从戎，则显得自然多了："我刚从江叔、邵姨那边吃完晚饭回来。回来时顺道将江锌的日记本和复习笔记都带了来。"他朝她指了指手上的书。

他这么一说，江姒才察觉他刚刚看的正是江锌的复习笔记。正是因为复习笔记上那歪七扭八总不见正常的字迹，她才会与他爆发争吵。

她极力想让两人之间的关系恢复正常，抬步朝他走了过去："我爸妈怎么只喊你吃饭，都不顾他们闺女。"故意用了哀怨的语气。

女人一头及肩的长发微湿，白皙的赤足踩在地板上，浴巾包裹着她胸前的澎湃起伏，却掩不住那沟壑蔓延的万种风情。

"他们也不知道从哪里知道我被停职了，为了安慰我特意给我捣腾了一桌子菜。"

他落在她身上的眸光幽深晦暗，喉结微动，终是站起身，在她的惊呼声中亲自为她褪去了那碍眼的浴巾。

热恋中的男女，本就容易碰撞出火花，偏偏这阵子冷战，两人分房睡了。这会子重新尝得滋味，周从戎下手便难免没轻没重了些，惹得江姒嘤咛不已。

待到阵地从床移到浴室又移到床，一切渐歇，周从戎换了床单，两人这才重新躺在一处。

江姒浑身上下都叫嚣着精疲力竭，可她知晓，有些事她必须得说明白："我一直都是信你的。可那复习笔记上的字迹，我说服不了自己，过不了自己心里那道坎。"

吃饱喝足，周从戎精神抖擞，嗓音格外沙哑磁性："或许，我能解释给你听。"

她抬眸望向他的眉眼："你知道？"如果他知道，当初怎么会任由她钻进死胡同却不点醒她呢？

"也怪我没有早点研究这本复习笔记。刚刚我翻阅了好几遍，发现了点儿端倪。"周从戎捞过掉在地上的本子，在她的期盼下边翻边解释道，"首先我们得明确一点，这个是江锌想报考中国消防救援学院的复习笔记，而不是他写的日记。复习笔记和日记的最大区别，就是时间连贯性。"

江姒隐约有点儿听明白了，可这会子她浑身酥软懒得动脑，只轻轻"嗯"了一声。音调上扬第二声，明显是期待着他接下来的话。

周从戎好笑地睨着她这副慵懒娇媚的样子，摩挲着她的指尖："写日记时，会有记录时间的习惯。所以江锌从哪一天开始字迹出现了变化，心境发生了变化，一目了然。可如果是复习笔记，一般人都不会刻意标注做笔记的时间，江锌也不例外。所以我翻阅到他出现歪七扭八字迹的时间，也就不能直接判断究竟是从哪一天开始。"

说到此，他指着一些页面："你看到这些歪七扭八字迹旁边的字了吗？江锌经过心理疏导重拾信心找回自我后，又努力对一部分文字进行了更正。你看这些字，字迹工整，努力做了弥补，甚至还用了一些趣味性的文字框进行区别。"

靠在他的肩头瞧着，江姒如梦初醒。

她撑起所有的力气靠坐在床头，夺过他手中的复习笔记，几乎是囫囵吞枣一般翻阅。

原来这些笔记中，早就有迹可循。只不过她一直勘不破，只当她家阿锌一直未走出阴影，笔迹才会如此。没承想他复习的进度有些慢，尚未来得及做新的笔记，反倒在前头的旧笔记上批注与完善。

是她一叶障目了。

"谢谢。"江姒出口的这一声谢瓮声瓮气，却是倾尽全力。

谢谢他当年对江锌的付出，谢谢他被攻讦时承受压力不改初心，谢谢他对她的不离不弃。

谢谢她生命中出现的那个人，是他。

第六章 ★
我是星火，我可燎原

/ 那些被岁月和灰烬掩埋的真相被揭晓，对消防的初心与热爱，对消防行业的坚守与执着，伴随着《星火》的上映，经久不衰。
星星之火可以燎原。
我是星火，我以我的方式燎原，守护万家灯火。/

1

周从戎当晚接了好几个贺电，都是恭喜他洗清冤屈的。其中数贾冰的贺电最为实在，他特意跟他说明了一下上头领导对他的意见，表示他因祸得福即将获得上头的嘉奖。

第二天一早，周从戎就去单位恢复工作了。

江姒夜里被他折腾得狠了，好在今天白天不用轮值，一觉睡到了中午。

她有心点个外卖，这才发现微信里躺着周从戎发来的信息。

周从戎：锅里熬了八宝粥。

周从戎：某人睡觉不老实梦里心心念念着喝粥竟还将口水淌我胸口了。

周从戎：作为男朋友，满足你的愿望。

家里是买了八宝粥的食材的，但想要将粥熬制入味并不简单，单单是浸泡和熬煮这两道工序就比较耗费心力。去除核桃仁的苦涩味、洗净葡萄干等食材附着的灰尘，以及大火转小火的时间，便极有讲究。她之前图方便是用电饭煲炖的，结果炖了好几次总觉得不是那个味儿，索性就任由那一干食材闲置了。

江姒想象着他定了闹钟夜里悄悄起床去处理食材的样子，倏地，眼角眉梢都盈满了笑意。

软糯的八宝粥，甜度适宜，软烂适中，芸豆、红小豆、花生等都极为入味。比她之前熬煮的那一锅强了不知多少倍。

她特意拍了张照过去，点名表扬：爱卿投喂的美食深得朕心！

恰是午饭的点儿，周从戎回得很快：不气了？

江姒这才后知后觉地想起自己还在生他的气。

是了，夜里她被他扰得不得安眠，狠狠咬了他一口，气得让他重新搬回客房去住。

这会子被他这么一提，她愤愤道：你不提我都忘了，既然你提了，我决定继续再生气个几天！

周从戎回了个省略号过来。

江姒满意了，骄傲地翘起了唇角。

恰在此时，有电话进来。

来电显示是她古琴课的老师，来和她约最后一门课时的学习时间。

因着各种变故，江姒最近压根没心思学习古琴。古琴结业课也就一直没有和古琴老师约定好时间。

如今对方打电话过来询问，她抬头看了一眼墙上的时钟，问是否可以安排在今天下午一点半，没想到竟还真的约上了。

于是，她洗完碗收拾了一下自己，就背着古琴出门了。

这是弟弟江锌亲自为她斫的琴，寄予了他对她美好的期望。她又怎可能辜负他，让自己停下学习的步伐呢？人生路漫漫，努力提升自我、充实自我、完善自我，才能成为最强大、最完美、最没有遗憾的自己。

晚上去单位值班，交接班的时候，江姒才得知了一桩令人揪心的事。

一行五人的自驾游团队因挑战网红打卡地，在峥州林云峡谷瀑降，有两人不慎坠落瀑布，另两人被困在瀑布中央。在现场负责观望支援的第五人打电话报了警。

"因案发地地理位置特殊，救援人员徒步入峡谷耽误了时间，目前距离报案已经过去五个多小时，还在全力营救中。

"两名坠落瀑布的驴友中，有一人的遗体在下游被寻到，目前正在搜寻另一人。

"至于另两名被困在瀑布中央的驴友，一人长时间倒挂，目测可能已经死亡。因着瀑降难度大，且还要兼顾救人，需要考量的因素比较多，目前尝试了多种方案还未营救成功。"

周从戎在交接时重点将这个报警案和她做了说明。

"现在天都已经黑了，又增加了救援难度。"江姒望了一眼窗外漆黑的夜，秀眉紧蹙，"喜欢挑战自己投身自然是好事，可事先对峡谷的考察不足，没有做好足够的安全措施，也没有针对自己的身体素质和体能做一个良好的预判。因着是网红打卡地就跟风去参与瀑降，这是对自己的生命不负责任！"

周从戎叹道："大自然瞬息万变，即便考察充足，在瀑降中途也有可能存在间歇性雷阵雨或者瀑布突然水流增大等危险。有人说'家驴焉知野驴之乐'，这份乐趣如果能和大自然和谐共生便是皆大欢喜，如若不然，付出的代价就是生命。最受伤害的还是他们的父母、伴侣、子女等亲人。"

江姒："你说他们都这么大人了，怎么还这么不让人省心呢！命都交待进去了，他们的亲人怎么办？如果侥幸获救后能活下来，也不知道会不会留下什么心理阴影……"

周从戎忍不住伸手触摸她那张紧绷的俏脸，满意于触手的温软，下意识地捏了捏："晚上我留下来陪你，顺便继续跟进一下这次的救援行动。"

江姒正发泄着情绪呢，被他动手一打岔，烦躁地拍开他的手："别了，你累了一天了，赶紧回去休息。"

两人目前值班时间是错开的，她这个师父没有和他这个徒弟在一组。但不能为了让他将就她而剥夺他的休息时间。

罗芳和武大川这对师徒的值班时间也不一致，今晚武大川来接替罗芳的班，此刻两人听到他们这边夹带私货的对话，非常不合时宜地笑出声来。

"戎哥你想陪媳妇儿，可姒姒嫌弃你呢。"武大川不厚道地瞎咧咧。

罗芳玩笑道："姒姒，我这里还有一个后备营供你挑选。我那表弟不给力没事儿，姐这里还有更多的资源。"

得，又开始了。

江姒哭笑不得，大大方方地接招："行啊，等他们什么时候能比戎哥更深得我心，我再来请芳姐你做媒。"

周从戎的脸色瞬间雨转晴，长臂亲昵地落在江姒的肩头，面向那两人："我和姒姒的感情稳定，正挑日子领证呢。婚礼流程也该走起来了，大家如果有好的建议，红包答谢。"

他丢下的这个惊雷直接将罗芳和武大川炸得外焦里嫩。两人好半天没说出一句完整的话。

也正是因此，当周从戎和罗芳交班离去后，武大川还缠着江姒喋喋不休地询问着她究竟是什么情况。

"你俩不是才闹完别扭吗？这么快就决定扯证了？这速度也太快了吧！所以，男女朋友间适当的矛盾纠纷才是迈入婚姻坟墓的正确打开方式吗？"

江姒烦不胜烦，直接往自己脑门上贴了一张"工作符"便笺。

瞧着她的骚操作，武大川张了张嘴，最终还是老实了。他苦哈哈地放弃八卦，专心投入了工作。漫漫长夜本就容易犯困，还不准聊点儿他感兴趣的提提神，哎，惆怅。

林云峡谷的救援行动在历经八小时后终于落下帷幕。此次救援联合了各方力量，不仅出动了公安、消防、医疗系统的人，当地的文旅部门也积极参与进来。一些政府领导和工作人员都赶赴了现场，还有蓝天救援队人员在瀑布下游参与打捞。

从消防站反馈的消息来看，两名被困瀑布山壁的人员都已经被救下，然而一人死亡，另一人被紧急送医。两名坠落瀑布的驴友的遗体也都被寻到。

五人游的组合，除一人没有瀑降侥幸无恙，另外四人以三死一伤告终。

至此，整个救援行动告一段落。

此次事件令人扼腕痛惜之余，又给人留下了深刻的教训。有些极限运动，绝不能因为是网红打卡地就争相去挑战。珍爱生命，对自己负责，对家人负责，对他人负责，也要对社会负责。

这一事件在当天晚上冲上了热搜，引来大量讨论。网友唏嘘之余，却也留下了许多发人深省的言论。

然而谁也没有料到，第二天，一个帖子趁着上班族上班的早高峰被发到了网上，短短几个小时就冲上了热搜。

#江铮再次现身，他来了他真的又来了#的话题，引爆全网。

帖子中，牺牲的消防烈士江铮再次现身参与救援，甚至还附上了他在林云峡谷的照片。瀑布现场，男人一身抢险救援服，面色坚毅，眼神坚定。那张脸赫然就是江铮！

还有一个有关于他救人的短视频被争相疯传。视频应该是无人机拍摄的，夜视镜头由远及近，最后几乎是撑着他的脸拍摄，可以确定是江铮本人无疑。镜头还捕捉到了他英勇救人时的惊险一幕。

此次救援分为两组，一组两人，每组各自负责救一人。每组的两人中，一人负责从上往下到达受困者身边，另一人负责从下往上到达受困者身边。

当时"江锌"攀着山壁而下,另一名与他同组的消防战斗员尝试从下游沿绳上升救援。

被困的两人中,其中一人倒挂,在水流冲击下没有了丝毫反应。另一人隐约还有意识,在呼唤中睁开了眼皮。"江锌"一路攀爬下降的位置正是那名还有意识的受困人旁边,他将绳索连接到对方身上,与从下往上攀爬会合的消防战斗员一起合力将他往下送。千钧一发之际,锁扣松动,受困人直接就要摔下去坠入乱石水潭。"江锌"伸臂将人拉住,给同组战友争取了时间重新连接好对方身上的安全绳索。瀑布的水流冲击下,别看他伸臂拉人的整个过程只有几十秒,却极为考验他的体能和臂力。一旦他脱力松手,一旦另一名消防人员在水流的反作用力下没有及时扣住对方,那么他们三人就极有可能会被一锅端。

惊险刺激的画面,令人震撼唏嘘。

网友们早就见识过"江锌"的神出鬼没,对于他会现身瀑布救援现场的事情接受起来倒也觉得理所当然了。可当瞧见他在救援现场与消防员一起奋不顾身救人的一幕时,满满的都是触动。

网上江锌的粉丝更是发表了不少爱心留言。

△啊,我死了!我男神帅呆了!

△小哥哥真的还在世吗?好想找到他呀。

△求求了!赶紧让我们找到男神吧!跪了跪了。

△之前自发参与寻找哥哥的网上接力活动的人,你们还在吗?

△这一届网友太不给力了,至今为止都还没盘到小哥哥的真身。

…………

江姒刷到这个救援视频时,竟说不清自己究竟是什么感受。

这个冒牌货,冒着她家阿锌的名,却在做着救人之举。这不是哗众取宠,这是真的实打实的极有可能会付出生命的救援。他以她家阿锌的名义现身,目的究竟是什么?让世人铭记阿锌吗?如果是这个,那他确实是做到了。但他对企图施暴聋哑女生的沈某粥进行报复性殴打并踢断了对方的作案工具,又算是什么?打着她家阿锌的名义行触犯法律之举,往阿锌身上泼脏水毁坏他的声誉,让阿锌死后都不安宁吗?

这般一想,江姒突然又拓展了一个新的思路。

自从这个冒牌货出现,逐渐被世人遗忘的阿锌重新出现在大众眼前,从

"大巴车上见义勇为"开始引发热议，随后是从"假死赚取眼泪和烈士名声"引发的一波黑，阿锌成为众矢之的，家人也被网暴。后来事情出现转机，几个典型的网暴者被法律惩处，而阿锌也在冒牌货的一桩桩救人行动中被世人所感恩铭记，成为众人眼中的一道光，一道救赎。

她倏地想起了之前和周从戎的探讨。他们当时假设的是这个冒牌货一开始的目标就是让世人永远地记住阿锌。那些黑阿锌的引导性言论，却是欲扬先抑的手段。

事情的发展，似乎也正一点点与这些相吻合。

那么，那个在做过比对之后，被证实与当年的邹薇的声音相似度达到99.52%的匿名来电人究竟是谁？

当初"查无此人"的邹薇，和这个冒牌货是不是有什么关联？

晚上下起了雨，沈一冉火急火燎地赶到红墅湾小区，衣服和头发都还带着湿意。

"姒姒，我看到网上的新闻了。那个人又出现了！他胆子还真够肥的，每次都挑战极限，你说他图的什么？警方那边有没有联系你？叔叔、阿姨还好吧？他们是不是也看到相关新闻了，心情有没有受到影响？我……"

她难得放假，除了去看望父母，最关心的还是江姒的情况，乍一进门就问了一堆问题。

江姒忙去卫浴间给她拿了条毛巾，往她头发上擦："老规矩，你今晚睡我这边吧。先去洗个澡，别感冒了。"

"我的身体好得很，你倒是快回答我！没见我着急上火吗？就想亲眼见到你问问情况。"

"好好好。"江姒哭笑不得，只得挑着答了，"放心吧，我爸妈已经想开了。一回生二回熟，他们的心脏承受能力已经被锻炼得强大起来了。至于那个假冒阿锌的人……那段救援的视频一出，警方那边也已经注意到了。我和负责的警官联系了，让他们帮忙跟进下这个冒牌货假冒消防人员参与林云峡谷救援行动之后的行踪。但那天大家都忙着救人没关注到，周边山林也没个监控，所以他们也无能为力。"

"所以，又让他在眼皮子底下跑了？虽说他救人不假，但假冒消防，还有踹人命根子那事儿，也因为揪不出他一直没后续。"

"是啊。"江姒无奈道,"如果不是网上爆出来的视频,我们甚至都不知道他这一次又在林云峡谷出没,冒充消防人员参与救援。"

"那无人机拍摄的视频,到底是谁放到网上的?有关于他的热搜,绝对有人在幕后当推手!看那些个帖子的发布时间和发酵时间,都是上班族最惯常刷手机的时间段。还有底下的评论,也有引导的成分在。"

江姒的脑中一瞬间想到了梁未果直播跳江时徘徊在现场的无人机。上一次视频大火,见义勇为的"江锌"和吴拾为众人所知。

而这一次视频大火,"江锌"以空前的热度出现在大众视野。

那个冒牌货身边,必定有一个推手。帮他掌控119报警电话的动态,了解警情和消防站出警力量,调度无人机,引导网上舆论……

沈一冉还在絮絮叨叨:"这人每次冒充完你弟都能全身而退,连个影子都逮不到。在山林里也就算了,可在监控遍布的市区也这样,我就死活想不通了。"

想不通的,又何止她一人。

江姒给她倒了温水,瞧着她喝下,这才将她连人带包往卫浴间推:"洗澡去!感冒了影响执勤,小心你们站长和指导员拿你当反面教材。"

沈一冉被江姒推着进了门,下一瞬却是惊呼出声:"天啊!姒姒,你这里什么时候住进来个野男人了?剃须刀、男士面霜、成对的牙刷毛巾……你和戎哥住一起了?"

接下来的二十分钟,两个女人一台戏。一个在浴室内沐浴,一个则隔着玻璃门洗漱敷面膜,彼此唠嗑。

"我何其有幸,竟能让戎哥舍弃和你卿卿我我的机会住在单位宿舍!哈哈哈哈,容许我不厚道地笑出猪叫!"

"瞧把你出息的,当猪还挺骄傲的是吧?"

"我的姐妹为了能和我说私房话,让她男人独守空房,我必须得骄傲!""哗哗"的水声流淌,冲掉发丝上的洗发水泡沫。沈一冉话锋一转,突然娇羞起来,"姒姒,我好像……被卓昱表白了!"

前不久她因为消防演习去了趟研究所,和人家巧遇了,被人家主动加了联系方式。当时的沈一冉还和江姒各种分析对方的意图,甚至还臆想过人家是不是对她余情未了。

最终得出结论,人家可能只是想要让她在集训时帮忙跟她领导说个好话,开个后门。

江姒不太确定道:"捉鱼翁向你表白了?你确定?他明确地对你说了'爱'这个字眼?咱这个年纪,可不再是学生时代一头热的时候了,不兴自行脑补那一套了啊。"

"确定一定以及肯定,你去翻我手机聊天记录。"

沈一冉的手机就在洗手台边,两人在这方面倒是没有什么避讳。她输入沈一冉的生日解锁,打开了微信界面。

沈一冉给卓昱的备注是"捉鱼翁",江姒点击聊天界面。两人的聊天记录寥寥无几,一眼就翻到了头。

两人之间的交流,基本都是围绕着彼此的职业。

最近一条聊天记录,则是卓昱对她的告白。

还真别说,确实是告白,只不过这个告白,有点儿另类。

"我们加了微信后,我就任由他躺在列表里,没想到他竟然主动找我聊了许多职业相关的话题。后来私底下又见了两次面,当时也没觉得有什么。今天他突然就给我发了条表白信息。

"他说喜欢我的职业,觉得从事这份职业的我洒脱、有担当、有责任心,想要和我相处看看。

"还真是有趣。我相亲时人家一听说我是干消防的,平常吃住都在单位没多少自由时间,基本也就吹了。可他倒好,明明以前拒绝过我无数次,现在却因为我的职业而对我产生了兴趣。人生无常,大肠包小肠,我们永远不知道最后一刻命运究竟会给我们开怎样的玩笑。

"单纯喜欢我这张脸不香吗?告白的时候就不能多提提我的其他优势吗?搞得像是学术交流一样单纯提职业,他是要和我的职业交往和我的职业结婚过一辈子吗?"

沈一冉尽情发泄着自己的不满,可声音透着愉悦。

江姒不免打趣道:"你的声音泄露了你对他的缴械投降无可奈何。说吧,是不是打算答应了?"

"再等等吧,既然他因为我的职业而对我有感觉,那我当然得逮着机会让他对我多一些了解,向他充分展现我的魅力。等他对我爱得无法自拔时,再将他一举拿下!"

"好志向!不愧是你!"江姒失笑,撕下脸上的面膜,轻拍了拍脸。

浴室的水声停了，沈一冉裹着条浴巾走了出来。她蓦地想起一件事来，声音故意阴恻恻的："我听芳姐说你和戎哥正准备领证。真的假的？我竟然是最后一个知道的？"

2
江姒一直都知道周从戎的执行力很强，可她完全没料到他竟会将他的执行力实施在领证这件事上。

他当初和她父母提领证时，她也只当他是为了转移话题。他在同事面前提领证时，她也只当他是宣誓主权。

可她万万没想到，他竟然直接带她去见家长商量婚事了！

格调幽雅的餐厅内，江姒和周从戎提早了十五分钟到。

此刻的她大脑有些缺氧，急需逃离包厢呼吸新鲜空气。

"不行，我害怕，咱们要不还是改天吧。"她扒拉着桌子角，大有下一秒就要站起身走人的趋势。

今日的江姒穿着一身鱼尾裙，踩着一双尖头小高跟，知性淑女。八字刘海更衬得她那张巴掌脸娇俏灵动，耳洞坠着水滴耳饰，素雅中添了一份成熟。此刻，她紧咬着蜜色唇瓣，颇有点儿可怜巴巴地望着旁边坐着的周从戎。

然而，男人不为所动，积极劝说道："来都来了，你突然当逃兵了，不合适吧？"

"不不不，我觉得吧……这事儿还是得徐徐图之。太快了……"

"哪儿快了？"

"我们正式在一起才多久啊？怎么就到了见家长谈婚论嫁的地步了？"

"我都往江叔、邵姨那边跑了不知多少趟了，礼尚往来，也该轮到你见下我爸妈了。"周从戎有理有据道，"再者，江叔、邵姨都和我商量起了婚礼细节。我再不将你带到我爸妈跟前，岂不是失了礼数？江叔、邵姨该怎么想？"

江姒想起这个就气闷："我爸妈只会觉得我对你始乱终弃，绝对不会责怪你失了礼数的。你就放一百二十个心。"

"话不是这么说的。既然婚礼细节都板上钉钉了，那领证就该走起了。都要领证了，你还故意藏着掖着不见未来公婆，是不是说不过去？"

闻言，女人凶巴巴地瞪向他："咱能不能要点儿脸？你求婚了吗就想着领证！"

"原来你一直在别扭这个。"周从戎恍然大悟地勾了勾唇角，随即从椅子上起身，手在裤兜内动作迅速地一掏。下一瞬，身姿颀长的男人就这么猝不及防地单膝跪在她跟前，"姒姒，嫁给我。"

一个丝绒盒被打开，递到了她跟前。璀璨的钻戒，在灯光下绽放着闪耀的光芒。

江姒被他的这番操作惊得一愣一愣的，她的本意是希望他能知难而退收回领证的话，不承想他竟然顺着杆子往上爬直接向她求起了婚。

这男人，竟是完全不按常理出牌。

"我……"

周父、周母打开包厢门瞧见的，就是自家儿子跪着向人家小姑娘求婚的画面。向来宁折不弯的儿子，原来在媳妇儿面前也只是个再寻常不过的男人，低下高贵的头颅弯下坚挺的膝盖时是一点儿都不含糊。

周母显然是特意打扮过的，穿着讲究，妆容得体，还提着一个亮片包。她见小两口僵持在那边，当即恍然，率先走了过去："我说你小子是故意的吧？要求婚就好好求，非得趁着我和你爸见未来儿媳的时候求，不知道姒姒在长辈面前会害羞吗？如果她一害羞就不答应嫁给你了，我看你找谁哭去！"

说话间，周母动作利索地取下丝绒盒里的钻戒，举起来在灯光下赏玩。

"这钻的分量不行啊，切工也马马虎虎。看着是轻奢的款式，但瞧着还是挺没档次的。我跟你说啊，买钻戒你不能图省事就随你心意买个店里现成的。你该带着你媳妇儿一起去店里挑选，让姒姒选择喜欢的裸钻和戒托量身定制。你瞧瞧，自作主张的后果就是被姒姒嫌弃。这求婚不利的经验教训足够你铭记一生了吧？"

周从戎觉得，自己这位亲妈当真是够毒舌的。不帮忙也就算了，还落井下石。这是生怕他娶上媳妇所以特意来拆他台的是吧？

江姒也没好到哪里去。在这个场合被求婚已经够令她尴尬的了，偏偏还被周父、周母瞧了去，周母还特意品头论足了一番。

她的脸有点儿臊得慌。但她这人有个习惯，她可以使劲儿埋汰自己男人，但在外有点儿护犊子。

所以一见周母这么给周从戎下脸子，她当即就维护了一句："其实这戒指也不是那么丑，款式看着还行。"

"这戒指好看吗？"周母不信地蹙眉，"这个属于市面上千篇一律的款式，都没什么看头。当真是丑出了天际，让人看一眼都不想看第二眼。"

江姒不得不现身说法："其实简单低调些就好，大众款也能图个舒心。戒指最怕太出挑，一不小心丢了肉疼，如果被小偷惦记上了还容易招惹祸端。这样就极好了。"

"是吗？"周母依旧将信将疑，还想着继续抨击自己儿子。

江姒当机立断夺过周母手中的戒指往自己手指上套，末了又朝着周母展示了一下："戴上去的手感还挺好的。这款式虽说寻常，但佩戴效果还是亮眼的。戎哥的眼光不赖！"

眼见江姒这般，刚刚还满脸埋汰的周母立马换了一张笑意盈盈的脸，态度一百八十度大转变："对对对，咱们姒姒说什么都对。这小子眼光不好的话，也不会瞧上你这么个大宝贝。"

江姒的脸色瞬间一僵，后知后觉地意识到自己被对方套路了。

可戒指已经被她自己主动戴到了手上，还不知羞地一顿夸赞猛如虎。她如果这时候取下来表示不算数，有点儿打脸。还真是骑虎难下。

全程，周父都在一旁静静地看着周母表演，眼中满是笑意。

周从戎的求婚被打断，还被自己亲妈埋汰了一番，早已不动声色地站起身了，岂料峰回路转，迎来了这一出。

霎时，他对周母转变了想法和态度。

不愧是亲妈，一出手就知有没有。

眼见江姒为难，他适时地拉开了椅子："爸、妈，你们坐。我让服务员上菜。"

求婚这个话题，就这么被他带了过去。可江姒瞧着左手无名指上的戒指，犹如烫手山芋。她就这么将自己卖了？

一餐饭，江姒原本是如坐针毡的，也猜想着可能会出现未来婆婆对未来儿媳挑刺的场景。可没想到她的担心完全就是多余的。周母慈和亲切，全程都在对她嘘寒问暖。夹菜、倒饮料、叙话，对她满意得不得了。生怕她将她儿子退货，周母一改之前埋汰自己儿子的做派，特意王婆卖瓜将周从戎吹嘘了一番，又顺理成章地问到两人的婚事。

这个饭局，周母发挥亲妈功力掌控全场。至于周父和周从戎父子俩，则默契地坐在一起，相比而言仿佛在坐冷板凳。

江姒则是在被问到婚事时头皮发麻。她深知即便向周从戎求救，对方也只会添一把火让这个话题越烧越旺，所以也只得一个劲打哈哈。

"姒姒，我们就这么说定了。下周将你爸妈约出来，我们两家人见一面。我真想快点儿见到你爸妈，好好问问他们究竟是怎么将女儿教导得这么出色的。"

在周母的糖衣炮弹下，江姒全线溃败。一餐饭用毕，她再次把自己给卖了。

周父见自家老婆给他使眼色，忙附和道："亲家公、亲家母都是当老师的，平日里肯定也忙。要不就定下周末中午吧。"眼风一扫，指挥道，"儿子，你负责订饭店。"

周从戎立马应承下来："我会安排妥当。"

江姒做生无可恋状……

全部被他们安排得明明白白的了，还有她什么事儿？只能赶鸭子上架让两家人会面进而再次被催婚吗？

她哀怨地瞪着周从戎，却为了维护自己的形象不敢在周父、周母面前表现得太过。

周从戎轻拍了拍她那颗倔强的脑袋，在她耳畔轻声安抚道："给我留点儿面子，回去后任由你罚跪榴莲。"

她额上滑下黑线。这是认准了她舍不得是吧？

见聊得差不多了，几人出了包厢，周母拉着江姒的手依依不舍。恰在此时，听得消防车的警笛声由远及近，有人惊呼道："对面有人跳楼了！"

出于职业敏感，江姒和周从戎几乎是当即就奔向了最近的窗户。

对面是峥北大厦，共有五层，楼顶的位置有一个女生跨出护栏，似随时都会往下跳。而她的旁边，警察正在劝说着什么。楼底下，消防员们训练有素地铺着救生气垫。另有一拨人进入了大厦。

很快，窗边又涌入了一群看热闹的食客，挤在江姒和周从戎身边，非常具有探讨精神地议论起来。

"说起来这几天怎么总是有人自杀？不是跳楼就是跳江，还有跳塔跳桥的。"

"想不开呗，要么就是家里逼迫，要么就是恋爱吹了，要么就是工作不顺心学习不顺利，或者抑郁症什么的。"

"不，你没明白我的意思。"另一人道，"如果真是因为这些原因，我们市哪有这么高的自杀率啊？"

旁边的大妈立马展现自己的福尔摩斯精神："对对对，还真别说，这是我这周撞见的第二次自杀。我听说有些人自杀时还手舞足蹈呢，挺像吃菌子之后中毒出现幻觉。这事情有点儿不对头。"

江姒和周从戎在一旁默默听着，彼此互相交流了个眼神，最终退离了窗边。

指挥中心每天总会接到几十到上百不等的119报警电话，最近每天的报警数量却骤增，且多数与高空自杀有关。

因为有些来电是热心群众报警，有些则是110转到他们这边联动出警，人如果救下来，警方负责跟进。所以他们这边倒是还未了解到自杀者自杀的原因。

"这些自杀的……"

江姒还未说完，她和周从戎的手机铃声竟同时响了起来。接听完后，两人的神色都紧绷着。

"爸、妈，我和姒姒得马上赶回单位。"周从戎也不废话，直接便要带着江姒走人。

知晓他们工作的特殊性，周父忙催促道："好，那你们先回去，路上小心开车！"

周母一个劲叮嘱道："工作再忙也要照顾好自己和姒姒的身体。下周末两家人吃饭，你别忘了订饭店！"

然而两人早就跑没影了。

周父、周母并没有急着离开，而是在窗边和其他人一起围观对面楼救援的情况。只不过那跳楼的女生显然是一心求死，并没有听劝，在警方和消防的合力劝说和营救下双脚脱离地面，就这么跳了下去。

好在她是摔在了救生气垫上，没有生命危险，但应该也伤得不轻，被当场抬上担架送上了救护车。

今天是常哥和他徒弟小洲值守，武大川在单位学习室看书，罗芳则是请假回家陪果果。江姒和周从戎赶到单位后，几人也陆陆续续到齐了。

贾冰过来，面色沉重道："让你们紧急集合，主要是因为刚刚从警方那边得到的一个消息。"

周从戎拧眉:"跟最近增多的自杀案有关?"

"对!"贾冰也没过多赘言,直接道,"这些自杀案有点稀奇,自杀者本人在被救下送医诊治后,竟声称自己当时出现了幻觉。警方就一直在着手调查,在事情没有确定前还不敢下结论。我刚得到消息,说是目前确定下来了。这一系列群体性不明原因的幻觉自杀事件,都是因为受到了一种毒素的影响。"

"毒素?"这样的消息,对几人的冲击性不可谓不小。

罗芳率先问道:"这种毒素该不会来自野生菌吧?"

"有一定的关联。"

"不应该呀。"武大川疑惑道,"目前市场上也存在让人致幻的野生菌,但大家食用时还是挺小心的,不至于这么多人在某一时间段内相继爆发出问题呀。"

"被救下的自杀者口径都比较统一,都声称最近没有食用过野生菌,这才让警方的调查进度陷入了僵局。好在进行交叉比对之后,警方发现他们最近都购买并食用过一款养生保健品。而这款保健品中就含有野生菌成分,经专家检测,含有致幻毒素。目前市监管部门也介入了调查。据估计,该养生保健品已经大规模流入市场,可想而知届时峥州市将陷入怎样混乱的局面。"

此言落地,室内所有人脸色巨变,陷入诡异的寂静。

3

近来致幻导致的危机事故增多,早已惹来了公众的热议。

有人好端端地在路上开着车,眼前突然就蹿出一群小人朝他冲来,他猛打方向盘之后连人带车冲下了大桥。有人好端端在家里吃着饭,突然就犹如瞧见了洪水猛兽一般奔向自家窗户,从二楼跳了下去。有人好端端在高楼粉刷外墙,突然就莫名其妙地开始解起了防护绳的锁扣,企图往下跳……

事故频发,造成公众社会健康严重损害,不禁令人深思。

峥州市政府迅速做出应对,随之,一系列雷厉风行的动作在峥州这座城市上演。市监管局大力查处无安全认证的养生食品,从被查获的一批有毒养生保健品中,各方力量开始进行防控与溯源追查。

近来调查的结果也被公布于众。据查,目前在市面上广泛流通的含有致幻毒素的养生保健品是某一无证小作坊接受委托制作,利用高档的礼盒将其包装成高档养生品,通过一些机构的运作上线网络平台售卖,又在线下商超上架，且利用"二微一抖（微博、微信、抖音）"在各大社区中老年群体中宣传推销。与此同时，市面上还出现了大批"物美价廉"的菌菇酱，相比普通菌菇酱的味道更鲜美、更能入味。它们涌入各大餐饮市场及百姓的餐桌。然而，无论是宣称可以养生的保健品还是更能入味的菌菇酱，里头含有的有毒的野生菌，竟都来源于林云峡谷。

林云峡谷，这个地名并不陌生。

彼时的峡谷瀑降救援事件，三死一伤的惨痛教训还历历在目，曾参与峡谷瀑降救援行动的消防指战员、蓝天救援队、公安队伍、当地文旅部门人员、政府工作人员、附近居民及热心人士，令网友大赞，爆发出许多暖心言论。更是因着英魂归来参与救援的"江铎"，此事件上过热搜。小众所知的林云峡谷迅速变成了大众所知。

据警方调查，也正是因着那次事件，有人无意间发现了林云峡谷中的大量野生菌。该类野生菌稀有罕见，不曾在市场上出现过。他们发现了商机，在利益驱动下，形成小团体，开始对此进行运作。也就有了后来大批量涌入市场的有毒野生菌养生保健品及菌菇酱。

食用野生菌养生保健品的人群占比不会太大，可食用菌菇酱的群体，不可估量。生活中，菌菇酱作为调味品可以进入千家万户，无论是自家做饭、点外卖还是饭店堂食，都极有可能中招。

谁也没想到，此次救援竟成为突发重大公共卫生事件的导火索。

食品安全无小事。因着线上线下的渠道打通，大量有毒野生菌制品流入全国各大城市，全国各地也陆陆续续出现了此类因幻觉而"自杀"的事故，事态进一步严重。

各部门联合出动，打击非法产品，抓捕犯罪分子。除了遏制此类产品继续在市场中流通，相关应对的研究也逐步展开。可随着研究的深入，峥州市每天依旧出现不少"自杀"事件，各个部门忙得焦头烂额。更可怕的是，专家们经过研究得出了结论，该类野生菌可以根据服用量，在人体内进行潜伏，会不定时发作。也就是说，全国受灾最严重的峥州市，可能将成为一颗不定时炸弹。

各地警情不断，医院人满为患，人人自危。

峥州被迫封城，一方面阻止隐藏的产品继续流入其他省市，另一方面对市民实施保护。随之，一系列相关强硬措施被迫在峥州这座城市施行。

"这些无良的坑货！为了钱害了一座城！还影响到了全国！我们消防站的一些同事也中招了！"

"我身体底子强还在扛着。是我们站里少数几个还活蹦乱跳能跑能走的了。其他人上吐下泻，害得我们不得不对他们严防死守。可还是有人出现症状，企图跳窗、跳楼、撞墙。好在被及时发现。最近食堂新采购的食材都被拉去送检了。"

"一开始中毒致幻的人被及时发现，还能通过药物治疗或者洗胃，减轻症状。可偏偏这毒素还能在人体内潜藏，过一段时间才爆发，这才是让人揪心的！"

"市面上的那些药都治标不治本，什么时候才是个头啊。感觉再这样下去，我们也不用出警救援了，120直接将我们集体拉走得了。"

隔着电波，吴拾絮絮叨叨地和江姒唠了半个多小时，发泄心头的怨气的同时又满是担忧与惊惧。

"姒姐，我被困在站里不能回家，也不敢回家，我挺担心我爸的。他那人报喜不报忧，我给他打电话过去，他只说他们那边没事，安全得很。他一个劲强调他身体倍儿棒，也没有接触过那野生菌产品。可接触过没接触过，有时候连自己都不知道。谁知道是不是出去打个牙祭就中招了啊？这毒素还能在人体内潜藏蛰伏蓄势而发。一想到他半夜睡觉时出现症状，我就吓得要死。我只能叮嘱他将门窗都封严实了。"

自从封城后，全城戒严，各个小区都被严格限制进出，江姒他们也一直在单位不能轻易外出。她安抚道："你别太担心，我昨晚给我爸妈打过电话，他们小区那边还没有人出现过相关症状。我爸妈也和吴叔时刻保持联系。对了，你们家不是还住着姜淮元吗？我爸说他的工作也被迫停了，和你爸一起被困着。也好，两个人有个照应。"

特殊时期，小区对进出人员进行了限制，呼吁邻里邻居互相帮助，一发现有人出现症状就及时上报并适当地进行救助。吴叔和姜淮元住在一起有个照应也是好的。

安抚完吴拾，江姒继续往单位食堂走，路上遇到罗芳。罗芳刚和果果结束视频通话，这种特殊时刻，身为母亲的她却不能陪在儿子身边，心里难免忧虑。

两人并肩,步履沉重地往前走。

"放心吧,芳姐,果果有他爷爷、奶奶照顾,再不济还有纪研博这个表舅呢。你们住在楼上楼下,互相帮衬着些也是方便的。"

"理是这么个理儿,可我心里头总被大石给压得喘不过气来。我豁出了一切都要生下来的果果,如果因为我照顾不周而让他吃了不该吃的出了什么差池,那我……"

"瞎说什么呢!芳姐,你可千万别乱想。果果绝对会没事的。"江姒忙打断她的胡思乱想,安慰起来,"其实只要切断了该野生菌制品的传播途径,阻止它在人群中蔓延开来,就已经取得了初步的成功。目前我市相关部门已经对已发现的产品全面下架并销毁,至于另一部分未被发现的产品流入了市民的饭桌,也通过社区工作人员挨家挨户上门进行科普和查看,揪出了不少。现在最怕的就是那些投机分子对该类野生菌制品换个包装重新出售,现在大家是谈'菌'色变。至于它引发的'自杀'事故,初看之下有些可怕,防不胜防。但只要应对得当,还是能够轻松拿捏它的。对于那些食用过有毒的野生菌制品后当场发作的人,问题比较好解决,直接送医吃药或者洗胃。至于那些食用过野生菌制品后没有当场发作,毒素在体内潜藏的,那就时刻让身边的亲人朋友关注着动静,只要及时发现对方不对劲捆绑住对方的手脚,再喂食戒断药物,等待研发出能够治本的药物,就有转机了。我们一开始抓瞎,这才会出现那么多的'自杀'死亡事件,但现在有经验了,'自杀'死亡率降低。只要能研发出治本的药物,这一波的危机解除是迟早的事儿。"

江姒说话时语气轻松,对这一次的危机却是有着战胜它的信心。

罗芳听她这么一说,那紧绷的脸总算是松缓了些:"你啊,自己还一脑门子官司呢,还来安慰我。"

"我能有什么事?"

"戎哥之前不是还宣布和你扯证吗?你俩的终身大事就这么被这波大规模的野生菌安全事故给耽误了!"说话间,罗芳已经握上她的手,戳了戳她无名指上戴着的戒指。

江姒一脸尴尬。

她和周从戎领证的事情是某人自导自演的,也不算是耽误。但因着野生菌安全事故的爆发,两家父母的会面却是实打实被推迟了。不过她倒是松了口气。毕竟外人看来两人早就在一起了,只有他们自己知晓两人在一起的时间不长，她心里还是有许多顾虑。婚姻于她而言，还是有些太草率了。

瞧着手指上一直没有取下来的戒指，她又觉得自己有点儿矫情了。把周从戎女友的身份占得牢牢的，还成天担心两人会感情不稳最终以分手告终。

"芳姐，其实我和他……"

江姒解释的话还未说完，两人已经到了食堂，罗芳蓦地朝着一个方向挥了挥手："戎哥，这边！"

周从戎穿着统一的夏季常服，面容俊朗，身姿修长笔挺。他的手上拿着不锈钢托盘，里头是打好的饭菜。闻言，他迈着大长腿朝她们走了过来，望着江姒："不是说不太饿不过来吃饭了吗？"

江姒尴尬一笑："我去活动室放松了一下就有了点儿饥饿感。待会儿打算去值班室。"

现在每天的报警数量增多，他们被隔离在单位，岗位职责增加，身上的担子也越发沉重了些。所幸他们及时隔离，接处警岗人员一切正常，没有影响到正常工作。但后厨前两天有一位厨师中招了，他当时浑浑噩噩跑去了行政楼打算往下跳，被人发现不对劲及时救了下来，好在没有闹出人命。因此，整个后厨又被彻查了一番，调味料和各种菜品都被送检。后厨的人也少了大半。

出了这事儿之后，单位里不仅对调味品的配料成分进行严格管控，还对厨房采买的蔬菜肉类也进行了一系列检测，务必确保大家不会毒从口入。

"你们小两口边吃边聊，我去打菜。"罗芳不去当那电灯泡，果断拿着餐盘去打饭菜。

两人随意挑了张桌子搁下餐盘，周从戎又去打了两份米饭。两人坐下一起用餐。

他将筷子递过去："我爸妈托人给江叔、邵姨那边送过去了一些米面粮油和蔬菜牛肉，生活必需品短期内应该不用担心。"

"这些社区都可以采购的。叔叔、阿姨留着自己吃才是。"封城管控之后，政府最先整治的就是生鲜市场和米面粮油及调味料产品。这种时候，物资最是难得。江姒虽是如此说，但她深知小区封禁之后出门采买需要各种审批流程，即便好不容易加入了社区团购，采购到的食物也是有限的。

"我爸妈那边吃的倒是不用愁。之前折腾了一个农场，搞了有机蔬菜，养了些牛。爆发了大规模野生菌安全事故之后，他们索性就住郊区了，自给自足，也少了一些人生自由的限制。"

这是江妩始料未及的。

她刚要追问两句他们的近况，就听周从戎继续道："我妈一直感慨这场突发性变故耽误了她和你父母的见面。说我们好事多磨，回头等事故危机一结束，她就要请个百八十桌热闹热闹去晦气。"

"也不用这么……"急吧。

江妩的话戛然而止，略显心虚地承受着周从戎突然转严厉的神色。

"要和我分手吗？"男人猝不及防提了这么一句。

分手？

江妩下意识摇了摇头："你要分手？"

他往她脑门上弹了一记："既然不想分手，那就别总是往我们的这段感情上泼凉水。不以结婚为目的的都是耍流氓。别想着对我耍完流氓之后全身而退！"

"瞎说什么呢！谁对你耍流氓了！"江妩急急忙忙去捂他的嘴，又转头去看附近桌。

当真是丢死人了。

好在食堂里此刻只有寥寥几人正在吃着饭，似乎压根就没听见他们这边敏感的话题。倒是故意坐在另一桌的罗芳，朝着她眨了眨眼，显然是将周从戎的玩笑话听了去。

两人用完午餐慢慢踱步回去，罗芳则故意慢了半拍让他们先走，给足了这对小情侣独处的空间。

烈日灼烤着大地，江妩和周从戎并肩而行，没有逾矩的亲密举动。可那种只有情侣才会流露出来的对彼此的浓情蜜意，却是旁人无法介入的。

回到办公区，常哥和小洲还坚守在岗位上。

周从戎忙道："常哥，你和小洲先去吃饭，接下去交给我们。"

"行，那你们帮忙多留意着些。"常哥看了眼时间，爽快地应下，又交代了几句，"电视台那边有一名职员突然神志不清幻想着玩飞高高的游戏，被他同事情急之下关到了厕所。但他还没等警察和医生赶到就从厕所的窗户翻出去坠了楼。好在之前因为翻新大楼外墙怕工人们高空作业出事而设置了防护网。那人落入防护网里暂时没性命危险。目前宇川站的指战员已经赶过去救援了，你们多盯着点儿。"

"好!"

两人不敢懈怠,在常哥和小洲离开后快速查看起了之前的报警记录。

如今峥州市虽然一时之间封了城,但所有人的生产生活依旧还是得继续。无论是尚未被发现销毁且改头换面在各地流通的野生菌制品,还是在人体内一直潜藏尚未彻底爆发的致幻毒素,都让人胆战心惊。今天电视台出了这档子事,也亏得那防护网的存在,才没有第一时间酿成悲剧。

目前峥州市各个消防站的指战员们的身体也存在一些中招的情况,救援力量被大大削弱。前脚吴拾才跟江姒提过站里好些人受到了影响,没想到后脚他们站就被调度出警救援了。

"希望一切能顺利。"江姒心情沉重。

"人生除死无大事!你别整天担忧这个发愁那个。目前阿姨被救回来就是最大的幸事了。只要坚持服药,她的病情就能被控制住,会没事的。"

罗芳声音坚定地劝慰着,和武大川并肩走了过来。回到接警席,她从自个儿抽屉里掏出一片眼膜,指挥着后者先贴上。

武大川的老家在广州,加入消防行业之后回家探亲的机会不多。即便峥州封城,可此前流通的市场还是将该灾害扩散到了其他省市。前两天他妈睡着的时候突然惊醒,在幻觉驱使下跑到窗边一跃而下。好在他家住在二楼,没造成致命伤,人是抢救回来了,但想要彻底恢复是一个漫长的煎熬过程。特殊时期,他即使想要赶回家探望,都无法成行。

这不,他这几天愁得都没睡好,又逢熬夜值班,一个挺有精神气的帅小伙,就这么给整得憔悴了起来,黑眼圈还挺明显。

周从戎和江姒瞧着他在罗芳的紧迫盯人之下贴上了眼膜,也纷纷劝道:"你可不能再垮了,不是让叔叔、阿姨担心吗?"

"等峥州市解封,这摊烂事彻底解决了,把叔叔、阿姨请到咱们这儿来好好玩玩。届时到我家做客,我妈做的菜是一绝!"

武大川被逗乐,忙道:"那敢情好,也可以让我爸给你们露一手咱们地道的粤菜!我爸最拿手的是菠萝咕咾肉,用的他自个儿琢磨出来的秘制配方,更有味儿!"

"看来叔叔是位隐藏的厨神啊!阿姨在家肯定没少享受口福。"

…………

常哥和小洲也吃完饭回到了工作岗位，几人说话间，倒是挤走了武大川的忧伤情绪。

　　此时，宇川站的赵指导反馈过来消息，电视台那名中招的职员已经顺利被解救下来并送医。然而，一名战斗员在救人过程中被产生幻觉突然挣脱的职员弄松了安全锁扣，直接从防护网中坠了下去。他的后脑勺当场就被砸出了一个坑，血肉模糊，人就这么没了。

　　悲伤的情绪弥漫在指挥中心。所有人静默着，脸色发沉。

　　身为消防接警员，驻扎在消防一线的最前沿，他们每日里接触的报警电话无数。每次调度出警，他们最担心的是人民的生命财产安全和国家的利益。可他们最怕的，是在迎战警情时一线的指战员们出现意外。

　　每一年，都会有消防人员因公牺牲，离开他们的队伍。那些伤亡与悲恸，仿若敲响的警钟，让他们一遍遍在心中铭记那一段段灾难与救援。警钟长鸣之下，他们越发警醒，联动的每一个岗位每一个人员都力求行事完美，只期圆满配合完成所有的消防救援任务。

　　然而现实中，意外无处不在。那些冲锋在一线救援现场的人负重前行，为这座城市承载了太多的重量……

　　江姒抬头远眺窗外。峥州的蓝天白云，瑰丽唯美，可偏偏，烈日毫不留情地灼烧着这座城市，竟生生灼疼了她的双眼，终是让她忍不住溢出泪来。一股情绪就这么堵在胸口，堵得她生疼，却无处发泄。

　　"打起精神来！一个个蔫头耷脑的，像什么样！我们消防人员的精气神哪儿去了？"贾冰不知何时出现，语气严厉地呵斥着。但若是细听，可以察觉出他的声音竟有一丝发颤。"牺牲"这个词，对于他们而言是何其沉重与悲痛。但这股沉重与悲痛，此时此刻需要往一边放。

　　指挥中心，再次被急促的电话铃声袭击。

　　"接电话！"贾冰再次厉声道。

　　不需要他多言，千千万万次的身体记忆，早已让他们训练有素地投入工作状态。

　　"您好，峥州119。"江姒戴上耳机，凝神，已然进入状态。

　　"你好啊同志，我发现有两个人不对劲，好像是吃了那有毒的野生菌制品出现幻觉了！有个男人带着他家孩子上了我家对面楼的楼顶，我大老远望过去他们状态似乎疯疯癫癫的，两人的脸上的表情也都怪怪的。他们爬这么高，待会儿一不小心坠楼就完了！他们这绝对是吃了那种野生菌中招了！你们可得赶紧过来救人啊！"

江姒听着电波另一头传来的熟悉的声音，心里"咯噔"一声，当即道："妈！是我。"

江母一听这话，才反应过来是女儿接听的报警电话。

她忙急吼吼道："姒姒啊，你爸觉得不对劲就冲出家门跑对面楼了。我刚刚打了110，这才打你们119的。你赶紧让消防员同志们过来帮忙，好歹搞个气垫以防万一啊。那父女俩你也认识的，是对面楼的小赵和他女儿桉桉。他俩应该是一起野生菌中毒了，如果跳下去那可是两条人命啊！"

江姒脑中一闪而逝的，是刚刚宇川站赵指导的话。

"后脑勺当场就被砸出了一个坑""血肉模糊"等字眼，冲击着她的大脑神经。

"妈，您放心，救援人员很快就会赶到。您让爸量力而行，救人的同时也要护住自个儿！"江姒飞快录入出警信息。可在调度消防救援站时，犹豫了两秒。

目前各地都有相关警情，公安、消防、武警、医护等都加入了救援行列。消防力量受到野生菌幻毒素的影响，相继有人中招，有疑似中毒人员则因毒素潜藏尚未爆发而严禁出任务。人手严重不足，各个消防救援站应对得极为吃力。距离爸妈所住的小区最近的消防站此前已经被调度出去了，如今距离他们小区最近的，正是去往医院途中的宇川站指战员。

然而，战友牺牲，遗体被送往医院，需要家属认领。站长和指导员需要与痛失儿子、痛失爱人的家属沟通，还得处理丧葬事宜。一桩桩、一件件，无时无刻不在勾起人的痛苦。

宇川站指战员还跟随在救护车后面护送战友的遗体，沉浸在失去战友的悲痛情绪中，此刻让他们出警，无疑太过残忍。可他们的消防救援车正在事发地点附近，是最有可能及时赶到救下人的。

江姒的心犹如被人用拳头拽紧，幽深的眸子却无比坚定。

消防人员的使命便是如此，曾经加入这一行时立下的誓言需要用生命去践行。个人的安危尚且排在人民的生命财产安全之后，更何况个人的悲伤情绪？在救人面前，他们的个人情绪都必须搁置。

她敲击键盘的手微微颤抖，最终一狠心，调度宇川站出警。

4

等待的时间总是格外煎熬,尤其这其中还牵扯了自己至亲至爱的人。贾冰接了个紧急电话先行离开了。接警席上的众人却都严阵以待。

江姒有些坐不住了,她刚从座位上站起身,就对上了周从戎的视线。

"你打算做什么去?"

"我要去打报告,申请外出。"

周从戎语气温和地安抚她道:"姒姒,宇川站的救援人员会妥善处理好的。"

"可那是我爸!他都一把年纪了,我不放心啊!"江姒的情绪激动,脸上满是焦虑与担忧,"这年头救人却反倒把自己给折进去的事情还少吗?在我们消防队伍里,每年都有不少在救人时牺牲。刚刚宇川站的战斗员牺牲,不就是一个血淋淋的例子吗?我爸没有做过这方面的培训,只是凭借着一腔孤勇去见义勇为,让我怎么放心?我一定要亲眼看着他平安才行!还有桉桉,她还是那么小的一个女娃啊!她每次甜甜地喊我'姒姒姨姨'时都将我的心给融化了。她和她爸爸也绝对不能出事!他们都不能出事!"

她的声音哽咽,声嘶力竭。向来坚强的她,今日却已是第二次落泪了。

周从戎的眸光一柔,面色紧绷,心也瞬间被揪紧了。

常哥、罗芳、武大川、小洲也满是动容。

罗芳率先开口:"戎哥,你别拦了。让姒姒跟老大打个报告回家一趟吧。"

"对,今儿个原本就不是她值班,是她特意来帮我和小洲的。"常哥也不免一叹,"也不是什么大事,老大会批的。"

武大川和小洲也连连点头。

"戎哥,你陪姒姒一起去一趟吧。"

"对!这儿有我们呢!你们放心去吧!"

哪真的需要他们说服呢?周从戎心里早已有了计较。

此刻见他们都支持,他牵起江姒的手:"谢谢大家的理解,我们先去找贾哥。"

两人是跑着出去的,恰遇到刚从肖支办公室回来的贾冰。他们将事情原委简单地与他说明。

"贾哥,我们现在必须赶过去,希望你能批准。"周从戎郑重请示。

江姒的声音还有些发颤："师父，我爸他……"

"你们啊，就是典型的关心则乱。"贾冰打断她，严肃道，"行了，不必多说了。我给你们批假三小时。但无论结果如何，都必须准时回来！"

"谢谢贾哥！"

"谢谢师父！"

"等等！"见两人转身就要跑，他又故意凶巴巴道，"全须全尾地回来！回头给我补张外出条子！"

"是！"两人立正挺胸，朝他敬礼。

然而，两人还在开车赶过去的路上时，收到了江母的来电。

"姒姒，结束了。一切都结束了……"

江母的声音，似悲凉与惋惜，万物成空，仿佛皆是虚幻。

时间回到江父察觉到赵诠和桉桉父女俩有异时。

他眼见两人上了自家对面楼的楼顶，就有种不好的预感，让江母打119和110，自己则冲出了家门。因着老式楼层没有安装电梯，他从自家楼下到一楼，又一路冲向对面楼，一路"吭哧吭哧"爬楼梯上了天台。好在他及时赶到，赵诠和桉桉父女俩还未来得及跳下去。江父没有多想，跑过去和赵诠拉扯，并且大声唤他，企图将他被幻觉掌控的大脑拉回来。

然而江父一个人分身乏术，顾着个大的却顾不了小的。桉桉被她爸松开了牵着的手，就兀自浑浑噩噩地爬过了天台上的围栏，直接就往下跳。

小小的女孩，才不过五岁。平日里乖乖巧巧，见着他就喊"江爷爷"。可如今，她竟无知无觉，在幻觉的作用下企图跳楼。她还那么小，甚至都还没感受这个世界的美好啊！

"桉桉！"江父惊恐地睁大了眼睛，大声呼喊。可他注意到她的动作时为时已晚，他的手上还拽着赵诠，想要朝她奔过去救下她，却已然来不及。他唯一能做的，就是和还在折腾的赵诠较劲，两人倒在地上，互相羁绊。他毕竟上了年纪，赵诠年轻气盛，在力量上他压制不住对方，可对方因着出现幻觉而不怎么懂反抗，才让他能短暂钳制住他的手脚。他就这么躺在地上，抬着头，惊惧又绝望地瞧着桉桉往下跳，甚至都忘了眨眼。

也就是在那一刹那，江父感受到面颊生风，一抹浅蓝色以百米冲刺的速度奔到了围栏边，朝桉桉伸出了手。

一切都在电光石火间,那抹浅蓝色为了救人,将自己的大半个身子都悬挂到了天台外墙。等等!那抹浅蓝色是……那是消防制服!是消防员及时赶到了!不过,怎么这人身上穿的是夏季常服,而不是抢险救援服……

生死攸关之际,江父脑中的这抹疑惑也只是一闪而逝。他眼睁睁地瞧着那消防员为了救人不顾一切,似乎随时都能见证他为了救人将自己的一条命也给搭进去。

"抓紧我!"那名消防员维持着艰难的姿势,拼尽全力冲着桉桉喊道。

风将那人的声音送入江父的耳畔。也是直到此时,江父的心神才微微一松。

他拽住桉桉了!幸好!幸好!

倏地,那名消防员似乎是因着陷入幻觉中的桉桉的挣扎而身形不稳,以至于他剩余的小半个身子也终是没有承受住力道而翻出了天台栏杆,往下坠落。

"小心!"江父惊呼出声,瞳孔也为之放大。

这一瞬,整个世界为之一静。

风刮在脸颊上,生疼。

江父的眼神炽热又惊惧,震撼于亲眼看见两条生命在自己面前的陨落。那一瞬间,他的脑子是空白的,甚至都忘记了思索。就连和赵诠的拉扯翻滚,也全是出自于身体的本能。

不能死!他们不能死啊!

江父的内心疯狂呐喊着、叫嚣着。

不知是不是他的心理作用起到了效果,他竟瞧见那抹浅蓝色身影的一条左臂不知何时稳稳地勾住了栏杆,青筋凸起。

他没死!他没有摔下去!真好!

那桉桉呢?

"快来帮忙,将这孩子拉上去!"那名消防员的声音嘶哑,拼尽全力。

桉桉也没有摔下去!

江父激动道:"小伙子,你坚持住!我马上过去帮你!"

人家小伙子随时有可能脱力和桉桉一起摔下去,自己必须尽快过去帮忙!想至此,江父再不敢犹豫,他一闭眼,将刚刚和赵诠拉扯间摸到的一条椅子腿往赵诠侧颈砸去。老旧小区的天台上向来是堆积着杂物,他刚刚顺手摸到了条椅子腿，可怕将人给砸出个好歹来，迟迟不敢下手。这会子救人要紧，他狠狠心就这么砸了下去。

等到赵诠陷入昏迷，他忙冲到围栏边帮忙。

"小伙子，我来帮你！"江父趴下身子，企图去拉扯那名消防员挂在天台外头的身子。

"不用管我！你的力气不足以将我们两个都拉上去！"那名消防员立刻阻止他，"将这孩子拉上去，快！"他的面容紧绷，左臂握紧了栏杆，右臂发力，将神志不清的桉桉一点点往上拽。

江父权衡利弊，也知晓自己此时不得不做出选择。

"好！"他伸长手臂去捞桉桉，眼角余光扫到救人的消防员，刹那间，却是震惊得忘了动作。周围风声鼓鼓，喘息声入耳，可他的眼前，只能瞧见对方。

这张脸，这张脸……

"阿铎……"江父喃喃着，唤出了这个熟悉又遥远的名字。

这张脸，午夜梦回，他总能梦到。甚至于，他近来还总是在新闻里频繁见到他，看到和他有关的新闻。

这张脸，与他家阿铎的脸一模一样！

这个救人的男人，这个穿着一身消防制服的消防员，是他家阿铎啊！

江父眼眶发热，心头发紧，脱口而出："阿铎，是你吗？"

明知道不可能，可面对这样一张脸，他违心地不愿意承认。

男人似乎也是直到此时才意识到刚刚和人缠斗在一起的人是江父。但危急关头，他无暇他顾，他的侧脸线条紧绷坚韧，整张脸因为使力而皱到了一起。

"接住她！"他并没有正面回应江父，只是嘶吼了一声，艰难地将手上的桉桉一点点往上挪举，直至到达江父可以够得到的高度。

陷入痛苦与迷茫的江父这才回过神来，忙去接桉桉。

时间一分一秒地流逝，桉桉终于被拉了上来。只不过她却是下意识乱动，小小的女孩，似随时都会再次一跃而下。

江父不得不一手钳制住桉桉不让她乱动，另一手打算去拉男人。

长时间单臂支撑的"江铎"似乎快要达到极限，他的胸膛急剧起伏，喘息更急了些。他的左臂青筋暴起，身子在空中晃了两下，企图让自己的右手借力去拽住栏杆。然而尝试几次之后都没有成功。

"把手给我！"江父冲他喊道。

293

"江铮"依言，将抬起的右臂伸向江父。最终，两人的手交握在一处。

江父忙使劲去拉他。不管眼前的这个人究竟是谁，他都不能让他出事。

变故就在此时发生！桉桉竟然脱离江父的掌控，小小的身子在幻觉控制下再次纵身一跃。"江铮"正被江父往上拉，抬眸的瞬间瞧见这一幕率先反应过来，出于本能反应，他没有任何犹豫地松开了那紧握着栏杆的左手，将桉桉狠狠往前一推。

小小的女孩重新被推了回去，应该是摔疼了，"呜呜哇哇"地哭闹起来，一时之间似乎清醒了些，没有再出现往天台跳的举动。

然而"江铮"的这一举动无疑恶化了他此刻的境地。他的手臂力量终于告罄，再也没有了一丝一毫自救的能力，只能靠着被江父紧握的右手来获得一线生机。可江父本就年迈，一条手臂需用来稳定自己的身形以防掉下去，仅凭着另一条手臂的力量根本不可能长时间承受"江铮"的体重，也不可能将他拉上来。江父渐渐体力不支，而他和"江铮"交握的手，也有了下滑的趋势。

"松手吧，你救不了我的。别把自己也搭进来。""江铮"平静地劝着江父，四目相对，那张熟悉的脸上却露出一抹解脱般的快慰。

"不，阿铮！爸会救下你。爸不会让你死的！"

江父嘴唇开合，一字一句坚定有力。仿佛在对着眼前的"江铮"说，又仿佛在对着遥远记忆中那个在火场被烧成一具焦尸的儿子说。

"爸。""江铮"再次开口，这个字眼在他唇中被碾磨了许久，终是冲破重重阻碍，光明正大地喊了出来。

江父却是一愣，大声应道："哎！爸在这儿呢！爸一定会救你的！"

年迈的男人，此刻却是又哭又笑，仿佛等待多年的答案终于尘埃落定，那些经年的期许终于有了归宿。然而他的手臂，在一点点脱力，疼痛，从手腕处蔓延，似下一秒整条手臂就会脱臼。

"爸，放开我！要不然你也会死的！"

"江铮"歇斯底里地喊着，真情实感，脸上的五官也跟着紧紧蹙在一起。

江父望进他的眼。

不，那双眼……

那双眼他总觉得在哪里看到过。

他有些不太确定地开口："你是……小姜吗？"那个会来事儿的小姜，

那个总是时不时地上门,热情地对他们老两口嘘寒问暖的小姜,那个年轻阳光且爱笑的小姜,那个从事演艺事业立志于成名的小姜……

姜淮元!

"江锌"却是一点儿都不意外会被认出,他只是笑了笑,随后一狠心一用力,右手脱离江父的手指。

"爸,我是江锌!"下坠中的男人,坚定又自豪地喊出了他此生最想说的话。

他穿着那身属于江锌的消防制服,他眼前似乎也出现了幻觉。临死前,他仿佛看见了江锌在朝他笑。那样阳光的笑容,和他在墓碑上的遗照一样,能带给人光明。是江锌在游乐园鬼屋的那场大火中,将一心求死的他一次又一次地拽出深渊,甚至满足他的无理要求,承诺将自己的空呼让给他,只为了他能够活下来。江锌用自己的命救下了他,给了他活下去的希望,那么往后余生,他就是他!

他潜入江锌房间时偷看过江锌的笔记本,知晓江锌曾经因没能救下火场中的小女孩而产生心理问题。如今,他成了江锌,救下了那个"小女孩"。

浮光掠影,他的眼前似乎出现了幻觉。

时间恍惚间又回到了清明祭扫那一日。

表演学有所成的他,为他开启了人生中最闪亮的表演。彼时的他运用着这几年来学得炉火纯青的妆造技术和表演技艺,扮成了一名老人。顶着一头白发,却是精神矍铄,穿着一件花衬衫,抱着一束马蹄莲,走上那条通往他墓碑的道路。

站在江锌的墓碑前,他听得自己清晰有力的声音:"我一直在等你。"

他想,那个照片上笑得灿烂的人,定然是能够听见的。

他死了,他也便成了他。

如今,他也要死了呢。

以他的面容死去,救下了他当年遗憾未能挽救的"小女孩"。

真好。

他想,他真的成了他。

楼下正在铺设气垫的消防人员只来得及瞧见他坠落而下。

"砰!"

剧烈的震颤,是重物狠狠砸击地面的声响。

整个世界,似乎都湮灭在那砸起的尘埃与血水中。

5

小区楼下,人群聚集,小区楼上,住户们从窗户里探出脑袋往外张望。地上,那摊血迹是如此明显,一路蔓延到无边的尽头。

搜救人员去赵诠家时发现桉桉妈妈被捆绑在床上,面色迷离,有致幻症状,看来是药物治疗治标不治本。赵诠怕她出现幻觉伤了自己,就将其控制住了。目前峥州市市民出现症状的人数极多,病情严重,医院床位有限,轻症患者被要求居家治疗。父女俩在照顾她的过程中也出现了症状,才会有了今日的生死救援。

一家三口脱离危险,紧急服下药物后恢复短暂清明。被救护车送往医院前,赵诠和桉桉妈妈一起拉着桉桉,对着为了救他们而拼尽全力的江父鞠了一躬,又对着为了救桉桉而付出了生命的恩人,重重地磕下三个响头。

没有他们,他们一家就要散了。这不是救了两条命,而是救了整整三条命啊!

江姒和周从戎赶到时,消防正在进行收尾工作。警方围起了警戒线,正在现场拍照取证。

赵诠一家三口已经被送医,地上的遗体则被盖着白布。一摊血水触目惊心,刺激着人的瞳孔。

江母眼尖地瞧见江姒和周从戎,拉着江父走过去,语声发颤:"姒姒,就是他,就是他……你爸亲眼瞧见了他那张脸,没错的。是他冒充阿锌救了人,可他……可他没了命……他是个好孩子,可他不该啊……不该用这样的方式啊……"

江父一脸沉重,紧抿着薄唇一言不发。良久,他才沉痛道:"小姜是个好孩子。"

抹掉那堪称整容技术的化妆成果,亡魂江锌的身份揭晓,是租住在吴拾家的租客姜淮元。这一次,被尘封的谜团逐渐揭晓,警方顺着这条线,查到了姜淮元的曾用名——姜聪。随后又查到姜聪的父亲死于四年前的峥州"3·25"游乐园鬼屋特大火灾案。而姜聪,正是那次火灾案中的幸存者。死里逃生后,他改名姜淮元。值得一提的是,姜淮元的母亲叫邹薇,与当年谎报警情延误救援的邹薇同名同姓，然而他的母亲早在他七岁那一年就因病去世。那个谎报警情的"邹薇"，依然是个谜。

至此，姜淮元冒充江锌的动机随着他的死亡而被掩埋。警方也只能根据现有的线索推断姜淮元可能曾在火场中被江锌营救，也有可能是从新闻报道中知晓那场火灾中牺牲的江锌，因着自己曾经淋过雨，所以渴望成为江锌那样能给人撑伞的英雄，所以才会进修表演系，在学有所成后冒充江锌。而他能屡屡逃脱追捕，也与他那鬼斧神工的化妆技术和表演技巧有关。他可以轻易将自己化妆成旁人，扮演旁人，隐于人群，甚至还玩灯下黑，租住在江锌父母家对门。

但其中还有诸多疑点，还需要进一步调查。

没想到调查进行到一半，却有人主动投案自首，交代自己是姜淮元的同谋，利用技术手段实时共享119出警命令单信息，为姜淮元能及时赶到119案发现场参与救援提供便利，且还为其提供宣传资源使他出现在大众视野之后引起一波又一波的热度。

而这个人，正是江山影业制片人纪研博，曾经的仁皇消防特勤站通讯保障员。

针对此事，警方也进行了通报，将从一年前陆陆续续开始冒头的"亡魂江锌英魂归来参与救援"的真相彻底澄清。姜淮元冒充江锌救人一事，就这么被盖棺定论。

然而网上的热议声，久久不消。

封城期间，支队这边如无必要严禁请假外出。周从戎收到消息的速度也就格外滞后。他是从警方通报里一笔带过的"纪某博"三字，知晓纪研博竟真的参与其中。可他无法第一时间冲到纪研博跟前去质问他。

这之后他如同每一个峥州人，在自己平凡的岗位上做着力所能及的事，为峥州早日恢复正常运转而各种忙碌……

有毒的野生菌制品引发的祸患层出不穷，无论是那些食用后当场出现幻觉"自杀"的，还是毒素潜藏了个把月之后令人致幻"自杀"的，一系列事故都让人感受到了这类野生菌毒素的可怕。各类治标治本的药物根据各类轻重症患者的临床症状正紧锣密鼓地研制着。国家出台各类相关政策，全国人民共赴时艰。特殊时期的英雄一批批涌现，成为学习楷模。

江姒接到沈一冉的视频时，正在单位宿舍学习。

现在是晚上八点多，视频另一头黑漆漆的。调试了一番之后，沈一冉那颗脑袋才总算冒了出来。

她穿着一身灭火战斗服，显然是随警出动进行现场的素材采集工作。

"你在外头啊。是哪里发生火灾了吗？"今晚江姒不当值，也就不清楚仁皇特勤站的出警情况。

沈一冉的视频背景里，是经过大火洗礼的一幢大楼。黑夜里明明该是看不清那些焦黑的痕迹的，可偏偏正巧有强光打在大楼外墙上，让人看得一清二楚。

"无线电设备研究所一名员工在值班时突然出现幻觉而神志不清，好在所里早有应对方案，提前在每一层楼安装了防护栏。他手舞足蹈地跳楼玩空中飞人游戏，将脑袋撞在不锈钢防护栏上晕了过去，但一不小心引发了火灾。"沈一冉简短叙述了一下，不免感慨，"好在前阵子他们接受过仁皇特勤站的消防指导和培训，算是有了经验。部分区域的火灾被自动洒水喷头扑灭，但火舌又吞卷了资料库。有人为了抢救资料被困在大火里。我那些消防同事刚用云梯将人救下来，火也被及时扑灭了。"

一听是无线电设备研究所，江姒心头警铃大作。

"你别告诉我，那个为了抢救资料被困在大火里的人是卓昱啊！你见人家犹如一个瑟瑟发抖的小可怜，就决定摘下他这朵高岭娇花，同意和他在一起了？"

她可没忘记上次她说卓昱在微信上因为她的职业而向她表白的事。

"不，那人不是他。"沈一冉的脸上有点儿小别扭，"一开始我也以为是他，毕竟他先前在消防演习时就因为抢救资料出过一次岔子。所以我头脑一热，随着消防同事一起坐了云梯去拍摄他弱小可怜无助的小模样作为素材。等到救下在窗口呼救的那人时才发现压根不是他。下了云梯后，我按照拍摄进度跑楼上拍摄取材，没想到险些带着我那一堆拍摄用具摔下楼梯，最终被卓昱接了个满怀。"

"所以，原本你想着美女救英雄，结果变成了英雄救美。你就动摇了，觉得这是冥冥之中注定你俩要在一起。想答应他试试？"

不愧是多年闺密，江姒总能一下子戳中沈一冉的小心思。

"姒姒，他是我的意难平！我不想再错过了。"

298

"哪怕他压根不喜欢你？"

"他不是喜欢我的职业吗？我总能让他从喜欢我的职业到喜欢我这个人的。"

"听起来挺卑微的。"江姒点评，在意识到对方要立马跳脚时，她忙补充道，"但越挫越勇才是你呀！生老病死，世事难料，谁都不知道下一刻会发生什么。如果爱就去爱，不要让自己后悔。我支持你去踏平你的意难平，攻略你的白月光，获得你想要的幸福！"

刹那的沉默，仿佛时间凝滞。

画面中的沈一冉抹了一把脸，哀怨道："说这些煽情的话做什么？他只是我的意难平，才不是我的白月光。你等着，和我一起见证我的高光时刻！"

下一秒，沈一冉就将摄像头切换了前后置，将手机拿在手里往前疾行。江姒的视线里，周围的光线暗淡，急切的女人穿过了人群，走向正在一旁和人说话的卓昱。

"卓昱，我有话要问你！"沈一冉的声音平稳，努力克制着激动的情绪。

卓昱下意识瞥了一眼她手里正对着他的摄像头，略微蹙了蹙眉，但并没有阻止她。

"你问。"

沈一冉深知一鼓作气再而衰三而竭的道理，也不再扭捏，直接问道："你确定要和我在一起？哪怕我们在一起之后的第一件事就是让你出席我的葬礼？你知道的，我这职业还是有一定危险性的。刚刚如果不是你将我接住，我恐怕……"

"每一份职业都具有危险性。"卓昱打断她，"我确定。"

"什么确定？"沈一冉稀里糊涂的。反应了好几秒，她才意识到他是在回答她刚刚问他的问题。

他确定。

他确定他要和她在一起。

男人眸眼含笑，竟是直接扯过她，与她在夜色下拥吻。

江姒的视频画面一片黑色，只听得另一头传来激动的欢呼声和起哄声。

她也随之浅笑，梨涡深深。

今晚的月色，真美啊。

只希望每一日，都能有如此月色。

想至此，她给周从戎发过去一条信息：今晚的月色真美。

周从戎的回复很快：今晚的月色真美。

一模一样的两条信息，在聊天界面呈现，竟多了丝甜蜜与温馨。

三个月后。

入冬时节，峥州解禁，这座死寂的城市一点点恢复喧嚣与热闹，一点点恢复往日荣光。

也正是此时，纪研博的案子通过云法庭快速审理，而他也被宣判入狱。有关于"江铎"亡魂归来的事情闹得尽人皆知，举国轰动，法院特事特办走了绿色通道，才令这案子没有拖太久。至于姜淮元，因为他已经死亡，不予起诉。他的是非对错，也只能交由他人去评判了。

周从戎再次见到纪研博时，是在一个阴雨天。

两人见面的地点，则是峥州关谷监狱。

"你的量刑虽然没有太重，却会成为你一生的污点。你不觉得自己干了件蠢事吗？"周从戎恨铁不成钢。尽管他也曾对他有过怀疑，那也只是转瞬即逝的念头，两人多年的交情，至交兄弟，他是万万不愿相信他竟会做出这种糊涂事的。

对面的纪研博，早就没了意气风发时的西装革履精英样。他面容苍白、胡子拉碴，略显憔悴，头发乱糟糟的，整个人有股沧桑感。

然而，在被周从戎问及这个时，他倏地笑了。

"是啊，很蠢，但是一切都值得。"纪研博眼神恍惚，想起了自己当初被拉上贼船时的情景，"你一直都知道我的，虽然大爆过两部剧，但我想制作出我真正感兴趣、真正想要向公众展现的作品。"

"《星火》。"周从戎一语道破。

"是啊，《星火》。我此前一直想制作消防相关的作品，之前一部消防网剧，我说服江铎客串剧里的一名消防员，还为此打通了许多关系。可最终他还没等到消防领导的批复就牺牲在了游乐园鬼屋的火灾中。我和他的约定一直没有完成，这是我欠他的承诺。我一直想继续完成我和他之间的约定。"

周从戎望向他那张倏忽间情绪激动的脸："所以，《星火》的诞生，让你不愿意罢手？"

"我怎么舍得罢手？怎么舍得停下来呢？这个有关消防的电影项目有着

江铤的影子，是我的执念啊！起先我一直摸不准具体的方向，直到桂园路发生重大交通事故，那个在大巴车上见义勇为、酷似江铤的人出现在大众的视野中，给了我极大的灵感。消防烈士英魂归来仍旧牢记生前的初心，参与救援。多么美好的一个主题啊，积极向上，充满着正能量，这才是我真正想要的。为此，我们项目组全体出动，开始找寻跟江铤有关的素材，而我，也一遍遍和编剧磨本子，和导演谈拍摄想法，留意适合参演的男一号人选。"

"所以桂园路那次交通意外，姜淮元假扮成江铤见义勇为，你并不知情，你也没有推波助澜让他上热搜？"周从戎蹙眉。

"那会儿我是真的不认识他。"纪研博回忆起一年前的事情时有点儿怅然，"不过姓姜的这小子也确实是好手段。我和孙导为了挖掘适合参演男一号的人选，没少下功夫。我在去一哥们的剧组探班时意外瞧见了他，一眼就觉得他是饰演江铤的最佳人选。可不管我怎么给他画大饼，他都不同意参演。结果编剧的剧本都写完了跟平台也对接了，他神神秘秘地约我见面，说他会在现实生活中去饰演江铤，希望能给我们的剧本打个样，让我考虑下采用他提供的'剧情'。还记得梁未果直播跳江案吗？闹得全城轰动，那场意外，就是他一手主导的。"

周从戎自然是记得那事儿的。

向来标榜只用国货的梁未果在直播时，镜头里却出现一款不合时宜的非国产运动手环，这成为他直播跳江的导火索。可他咬死了当时是被人掉包了手环。而那个他一口咬定有掉包嫌疑的戴着鸭舌帽的男人，警方查无所获。

彼时事有蹊跷，却真相未明，没想到那个掉包了梁未果手环的人竟是姜淮元。而他一步步引导着事件的后续发展，仅仅只是为了主导一场大戏，劝服纪研博将他手头正在制作的消防电影项目按照他希望的剧情走向来拍摄演绎。

"他让我在那个时间点去景沧大桥那边观看他给我安排的一场表演，再由我决定是否采纳他的方案。我虽然心里有疑惑，但还是提前让人安排了无人机在大桥附近拍摄。"

周从戎恍然。那一天，怪不得纪研博会特意拉着他带果果去游乐场玩，回来的路上又特意以给果果买甜品为由让他开车经过那个路段。当时附近出现的无人机竟是纪研博的手笔。他将无人机拍到的有关"江铤"的视频发布到网上，利用自己的人脉资源推波助澜，并制造了热点。这才是他和姜淮元正式开始合作的开端。

"就因为这个，你就妥协了？非他不可，非得按照他提供的'剧情'走？"

"没有对比就没有优劣之分。如果按照之前编剧的剧本，只有形却没有神，缺少了我想要的东西。"纪研博垂眸，指腹按压着自己的太阳穴，"姜淮元见我还在犹豫，又给我丢下了一个重磅炸弹，给了我一个不容拒绝的理由。"

"什么？"

"他说，等我按照他的剧情内容拍摄出《星火》，我就会知道当年江锌牺牲的真相。"

周从戎一怔。

纪研博这人平日里不拘小节，可在某些方面异常执着。他认定了某件事就会一根筋坚持到底。所有人都知道他是因为家里的缘故才退出消防机缘巧合当了制片人，他对消防有着自己的执念。曾经拥有过，一旦舍弃，空落之下只能将自己的精力全部投入另一个领域。当烈士"江锌"邀约，且能够还原当年江锌死亡的真相，他又怎么可能错过呢？哪怕会担责，他也要为这个消防电影项目投入自己的一切。孤注一掷，何其执拗，何其傻，却也是最真实的他。

"戎哥，我曾经是想告诉你的，让你拿个主意或者参与进来。只不过那时你没有来赴约，姜淮元又催我催得急。我没法子，不想错过，就和他达成了协议。"

周从戎搁在案上的右手下意识攥成了拳。

原来早在那会儿纪研博对他说他对一个消防选题感兴趣时，他就已经和姜淮元见过面了。他其实也是想要和他商量的，想要让他帮他拿个主意的。如果那会儿他没有爽约，和他进行了进一步探讨，事情是否会不同？

周从戎薄唇微张，声音有点儿发涩："所以我再次询问你消防选题的事时，你就故意以'过时不候''保密'等为由拒绝再对我透露。我去江山影业找你时意外发现了《星火》的剧本，你还故意跟我打太极藏着掖着。这是怕我发现你和姜淮元之间的纠葛会忍不住阻止你，还是怕我因为包庇你受到牵连？"

纪研博原本还内疚着，被周从戎说得一阵脸红："我这不是怕出什么意外吗？那一次跳江救人，姓姜的那小子虽然算计了所有却唯独没有算计到他自己会受伤，那伤势还挺严重的，足足养了一年他才和我再次联系。就因为等他提供的'剧情'，我们整个项目停滞。我们实在是耗不起了，不能再出一丁点儿意外了。所以我……我混账！竟连戎哥都瞒着！"说到最后，他又开始嬉皮笑脸起来。

"江锌"曾经消失过一年，一如他出现时的突兀，他的消失也是让人猝不及防。这一点，也和姜淮元在吴拾家退租之后重新回来租房的时间线对上了。姜淮元拥有那么一手鬼斧神工的妆造技术，只要他不掉马，他就可以永远地藏身在市井之中。可偏偏，他还是回来了，继续演绎起了"江锌"英魂归来之后的救援事迹。

周从戎板起了脸："你倒是有脸说！你利用技术手段窃取119出警信息并提供给他，不知道自己是在犯罪吗？"

"我错了！我这不是自首争取宽大处理了吗？我……我唯一的愿望就是希望这个项目不会因为我而搁浅。这已经不仅仅是我一个人的心血了，是我们整个项目组的心血，也是死去的姜淮元的心血。他……他这人其实也不赖！"

"发生了这样的事情，你觉得你这个电影项目还能落地？"

一语惊醒梦中人。

纪研博的美梦最终还是被打碎。

他倏地抬眸凝视对面的人，郑重道："替我对嫂子他们说一声对不起。未经他们的同意就以江锌为原型去制作《星火》。想来如今这部作品也是夭折了……"

"我会转达。"周从戎话锋一转，却是一扫刚刚的严肃，唇角扬起一抹笑，"一个好消息，江叔他们作为烈士遗属一致同意《星火》以江锌为原型进行创作拍摄演绎。姜淮元至死都扮演着江锌，他虽然有犯罪记录，但不能磨灭他屡次救人于危难的壮举。《星火》项目主打的是生死救援，又能让人铭记英雄江锌，具有特殊的生命价值意义与正能量导向意义，在民众中已经有了广泛的正向认知。所以这个项目已经得到了上头的批准，会继续下去。"

"真的？戎哥，不带你这么故意折磨我这颗小心脏的啊！刚刚故意吓我呢！"强烈的狂喜染上纪研博的眼角眉梢，他的眸中满是激动的神色。

前一刻还是一个不可能完成的任务，这一刻竟然就能梦想成真，叫他如何不激动如狂?

周从戎点头,再次给予他肯定的答复。

他的脑中回想着江叔和邵姨一遍遍重复的话——小姜是个好孩子。

探视的时间到了,临走前,周从戎终究不忘鼓励道:"你在里头好好表现,争取赶上《星火》的首映礼。"

"一定!"

两道声音都极其凝重,那是属于彼此的祝福与承诺。

6

雨丝连绵,周从戎结束探监来到停车场,高大的身子钻进了驾驶座。

副驾驶座上,江姒原本正静静地坐着翻看手上的一个本子,见他坐进车内,忙将一条干净毛巾递过去:"纪研博他还好吗?"

"这小子自作自受,形容稍微狼狈了点儿。"周从戎简单擦拭了一下被雨打湿的头发和衣服,感慨道,"经历了这么一遭,他也算是吃一堑长一智了,以后也再不会走违法违规的路子去搞他的影视制片了。未来他的路,绝不会走歪了。"

江姒叹道:"希望如此吧。"

"关于电影项目的事情,他让我代他向你们家人道歉并致谢。"

"行了,你别为了这点子事跟我一本正经的,我还怪不适应的。"江姒将手头的本子递向他,"你看看这个吧。"

"你今天临出门前又特意将你弟的这个日记本拿了出来,这是打算将它翻出个水花了?"周从戎笑着接过,目光落在江姒特意指着的那一页上。

"我不信姜淮元会无缘无故地冒充我弟。警方对他的动机推测,我总觉得还欠缺了点什么。"

"所以,你研究之后发现什么线索了?"

"它被动过手脚。"江姒示意他触碰书页。

他拧眉摸了下,一下子就察觉到了手感有异。

"之前这本日记的其中几页内容流到了网上,你成为众矢之的。也怪我当时查阅的时候不够细致,忽略了这里被隐藏的东西。"

日记本中的两页纸被黏合在了一处,而里头藏着一封手写的信。

信的纸张极薄,上头的内容,赫然来自姜淮元。

这是他的自述。

在这本他曾经偷偷看过的属于江锌的日记本上，他补上了有关峥州"3·25"游乐园鬼屋特大火灾案的真相。

原来，姜淮元便是曾经提供虚假线索延误警情的"邹薇"。他长期遭受父亲家暴。父亲心情好时，他便是姜聪；父亲心情差时，他就是母亲的替身邹薇，遭受父亲的虐打。因着父亲年复一年的折磨，他学会了整容级别的化妆技术，就连他的声音也因着父亲的折磨可男可女。不愿再遭受父亲的虐打，他希望自我救赎，于是一手设计了游乐园亲子游。游玩鬼屋时纵火，谎报警情延误救援，企图以同归于尽的方式彻底摆脱恶魔般的父亲。可火海中的江锌对他进行了救赎，让他产生了活下去的勇气。

"我终于能用我的方式和我那无良的爸同归于尽了，我已经没有遗憾了。可江锌为什么还要深入火海救我呢？我将他给我的过滤式面罩呼吸器扔了，他就不厌其烦地捡起来让我戴上。他为什么还要在被我拒绝后一遍遍不厌其烦地劝导我救我呢？鬼屋内地形复杂，周围火势密集浓烟滚滚，随时都会出人命。怎么还会有傻子不将自己的命当命，非得将我这个和他非亲非故的人救出去呢？"

在这封信里，姜淮元道尽他的懊恼与悔恨，感谢与感恩："我对他说，想让我继续活下去也行，那就把他的空呼让给我！他说什么来着？可以，但要等他救完其他人之后。他不是傻，他是疯了才会连这种过分的要求都答应！可也正是因为他的疯，我才甘愿戴上过滤式面罩，执意观察他探路，听他跟现场指挥员汇报鬼屋内情况。遇到一名幸存者时，他掏出最后一个过滤面罩给对方戴上，随后毫不犹豫地将人扛在了肩头往外走，还厉声让我跟上。而那个被他扛在肩头的男人，目测有八十公斤重。我内心的震撼无以复加。我当时唯一的念头就是，等到出了鬼屋，我一定要看清楚这名消防员的脸，我一定要永远记住他那张脸。然而突然发生爆燃，他只来得及冲我大声喊'跑'，用他的双臂和身躯护在我们身前。他死了，他火热的身躯永远地留在了那片鬼屋的废墟中。临死前他还企图用他的身体护住那个昏迷不醒的壮实男人。可强烈的冲击下，他的身体被火苗吞噬，那个壮实男人也死了。偏偏是我，侥幸活了下来。"

"我把他的空呼取走了，直到走出鬼屋，走出那片被消防和公安等人包围的火海，才将它扔了。这是我和他的约定。他答应将他的空呼让给我，我则答应他继续活下去。看吧，我做到了和他的约定，我活得好好的呢，连他的那份都一起活下去了呢！"

"可他，永远都瞧不见了……"

"我知道自己是在走钢丝，但我不畏不惧。即使哪天我死了，可'江铮'会永远活着。这世上，还有千千万万个江铮。"

那个一心想要和他父亲同归于尽的"邹薇"早在当年便已经丧生火海，活下来的是重新做人的姜聪。为了割裂过去，他改名姜淮元，进修表演，模仿江铮的一言一行，学习各类救人能力。他想要扮演英雄江铮，替江铮活下去，活在所有人的心里。

学成归来后，他才真正开始这一切。他发给周从戎的彩信，他拨打119进行的辱骂电话，是故意给他们敲响警钟，提醒他们不要因为时间的流逝而遗忘了牺牲的江铮。同时，他也企图欲扬先抑制造舆论，让江铮重新出现在大众的视野中。即便大巴车上他的英勇救人事迹没有被人扒出，他也会用其他方式让众人记住他塑造的这张属于江铮的脸。他设计了纪研博，与他合作了这部消防烈士英魂归来仍旧参与救援的《星火》。可他们的合作，终止于这一场有毒野生菌制品引发的祸患，终止于他再一次的见义勇为中，终止于他的死亡。

江姒一直疑惑江铮牺牲时身上的空呼为什么会不翼而飞，最终出现在鬼屋外围五十米开外。原来，竟是如此。

她一直疑惑为什么时隔三年"邹薇"才现身，为什么时隔三年会出现造谣江铮的声音，为什么时隔三年会出现一个与江铮长相相似举止相同的人。如今，一切都有了答案。

冬去春又来，第二年的三月，江姒嫁给了周从戎。两人的婚礼低调为主，为此，周母还大叹她心心念念的百八十桌的酒席泡汤了。

岁月随着世间纷纷扰扰而流逝。有毒野生菌制品带来的灾难早已结束，每一座曾经受过伤害的城市都逐渐愈合了伤痕，可在此期间经历的生与死，承载着一个个家庭的欢与悲。那些艰难险阻与众志成城的记忆不会就此磨灭。

四月春意浓，又是一年祭扫日。

陵园里，又添了许多英魂。

一曲《阳春白雪》，道尽万物复苏，春回大地，欣欣向荣。

江姒终是能在江铎的墓碑前，用江铎曾经亲手为她斫的古琴，为他弹一首她练得炉火纯青的古琴曲。

宇川站参与祭扫的消防人员为站里牺牲的战友们送上一份份祝福与哀思，许多牺牲的消防人员的家属也一同在列。

这座陵园埋葬着太多的忠魂，江铎只是其中之一。墓碑底下，只有那一抔抔骨灰，可头顶的蓝天白云天朗气清会告诉世人，那些被埋葬的骨灰有个统一的名字，叫"对党忠诚、纪律严明、赴汤蹈火、竭诚为民"。

"江叔、邵姨，我送你们回去吧。"吴拾穿着一身火焰蓝制服小跑过来。

每年祭扫，站里会派几个人接送烈士遗属。这小子这两年多来表现一直拔尖，如今的他已经成长为宇川站二班班长。当初那个龟缩在自己房里崩溃痛苦的人，早已成为过去。

江父忙道："别麻烦了，我们自己开车过来的。你这孩子去送送其他人。"

吴拾点头，临走前又冲着江姒道："姒姐，戎哥说你和他闹别扭不回消息，让我务必留下你，说他待会儿过来和你一起回支队。"

周从戎还真是毫不避讳，什么都跟吴拾说。吴拾也当真是够憨，竟还当着她爸妈的面大大咧咧说出来。

江姒不信这里头没有周从戎的手笔。

果然，下一秒，江父、江母就开始花样劝说江姒要和周从戎好好过日子，结婚了还使小性子，不利于家庭和谐。甚至还特意将她拉到江铎的墓碑前，让她弟弟见证。这助攻还真是当得够称职的。

于是，当所有人陆陆续续离开，江姒不得不在自家父母的施压下留在原地等待周从戎的到来。

十多分钟后，一身火焰蓝制服的周从戎和两名同样身穿制服的消防人员向她走来。

他似是早料到了她一定会在原地等他，朝她招了招手。

在旁人面前，江姒向来都是极为给他面子的。哪怕两人这几天正在冷战，她还是咬了咬牙朝他走了过去。

还没等她开口，两道响亮的声音就冲她齐齐喊道："嫂子好！"

"他们两个是支队火调技术处的陈潜和沈小芮。"周从戎一一介绍着。说是介绍，其实大家都在同一个单位，基本都认识，只不过此前江姒没有和他们深入打过交道而已。他简单解释道，"我被借调参与火调时，没少给他们当苦力。正巧今儿个大家都在这边祭扫，他们想来见见你，再祭拜下江锌。"说话间，他极其自然地将江姒背上的琴囊接了过来背在自己身上。

江姒忙回应："你们好，我是江姒。"

这自我介绍，还真是够拘谨的。

"嫂子，听说戎哥要调岗了，我们可都盼望着他来指导我们火调工作呢！"

"对啊，嫂子，要不你帮着吹吹枕边风，让戎哥到我们这边吧。"

"我们队伍总有人来了又走。我师父也要调岗了，能长期稳定地做火调的消防人当真是越来越稀缺了。"

两人你一言我一语说了一堆，末了沈小芮推搡了一下陈潜："行了行了，我们不闹了。戎哥有他自己的规划，而且咱们这岗位适合养老，不适合戎哥。"

周从戎确实是要调岗了，支队领导有意提拔他，不希望他继续窝在指挥中心当个接警员大材小用。只不过他却有意申请重回仁皇消防特勤站，领导在与他谈话之后批复同意了。而这，也正是江姒和他闹别扭的缘由。

经过这几年的身体训练，周从戎的体力和臂力已经明显恢复，虽说不能恢复到当年的十成，可哪怕只有九成，也是他能够重新回到一线消防救援站的最大底气。

"在适合奋斗的年纪里选择安逸，这不是我想要的人生。当年退出仁皇特勤站的遗憾，我想弥补上。"这是他和她谈及他的申请报告时所说的话。

周从戎原本的打算是希望能重新接手仁皇特勤站指导员一职。但仁皇站现有指导员尚在职期，一时之间这职位空不出来。恰巧许涛晋升调到大队工作，周从戎倒是不在意职位高低，遂在领导的安排下顺理成章接手了仁皇消防特勤站站长一职。

周从戎想重回一线继续工作个几年，一方面尽己所能在一线抓好救援工作，另一方面也是希望能培养出一批好苗子。他想弥补他当年的遗憾。

可江姒见多了消防一线指战员参与救援时的伤亡，她畏惧有朝一日他会重蹈覆辙再伤了自己抑或因公殉职，所以本能地抗拒他做出的这一选择。身为他老婆，见说服不了他，她只能选择闹别扭这一招。

陈潜和沈小芮祭拜完江锌之后，这才和他们告别离去。

春风拂面，送来灼灼暖意。

周从戎郑重地将折来的一支杨柳编成了一个花环，戴在了墓碑上，与墓碑周围的白菊一起簇拥着江锌。杨柳依依诉离别相思，却诉不尽天人永隔的怅惘。

遗照上的江锌永远都是笑着的，那笑容开朗明媚，感染着每一个人。

周从戎柔声道："我知道你的担忧。阿锌和其他一线消防人员的死刺痛着你的神经，可人生于世，总有些事是要去做的。你还记得阿锌的初心吗？还记得你的初心吗？我想，我们的初心从始至终都是殊途同归。"

初心……

这两字蕴含的深意让江姒浑身一震。

她想起了自己曾和周从戎所说的话——"小时候我和我弟因为贪玩被困在阳台，原本只是想闹出点儿动静让大人们发现来救我们，可不知怎的就被我们折腾得起了火。我们两个死里逃生的代价，是一个消防员哥哥的死亡。所以从那时候起，我们就发誓长大后干消防。素昧平生的人让我们体会了这个世界上更多的美好，我们也理应回报他，回报这个善意的世界。"

这是，属于她和江锌的初心。

生与死、付出与回报、感恩与缅怀。这个世上，总会有这么一群人，用他们的实际行动践行着他们的初心，影响着一代又一代人沿着他们的脚步砥砺前行。

江姒望着墓碑上江锌那张永远年轻的笑脸，只觉得他在无声地笑斥她糊涂。

闭了闭眼，她复又睁开，与周从戎四目相对。她从他的眸中瞧见了温柔的缱绻情意。任那斗转星移、山崩地裂，他总能在那里，亘古不变。

"好。"她脱口而出，终是结束两人之间的别扭僵局，"但你要答应我，不能让自己出事。绝对不能！"

"放心，我会护好自己，护好仁皇站的每一个人。"

在江锌的墓碑前，两人终是打破了隔阂，结束了长达三天的冷战。

回到支队指挥中心，江姒准备帮他收拾东西。贾冰带着常哥、罗芳、武大川、小洲等人专程等着，显然是料准了周从戎要默默离开。

贾冰严肃着一张脸，将一个礼物盒塞到周从戎手里："熬了这么久，你总算是得偿所愿重回仁皇特勤站了。这是我们送你的临别礼物。期待你再回到支队的那一日。"

这个清明，依旧是寄托哀思的时节，可有些使命，将这份哀思冲淡，让人生添了许多希望与美好。

　　周从戎默默牵起江姒的手,似在回应她,又似在回应他们所有人:"谢谢大家,我会再回来的!"

　　第二年的十月,消防电影作品《星火》进军国庆档。英魂归来的烈士魂有所依,不忘初心牢记使命,逆行救援。真相揭晓,一如当初的警情通报。这部取材于现实,以江锌为原型的作品一经上映,自来水流量不绝,引发轰动。

　　很快,《星火》一骑绝尘,票房秒杀同期上映的其他电影作品。

　　峥州市所有消防人员也在支队的号召下轮番去了影院观看。其他省市的消防救援队伍也纷纷响应,看《星火》感悟消防,学习江锌精神。

　　曾经的灾难结束,峥州这座城市依旧以着它的步伐运转,承继着一代又一代的人。

　　那些被岁月和灰烬掩埋的真相被揭晓,对消防的初心与热爱,对消防行业的坚守与执着,伴随着《星火》的上映,经久不衰。

　　星星之火可以燎原。

　　我是星火,我以我的方式燎原,守护万家灯火。

后 记 ★

　　尘埃落定，终于写完了。这本书是我十几年创作生涯中写得最慢的一本，其间一度陷入瓶颈，怕把主角、配角们写轻了，怕把这群我喜欢的人写得脱离了作品的初衷。所以本着宁可写慢不能写差的原则，我拖稿了。

　　这一次的消防作品，我写的是消防行业接警调度员的故事。

　　有这样一群人，他们通常只闻其声不见其人。通过电波，他们传递着警情，及时调度救援力量。他们驻扎在119消防生命线的最前沿，以不同寻常的方式守护着万家灯火。他们就是消防接警员。而他们的存在，与消防救援站的出警密不可分。所以作品中也融入了几个辖区的消防站指战员进行救援的剧情。

　　江锌之死的真相，成为这部作品中119案发现场亡魂归来参与救援的主线，也牵动着所有人的心。作品中提及的发到江姒邮箱的匿名辱骂音频和打到119接警席的匿名辱骂电话，来自不同的人，大家阅读时注意区别，以防影响判断。

　　江姒、周从戎、罗芳、武大川，以及不曾深入展开描述的常哥、小洲等人，是一群坚守在消防一线最前沿的接警员，调度出警，正是他们前期的接处警工作，才能为救援行动提供前期的助力。仁皇特勤站、宇川站、关谷站等消防救援站，作为消防一线救援的主力军，为峥州这座城市发光发热。每个消防岗位之间的配合，也是至关重要的。

　　江姒为了自己的消防初心，为了查出"邹薇"，毅然决然加入消防队伍。却也因为她对消防的热爱，坚守在接处警岗位上，调度一起起119报警案，贡献着自己的力量。

　　周从戎怀揣秘密被调到支队指挥中心，在江姒这个师父的"指点"下，从零开始在新的岗位起步扬帆。却因着他的出色能力，屡屡被借调，不忘初心，践行使命，并引导着如吴拾这样的消防新人提升个人能力、走出心理阴影、赓续红色血脉。

罗芳和丈夫是公认的消防模范夫妻。在丈夫牺牲后，她不顾家人劝阻，毅然决然生下两人的结晶，单亲妈妈也能坚守消防使命，不负消防不负家。

武大川这个地道的广州人，留在了峥州从事消防工作。天性乐观开朗的他在工作中从不抱怨，埋头苦干却也玩笑取乐，是一心提倡"肥水不流外人田"的小太阳。封城期间，他与身在广州的父母遥遥相隔，面对家里的变故，他收获的是一群同事好友的真心。

吴拾经历家庭的磨难后越发热爱生活，为寻回初心而报名国家综合性消防救援队伍消防员招录，通过层层选拔成为一名消防战斗员。因参与救援经历战友的死亡而留下不可磨灭的阴影，梅花香自苦寒来，他最终一步步成长，锻造了自我。

姜淮元身世凄惨，破茧重生。笑着在《星火》中结束了自己的一生，人生的最后一刻，他扮演的依旧是江铎，那个他向往与渴望的光明所在。

纪研博追求自己喜欢的影视选题，努力完成和江铎的约定。因着自己对江铎对消防的执念，触犯法律，却造就了《星火》的问世。

沈一冉为消防整装待发，时刻准备随警出动。做一行爱一行，敢为最先，不因自己是女生而骄矜懈怠。我舍弃原先她牺牲的设定，舍弃浓重的笔墨，最终为她圆上了一份美好。

杨大伟坚韧不屈，为了铎子勇于劈开山海，与周从戎为难。可在醒悟后，又助他证明清白。

这是一群可爱的人。他们的身上有着一些小缺点，却又满是动人的闪光点。而牺牲在峥州"3·25"游乐园鬼屋特大火灾案中的江铎，仿佛无意中成为他们的指路明灯。

我这一次写的消防作品里提及了火调。我解释一下，目前就我所了解的，每个城市的消防单位对火调岗位的划分会有些微差异。有些单位是单独设置了火调岗位，成立火灾调查科或者火调技术处，有些则是把火调归到了防火监督。大队和支队对火调的设置，也是有些不同的。以我所在的城市湖州某消防大队为例，火调工作是由大队辅助执法的消防人员担任。因着这些差异化，这个故事里涉及的火调岗位，和我上一本写的《炽热的我们》中女主所在的火调岗位，会有略微不同。大家可以注意区分一下，不影响阅读。

在写消防故事的过程中，我感觉我随着笔下的人物一起，与他们坚持的消防事业共同成长了。在此期间，我也有幸认识了消防领域的朋友，学到了许多，感悟了许多。感谢，感恩！

涉及消防专业领域，我做了许多功课，只求在专业方面更严谨。若有不足，恳请大家原谅，望不吝斧正相关疏漏之处。

跟消防相关的作品，我想凑个九宫格，暂定写九部，希望我能尽我所能写尽那些生命的美好与沉重。

第一部《在暴雪时分嫁给你》：消防行业防火女参谋洛柠与殡葬行业大佬温瑜礼一起迎战消防警情。

第二部《风起时想见你》：退役消防员谢岑安投身消防器材行业，与影视公司女编剧周汀谱写爱的火花。

第三部《炽热的我们》：火灾事故调查员羽姗与人寿保险理赔师江绥之一起携手并进于废墟中还原火灾真相，共同成长。

第四部《我是星火，我可燎原》：119接警员江姒与同为消防接警员的周从戎一起坚守消防生命线最前沿，抽丝剥茧寻找那些被岁月和灰烬掩埋的真相。

其余作品待定。

这是一群我很想写的人，希望能顺利。

感谢出版方，感谢为此书的上市付出努力的各位老师。万分感谢！

同时，感谢消防，致敬消防！以及，感谢愿意花精力阅读此书的你！

谢谢！

恬剑灵
2021年3月28日开始构思
2023年8月8日初稿完成
2024年1月26日二稿修改完成
2024年8月14日三稿修改完成

我是星火，
我可以燃烧你